MÖRDERISCHES BAYREUTH

WERNER ROSENZWEIG

MÖRDERI-
SCHES
BAY-
REUTH

EIN FRANKEN-KRIMI

VOLK VERLAG MÜNCHEN

Die Deutsche Bibliothek verzeichnet diese Publikation in der Deutschen Nationalbibliografie; detaillierte bibliografische Daten sind im Internet über https://portal.dnb.de/ abrufbar.

3. Auflage 2025

Neumarkter Straße 23; 81673 München
Tel. 089 / 420 79 69 80; Fax: 089 / 420 79 69 86
info@volkverlag.de

Druck: Custom Printing, Printed in EU

ISBN 978-3-86222-329-9

www.volkverlag.de

Mord
26. Februar

Auf einem Hügel östlich der Stadt Bayreuth, im Norden und Osten durch den Flusslauf des Roten Main begrenzt, zieht sich das waldige Gelände der Eremitage dahin.

Es war im Jahr 1616, als der damalige Markgraf Christian von Brandenburg-Bayreuth in den Besitz der ausgedehnten Waldflächen kam und diese als Jagdgebiet nutzte. Unter der Herrschaft seines Urenkels Georg Wilhelm, der bis 1726 das fränkische Fürstentum führte, regte sich dort emsige Bautätigkeit, die von 1715 an über die nächsten Jahrhunderte anhalten sollte. Einer der ersten auf dem Gelände errichteten Bauten war das Alte Schloss, das der Adelsfamilie als Sommersitz diente. 1720 entstand das heutige Monplaisir, einst Wohnhaus des Parkverwalters mit schlossartigem Charakter. Da Georg Wilhelm keinen männlichen Nachfolger zeugte, übernahm Markgraf Georg Friedrich Karl, aus einer Nebenlinie der fränkischen Hohenzollern stammend, ab 1726 die Amtsgeschäfte. Ihm folgte schon 1735 sein Sohn Friedrich, der acht Jahre an der calvinistisch geprägten Universität Genf studiert hatte.

Vier Jahre zuvor war Friedrich über Hof und Leipzig nach Potsdam gereist, wo der preußische König Friedrich Wilhelm I. einen Hochzeitskandidaten für seine älteste Tochter Wilhelmine suchte. Eigentlich sollte sie, nach den Plänen ihrer Mutter, Königin von England werden. Doch es kam anders: Friedrich und Wilhelmine wurden im November 1731 getraut. Ein Jahr darauf schenkte Friedrich seiner Frau Monplaisir und als Wilhelmine 1735 dann ihren 24. Geburtstag feierte, vermachte er ihr die gesamte Eremitage. Bald schon begann Wilhelmine, das Gelände umzugestalten, und schuf jene Parklandschaft von rund 50 Hektar, die heute noch zu den schönsten Sehenswürdigkeiten Bayreuths gehört.

Von 1749 bis 1753 entstand das Neue Schloss, bestehend aus einem Mittelbau, dem sogenannten Sonnentempel, mit vergoldeter Quadriga, die vom fackeltragenden griechischen Gott Apoll als Sinnbild der Sonne gelenkt wird. Links und rechts des kuppelgekrönten Sonnentempels schließen sich zwei halbkreisförmige Arkadengänge an, die Wilhelmine einst als Orangerie dienten. Darunter, durch Treppen abgestuft, liegt das obere Wasserbecken, auch Obere Grotte genannt, das mit mehreren Figurengruppen besetzt ist. Doch das sind längst nicht alle Gebäude und Gartenelemente, die im Laufe der Jahre das abwechslungsreiche Gelände schmückten: Heute stehen da das Ruinentheater und die Kaskade, die sich weg vom Alten Schloss den Hang hinabzieht. Ein alter Turm diente früher als Speicher, um die vielen Wasserspiele in Gang zu setzen. Auf dem Schneckenberg thront der Chinesische Pavillon. Hinzu kommen die Statue des Sokrates wie auch die Untere Grotte und die Drachenhöhle, die Allee nach Monplaisir, der Kanalgarten, eine Reihe von Brunnen und unzählbare versteckte Winkel zum Verweilen und um in der Stille der Natur Kraft zu tanken oder von der Muse geküsst zu werden.

Heutzutage ist die Eremitage für jedermann frei zugänglich. Nicht nur die Einwohner Bayreuths nutzen den herrlichen Park für ausgedehnte Spaziergänge. Viele Reisebusse karren täglich Scharen von Touristen herbei, die sich erst in der weitläufigen Anlage verlieren, um sich dann doch an den markanten Punkten, spätestens aber im Parkrestaurant, wiederzutreffen. Auch Jogger schätzen die gepflegten Wege, die durch den Park führen.

Ein junger, groß gewachsener und athletischer Mann, der erst kürzlich vom Niederrhein nach Bayreuth gezogen war und in der Stadt eine noble Dachterrassenwohnung sein Eigen nannte, nutzte das Gelände regelmäßig für seine sportlichen Aktivitäten. Jeden Mittwoch und Freitag kam er hierher, um seine zehn Kilometer abzuspulen – meist erst am Spätnachmittag, wenn der Hauptpulk der Touristen wieder verschwunden war. Auch heute fuhr er an der Königsallee seinen Mercedes die Auffahrt zu den öffentlichen Parkplätzen hinauf. Nur wenige Fahrzeuge leisteten dem 350 SL-Oldtimer in silbergrau-metallic Gesellschaft. Es war kurz vor 17:00 Uhr. In einer Dreiviertelstunde würde, dem Kalender nach, die Sonne bereits hinter dem Horizont verschwunden sein. Theoretisch. Heute hatte sie sich eh den ganzen Tag nicht blicken lassen. Das lag an dem atlantischen Tiefausläufer Doris: Dicke, schwere Wolken segelten von einem heftigen, unangenehmen Wind getrieben, von Westen heran, entließen ihr gespeichertes Wasser in einem ständigen, alles durchdringenden Schnürlregen über ganz Oberfranken und setzten ihren Weg in Richtung Osten fort. Ein Scheißwetter. Wer konnte, blieb zuhause. Nicht so der attraktive Hobbysportler vom Niederrhein. Für ihn gab es kein schlechtes Wetter. Man brauchte nur die richtige Kleidung – in seinem Fall eine regelrechte Luxusausstattung: Seine Nike Air Laufschuhe waren hundertprozentig auf seinen Tritt und das Abrollverhalten seiner Füße abgestimmt. Seine orangefarbenen Laufshorts waren wasserabweisend. Unter seiner leichten, selbstverständlich atmungsaktiven Regenjacke trug er ein Vertical Funktionsshirt. Die Regencap lag auf dem Beifahrersitz.

Der Jogger machte sich gar nicht erst die Mühe, seinen Mercedes auf einem der zahlreichen markierten Plätze abzustellen. Er steuerte den Wagen auf kürzestem Weg direkt an eine mit Bäumen und Büschen bewachsene Verkehrsinsel und stellte ihn dort, wo normalerweise die Touristikbusse parkten, auf dem Kopfsteinpflaster ab. Das einzige feste Gebäude schräg gegenüber, das wie ein quadratischer Pavillon aussah und eine Besuchertoilette beherbergte, wirkte trist und grau, doch es erlaubte den unmittelbaren Zugang zum Kanalgarten. Bevor der Mann aus seinem Wagen stieg, schaltete er seinen alten i-Pod ein, wählte „Wiedergabelisten“ und dann „Shuffle“ und ließ das kleine Gerät im Innern seines Regenschutzes verschwinden. Daraufhin stöpselte er die Kopfhörer in seine Ohrmuscheln, bedeckte den Kopf mit seiner Regencap und stieg aus. So ausgestattet machte er sich auf den Weg, den er immer nahm.

Wir ziehen durch die Straßen und die Clubs dieser Stadt. Das ist unsre Nacht, wie für uns beide gemacht, oh oh, oh oh ... stöhnte ihm Helene Fischer in die Gehörgänge. Er betrat den Park und hielt sich rechts des ovalen Wasserbeckens. Dann lief er hinüber zum langgestreckten Laubengang. Auf dieser kurzen Strecke ließ er es noch langsam angehen, nutzte sie, um seinen Körper aufzuwärmen, stoppte immer wieder und legte die ein oder andere Stabilisations- und

Laufkraftübung ein. *Atemlos durch die Nacht, bis ein neuer Tag erwacht …* Er wusste, dass Laufen Muskeln, Sehnen und Gelenke herausforderte, den Herzschlag beanspruchte und den Wasserhaushalt des Körpers aus dem Gleichgewicht brachte. Schon vor Jahren hatte er herausgefunden, wie er schonend den Maximalwert seiner Herzfrequenz erreichte.

Nun bog er scharf links ab und sprintete in vollem Tempo rund 200 Meter kerzengerade auf den Sonnentempel zu, den die Wassermassen von oben nahezu verschluckten. Die letzten Minuten war der Regen stärker geworden. Er prasselte heftig auf die Bäume und kahlen Hecken der barock angelegten Gartenflächen ein, die wie ein riesiges Labyrinth wirkten. Auf den Wegen bildeten sich die ersten Wasserlachen. Es spritzte nach allen Seiten, wenn der Jogger mit schnellen, kräftigen Schritten in sie hineinstapfte. Er folgte einem schnurgeraden Pfad bis zu seinem Ende, überquerte die geteerte Hauptallee, schlüpfte zwischen Sonnentempel und Orangerie hindurch, vorbei am großen Wasserbecken, und legte noch ein paar Übungen ein. Dann rannte er durch die Allee zum kleinen Schlösschen Monplaisir hinab. Die dicken Stämme der Bäume waren grau und schmucklos, wie überhaupt der gesamte Park zu dieser Jahreszeit. Überall auf dem Gelände waren die witterungsanfälligen Steinstatuen und Skulpturen mit Stahlrahmen überbaut, zwischen denen als Kälteschutz graue Plastikplanen gespannt waren.

Kurz vor Monplaisir grüßte zwischen blattlosen Ästen der Chinesische Pavillon vom Schneckenberg herunter. Der Läufer wählte den Weg nach rechts in Richtung der Unteren Grotte, vorbei am Eremitenhaus, um dann über einen kleinen Anstieg auf das Alte Schloss zuzulaufen. Jetzt war er im Rhythmus, hatte seine Idealgeschwindigkeit gefunden. Vom Alten Schloss kommend, an dem langgezogenen Wirtschaftsgebäude vorbei, in dem die Schlossgaststätte untergebracht war, den alten Wasserturm hinter sich lassend, ging es rechterhand hinein in den Wald und in diversen Links-rechts-links-rechts-Bögen, immer dem Roten Main folgend, schließlich zum Parnass, dem künstlichen Felsen, der nur mit viel Fantasie an seinen Namensvetter, den 2.455 Meter hohen Gebirgsstock in Zentralgriechenland, erinnerte. Ein Symbol des mythischen Bergs des Gottes Apoll, zugleich Heimat der neun Musen, der Göttinnen der Künste. Der Bayreuther Parnass wirkte eher wie ein grauer, von Wind und Wetter zerklüfteter Steintunnel, den man von vier Seiten begehen konnte. Kaum jemand würde sich wundern, wenn hier plötzlich heulend und pfeifend eine alte, überdimensionale Dampflokomotive durchfauchen würde. Durch eine der vier Öffnungen führte ein kurzer Weg hin zum Alten Schloss. Der Jogger erinnerte sich an seinen ersten Besuch der Eremitage im Juli letzten Jahres, als der Park im satten Grün stand und er und Annalena diesen Weg gegangen waren. Die Buchenhecken links und rechts waren über ihren Köpfen zusammengewachsen und hatten angenehmen Schatten gespendet. Nun standen ihre Holzgerippe traurig ineinander verwachsen herum und boten in ihrem Herbstschnitt ein Bild kahler Tristesse. Wenigstens lag von hier aus der Sonnentempel nur noch einen Katzensprung entfernt. Schon etwas schwerer atmend huschte der Jogger erneut an der Orangerie durch, um seine zweite Runde einzuläuten. Dreimal wollte er die Strecke laufen, wie immer. Das war nach seinem Umzug nach Bayreuth schnell zu einem Ritual geworden.

Weine nicht, wenn der Regen fällt. Tam tam, tam tam. Es gibt einen, der zu dir hält. Tam tam, tam tam ... Drafi Deutscher besang die Geschichte von Marmor, Stein, Eisen und dem Regen. Wie treffend für diesen trüben Tag. Normalerweise waren um diese Uhrzeit immer noch Leute unterwegs, bei aller Kahlheit hatte der Park schließlich auch im Winter seinen Reiz. Heute war dem Läufer noch keine einzige Menschenseele begegnet. Das heißt, bis auf die kleine Gruppe Raucher vor dem Eingang der Schlossgaststätte, die jetzt vor ihm auftauchte. Frierend drängten sie sich unter einem Sonnenschirm eng aneinander und zogen gierig an ihren Glimmstängeln. Er beachtete sie nicht weiter, konzentrierte sich auf seinen Weg, seine Laufschritte und seine Atmung.

Ein Augenpaar aus der Gruppe der Raucher hatte ihn allerdings sofort erkannt. Es folgte ihm, als er vorbeihastete, um auf Höhe des alten Wasserturms wieder rechts in den Wald abzubiegen. Ein

Blick voller Groll – aber noch war Zeit. Zweimal würde der Jogger hier noch vorbeikommen, es gab keinen Grund, jetzt schon zu handeln.

Schritt für Schritt, immer im gleichmäßigen Tempo, wie ein Präzisionsuhrwerk, hatte der Läufer rund eine Stunde später seine zehn Kilometer nahezu geschafft. Er bog gerade wieder in den Kanalgarten ab und weiter in Richtung Parkplatz. Erst 1977 war dieses Stück der Eremitage nach alten Plänen renoviert worden und entsprach nun wieder seinem ursprünglichen Aussehen. Für die aparte Anlage mit ihrem langen, engen Wasserkanal samt drei Bassins, den unzähligen Heckenquartieren und Laubengängen, in denen in der warmen Jahreszeit vor allem Kinder gerne Versteck spielten, hatte der Jogger auf seinen letzten Metern aber kein Auge. Zwischenzeitlich war er, trotz seiner hochprofessionellen Kleidung, ordentlich durchnässt und wollte nichts anderes als schnell nach Hause und ein heißes Bad nehmen.

Als er den Parkplatz erreichte, schüttete es immer noch wie aus Kübeln und eine unangenehme Kälte kroch ihm in die Glieder, während er sich nach der Anstrengung des Laufs abdehnte. Da sah er die Bescherung. Sein Mercedes stand nicht mehr so, wie er ihn verlassen hatte, die Haube war seltsam abgesackt. Im Dunkel der aufkommenden Nacht trat er näher heran, fluchte wie ein Kesselflicker und warf voller Wut seine Regencap auf den nassen Asphalt. Die beiden vorderen Reifen waren platt. Schöne Scheiße. Das konnte nur einer dieser oberfränkischen Vollpfosten gewesen sein, der sich einen Spaß daraus machte, Reifen an ortsfremden Autos zu zerstechen. Ein unbekanntes Kfz-Kennzeichen konnte bei diesen Typen schon Grund genug sein.

Was für eine Woche! Dieser Tage war schon alles zusammengekommen: Los ging es, als er am Mittwoch sein Handy verlegte. Er wusste bis heute nicht, wo es abgeblieben war. Gott sei Dank hatte er eine Sicherungskopie all seiner Kontakte auf dem Computer gespeichert. Ohne Handy – das ging gar nicht, also besorgte er sich am nächsten Tag gleich ein neues Modell, übergangsweise mit Prepaid-Karte; für seine Herzallerliebste wollte er erreichbar sein, die war am Mittwochmorgen zu einer Tagung ihrer grünen Partei nach Hof abgereist. Hätte er sich auch sparen können, seit ihrem Aufbruch hatte sie sich nicht bei ihm gemeldet. Sehr ungewöhnlich für sie. Noch schlimmer: Seine Anrufe hatte sie weggedrückt, seine SMS unbeantwortet gelassen. Lag's an der neuen, unbekannten Nummer? Er machte sich Sorgen. Sie schwebten doch beide noch auf Wolke Sieben. Oder etwa nicht mehr? War irgendetwas passiert, von dem er keine Ahnung hatte? Morgen erst würde sie zurückkommen. Wenn er sich nicht ablenkte, machte ihn die Situation halb wahnsinnig.

Und dann dieser triste Tag heute; am Vormittag hatte er seine Zugehfrau gefeuert. Die meinte offenbar, dass sie sich alles erlauben konnte. Nicht nur, dass sie immer unzuverlässiger geworden war, auch Diebstahl stand zuletzt auf ihrem Programm. Klar lag eine gehörige Mitschuld bei ihm selbst. Man ließ eben Geld nicht offen in Schubladen herumliegen. Gelegenheit macht Diebe. Trotzdem, da waren einige Fünfziger verschwunden, das konnte er nicht mehr durchgehen lassen.

Der Zoff mit Manfred hatte dem Ganzen die Krone aufgesetzt. Wegen einer Lappalie! Schuld war nur seine Ex, das stand außer Frage. Von Neid zerfressen, voller Vorwürfe und eine Meisterin im Stiften von Zwietracht.

Dass gestern Abend auch noch dieses Sexmonster Aischa Bint Malika Al-Bagdadi vor seiner Haustür stand, Sturm klingelte und Einlass verlangte, versuchte er immer noch zu verdrängen. Die hatte ihm gerade noch gefehlt. Als ob er wegen diesem kleinen Wertpapiergeschäft nach ihrer Pfeife tanzen würde, lächerlich. Und gefährlich für seine aktuelle Beziehung. Da zeigte sich einmal wieder: Geschäft und Privates gehört sauber getrennt!

Das hatte er sich auch gedacht, als am Dienstag die seltsame SMS eingetrudelt war – unbekannte Nummer, unterzeichnet mit „Bill". Der einzige Bill, den er kannte, hatte gerade die deutsche Steuerfahndung an der Backe, atmete vermutlich sogar schon gesiebte Luft und saß in U-Haft. Der SMS konnte man nicht trauen. Eventuell ein plumper Trick der Steuerfahnder, auf diese

Leimrute würde er sicherlich nicht kriechen. Er hatte einfach nicht geantwortet.

Momentan schien wirklich alles aus dem Ruder zu laufen. Und nun die platten Reifen mitten im Scheißregen.

Mit der Lampe seines neuen Handys beleuchtete er die beiden Vorderreifen notdürftig. Eindeutig zerstochen. Damit kam er hier nicht weg. Er sah sich um. Der Parkplatz war fast vollkommen leer. Nur ein japanisches SUV-Modell stand, einsam geparkt, rund fünf Meter hinter seinem Mercedes. Vom Fahrer des Wagens war weit und breit nichts zu sehen.

Resigniert nahm der Hobbysportler vom Niederrhein sein Mobiltelefon zur Hand, drückte auf „Kontakte" und scrollte durch die neu abgespeicherten Nummern. Dann wählte er, nachdem er die Kopfhörer aus seinen Gehörgängen genommen hatte, die 22333.

„Taxi Union Bayreuth", meldete sich eine weibliche Stimme.

„Bitte schicken Sie einen Wagen zum öffentlichen Parkplatz an der Eremitage. Königsallee. Der Fahrer soll dorthin kommen, wo normalerweise die Reisebusse parken."

„Gerne", hörte er die angenehm weiche Stimme der Frau, „kann aber rund sieben bis zehn Minuten dauern. Unsere Fahrzeuge sind momentan alle mit Kunden im Einsatz. Der Dauerregen ...", versuchte sie sich zu entschuldigen. Dann war sie weg.

„Schöne Scheiße!" Er stöpselte seine Kopfhörer wieder ein und wandte sich dem Kofferraum seines Wagens zu. Völlig durchnässt würde er sich nicht in seinen Mercedes setzen. Er hatte schließlich vorgesorgt, im Laderaum lagen ein frisches Shirt und eine warme Jacke, einen Schirm hatte er sowieso immer dabei. Ob er lieber unter dem Vordach des Pavillons warten sollte? Oder doch beim Wagen? Am Ende übersah ihn der Taxifahrer noch und fuhr unverrichteter Dinge wieder davon. Das hätte ihm gerade noch gefehlt.

My makeup is dry and it clags on my chin. I'm drowning my sorrows in whisky and gin ... fetzten die Kinks an die Trommelfelle des Joggers, der sich tief in den Kofferraum beugte, um nach seinem Knirps zu suchen. Der Parkplatz lag nun in fast vollkommener Dunkelheit. Die wenigen Laternen, die hier standen, hatten mit ihrem diffusen Licht kaum eine Chance gegen den dicht fallenden Regen.

Dass sich hinter dem japanischen SUV eine geduckte Gestalt aus dem Schatten des Fahrzeugs löste und auf leisen Sohlen näherte, bekam er nicht mit. Dave Davis, der Leadgitarrist der englischen Musikgruppe, schmetterte ungebrochen die Rockballade vom sterbenden Clown. Als der Stahl der Klinge zwischen seine Rippen fuhr, war es bereits zu spät. Dem ersten Stich folgte schnell ein zweiter, der sein Herz traf.

Feuer – er spürte die schweren Verletzungen als heiße Schmerzwellen. Der Schirm entglitt seinen Fingern und er hielt sich krampfhaft am Wagenrahmen fest. Mit letzter Kraft wandte er den Kopf nach hinten. Eine Hand, ein blutiges Messer darin.

„Du?“, kam es ihm flüsternd über die Lippen, dann verloren seine Hände den Halt.

Sein Oberkörper fiel in den geöffneten Kofferraum hinein, seine Beine knickten ein, hingen nur noch schlaff zu Boden. *So let's all drink to the death of a clown. Won't someone help me to break up this crown? Let's all drink to the death of a clown ...* sang Dave Davies weiter.

Der Jogger hörte die Botschaft der Kinks nicht mehr. Er war tot. Blut quoll aus seinem Rücken und wurde sofort vom Regen weggespült. Die größere Menge des roten Lebenssafts sammelte sich im Innern seines Körpers.

Kurz sah die Gestalt mit der Klinge in der Hand auf ihr Opfer herab. Dann zog sie die Kapuze ihrer schwarzen, wasserdichten Hardshell-Jacke zurecht, umrundete den Mercedes, öffnete die Beifahrertür und wandte sich dem Handschuhfach zu. Schnell schien sie fündig geworden zu sein. Hastige Schritte führten sie zurück zum Kofferraum, wo sie dem Ermordeten auch noch sein Mobiltelefon abnahm und in dieselbe Tasche steckte, wo bereits Wohnungsschlüssel, Personalausweis und Führerschein des Opfers untergebracht waren. Der Geldbeutel des Getöteten interessierte die Gestalt nicht.

Eine halbe Minute später sprang der Motor des Japaners an. Im Wagen wurde der Rückwärtsgang eingelegt, er stieß zurück. Dann schlich sich der SUV im zweiten Gang und mit ausgeblendeten Scheinwerfern davon.

Lange hatte der prasselnde Regen die Szene für sich allein. Dann löste sich eine schmale, bis auf die Haut durchnässte Figur aus dem Schutz des quadratischen Pavillons. Sie sah sich gehetzt um, als sie aus dem Schatten des Gebäudes trat. Schnell lief sie zum offenstehenden Kofferraum des Mercedes. Sekunden später umrundete sie den Wagen, wie es der Mörder vorher getan hatte, und widmete sich ebenfalls dem Handschuhfach. Im Portemonnaie des Ermordeten steckten einige Geldscheine. Schnell nahm sie alles an sich und legte den Geldbeutel in das Handschuhfach zurück. Angespannt strich sie sich mit den Fingern durch das patschnasse Haar. Dass sich dabei eine schwarze Haarspange löste und herabfiel, bemerkte die Gestalt nicht. Sie schmiss den Wagenschlag der Beifahrertür zu und machte sich davon.

Kaum war sie verschwunden, fuhr das vom Mordopfer bestellte Taxi auf den Parkplatz. Die Lichtkegel der Scheinwerfer fielen auf den einsamen Wagen, der mit offenem Kofferraumdeckel unweit des Parkzugangs stand. Erst als er näher heranfuhr, erkannte der Taxler auch den menschlichen Körper, der leblos halb im Kofferraum lag, halb daraus herabhing. Es dauerte ein paar Sekunden, bis sein Gehirn begriff, was ihm seine Augen verrieten. Dann stieg er aus, stülpte sich provisorisch seine Jacke zum Schutz gegen den Regen über den Kopf und rannte die wenigen Meter zu dem Mercedes hin.

Der Mann im Kofferraum reagierte nicht, auch nicht auf ein heftiges Schütteln. Als der Taxifahrer seine Hand vom Rücken des Manns nahm und im Schein einer Laterne das Blut daran sah, fackelte er nicht lange, rannte zu seinem Wagen zurück und wählte fluchend die 110. Das hatte ihm gerade noch gefehlt. Seine Kollegen und Kolleginnen verdienten sich bei dem Scheißwetter eine goldene Nase, aber er musste hier auf einen Toten stoßen und nun auch noch auf die Ankunft der Kripo warten. Verdammte Kacke!

*

Als Hauptkommissar Benno Behringer vom Bayreuther Kriminalkommissariat K1 mit dem Team der Spurensicherung eintraf, waren seit der Notfallmeldung knapp 20 Minuten vergangen. Behringer fluchte, als er aus dem Einsatzfahrzeug stieg und die Kapuze seines Anoraks über seinen mächtigen Schädel stülpte. In der Rechten hielt er eine kräftige Stablampe und richtete sie auf das Taxi, das mit eingeschalteten Scheinwerfern hinter dem Mercedes mit dem vermutlichen Mordopfer stand. Scheißwetter. Er hatte sich im Büro gerade auf den Weg nach Hause machen wollen, als ihn die Meldung erreichte. Wieder mal kurz vor Feierabend, ausgerechnet an einem Freitag und dann auch noch bei diesem Dauerregen. Was sollte die SpuSi da noch finden?

Der Taxifahrer hatte die Ankunft der Polizei bemerkt. Er öffnete den Wagenschlag und stieg aus. Schimpfend spannte er einen Stockschirm auf und zog den Reißverschluss seiner Lederjacke bis zum Anschlag nach oben.

„Sie haben ihn gefunden?", rief ihm der kleine Dicke im Daunen-Anorak entgegen, der mit trippelnden Schritten schnell näherkam und dessen Gesicht ihn aus einer Kapuze heraus neugierig fixierte. Seine Äuglein – auffällig klein, wie bei einer Feldmaus – musterten den Taxler neugierig. Ihr Braun verschmolz mit der Nacht. „Hauptkommissar Benno Behringer von der Kripo Bayreuth", stellte er sich vor.

„Leider!", bemerkte der Taxifahrer. „Der scheint komplett hinüber zu sein", klärte er dann den Polizeibeamten auf und deutete auf den leblosen Körper des Joggers.

„Haben Sie ihn berührt?", wollte der Dicke von ihm wissen, als er vor ihm zu stehen kam.

„Nur kurz geschüttelt, als er auf meine Ansprache nicht reagiert hat. Wann kann ich mich hier vom Acker machen? Sie sind ja jetzt da. Die Zeit läuft und: *Time is money*. Der Regen ... wenn Sie verstehen, was ich meine."

„Wir müssen noch Ihre Personalien aufnehmen, dann können Sie meinetwegen verschwinden", erhielt er zur Antwort. „Haben Sie irgendetwas beobachtet?"

„Nicht die Bohne. Als ich hier ankam, war der ganze Parkplatz leer – bis auf den Mercedes. Keine Menschenseele zu sehen, nicht mal ein einsamer Köter."

„KKL!", schrie Behringer über seine Schulter hinweg. „Kommen Sie mal und kümmern Sie sich um den Herrn hier. Personalien und das Übliche, dann kann er gehen."

„Kommen Sie bitte mit mir zum Wagen?", forderte Kommissar Klaus-Karl Lang, Behringers rechte Hand und sein designierter Nachfolger, den Taxler auf. „Das können wir auch im Trockenen erledigen."

Das Team der SpuSi schleppte die Einzelteile eines Zelts herbei und begann mit dem Aufbau rund um das Heck des Mercedes. Andere platzierten starke Scheinwerfer um den mutmaßlichen Tatort herum. Benno Behringer nutzte die Gelegenheit, beugte sich in den offenstehenden Kofferraum und leuchtete dem leblosen Mann darin ins Gesicht.

Er erkannte ihn auf Anhieb.

27. Juli des letzten Jahres im Bayreuther Festspielhaus: Das war der „Popelschnalzer". Außerdem hatte er ihn ein zweites Mal an der Behringersmühle in der Fränkischen Schweiz gesehen. Leider hatte der Kommissar keinen Namen zu dem ihm bekannten Gesicht – aber einen interessanten Fakt: Nahe der Mühle war der Mann in einem Zweierkanu auf der Wiesent unterwegs gewesen. In dem Boot hatte auch eine junge, äußerst attraktive blonde Frau gesessen. Nicht diese Kräftige, besser gesagt Stattliche, die ihn im Festspielhaus begleitet hatte.

„Wenn ihr mit eurer Arbeit fertig seid", wandte sich Behringer an das Team der SpuSi, „dann lasst den Leichnam in die Rechtsmedizin nach Erlangen bringen."

Wie alles begann: Die Kolbs

Juni, ein Jahr zuvor

Dort, wo sich die Tristanstraße den „Grünen Hügel" hochzog, etwa auf halber Höhe, stand rechter Hand das frisch renovierte Hotel „Richard Wagner". Ein Bau aus den Zeiten der Postmoderne, Anfang der 1960er Jahre: ein dreistöckiges Gebäude in L-Form, dem man heute den verbauten Beton nicht mehr ansah. Dafür sorgten die glatten Außenfassaden in harmonisch abgestimmten Farbtönen Marke „frischer Frühling" sowie die beiden tragenden Säulen im Bereich der überdachten Auffahrt – edel und luxuriös sollte der Eindruck des Hauses sein. Die ganze Eingangsfront war durchgängig verglast und in der großzügigen Lobby protzten dicke Ledersessel um die Wette. Oben auf der Terrasse des Flachdachs thronte eine mächtige halbrunde Glaskuppel: der neue Frühstückssaal, wo die Übernachtungsgäste ihren Morgenkaffee trinken und einen wunderbaren Blick auf das Richard Wagner Festspielhaus genießen konnten.

Stolze Herren und Eigentümer der Anlage waren die drei Brüder Manfred, Günther und Karl Kolb. Ihre verstorbene Mutter hatte ihnen und ihrer Schwester Laila vor über zwei Jahren das damals mehr als angestaubte Anwesen vererbt. Kurzfristig dachten die vier über einen Verkauf nach, doch dann beschlossen die Brüder, den Sprung zu wagen und das elterliche Erbe in neuem Stil und mit neuem Konzept fortzuführen. Die hohen Schulden, die sie dabei auf sich luden, brachten Laila, die jüngste der Geschwister, dazu, sich vollends aus dem Projekt zu verabschieden. Außerdem passte ein berufliches Engagement in der Hotellerie gar nicht zu ihrem Studiengang.

Manfred, der älteste, wurde General Manager und Kundenakquisiteur. Unterstützt von Karl, der sich zukünftig ums Personal und den reibungslosen Ablauf des Tagesgeschäfts kümmern sollte, ging er an die Planung und Umsetzung des Umbaus: Vor einem Jahr, rechtzeitig zu Beginn der Festspielsaison, konnten die umfangreichen Sanierungs- und Modernisierungsarbeiten abgeschlossen werden; auch das rund 4.000 Quadratmeter große Außengelände des Viersternehotels war auf Vordermann gebracht und völlig neu gestaltet worden. Nun offerierte das Haus 126 unterschiedlich große Zimmer und drei Suiten – geradezu klassisch benannt: Brünhilde-, Kriemhild- und Siegfried-Suite –, alle ausgestattet mit modernem Bad/WC, selbstverständlich inklusive freiem WLAN, mit Minibar und in der Wand integriertem TV. Auch die Hotelküche und das Restaurant glänzten in neuem Outfit. Auf das Design des Gastraums war Manfred besonders stolz. Seine Gäste speisten in der modernen Imitation einer schmucken fränkischen Landscheune mit viel Holz, offenen Balken und Buntsandsteinwänden.

Günther, Karls Zwilling und gelernter Koch, war nun Chef in seinem eigenen Reich und für die Speisekarte verantwortlich. Äußerlich glich er seinem Zwillingsbruder fast wie ein Ei dem anderen, nur ein Muttermal an seinem Hals gab ihn zu erkennen. Während Karl eher von zurückhaltender Natur war, mochte es Günther extrovertierter und fand sich auch in unvorhersehbaren Situationen schneller zurecht. Seine tiefe Liebe zur fränkischen Heimat zeigte sich in den hauptsächlich regionalen Gerichten, die er aus seinen Töpfen und Pfannen zauberte – vom Schäufele bis zur Nürnberger Rostbratwurst, vom zarten Lammfilet von der Frankenhöhe bis zum Aischgründer Spiegelkarpfen oder den Regenbogenforellen aus eigenen Gewässern der Fränkischen Schweiz. Je nach Saison standen Spargelgerichte, Wildbret oder ausgewählte Gemüse- und Salatprodukte aus dem Nürnberger Knoblauchsland zur Auswahl. Die Weinkarte offerierte, unter der eifrigen Mithilfe von Manfred, ein breites Spektrum an Weiß- und Rotweinen aus den Weinhängen um Ipsheim, Würzburg und Klingenberg. Die Biere kamen ausschließlich aus den kleinen Privatbrauereien Oberfrankens.

Nach der Renovierung versprach selbst der Keller des Hotels neue Glanzpunkte: Alle drei Brüder hatten hier ihre Ideen eingebracht und nun konnten sich die Gäste auf zwei Bowlingbahnen austoben oder in der Zirbensauna bei herrlichen Aufgüssen schwitzen. Auf dem Außengelände ließen die neuen Hoteleigentümer zuerst einen kleinen, schattigen Biergarten anlegen. Allein die fünf Meter hohen Kastanienbäume, die dafür eingesetzt wurden, kosteten ein Vermögen. Blumengesäumte Kieswege führten zu dem lauschigen Platz, vorbei an einem mit Kois, den teuren japanischen Karpfen, besetzten Gartenteich. Keine 50 Meter davon entfernt lockte in den heißen Sommermonaten ein neues Schwimmbecken, 25 auf 20 Meter groß und beheizbar, umgeben von einer gepflegten Wiese mit Duschen und Sonnenliegen. Überall im Garten luden elegante Ruhebänke zum Verweilen ein, kurzum: eine einzige Wohlfühloase, umstanden von einer halbhohen, immergrünen Kirschlorbeerhecke. Und weil es an diesem Punkt auch nicht mehr auf den letzten Cent ankam, hatten Manfred, Karl und Günther hinter der Hecke gleich noch zwei Tennisplätze anlegen und den hoteleigenen Parkplatz erweitern lassen.

Als ihren Finanzdirektor hatten die drei Brüder Dieter Kowalski eingestellt. Ihr Verhältnis zu Dieter war ein besonderes – er war nicht nur der langjährige Freund und Vertraute von allen dreien, sondern auch ihr Halbbruder. Ein fruchtbarer Fehltritt ihres längst verstorbenen Vaters. Jetzt sollte er sich darum kümmern, dass im neu eröffneten „Richard Wagner“ stets genügend *Cash Flow* vorhanden war. Er erstellte die Bilanz, übernahm Gewinn- und Verlustrechnung, überwachte und bediente sämtliche Finanzierungsangelegenheiten. Auch die Steuer gehörte zu Dieters Aufgabenbereich. Bisher hatte er Manfred, Karl und Günther nicht im Stich gelassen, sie gut durch die schwierige Phase des Umbaus gelotst und danach die Weichen für eine wirtschaftlich erfolgreiche Zukunft gestellt. Bei einer Sache konnte er allerdings nicht helfen.

Was den drei Kolb-Brüdern schwer im Magen lag, war die Abfindung von 250.000 Euro, auf die sie sich mit ihrer Schwester Laila geeinigt hatten. Diese Summe sollte ihr Erbanteil am Hotel sein, den sie ihr zur Erreichung ihres 28. Lebensjahres würden auszahlen müssen. So lautete die Vereinbarung. Noch war es nicht so weit, doch Kowalski erinnerte die drei ständig daran, dass der Tag der Fälligkeit unaufhaltsam näher rückte. Nächstes Jahr im

Mai mussten sie zahlungsfähig sein. Wie sie das bewerkstelligen sollten, wussten die drei heute noch nicht. Das Hotel lief zwar gut – seit der Wiedereröffnung waren sie fast durchgehend ausgebucht –, doch die Kosten des Umbaus hatten sich längst nicht amortisiert. Die Schuldenlast der Kredite drückte.

Sie würden Laila wohl bitten müssen, nicht auf eine termingerechte Auszahlung ihres Erbanteils zu bestehen. Doch wie lange Laila noch darauf warten würde, das konnten weder Manfred noch Günther oder Karl abschätzen. Auch der Finanzdirektor traute sich nicht, die Reaktion seiner Halbschwester vorauszusagen, zumal er ihr aktuell keinen alternativen Auszahlungstermin nach ihrem 28. Geburtstag in Aussicht stellen konnte. Zu lebendig waren die Zeiten. Erst kürzlich hatte im Norden der Stadt ein neues Sporthotel eröffnet und versprach harten Wettbewerb. Die Konkurrenz schlief nicht. Jeder wollte am süßen Kuchen der Bayreuther Festspiele partizipieren, wollte seinen Teil an den gutbetuchten Promis und Wagnerfans, die in die Stadt kamen und mit ihrem Geld nur so um sich schmissen.

*

Laila studierte an der Universität Bayreuth Geoökologie und Umweltnaturwissenschaften, stand kurz vor dem Ende des achten Semesters und damit auch ihres Studienganges. Mit 27 Jahren war sie nicht gerade eine der jüngsten Studentinnen. Das störte Laila aber nicht, betrachtete sie sich selbst doch als „Spätzünder“: Mit dem Abi frisch in der Tasche hatte sie keine große Lust auf ein Studium verspürt. Wie viele andere in ihrem Alter wollte sie damals schnell Geld verdienen und hatte bei der örtlichen Sparkasse eine zweieinhalbjährige Ausbildung zur Bankkauffrau gestartet. Als sie damit fertig war, wusste sie, was es bedeutete, den ganzen Tag am Schalter zu stehen und unfreundliche Kunden zu bedienen. Das war nicht ihr Ding. Zwischenzeitlich hatte sie außerdem eine neue Leidenschaft entdeckt – die Natur. Sie war dem Bündnis 90 / Die Grünen beigetreten und hatte sich zu einer energischen Verfechterin des Umweltschutzes entwickelt. Auf kommunalpolitischer Ebene setzte sie sich für die Einhaltung der Klimaziele ein, sie organisierte gewaltfreie Demonstrationen gegen die Jagd auf Wale, lud gemeinsam mit Parteifreunden zu Diskussionsabenden ein, bei denen es um die Klimaerwärmung und eine saubere Umwelt ging, und verfasste Flyer, wenn mal wieder die eine oder andere Kommunalwahl vor der Tür stand. Ein entsprechendes Studium schien mit einem Mal der perfekte Weg für sie. Laila sprühte vor Ehrgeiz.

Nun, kurz vor dem Abschluss, überlegte sie, ob sie noch zwei Jahre für den Master dranhängen sollte, vielleicht in Biodiversität und Ökologie? Oder Global Change Ecology? Ja, sie spielte mit dem Gedanken, hatte sich aber noch nicht endgültig entschieden. Zuerst wollte sie ihre Bachelorarbeit mit bestmöglichem Ergebnis hinkriegen. Ihre Ansprüche waren hoch, wofür aber mehr ihre Leidenschaft als der Drang nach einer Karriere verantwortlich war. Finanziell ging es ihr jetzt schon gut.

Ihre verstorbene Mutter hatte ihr und ihren Brüdern neben der Hotelanlage auch ein kleines Erbe an Barmitteln hinterlassen. Aus dem Verkauf des alten Wohnhauses, auf den sie sich mit ihren Brüdern geeinigt hatte, war dazu eine ordentliche Summe für sie abgefallen. Ein Vermögen hatten sie dafür nicht bekommen, das Haus war wirklich uralt, reparaturbedürftig und im Grunde genommen abbruchreif gewesen. Den eigentlichen Wert hatten die rund 800 Quadratmeter Grund am Rand der Stadt ausgemacht – ihre Brüder verwendeten die kompletten Einnahmen für die Renovierung des Hotels. Obendrein war da auch noch dieses nicht unbeträchtliche Aktienpaket, das ihre Mutter vor langen Jahren angelegt hatte.

Von ihrem Erbanteil konnte Laila *easy* ihr Studium und ihren derzeitigen Lebensunterhalt finanzieren. Anders als ihre Brüder ließ sie den ihr zustehenden Anteil der Aktien unangetastet in ihrem Bankdepot. Für eine profitable Anlage musste man Zeit und Geduld mitbringen, hatte sie einmal gelesen. Und was brauchte sie schon in der kleinen Studenten-WG am Eichendorffring? 280 Euro Miete zahlte sie monatlich für ein 20-Quadratmeter-Zimmer. Die Uni lag so nah, da kam sie mit dem Fahrrad hin. Bei schlechtem Wetter packte sie den Regenschirm aus und lief. Essen konnte sie kostenlos im Hotelrestaurant ihrer Brüder und einen sicheren Nebenjob hatte sie dort auch. Wann immer sie eine größere Anschaffung oder eine Reise plante, ließ Manfred sie als Zimmermädchen, Bedienung oder Aushilfe in der Küche einspringen und bezahlte einen brüderlich-fürstlichen Stundenlohn. Das Geld selbst zu verdienen, anstatt ihr Bankkonto dafür anzuzapfen, gab Laila ein gutes Gefühl. Und es tat von Zeit zu Zeit auch gut, das Hotel der Eltern wiederzusehen, selbst wenn sie es sich nie hatte vorstellen können, in den Betrieb einzusteigen – eine Entscheidung, die sich mit jedem vergangenen Jahr ihres Studiums mehr bestätigte.

Sie ging ihren eigenen Weg. Sich finanziell derzeit wirklich keine Sorgen machen zu müssen, gab ihr zusätzlichen Rückenwind. Auch ein Auto besaß Laila nicht. Wenn sie unbedingt mobil sein musste, nahm sie die Bahn oder den alten Nissan Qashqai, den ihr der Kommilitone und Parteifreund Lorenz Kutscher meist problemlos überließ, sofern er das Fahrzeug nicht selbst brauchte. Nächstes Jahr, wenn sie 28 wurde, warteten 250.000 Euro auf sie. Eine Menge Geld, das sie auch schon früher hätte beanspruchen können, aber dann wäre es Manfred und den Zwillingen wohl unmöglich gewesen, die Modernisierung des Hotels anzugehen.

Laila war absolut dafür, dass ihre Brüder das Erbe erfolgreich fortführten. Deshalb stundete sie ihnen die Auszahlung der Viertelmillion um knapp drei Jahre. Wenn sie sich das heute so überlegte ... wer verfügte schon mit 28 über so ein großzügiges finanzielles Polster? Aus dieser Sicht sprach auch nichts dagegen, mit dem Master weiterzumachen. Absolut gar nichts!

Laila hatte sich zum Ziel gesetzt, ihren persönlichen Beitrag für eine saubere Umwelt zu leisten. Ein anspruchsvoller Job in der Abfallwirtschaft, der Recycling- und Entsorgungsindustrie oder auch etwas Naturnahes, das könnte sie sich gut vorstellen. Laila konnte sehr wütend werden, wenn sie über den weltweiten Plastikmüll nachdachte, der die Weltmeere verseuchte und für den Tod so vieler kleiner und großer Meereslebewesen verantwortlich war. Auch der Wald litt. Das merkte sie, wenn sie im nahen Fichtelgebirge unterwegs war; immer mehr Fichten waren geschädigt, starben einfach ab. Laila liebte eine intakte Natur, kämpfte dafür, dass mehr Laubbäume wie Buchen und Eichen in den einheimischen Gefilden ihren erneuten Platz fanden. Sie waren einfach strapazierfähiger als Fichten, die in zu trockenen Sommern hohen Schaden nahmen. Und es wurde immer wärmer. Wer das nicht begriffen hatte, dem war nicht zu helfen. Die verlogene und betrügerische Autoindustrie hätte sie dazu so gerne an den Pranger gestellt. Sie verstand die machthabenden Politiker nicht. Dass die nicht härter gegen die ganzen Lobbyisten und Vorstände der betroffenen DAX-Unternehmen vorgingen! Eine einzige Mauschelei. Beschämend. Wenn sie Bundeskanzlerin wäre ... Verkehrsministerin täte es für den Anfang auch ...

Aber erst kam die Bachelorarbeit. Hervorragend müsste sie werden. Wie immer hatte Laila alles perfekt geplant und rechtzeitig vorbereitet. Als erstes hatte sie sich die Zusage ihrer Lieblingsprofessorin eingeholt, ihre Arbeit zu betreuen, dann hatten sie zusammen das Thema besprochen und festgelegt: „Der Einfluss der Klimaerwärmung auf den deutschen Wald". Als Laila das Inhaltsverzeichnis ihrer Abschlussarbeit zu Papier gebracht hatte, stimmte sie sich erneut mit ihrer Betreuerin ab. Die gab ihr noch den ein oder anderen wertvollen Hinweis, mit welcher Literatur sie sich auf jeden Fall befassen sollte. Mit „Mischwälder in Deutschland" war sie längst durch. Auch „The fossil history of Fagus" hatte sie wie einen Thriller von Hitchcock verschlungen. 30 Seiten ihres Manuskripts standen bereits und sie hatte noch zwei Monate Zeit, alles fertigzustellen und abzugeben. Mit ihren bisherigen Studienleistungen war sie recht zufrieden. Im Moment lag sie bei einer Durchschnittsnote von 1,3 und Laila hatte nicht vor, diesen Wert durch das Ergebnis ihrer Bachelorarbeit zu verschlechtern.

Wer Laila nicht kannte, hätte sie nun vielleicht für eine Streberin halten können, die nur ihr Studium im Kopf hatte. Dabei war sie nur sehr gut darin, Prioritäten zu setzen. Nie hatte man sie in den letzten Jahren mit jungen Männern angetroffen, obwohl die meisten von ihnen sich öfter als einmal nach ihr umdrehten, wenn sie in Bayreuth unterwegs war. Sie war eine außerordentlich hübsche junge Frau mit einer langen, glatten blonden Mähne, die ihr bis weit in den Rücken fiel. Ihre intelligenten grünen Augen versprühten Lebenslust und wenn sie lachte, bildeten sich links und rechts auf ihren Wangen kleine Grübchen, die sie auf Anhieb sympathisch wirken ließen. Mit schlanken ein Meter 75 besaß Laila eine Topfigur, an der kein einziges Gramm Fett störte.

Im Grunde waren ihre drei Brüder der Auslöser, weshalb ihr so selten der Sinn nach männlicher Bekanntschaft stand – beziehungsweise die Art, wie sie mit ihr in der Kindheit umgesprungen waren. Nicht, dass Manfred, Günther oder Karl sie je misshandelt hätten, niemals! Es war schlicht das überhebliche, chauvinistische Gehabe der älteren Brüder, das sich bei Laila übel eingeprägt hatte. Immer war sie die Kleine. Nie nahmen sie sie mit auf ihre abenteuerlichen Eskapaden. Sie störte nur. Sobald sie alt genug war, um im Haushalt mitzuhelfen, blieb alle Drecksarbeit an ihr hängen. Abspülen, Putzen, Einkaufen gehen und so weiter und so fort. Die Herren drückten sich, wo es nur ging. Nie hatten sie ein Lob für sie übrig, nie ein gutes Wort der Anerkennung. Wenn sie für jede herablassende Bemerkung, jede gemeine Stichelei und jeden schlechten Witz auf ihre Kosten einen Cent bekommen hätte, müssten Manfred und die Zwillinge ihr nächstes Jahr keine 250.000 Euro mehr zahlen, das wäre längst erledigt.

Auf solche Typen konnte sie verzichten. Leider liefen von dieser Sorte überall genug herum. Außerdem – sie hatte neben dem Studium und ihrer politischen Arbeit gar keine Zeit für das andere Geschlecht. Und dann war da ja noch ihre Aushilfsstelle im Hotel. Zum Glück hatte sich der Ton ihrer Brüder ihr gegenüber in den letzten Jahren deutlich verändert. Mochte sein, dass das früher wenig geschwisterliche Verhältnis einfach an der traditionellen Rollenverteilung der Geschlechter gelegen hatte? In der Welt herumstreifende Jungs gegen die braven Mädchen zuhause? Seit sie zur Frau gereift war, für sich selbst einstand und ihr Schicksal in neue Bahnen lenkte, war es deutlich herzlicher geworden. Manfred war gerade mal sieben Jahre älter als sie, die Zwillingsbrüder Günther und Karl fünf. Kein allzu großer Unterschied. Mittlerweile hatten sie alle eine Art Waffenstillstand geschlossen und Laila kam mit ihnen gut zurecht, vor allem mit Karl, dem ruhigsten der drei Rabauken.

Springer und Sturm
Vorletzte Juliwoche

Das Paar stammte aus der Gegend vom Niederrhein, er aus Xanten, sie aus Wesel. Es war das erste Mal, dass sie nach Franken reisten, der Bayreuther Festspiele wegen. Sie wussten, dass es so manchen Promi in der letzten Juliwoche auf den „Grünen Hügel" trieb, so auch dieses Jahr wieder. Kanzlerin Angela Merkel hatte sich genauso angesagt wie die Showgröße Thomas Gottschalk und Fürstin Gloria von Thurn und Taxis. Knapp 75.000 Einwohner zählte die Stadt, sagte ihnen das Internet. Wie es mit den Hotelkapazitäten stand, wussten sie nicht genau, also hatten sie bereits im Januar im Hotel „Richard Wagner" gebucht, die Siegfried-Suite sollte es sein. Die Homepage hatte einen guten Eindruck gemacht und beide waren einen gehobenen Hotelstandard gewohnt. Geld spielte keine besonders große Rolle, sie mussten nicht auf den letzten Pfennig achten.

Die Festspiele würden am 25. Juli mit „Tristan und Isolde" beginnen. Das Stück war nichts für Heiko Springer und seine Begleiterin. Nicht, dass das Liebesdrama um den Königssohn und seine große Liebe Isolde ihn und Annalena Sturm nicht interessiert hätte, aber sie hatten sich dieses erste Mal in Bayreuth Größeres vorgenommen: die komplette vierteilige Inszenierung des „Ring des Nibelungen".

Vor allem Heiko liebte das mittelalterliche Heldenepos, das Wagner als Vorlage für seinen Opernzyklus gedient hatte. Auf dem Schwarzmarkt hatte er Unsummen für die Eintrittskarten ausgegeben. Sie freuten sich.

Am Montag, den 27. Juli sollte der Vierteiler mit „Rheingold" starten. Zwei Tage zuvor kamen Heiko und Annalena in Bayreuth an. Sie wollten die Gelegenheit nicht versäumen, sich neben dem Festspielhaus auch die anderen Sehenswürdigkeiten der oberfränkischen Metropole anzusehen. Ganz oben auf ihrer Liste stand die Parkanlage der Bayreuther Eremitage mit ihren vielen Wasserspielen, der schwungvollen Orangerie und dem Sonnentempel, auf dessen Kuppel Apoll, Gott des Lichts und der Musik, seine Rösser zum schnellen Lauf anspornte. Leider war das Markgräfliche Opernhaus – weitaus älter als das Festspielhaus und 2012 als UNESCO-Weltkulturerbe ausgezeichnet – nicht zugänglich, die Renovierungsarbeiten sollten sich noch über die nächsten drei Jahre hinziehen, hieß es. Wie die Eremitage war der barocke Bau ein Vermächtnis der Markgräfin Wilhelmine, Gattin des einstigen Markgrafen Friedrich von Brandenburg-Bayreuth und Lieblingsschwester von Friedrich dem Großen; jene Frau, die so viel für die Stadt getan hatte. Das Neue Schloss im Stadtzentrum mit dem Hofgarten wollten Heiko und Annalena sich aber auf jeden Fall ansehen. Das hatten sie sich fest vorgenommen.

Die beiden 30-Jährigen waren auf den ersten Blick ein etwas seltsames, auf jeden Fall aber auffallendes Paar. Er schlank und einen Meter 89 groß, mit breiten Schultern, muskulösen Armen und schmalen Hüften, einem kantigen Gesicht und blonden Locken, die ihm bis in den Nacken fielen. Seinen aufmerksamen himmelblauen Augen entging nichts und die dunklen, langgebogenen Brauen gaben seinen Zügen eine gewisse Eleganz.

Nicht so seine Begleiterin. Sah man sie durch die Straßen Bayreuths flanieren, kam einem nicht unbedingt das Wort „Eleganz" in den Sinn. Nicht, dass sie grobschlächtig oder gar korpulent gewesen wäre, auch sie hatte kein Gramm Fett zu viel am Körper. Dennoch stolperte so manch männlicher Blick über ihre breiten Schultern und die stahlharten Muskeln ihrer Oberarme und Waden, die ihr Sommerkleid frei ließ. Annalena war durchtrainiert. Kein Wunder, sie hatte sich seit frühen Teenagertagen der Leichtathletik verschrieben. Diskuswerferin. Beinahe hätte ihr Talent für die Aufnahme in den Kader des Nationalteams ausgereicht, doch mittlerweile war sie froh, einem Beruf mit gesichertem Verdienst nachzugehen und dem Sport nur in der Freizeit treu geblieben zu sein. Trotzdem fehlte ihrem Äußeren einfach die weibliche Leichtigkeit. Dazu kam ihr Blick: selten heiter, meistens hart und unnahbar, ein bisschen streng, man könnte auch sagen misstrauisch. Überhaupt wirkten ihre Gesichtszüge eher männlich. Annalenas herausragendstes weibliches Merkmal war ohne Frage ihr Busen. Sie trug ihn mit Stolz. Als Sportlerin war eine aufrechte Körperhaltung für sie selbstverständlich, sie lief fast schon mit einem Hohlkreuz herum und reckte ihre beiden Attribute unübersehbar von sich. Zu allem Überfluss trug sie meistens auch noch einen Push-up-BH, der ihre einzigen Rundungen aus jedem noch so züchtigen Ausschnitt quellen ließ.

Wie Heiko und Annalena genau zueinander standen, wussten nicht einmal ihre wenigen gemeinsamen Freunde und Bekannten. Waren die zwei ein festes Liebespaar oder schliefen sie nur miteinander, wenn es ihnen gerade gut in den Terminplan passte? Eine Art Zweckgemeinschaft, in der sich beide nicht unsympathisch fanden und sowohl Nähe als auch Flexibilität genossen? Niemand wurde aus ihnen so richtig schlau. Sei's drum, es war ihr Leben. Solange sie miteinander auskamen und es ihnen gefiel ... zumindest waren beide begeisterte Sportler und glühende Opernfans.

*

Als sich Heiko bei ihrer Ankunft in Bayreuth in das Anmeldeformular des Hotels „Richard Wagner" eintrug, zögerte er für einen kurzen Moment.

Das Formular fragte ihn nach seiner Berufsbezeichnung ... hmm, Börsenhändler, Finanzberater, Investor? Wenn sich seine steile Karriere weiter so hervorragend entwickelte, vielleicht bald schon Privatier?

„Ist doch egal, was ich reinschreibe", sagte er sich und kritzelte schnell den „Finanzberater" ins entsprechende Kästchen.

Da sollte er sich gewaltig täuschen. Die drei Kolb-Brüder interessierte es außerordentlich, wie ein Investor, Börsenhändler und Finanzberater sein Einkommen bestritt, und vor allem, wie er das seiner Kunden vermehrte.

Finanzielle Schieflage
26. Juli

Manfred, Günther und Karl waren ein eingeschworenes Team. Die einzige Person, die sie mit uneingeschränktem Vertrauen in ihre kleine Gruppe aufnahmen, war Dieter Kowalski. Ihr Halbbruder stand ihnen sehr nahe und wurde trotz seines jüngeren Alters von Anbeginn in alle wichtigen unternehmerischen Entscheidungen rund um das „Richard Wagner“ miteinbezogen.

Dieter war das Produkt eines Seitensprungs ihres längst verstorbenen Vaters Friedrich mit einer recht bekannten Opernsängerin am Festspielhaus. Die beiden waren sich nach einer erfolgreichen Inszenierung von „Rheingold“ vor knapp 30 Jahren zum ersten Mal nähergekommen. Das Ergebnis dieser Liaison – und der Grund, warum sich Ute und Friedrich Kolb schließlich trennten – war Dieter, der im selben Jahr wie Laila geboren wurde. Rein äußerlich geriet er ganz nach seiner Mutter, einer grazilen Person mit einer kräftigen Sopranstimme. Leider hatte diese bei aller Ähnlichkeit nicht das geringste Interesse an ihrem Kind, ebenso wie der Vater.

Während Friedrich Kolb seine Frau verließ, mit seiner Liebschaft um die Welt tingelte und das Leben genoss, bis ihn der Lungenkrebs ereilte, überließ er, herzlos wie er nun einmal war, seinen unehelichen Sohn den allgemeinen sozialen Diensten der Stadt Bayreuth. So verbrachte der Halbbruder von Manfred, Günther, Karl und Laila einen kläglichen Teil seiner Kindheit in den dafür vorgesehenen städtischen Einrichtungen. Dieter litt von Anbeginn unter der Einsamkeit, dem Ausgestoßensein. Oft kränkelte er.

Irgendwann konnte Ute Kolb nicht mehr mitansehen, wie der Junge litt. Die Jahre hatten den Schmerz über Friedrichs Betrug gemildert, Gras über die tiefe Kränkung wachsen lassen, also holte sie den außerehelichen Sohn ihres Mannes aus Mitleid aus dem Heim und plötzlich waren es fünf Kinder, die im Wohnhaus Kolb herumtobten.

Dieter blühte auf und dennoch hatte Ute das Gefühl, dass ihm etwas in seiner Entwicklung fehlte. Körperlich war er deutlich kleiner und schmächtiger als seine Halbbrüder, aber das war es nicht: Er war allzu sehr in sich gekehrt, strotzte nicht gerade vor Selbstwertgefühl. Um seine neu gefundene Familie baute er eine regelrechte Mauer, sprach von Dritten außerhalb dieses Kreises oft negativ und eine gehörige Portion Neid spielte in vielem, was Dieter tat, eine Rolle. Trotzdem war Ute beseelt davon, Dieter zu helfen und ihm den Weg in eine erfolgreiche Zukunft zu ebnen. Nach seinem Schulabschluss ermunterte sie ihn, eine solide Ausbildung zum Bankkaufmann anzugehen, während der er selbstverständlich sein Zimmer im ersten Stock behalten konnte und weiter am Familientisch willkommen war. Eine tolle Frau. Noch heute war Dieter seiner Ziehmutter und auch seinen Halbgeschwistern unendlich dankbar, dass sie ihn so unproblematisch aufgenommen hatten. Mit zunehmendem Alter hatte er sich geschworen, ihnen die große Unterstützung zurückzuzahlen. Loyalität seiner Familie gegenüber war für ihn deshalb kein Fremdwort, sondern eine Selbstverständlichkeit, ja geradezu ein Mantra – vor allem nachdem ihm Manfred, Günther und Karl auch noch den Posten als Finanzdirektor ihres Hotels anvertraut hatten.

Als er sich mit ihnen das erste Mal über die Finanzierung der anstehenden Renovierungskosten beriet, schlug er vor, die Auszahlungsverpflichtung, die sie ihrer Schwester gegenüber hatten, in die Bilanz der Kommanditgesellschaft einzustellen. „Wir könnten die Schuldverhältnisse aktivieren. Das wäre nach den Prinzipien der kaufmännischen Vorsicht korrekt“, waren seine Worte.

„Was bedeutet das genau?“, wollte Manfred wissen.

„Nun, nach den Paragrafen 268, Absatz 5, Satz 1, und 285, Nummer 1, des Handelsgesetzbuches müsstet ihr eine Verbindlichkeit einstellen. Die schmälert natürlich eure Vermögensposition.“

„Ich versteh nur Bahnhof“, meinte Günther und Karl nickte dazu energisch.

„Könnte das negative Auswirkungen auf die Beschaffung des Kredits haben, den wir für die Renovierung brauchen?“ Es war Manfred, der den Braten roch.

Dieter zog die Stirn in Falten. „Könnte durchaus sein“, antwortete er. „Es wird jedenfalls nicht einfacher. Aber im Rahmen einer Kommanditgesellschaft seid ihr neben eurer Kapitaleinlage sowieso auch mit eurem gesamten Privatvermögen gesamtschuldnerisch haftbar.“

Dann erklärte er ihnen, was es bedeutete, Komplementär und Kommanditist zu sein, und dass die Haftung von Gesellschaftsverbindlichkeiten im Außenverhältnis durch den Gesellschaftsvertrag sowieso nicht begrenzt werden konnte.

„Dann ist es doch Wurst, ob wir mit der Verbindlichkeit an Laila die Bilanz belasten und damit – wenn ich es richtig verstanden habe – auch die Finanz-, Vermögens- und Ertragssituation unserer Kommanditgesellschaft oder ob wir die 250.000 Euro als private Schuld außerhalb der Geschäftsbücher betrachten. Das heißt“, korrigierte sich Manfred selbst und hob einen Zeigefinger, „es ist doch nicht Wurst. Wenn ich so drüber nachdenke, wäre es mir doch lieber, wenn unsere Bilanz nicht damit belastet wird, auch wenn die Zahlung an Laila der Höhe und dem Grund nach feststeht.“

Manfred war schon immer der Zampano der Familie, vor allem seit ihrer aller Mutter verstorben war. Immer gab er den Ton an und seine Geschwister kuschten, weil sie wussten, dass Diskussionen keine Aussicht auf Erfolg hatten.

*

Am Tag nach der Festspielpremiere saßen die Brüder mit Dieter einmal wieder in Manfreds Büro zusammen. Routinemäßige Besprechung der Hotelleitung. Durch die offenen Fenster kam laue Sommermorgenluft herein, aber die vier waren mittlerweile bei einem schweren Thema angelangt: die Sache mit Lailas Erbteil.

„Als euer Finanzchef muss ich euch darauf hinweisen – ja, Manfred, *ständig* darauf hinweisen –, dass hier noch eine enorme Verpflichtung ansteht, die einer Lösung zugeführt werden muss. Ansonsten schaut es mau aus mit unserer Finanzlage."

„Ja, ja ... wissen wir", nahm Manfred das Thema auf, „an der Zahlungsverpflichtung gegenüber unserer Schwester gibt es nichts zu rütteln und zu deuten. Eine unschöne Sache, der Termin rückt immer näher. Momentan hätten wir die 250.000 Euro jedenfalls nicht zur Verfügung – und unter uns gesagt, fällt mir auch nichts ein, wie wir das im nächsten Jahr hinkriegen sollen. Wir haben uns seinerzeit bei der Kalkulation unserer Fixkosten ganz schön vertan und müssen froh sein, dass wir die fälligen Tilgungsraten aus der Finanzierung bedienen können."

„Aber auch nur, weil wir die Aktien von Mama zu Geld gemacht und die Erlöse in die Gesellschaft eingebracht haben", merkte Karl an.

„Ja, ja, ich weiß. Das musst du mir nicht auch noch sagen, Karl!", reagierte Manfred laut und schroff. „Wir müssen uns etwas einfallen lassen!"

Karl zuckte zurück, als er von Manfred halb gescholten wurde; er und Günther standen immer in zweiter Reihe, auch wenn sie gleichberechtigte Gesellschafter waren.

Wieder hatte sich Manfred in den Vordergrund geschoben. Allmählich ging den Zwillingen sein Verhalten aber gehörig gegen den Strich. Es brodelte unter der Decke der brüderlichen Harmonie. Was bildete Manfred sich eigentlich ein? Er hatte auch keine bessere Ausbildung genossen als sie. Großhandelskaufmann – das machte aus ihm nicht automatisch den perfekten Hotelmanager, genauso wenig wie sein beruflicher Einstieg als Sachbearbeiter im Vertrieb und Innendienst der Brauerei Gebrüder Maisel. Na und? Das einzige, was für seinen Job als Direktor des „Richard Wagner" sprach, war die Tatsache, dass er von Küchen- und Hotelbetriebsabläufen keinen Schimmer hatte, da blieb nur noch der Posten des Chefs, der Verantwortung trägt, aber sonst nichts. Die wahren Gründe, warum man ihm den Job anvertraut hatte, waren seine imposante

Erscheinung und sein weltmännisches Auftreten. Kamen die Gäste mit Beschwerden zu Punkten, die nicht so liefen, wie sie sollten, vermittelten schon seine an den Seiten leicht ergrauten Haare diesen gewissen Hauch von Seriosität. Seine Art zu sprechen und die positive Aura eines in sich ruhenden Menschen sorgten für den Rest: Manfred stand für Verlässlichkeit, für gewissenhaftes Handeln, für das Einleiten von Verbesserungen. Er war ganz groß in der Theorie.

Gott sei Dank hatte Günther souverän die Gastronomie des Hotels übernommen. Mehrere Jahre lang war er stellvertretender Chefkoch in Laudensacks Parkhotel, dem Sternerestaurant in Bad Kissingen, gewesen; noch heute schwärmten seine ehemaligen Gäste von seiner Rinderroulade „Oma Herta". Vom Empfang bis zu den Zimmern, vom Personal und der Verwaltung bis zum Einkauf oblagen Karl die vielen Aufgaben des Alltagsgeschäfts. Er war der eigentliche Experte in der Familie, der sich dafür im „Bayerischen Hof" in München zum Hotelkaufmann hatte ausbilden lassen. Karl und Günther waren sich einig, dass ihr älterer Bruder die überflüssigste der Leitungspositionen übernommen hatte. Hier ein bisschen repräsentieren, dort ein wenig den Gästen um den Bart gehen. Also brauchte er sich nicht immer wie ein Tyrann aufzuführen. Außerdem: Das Geld zusammenzuhalten, schien ihm nicht so zu liegen. Manfred gab es viel zu leichtsinnig aus.

Sie erinnerten sich nur zu gut an die Gespräche, die sie mit Laila nach der Beerdigung ihrer Mutter geführt hatten. 250.000 Euro hatte Manfred ihr auf Anhieb für ihren Anteil am Hotel angeboten. Völlig überflüssig. 150.000 bis 200.000 hätten es sicher auch getan. Andererseits – die Erbmasse mit Hotelgebäude und Grund war mehr als eine Million wert, auch unrenoviert. Das besagte jedenfalls das Gutachten, das sie wenig später hatten anfertigen lassen. Ein Hotel in bester Lage. Laila hatte sich sehr konziliant gezeigt. Allen war klar gewesen, was es bedeuten würde, den alten Kasten modernisieren zu lassen, und auch die Zwillinge waren ihrer Schwester durchaus dankbar, dass sie ihnen nicht durch übertriebene Geldforderungen noch mehr Steine in den Weg gelegt hatte.

Aber jetzt? Jetzt ragte Lailas Erbteil als schlimmster und größter Brocken vor ihnen auf.

Schon klar, dass sie nicht mehr davon abging, nachdem die Zahl einmal auf dem Tisch lag – aber noch lange kein Grund für Manfred, seine Brüder ständig zusammenzustauchen. Den Zwillingen schwoll der Kamm. Dieser selbstgerechte Sack stellte sich hin und sprach davon, dass man sich „etwas einfallen lassen müsse", ohne selbst eine Idee zu haben.

Karl hingegen hatte sehr wohl einen Vorschlag. „Gestern hat ein gewisser Heiko Springer mit seiner Freundin eingecheckt", wusste er zu berichten. „Ich war gerade am Empfang. *Finanzberater* hat er ins Anmeldeformular eingetragen. Der stinkt nach Geld. Goldene Rolex, Anzug von Armani, einen 350er Mercedes SL auf dem Parkplatz. Seine Freundin trägt Goldgeklimper vom Hals bis zum Knöchel, Klamotten von Edelmarken und irgendeine sauteure Ledertasche hatte sie auch noch über der Schulter hängen."

„Was willst du uns damit sagen?", fragte Dieter über seine verschränkten Arme hinweg. „Sollen wir ihn um finanzielle Unterstützung angehen, vielleicht nach einem Privatkredit fragen?"

„Wie – Privatkredit?", wurde Manfred hellhörig.

„Davon würde ich abraten", sagte Dieter streng. „Finanzberater ... solche Leute sind doch die reinsten Halsabschneider."

„Nein, nein, das meine ich nicht", fuhr Karl schnell fort, „aber so ein Finanzberater spekuliert doch an der Börse, legt das Geld seiner Kunden möglichst gewinnbringend an. Offenbar hat der Springer ein Händchen dafür, wenn er sich von der Provision so einen Lebensstil leisten kann." Karl sah seine Brüder einen nach dem anderen an. „Vielleicht ist es an der Zeit, dass wir auch auf die Dienste eines Finanzdienstleisters zurückgreifen."

„Du willst diesen Springer engagieren?", fragte Günther skeptisch. „Nur weil dem eine Rolex am Handgelenk baumelt?"

„Nein, ich weiß nicht, vielleicht. Ich hab das noch nicht zu Ende gedacht", entgegnete Karl mit bemühtem Lächeln. „Wir können uns auch schlau machen, wer hier in Bayreuth so eine Finanzberatung betreibt?"

„Pffft", machte Günther.

„Bin ich der einzige, der sich fragt, mit welchem Geld unser potenzieller Finanzberater denn an der Börse für uns spekulieren soll?", warf Dieter ein. „Ihr kennt unsere Lage. Da ist für solche Spielchen nichts übrig ..."

„Hhm." Manfred wog den Kopf hin und her. „Vielleicht sollten wir den Burschen mal kennenlernen ... Heiko Springer ... Am besten laden wir ihn und seine Freundin mal zum Abendessen ein. Quasi als Aufmerksamkeit des Hauses gegenüber seinen VIP-Gästen. Je nachdem, wann es bei denen geht", fügte er hinzu, „sie bleiben ja ein paar Tage, wenn ich es richtig verstanden habe. Vielleicht kann der Mann uns wirklich helfen."

*

Der Bursche, der nach Geld stank und dessen Dienste möglicherweise gefragt waren, war an diesem Morgen schon allein zum Frühstück vorausgegangen. Ein Streit mit Annalena. Es ging um Nichtigkeiten. Nur weil er, wie immer, früher wach war als sie und dieses eine Mal – im Urlaub, im Hotel – nicht auf sie warten wollte.

Mit einem „Ich bin noch soooo müde" hatte sie sich einfach auf die andere Seite gedreht und weitergeschlafen. Dabei war es schon halb neun! Gestern Abend hatten sie extra noch vereinbart, dass sie um diese Zeit ihren ersten Kaffee gemeinsam genießen wollten. Langsam ging sie ihm auf die Nerven mit ihrer Unzuverlässigkeit.

Während Heiko Annalena dabei zugesehen hatte, wie sie ihre Nase immer tiefer ins Kissen drückte, hatte er geahnt, wie das enden würde: Mindestens eine Stunde müsste er totschlagen – mucksmäuschenstill, versteht sich –, bevor sie sich dazu herablassen würde, endlich aufzustehen. Nein, irgendetwas hatte ihn heute dazu bewogen, nicht nachzugeben. Er wusste nicht, welcher Impuls genau diesen Trotz angestachelt hatte, aber er hatte sich kurz unter die Dusche gestellt, war, nachdem er sich die Zähne geputzt hatte, in seine Jeans und ein weißes T-Shirt von Hilfiger geschlüpft und hatte sich die leichten Lederslipper übergezogen.

Fast hätte er es auch aus dem Bad und zur Tür hinaus geschafft, aber da hatte Annalena nun doch schon wach im Bett gesessen und gemeint, dass sie in einer halben Stunde fertig sei und er auf sie zu warten habe. Wie gesagt, heute nicht.

Es folgte ein unfreundliches Wortgefecht. Wutentbrannt verließ er die gemeinsame Suite. Seine lockigen Haare glänzten noch feucht vor sich hin.

Als er das reichhaltige Angebot in der Frühstückskuppel des „Richard Wagner" entdeckte, das als Selbstbedienungsofferte aufgebaut war, besserte sich Heikos schlechte Laune schlagartig. An der Eierstation stand ein Hotelangestellter und nahm die Wünsche der Gäste entgegen. Die Wahl bestand aus Omelette, Rühr- und Spiegelei mit diversen Zutaten. Er entschied sich für Rührei mit Speck. An der Saftbar gab es frisch gepressten O-Saft. Für seinen Toast wählte er die Einstellung „knusprig braun" und als er endlich einen Platz mit Blick auf das Bayreuther Festspielhaus gefunden hatte, stand plötzlich ein atemberaubendes blondes Wesen neben ihm und fragte nach seinen Tee- oder Kaffeewünschen.

Er war erst so perplex, dass er das Wort „Cappuccino" kaum herausbrachte. „Trottel!", schimpfte er sich in Gedanken selbst, er musste ja den Eindruck hinterlassen, als ob er stottern würde.

Kaum hatte er sich wieder einigermaßen sortiert, rauschte die blonde Bedienung mit einem vollen Haferl in der Hand wieder heran. „Wohl bekomm's", wünschte sie mit einer Stimme, die süßer nicht klingen konnte, stellte das Haferl auf die Tischplatte und schwebte davon.

Heiko Springer war platt. So eine Frau hatte er noch nicht erlebt. Sie war schlank, nicht zu groß und nicht zu klein geraten, blond, hatte grüne wache Augen und wenn sie lächelte, bildeten sich links und rechts auf ihren Wangen zwei entzückende Grübchen. Ihr Alter schätzte er auf Mitte, vielleicht auch Ende 20.

„Kein Vergleich zu Annalena", war das erste, was er logischerweise feststellte, als er sich genug gesammelt hatte, um eine Gabel mit Rührei zu beladen. Er musste sie ansprechen, sie kennenlernen. Sicher kam sie noch einmal an seinen Tisch, wenn er seinen

Cappuccino geleert hatte. Er nahm einen großen Schluck … Es war einfach die Weiblichkeit, die seiner derzeitigen Freundin fehlte, trotz ihres übermächtigen Busens. Irgendwie war er ihrer überdrüssig geworden. Er wollte – oder konnte – es sich nur noch nicht völlig eingestehen.

*

Rund 40 Minuten nach Heiko verließ auch Annalena die Suite. Die Zeit, die Heiko morgens mit Duschen, Zähneputzen und Ankleiden zubrachte, benötigte sie allein für ihr Make-up. Heute hatte sie es richtig krachen lassen: Ihr schwarzer Lidschatten stand im krassen Gegensatz zum bonbonrosa Lippenstift, den sie dick aufgetragen hatte. Schwer klimperten ihre getuschten Wimpern. Ihre Wangen wurden von Rouge betont, farblich passend zur Lippenfarbe. Mit dieser Kriegsbemalung und einem kleinen Schwarzen von Dolce und Gabbana, eingehüllt in eine Wolke von Dior, betrat sie mit gereckter Brust den Aufzug, in dem gerade auch Manfred und seine beiden Brüder dem Frühstücksraum entgegenschwebten; nach ihrer Morgenbesprechung mit Dieter hatten sie sich einen Kaffee mehr als verdient.

Karl konnte es nicht lassen, Manfred mit einem leichten Rempler und einem Zucken der linken Augenbraue auf die Erscheinung namens Annalena Sturm aufmerksam zu machen. Sie hatten ja gerade über das Finanzberaterpaar gesprochen. Doch zum einen verstand Manfred den finanziellen Hintergrund des Ellbogenstoßes nicht und zum anderen brauchte er keine besonderen Hinweise: Die Frau war der Hammer. Fand jedenfalls Manfred. Ein Sinnbild der Stärke. Die konnte zupacken, das sah man. Und die feminine Seite kam in seinen Augen auch nicht zu kurz. Diese Lippen …

Die Türen schlossen sich und die Aufzugskabine verwandelte sich in ein Meer von Parfüm.

Alle drei Männer, besonders Manfred, mussten einfach auf den dominanten Busen starren, der das Zentrum des engen Raums zu sein schien. Keiner sagte ein Wort.

Endlich, bevor der Aufzug im obersten Stockwerk ankam, nahm Manfred seinen ganz Mut zusammen und sprach die Frau an: „Ähem ... Sie sind Gast in unserem Haus, Frau ...?"

„Sturm", wurde er von Annalena nicht gerade freundlich belehrt. Sie besah ihn sich flüchtig. „Und das geht Sie etwas an, weil ...?"

Der Aufzug hielt.

„Entschuldigung, Frau Sturm. Ich bin Manfred Kolb, der Mitinhaber und General Manager des Hotels. Meine Brüder Karl und Günther", stellte er die beiden anderen vor, während sie aus dem Aufzug traten. „Ich hoffe, Ihnen gefällt Ihr Aufenthalt bei uns?"

„Oh!" Bei den Worten „Inhaber" und „General Manager" horchte Annalena auf. „Ja, danke, die Siegfried-Suite gefällt mir recht gut. Auch wenn die Badewanne etwas größer sein könnte."

„Manfred – wir gehen dann schon mal. Bis später", unterbrach Günther grinsend das Geplänkel und die Zwillinge verdünnisierten sich.

„Sagen Sie, Frau Sturm", nahm Manfred den Faden wieder auf und führte Annalena zu einer kleinen Nische vor dem Frühstückssaal, „hatten Sie schon die Gelegenheit, unseren Wellnessbereich auszuprobieren? Ganz neu gestaltet, mit Zirbensauna, ein Traum."

Annalena musterte ihr Gegenüber noch einmal genauer: Der Hotelmanager war ein großer, stattlicher Mann, gut gekleidet, ganz Geschäftsmann. Ein komplett anderer Typ als Heiko, der im Anzug immer aussah, als freue er sich schon darauf, wieder in die bequeme Jeans schlüpfen zu können. Gute Manieren hatte dieser Manfred Kolb auch. Nicht unsympathisch. Eher das Gegenteil, mit seinen leicht angegrauten Schläfen. „Zirbensauna, soso ..."

Manfred zwinkerte. „Ich könnte für Sie auch einen privaten Besuch arrangieren ..."

Annalena spähte in den Frühstücksraum hinüber. Ah ja, da hinten saß Heiko und schob sich gerade den letzten Bissen Toastbrot in den Mund. „Herr Kolb –"

„Manfred, bitte."

„Manfred", wandte sie ihre Aufmerksamkeit wieder dem Hotelchef zu, „wenn dieser private Saunabesuch auch Ihre Gesellschaft miteinschließt, muss ich Ihnen sagen, dass ich nicht allein in der Siegfried-Suite wohne."

Manfreds Lächeln fror ein.

„Wenn Sie Ihr Anmeldeformular checken, werden Sie feststellen, dass die Suite auf den Namen Heiko Springer läuft. Mein Partner."

Auf Manfreds Gesicht spiegelten sich zwei gegensätzliche Emotionen: vage Enttäuschung und ein freudiger Aha-Moment. „Entschuldigen Sie, Frau Sturm ... ich wollte nicht ... Ihnen nicht zu nahe treten. Hoffentlich habe ich Sie nicht beleidigt? – Aber sagen Sie, Ihr Begleiter, Heiko Springer ... wenn ich mich richtig erinnere, hat er sich mit *Finanzberater* bei uns angemeldet."

Annalena nickte knapp.

„Dann nutze ich vielleicht die Chance ... Frau Sturm, da möchte ich ganz unverblümt nachfragen ... wie soll ich mich ausdrücken ... ob wir vom Hotel *Richard Wagner* vielleicht auch seine Dienste in Anspruch nehmen könnten? Unverbindlich natürlich. Ich meine, wenn es sich lohnt. Für beide Seiten natürlich. Ich meine, es soll sein Schaden nicht sein."

Manfred fiel auf, dass er faselte, und er riss sich zusammen. „Bislang haben wir uns mit dem Thema Investment noch nicht auseinandergesetzt und wenn man schon einmal einen Experten im Haus hat, dachte ich, könnte man die Gelegenheit beim Schopfe packen. Für eine erste Beratung, gern in ungezwungenem Rahmen. Sie sind natürlich auch herzlich dazu eingeladen: Was würden Sie von einem gemeinsamen Abendessen halten? Zum Kennenlernen und Erläutern der Situation? Wann immer Sie und Herr Springer Zeit haben."

Annalena hatte kaum zugehört, ihr Blick war auf den Frühstückssaal fixiert. Denn Heiko, der sein Frühstück beendet hatte, schäkerte inzwischen mit einer ihr unbekannten jungen, äußerst attraktiven Blondine. Die beiden standen mitten im Raum und waren nicht zu übersehen. Heiko widmete ihr seine ungeteilte Aufmerksamkeit. Beide lachten herzlich und sie berührte ihn sanft am Arm.

„Frau Sturm?", fragte Manfred ungeduldig.

„Ja?" Annalena fuhr herum. „Wann Heiko Zeit hat? Das können Sie ihn gleich selber fragen. Er steht dort drüben – mit der hübschen, jungen Frau. Die mit den blonden Haaren." Sie deutete mit einem manikürten Finger hinüber.

„Ach, die? Laila. Das ist unsere jüngere Schwester. Sie hilft hier ab und zu aus." Manfred lachte. „Das trifft sich gut. Die beiden scheinen sich ja gut zu verstehen."

Annalena warf noch einen giftigen Blick in Richtung des fröhlichen Heikos mit seiner neuen blonden Bekanntschaft, dann nahm sie Manfred ins Visier. Ihre Augen blitzten. „Herr Kolb – Manfred, ich glaube, ich möchte doch auf Ihr Angebot des privaten Saunabesuchs zurückkommen ... und bitte, nennen Sie mich Annalena."

Spaziergang zum Festspielhaus

Am selben Tag

Noch ein Tag, dann würde es auch für die Gäste vom Niederrhein mit den Festspielen losgehen: „Das Rheingold". Heiko wollte den Sonntag nutzen, um sich einen persönlichen Eindruck des Richard Wagner-Festspielhauses zu verschaffen, bevor am Nachmittag die Massen anrückten. Er hatte schon viel über den Prachtbau gelesen, den der große Künstler zwischen 1872 und 1875 nach eigenen Entwürfen im Stil der hellenischen Romantik für sich hatte bauen lassen. Bereits ein Jahr später waren mit „Rheingold" die ersten Festspiele eröffnet worden.

Vom Hotel aus war es nur ein Katzensprung. Einfach die Tristanstraße ein Stück bergauf, bis zur Bushaltestelle „Am Festspielhaus", schon ging es hinein in den rund 19 Hektar großen Festspielpark.

Gleich nach dem Frühstück hatte sich Heiko mit Annalena auf den Weg dorthin machen wollen, aber als seine Freundin endlich unter der Dachkuppel des Hotels aufgetaucht war, hatte sie sich erst eine halbe Ewigkeit Zeit gelassen, um ihren Joghurt zu löffeln, und dann darauf bestanden, noch einmal „zum Frischmachen" in die Suite zurückzugehen. Jetzt waren sie endlich unterwegs, aber die Stimmung war alles andere als rosig. Ohne ein einziges Wort zu wechseln, liefen sie nebeneinander her.

Am Seerosenteich im Park brach Annalena das Schweigen: „Die kleine Blonde scheint dir zu gefallen?", begann sie.

„Kleine Blonde? Welche kleine Blonde?"

„Na, Laila, die Schwester von Manfred, dem Hotelchef. Sie hat beim Frühstück bedient."

„Ach so, die. Ich hab gar nicht gewusst, dass sie zur Familie gehört. Das hat sie mir nicht verraten."

„Lenk nicht ab, du hast meine Frage nicht beantwortet", ließ Annalena nicht locker.

„Mensch, Anna! Sie hat mir einen Kaffee gebracht und ich hab mich mit ihr unterhalten. Du warst ja noch nicht da."

„Ich kenn doch deinen Blick. Du hast sie regelrecht verschlungen. Mach mir nichts vor."

„Und du?", brauste jetzt Heiko auf. „Du brauchst gar nichts zu sagen. Glaubst du denn, ich hab dich nicht gesehen? Wie du so vertraut mit diesem Kerl zusammengestanden hast, oben vor dem Frühstück? Wie der dich angehimmelt hat? War das dieser Manfred, der Hotelchef? Der wär ja am liebsten in dich hineingekrochen. Hat seine Blicke gar nicht mehr von deinem Busen losgekriegt. Das hat dir gefallen, nicht wahr?"

„Ja, das hat mir gefallen", gab sie trotzig zurück. „Ich hab meine Brüste sogar noch etwas weiter herausgestreckt als üblich."

„Und die Blicke, die du ihm zurückgegeben hast. Eindeutiger geht es ja nicht mehr. Du findest ihn attraktiv, oder?"

„Was willst du von dieser Laila?", stellte Annalena ihm hitzig die Gegenfrage. „Du brauchst mir eigentlich gar nicht zu antworten", winkte sie dann gleich wieder ab. „Ich weiß es sowieso. Du willst sie in die Kiste kriegen. Hab ich recht?" Sie blieb stehen und ließ die Arme hängen. „Und danach, was passiert danach? Das ist, was ich gern von dir wissen möchte."

„Ich glaube, dass deine Fantasie mal wieder mit dir durchgeht", wich Heiko immer noch gereizt aus. „Können wir das Thema nun beenden? Bitte?"

Er ging los, ohne abzuwarten, ob Annalena ihm nachkam. Welche Gefühle Laila in ihm wirklich geweckt hatte – darüber wollte er nicht sprechen.

„Immer schön den Problemen aus dem Weg gehen. Wie immer", gab sich Annalena enttäuscht, als sie zu ihm aufschloss. „Typisch Mann, einfach alles totschweigen. Irgendwann mach ich da nicht mehr mit, das sag ich dir."

„Willst du mir drohen?", reagierte er schroff. „Mich verlassen? Ha! Wer hält dich denn aus? Wer bezahlt denn deine ganzen Designerklamotten?"

„Ja, bezahlen, bezahlen! Mit dem ein oder anderen schmutzig verdienten Geld!", herrschte sie ihn an. „Du hast mich bei genug deiner kleinen Deals als Partnerin eingespannt. Meinst du, ich hab keine Augen im Kopf, keine Ohren, die verstehen, was du mit deinen ganzen halbkriminellen Geschäftspartnern am Telefon besprichst? Ich warte nur auf den Tag, an dem dich die Steuerfahnder hopsnehmen."

„Blödsinn, was ich mache, ist vollkommen legal, das weißt du ganz genau. Ich nutze nur Gesetzeslücken. Und jetzt ist Schluss mit deinem Rumgekeife. Mach doch, was du willst!" Heiko beschleunigte seine Schritte und verfiel in lethargisches Schweigen.

Während sich die beiden gefetzt hatten, waren sie immer näher zum Eingang des Festspielhauses gekommen. Rege Tätigkeit um sie herum lenkte sie nun von ihrem Streit ab. Arbeiter wuselten durch Türen und schleppten die letzten Bühnenaccessoires von A nach B. Andere waren an den Fahnenstangen vor dem Eingang beschäftigt und hissten diverse Flaggen: Eine zeigte das riesige Konterfei des einstigen genialen Künstlers, im Hintergrund sein Festspielhaus in der linken unteren Ecke. Auf einer anderen waren drei halbrunde, grüne Bögen, die das nahegelegene Fichtelgebirge stilisiert darstellen sollten, über dem blauen Schriftzug „BAYREUTH" zu sehen; das offizielle Logo der Stadt. Auch das Stadtwappen, das Bayreuth 1457 von Markgraf Albrecht Achilles, damals zugleich Kurfürst von Brandenburg, verliehen worden war, wurde aufgezogen.

Heiko stand ehrfürchtig vor dem imposanten Ziegelsteinbau und zog seinen DuMont-Reiseführer zu Rate. Vom Hauptportal bis zum Ende der Hinterbühne maß das rote Gebäude 100 Meter, verriet ihm der, und dass das Festspielhaus eines der Opernhäuser mit der weltweit besten Akustik sei, weil seine Innenausstattung hauptsächlich aus Holz gebaut war. Selbst auf Sitzpolster hatte Richard Wagner bewusst verzichtet, um die Schallausbreitung nicht negativ zu beeinflussen. Er las weiter: Neben der 22 Meter tiefen Hauptbühne gab es noch die ebenso bespielbare Hinterbühne. Die Höhe des Bühnenportals betrug knapp zwölf Meter und der Dachfirst lag gar 36 Meter über dem Bühnenniveau. Heiko stahl sich an das Hauptportal heran und fragte einen der Arbeiter, wo denn die Spielpläne auslägen.

„Warten Sie hier“, antwortete der, „ich hole Ihnen einen.“ Dann verschwand er in den Tiefen der Eingangshalle, kam aber kurz darauf wieder zurück. „Bitteschön“, erbot er sich und überreichte Heiko einen Faltplan.

28 öffentliche Aufführungen und zwei geschlossene Vorstellungen für Mitglieder des Deutschen Gewerkschaftsbundes wurden zwischen dem 25. Juli und dem 28. August gegeben. Morgen würden auch Heiko und Annalena erstmals die heiligen Hallen betreten – zusammen mit den 1.972 anderen Zuschauern, die neben ihnen beiden noch in den Opernbau hineinpassten – und zweieinhalb Stunden, ohne Pause, „Rheingold“, die Vorgeschichte der Tetralogie um den Ring des Nibelungen genießen. Zweieinhalb Stunden voller Streit um Macht und Liebe, der mit dem heimtückischen Raub des Schatzes der Rheintöchter seinen Anfang nehmen würde. Heiko war Feuer und Flamme und hatte seine verbale Auseinandersetzung mit Annalena fast schon vergessen.

Nicht so seine Begleiterin. Annalena stand ein paar Schritte hinter Heiko, hatte keinen Blick für die Schönheiten um sie herum und eine Miene wie der von den Rheintöchtern verschmähte Zwerg Alberich. Sie hatte Heikos ständige Eskapaden, amourösen Abenteuer und Seitensprünge allmählich satt. Klar, ihre Beziehung war nicht gerade das, was man „konservativ“ nennen würde. Der

Mensch war nicht für die Monogamie geschaffen, da waren sie sich einig. Aber es gab gewisse Grenzen. Wenn er sich mittlerweile nicht einmal mehr zu schade dafür war, im gemeinsamen Urlaub etwas mit einer anderen anzufangen und sie dabei links liegen zu lassen ... Heiko würde sich nicht mehr ändern.

Es reichte, sie hatte die Schnauze wirklich voll. Geld zu haben, war zwar angenehm, aber nicht alles im Leben. Außerdem – dieser Manfred schien als Geschäftsführer und Gesellschafter des Hotels auch nicht gerade zu den Armen der Stadt zu gehören. Annalena nickte sich selbst zu. Manfred erweckte nicht den Eindruck, dass er jedem hübschen Rock hinterherjagen würde. Als er sie heute früh im Aufzug angesprochen hatte, war er sogar ein wenig rot geworden. Gefallen hatte ihr das eigentlich nicht ... wobei – mit ein wenig Abstand betrachtet wirkte es doch ganz charmant.

Sie würde ihm eine Chance geben. Wer weiß, wie die Geschichte ausgehen könnte? Jedenfalls würde es nicht schaden, Heiko eine Lektion zu erteilen.

Annäherungen
27. Juli

Die hübsche Laila spukte auch einen Tag später noch in Heikos Kopf herum. Genau genommen konnte er an nichts anderes mehr denken. Was für eine tolle Frau. Graziös, feminin, sexy – ein Wesen wie aus einer anderen Welt. Von ihr ging eine faszinierende Ausstrahlung aus, die ansteckte. Heiko konnte die Superlative, die er ihr zusprach, gar nicht alle in Worte fassen. Dabei hatte er sie erst einmal gesehen. Das musste sich ändern. Er wollte sie näher kennenlernen, mit ihr ausgehen, sie zum Abendessen einladen. Nicht hier im Hotel. Nein, Annalena brauchte das nicht mitzubekommen. Ihr Gekeife von gestern klang ihm noch immer in den Ohren nach.

Wenn er ganz ehrlich war, konnte er ihren Ärger schon verstehen. Da fuhren sie gemeinsam zu den Wagner-Festspielen und dann ließ er sie gleich am ersten Tag im Zimmer sitzen. Wie viel Annalena von seiner angeregten – und anregenden – morgendlichen Unterhaltung mit Laila mitbekommen hatte, wusste er nicht. Auf jeden Fall genug, um ihren Zorn in gewaltige Höhen zu treiben.

Dieser Trampel von Weib hatte ihn mit ihren grundlosen Vorwürfen mächtig aufgeregt. Es war noch gar nichts passiert! „Bisher", gestand er sich selbst ein. Er hatte sich vorgenommen, dies zu ändern.

Beim Frühstück hatte er umsonst auf eine zweite Begegnung gehofft, seinen Kaffee hatte er heute von einem dunkelhaarigen Kellner serviert bekommen. Aber dann war ihm auf dem Weg zur Müslistation der Küchenchef des Hotelrestaurants über den Weg gelaufen. Für einen kurzen Plausch hatte der offenbar gerade Zeit, war ausnehmend freundlich. Heiko nutzte die Gunst der Stunde, um nach Laila zu fragen.

Sie war im Haus, Laila war heute im Haus. Heute würde sie bei Kleinigkeiten im Garten und abends im Restaurant aushelfen.

Annalena war unterwegs. Geld ausgeben. Sein Geld. Heiko hatte ihr sogar das Taxi bestellt, mit dem sie in die Fußgängerzone gefahren war, sie wollte einen Bummel durch die Maximilianstraße unternehmen. Er wusste, was das bedeutete. Unter 1.000 Euro ging Annalena nie zum Shoppen. Kaum war seine Freundin zur Tür hinaus gewesen, hatte er einen simplen Entschluss gefasst, ganz ohne Schnörkel, und sich auf die Suche nach Laila begeben.

Nachdem er sie im Hotelgebäude nirgends angetroffen hatte, machte er sich auf den Weg in den Garten. Fast eine halbe Stunde lang tigerte er um die Tennisplätze, den Pool und den Biergarten, in dem sich die ersten schon ein kühles Mittagsbier gönnten. Nichts. Musste er es wohl wieder im Hotel selber versuchen. Er machte sich auf den Weg.

Sie saß auf einer Bank nahe der Liegewiese und las in einem Buch. Heiko stand wie vom Donner gerührt vor ihr.

„So einsam?", fragte er scheinbar neugierig, als er näher an sie herantrat.

Sie schenkte ihm ein zauberhaftes Lächeln und legte ihr Buch beiseite.

„*Die größten Umweltsünden der Menschheit*", las Heiko. „Mit so einem interessanten, aber schwierigen Thema?", setzte er hinzu. „Irgendwann in naher Zukunft bringt sich die Menschheit selbst um. Man müsste die Grünen viel mehr unterstützen."

„Interessieren Sie sich für Umweltschutz?", wollte Laila wissen.

„Unbedingt. Es ist *die* zentrale Frage unserer Zeit, die gelöst werden muss, um nachfolgenden Generationen weiterhin ein Leben auf unserem Planeten zu ermöglichen. Wenn ich lese, dass gerade eine Insel im Mississippi-Delta dabei ist zu verschwinden, weil der Meeresspiegel ansteigt, dann ist es eigentlich schon fünf nach zwölf. Viel zu spät, um erst damit zu beginnen, sich Gedanken um Handlungsoptionen zu machen."

„Das sehe ich auch so", antwortete Laila und machte dabei ein besorgtes Gesicht.

„Oh, das steht Ihnen aber gar nicht."

„Was steht mir nicht?" Sie verstand seinen Kommentar nicht.

„Dieser sorgenvolle Gesichtsausdruck", gestand er. „Ein Lächeln steht Ihnen viel, viel besser, macht sie einfach noch hübscher."

„Sie tragen aber ganz schön dick auf", tadelte sie ihn, grinste aber dabei. Dann legte sie ihr Buch weg. „Ich habe gehört, dass Sie gestern meinen Bruder Manfred kennengelernt haben?", wollte sie wissen.

„Nicht ganz. Manfred hat sich gestern meiner ... Begleitung vorgestellt. Ich habe heute Ihren Bruder Günther getroffen. Er hat mir übrigens den Tipp gegeben, dass Sie hier draußen im Garten zu finden sind. Obwohl er meinte, dass Sie arbeiten würden, nicht lesen."

„Auch lesen kann Arbeit sein, ich recherchiere. Aber ... Dann haben Sie sich sofort auf die Suche nach mir gemacht? Warum denn?"

„Ich wollte unsere nette Unterhaltung von gestern fortsetzen und habe gehofft, dass Sie heute ein wenig mehr Zeit übrighaben. Wissen Sie, ich finde Sie sehr attraktiv und unterhalte mich gerne mit Ihnen." Heiko setzte ein strahlendes Lächeln auf.

Leila sah ihn erst erstaunt an, dann lachte sie verlegen. „Oh, das ist direkt. Aber danke fürs Kompliment."

Ein paar Sekunden lang suchten beide etwas ungelenk nach einem neuen Gesprächsthema, dann fingen sie gleichzeitig zu sprechen an: „Was –" „Wie –"

„Bitte, Sie zuerst", gab Heiko den Gentleman.

„Was wollte denn Günther heute von Ihnen? Und Manfred gestern von Ihrer Begleitung?"

„Ich denke, es läuft auf dasselbe hinaus: Beide wollten meinen beruflichen Rat."

„So? Was sind Sie denn von Beruf?"

Heiko räusperte sich. „Sagen wir mal so, ich habe meine Augen und Ohren sehr nah an den internationalen Börsen. Ich befasse mich mit allem, was mit Vermögensvermehrung zu tun hat oder mit der Finanzierung von Großprojekten. Finanzanlagen, wenn Sie verstehen?"

Laila nickte zögernd. „Das klingt interessant, aber kompliziert", antwortete sie.

„Anscheinend ist es das, was Ihre Brüder interessiert. Genaueres wollen Manfred und Günther bei einem gemeinsamen Abendessen besprechen."

„Aha. Auch mit der stattlichen Dame, die Sie begleitet?" Laila sah ihn prüfend an.

„Ah, ja, das ist meine Geschäftspartnerin. Sie unterstützt mich gelegentlich bei der Kundenakquise." Heiko wurde etwas warm, aber er lächelte das aufflammende schlechte Gewissen weg. War es eine Lüge, wenn man nur ein paar Informationen wegließ? Annalena *war* ja gelegentlich auch seine Geschäftspartnerin.

Laila verzog keine Miene. „Meine Brüder scheinen ja wirklich von Ihnen und Ihren Diensten angetan zu sein", bemerkte sie leichthin.

„Scheint so", lachte Heiko herzhaft auf und schüttelte seine blonde Mähne. „Dabei kochen wir Finanzberater auch nur mit Wasser, wir lassen es so manches Mal nur etwas länger auf dem Herd. Von dem, was Günther – er ist der Küchenchef oder? – heute Morgen angedeutet hat, habe ich den Eindruck, dass sich Ihre Brüder viel mehr erwarten als ich zu leisten imstande bin. Zaubern kann ich auch nicht. Aber das werden wir ja sehen. Sie sind in die Finanzangelegenheiten des Hotels gar nicht eingebunden?“

„Nein.“ Laila nahm wieder ihr Buch zur Hand und tippte darauf. „Meine Interessen liegen auf ganz anderem Gebiet.“

„Gut, dass die Umwelt eine Fürsprecherin wie Sie hat. Dort ist Ihr Engagement sicher besser aufgehoben.“

„Da könnten Sie recht haben, Herr Springer.“ Laila lächelte verschmitzt und zwei kleine Grübchen erschienen auf ihren Wangen.

„Heiko, nennen Sie mich doch Heiko. Herr Springer – das ist viel zu förmlich.“

„Gerne, Heiko. Ich bin Laila. Aber das wissen Sie ... das weißt du ja schon. Und ihr, deine Geschäftspartnerin und du, seid extra wegen unserer Festspiele angereist?“

„Ja, wir sind zum ersten Mal hier. Allerdings kein reines Privatvergnügen“, log Heiko zum zweiten Mal. „Wir treffen uns auch mit Geschäftspartnern. Bankmanager.“ Klang das plausibel genug, um Annalenas Hiersein zu erklären? Heiko hoffte es. „Ansonsten versuche ich, auch noch etwas von den kulturellen Besonderheiten der Region mitzubekommen“, wechselte er schnell das Thema. „Was gibt es denn außer dem Festspielhaus, der Eremitage und dem Neuen Schloss im Stadtzentrum sonst noch Sehenswertes in Bayreuth? Oder in der näheren Umgebung?“

„Nun ja, das Markgräfliche Opernhaus ist ja leider gerade geschlossen. Aber außerhalb der Stadt haben wir noch das Fichtelgebirge und die Fränkische Schweiz, zwei beeindruckende Naturlandschaften, die quasi direkt vor unserer Haustür liegen.“

„Fichtelgebirge sagt mir etwas, aber Fränkische Schweiz?“

„Oh, da gibt es Pottenstein mit der Teufelshöhle, die Basilika in Gößweinstein, das Felsendorf Tüchersfeld, die historische Dampfbahn von Ebermannstadt nach Behringersmühle“, zählte Laila auf, „um nur einige wenige Ausflugsziele zu nennen. Alles sehr malerisch.“

„Du machst mich neugierig“, forderte Heiko sie heraus. „Aber ob es so viel Spaß macht, da überall allein hinzufahren? Wahrscheinlich finde ich erst gar nicht hin.“

„Ein paar der schönsten Ecken kann ich dir gerne zeigen", ging Laila auf das Spiel ein.

„Wann?"

„Wann hast du denn Zeit?"

„Na, heute habe ich Karten für *Rheingold* und morgen gibt es *Die Walküre*, aber dann habe ich zwei Tage Pause, bevor es mit Wagner weitergeht."

„*Rheingold* und *Der Ring des Nibelungen*", warf Laila ein. „Ein ganz schöner Kraftakt, sich gleich alle vier Teile in einem Jahr anzusehen."

„Du sagst es. Da tun die zwei Pausentage sicher gut. Und wenn du es noch einrichten könntest ..."

„Also, wenn es da bei dir gut passt ... übermorgen könnte ich schon", schlug Laila vor. „Eigentlich hätte ich Dienst im Hotel, aber da müssen meine Brüder dann durch. Sie werden schon eine andere Aushilfe finden. Also, wenn du willst?"

„Perfekt!" Heiko strahlte. „Und was schauen wir uns an?"

Laila legte den Kopf schief und zeigte ihre Grübchen. „Ich überleg mir etwas Schönes. Sportlich bist du ja, oder?"

„Auf jeden Fall."

„Gut. Wann möchtest du losfahren?"

„Was meinst du? Gleich nach dem Frühstück? Wir könnten uns so gegen halb neun am Parkplatz treffen?"

„Das passt. Dann sag ich nur noch Günther Bescheid, dass er sich für übermorgen eine andere Küchenhilfe besorgen muss."

„Ich freue mich."

„Ich mich auch."

*

Annalena kam erst am frühen Nachmittag von ihrem Ausflug in die Bayreuther Innenstadt zurück. Sie hatte kaum ein Geschäft in der Maximilianstraße und auf dem Hohenzollernring ausgelassen. Es machte ihr Spaß, allein zwischen den alten Bürgerhäusern und den vielen Bratwurstbuden herum zu flanieren, ab und zu auf einer Bank zu verweilen, die Architektur aus dem 16. und 17. Jahrhundert zu bewundern und dem lokalen Volkssport, dem Rudel-Glotzen, zu frönen. Im „Kochlöffel“ hatte sie sich zur Mittagszeit einen Burger gegönnt.

Zeit genug, um ihr derzeitiges Verhältnis zu Heiko gedanklich unter die Lupe zu nehmen, genau wie das offensichtliche Werben von Manfred um sie. Der Hotelmanager passte rein äußerlich gut zu ihr. Er hatte zwar nicht die athletische Figur, mit der Heiko gesegnet war, aber ansonsten ... Heiko und diese Blondine. Alles hing davon ab, wie sich die Situation an dieser Front entwickeln würde. Sie kannte ihren Partner. Er würde nicht lockerlassen. Und diese Laila schien auch nicht abgeneigt zu sein. Wie erbärmlich Heikos Reaktion ausgefallen war, als sie ihn zur Rede gestellt hatte! Typisch für ihn. Erst mal alles abstreiten.

Annalenas Gedanken wanderten wieder zu Manfred zurück. War er wirklich eine Alternative? Der neue Mann an ihrer Seite? So ganz übergangslos? Abgeneigt war sie nicht. Natürlich würde sie sich etwas einschränken müssen, was das Finanzielle anging. Wahrscheinlich. Kaum jemand spielte mit Mitte 30 schon in Heikos Liga. Aber ... neben ihm hier in Bayreuth, quasi als Hotelmanagerfrau? Sie verwarf den Gedanken. Zu verfrüht. Und dann stelle man sich nur mal vor: Sie mit Manfred und daneben Heiko mit Laila – alle gemeinsam im Hotel. Komplett absurde Situation. Sie musste lachen. Aber was, wenn ... Wie sollte das gut gehen, wenn Heiko und Laila tatsächlich ...? So querbeet in einer Familie? Nein, das würde nur ständigen Streit geben. Fehlte nur noch, dass sich die Zwillingsbrüder auch einmischten ... Andererseits, wer sagte denn, dass Heiko diese Blondine nach ein paar Nächten nicht wieder loswerden würde? Und dann hatte sie mit Manfred das Feld für sich allein. Sie selbst war nun in einem Alter, das durchaus Stabilität vertragen konnte. Ob Manfred auch so dachte? Sie musste sich Klarheit verschaffen.

Ihr Taxi bog gerade in die Hotelauffahrt ein.

„Wir sind da“, verkündete der Taxifahrer von vorne.

Annalena öffnete den hinteren Wagenschlag und stieg aus.

„Vergessen Sie Ihre Einkaufstüten nicht“, rief ihr der Taxler nach, „es wäre doch schade!“ Er öffnete den Kofferraum von innen.

Da war die große Tüte von „Landhausmode Charivari“ mit dem neuen Dirndl. Dazu passten die Trachtenschuhe von „Schuh Mücke“. Die elegante Damenunterwäsche und die vier T-Shirts, die sie in einer der kleinen Boutiquen erstanden hatte, nahmen weniger Platz ein. Außerdem waren da noch Einkäufe von „Noa Noa“ und „Bonita“. Annalena sah sich hilfesuchend um.

Manfred war es, der aus der Hotelhalle stürzte. „Kann ich Ihnen helfen?“, bot er sich atemlos an.

Annalena lächelte und ließ die Wimpern klimpern.

„Zufällig war ich gerade in der Eingangshalle“, schwindelte er, „und da sehe ich Sie.“ Tatsächlich hatte er sich seit zwei Stunden hier herumgetrieben und auf die Rückkehr seiner Angebeteten gewartet. Günther hatte seinem älteren Bruder gesteckt, dass Heiko Springer wiederum ihm verraten habe, dass seine Partnerin heute zum Shoppen in die Stadt fahren würde. „Ich nehme Ihnen das alles gern ab. Möchten Sie erst mal eine Tasse Kaffee zu sich nehmen? Sie müssen doch erschöpft sein, bei der Hitze. Kommen Sie, ich lade Sie ein. Ein kleines Pläuschchen in Ehren kann niemand verwehren“, setzte er hinzu. Und ohne eine Antwort abzuwarten, lief er, beladen wie ein Packesel, bereits auf den Eingang und schnurstracks auf das Restaurant zu.

Annalena folgte mit schwingenden Hüften.

„Cappuccino, Espresso oder vielleicht lieber einen Tee – auch geeist?“, rief Manfred, nachdem er die Einkäufe in einer Ecke abgesetzt hatte. „Das lasse ich auf Ihre Suite bringen.“ Er winkte einen Kellner heran.

„Dann doch einen Cappuccino“, antwortete Annalena und war gespannt, wie sich der Nachmittag nun entwickeln würde.

Es dauerte kaum fünf Minuten, bis das Gespräch auf sie und ihren Suite-Mitbewohner kam. Sie erzählte ihm, was er hören wollte: dass sie geschäftlich mit Heiko liiert war und sich daraus auch gewisse persönliche Interessen ergeben hätten. Nein, von einem Verhältnis könne man da nicht sprechen, schon gar nicht von einem intimen. Man hätte sich mit der Zeit in einer lockeren Verbindung eingependelt, sei eben eng befreundet, wenn man tagtäglich zusammenarbeite. Dass man sich eine Suite teile, hätte mehr mit Kommunikation zu tun, mit dem vollkommen ungezwungenen Umgang miteinander und damit, dass man die Wagner-Festspiele gemeinsam besuche. Aber das läge rein am beidseitigen Interesse an dem Künstler und seinen monumentalen Werken.

„Ich möchte da keinen Verdacht aufkommen lassen, dass ... Also ich möchte sichergehen", erklärte Manfred, „keinen Keil in egal welche Beziehung meiner Gäste zu treiben." Deshalb habe er lieber vorher gefragt.

Dann schoss ihm die Röte ins Gesicht und er fing an, über die Zusammenstellung der Tageskarte zu philosophieren.

Annalena war klar, was er mit „vorher" meinte, äußerte sich aber dazu nicht. Sie wollte den Dingen ihren Lauf lassen.

Als sie ihre Cappuccino-Tassen zum dritten Mal geleert hatten, waren sie per Du und Manfred konnte es sich nicht verwehren, Annalena ein kleines Küsschen auf die Wange zu setzen. Er war überglücklich.

Was er ihr nicht verriet, war seine kurze Begegnung mit Heiko Springer, etwa 30 Minuten bevor seine Traumfrau in der Auffahrt ihrem Taxi entstiegen war. Der Finanzberater war mit glasigen Augen und breitem Grinsen durch die Eingangshalle gewandelt und fast mit Manfred zusammengestoßen. Darauf hatte der sich vorgestellt, kurz den Wunsch geäußert, man könne sich in Sachen Anlageberatung doch näher kennenlernen, und war dann gleich auf sein Herzensthema gesprungen: Wie eng war das Band zwischen den Bewohnern der Siegfried-Suite? Ein lockeres Verhältnis oder hatten sie beide aus Versehen ihren Ehering zuhause vergessen? Springers Aussagen deckten sich mit dem, was Annalena berichtet hatte. Geschäftspartner. Manfred war so erleichtert, dass er über die vernebelten Sätze zu „sehr enger Freundschaft" und „persönlichen Interessen" gar nicht weiter nachdenken wollte.

*

Der Besagte war schon wieder auf der Suche nach Laila. Er hatte ihr ja gar nicht gesagt, welchen Wagen er fuhr! Ob sie ihn in zwei Tagen auf dem Parkplatz überhaupt finden würde? In Wahrheit wollte er sie einfach noch einmal sehen und mit ihr ein paar Worte wechseln. Er hatte schon jetzt Sehnsucht.

Als Heiko mit einer ergebnislosen Umrundung des Außenbereichs fertig war, konzentrierte er seine Kreise auf das Erdgeschoss des Hotels. War sie schon in der Küche und half beim Vorbereiten des Abendgeschäfts? Das konnte dauern. Oder machte Laila gerade Pause und saß wieder draußen auf ihrer Bank? Wo er doch gerade ins Haus hineingelaufen war? War sie gar nicht mehr im „Richard Wagner“?

Als der Mann vom Niederrhein ahnungslos in das Hotelrestaurant torkelte, dauerte es einige Sekunden, bis er Annalena registrierte. Was machte die denn hier?

Sie saß mit Manfred Kolb zusammen. Der Hotelmanager drückte ihr gerade einen Kuss auf die Wange. Sie schien damit sehr einverstanden zu sein.

Was sonst noch passierte
Am selben Tag

„Die Regenbogenforellen gehen zur Neige“, wusste Günther zu berichten, während er einen Dessertteller mit einigen eleganten Schokotropfen verzierte. „Wir müssen bald wieder zur Schottersmühle rausfahren und frische besorgen.“

Karl, der am liebsten direkt in der Küche zu Abend aß, nickte erfreut.

Die Zwillingsbrüder betrieben ein entspannendes Hobby: die Fliegenfischerei. In der Fränkischen Schweiz hatten sie bei der Schottersmühle ein Fischwasser gepachtet und verbanden so ihr Freizeitvergnügen mit dem beruflichen Alltag. Sämtliche Forellenzubereitungen auf der Speisekarte – ob geräuchert oder frisch gebraten, gesotten, blau serviert – stammten aus eigener Fischerei.

„Machen wir's am Wochenende oder brauchen wir die Fische schon früher?", fragte Karl.

„So brisant ist's auch wieder nicht", antwortete Günther. „Ich wollte nur darauf hinweisen, dass demnächst wieder ein Ausflug in die *Fränkische* ansteht." Er wusch seine Hände. „Was hältst du eigentlich von dieser Annalena Sturm, von der Manfred so schwärmt?", fragte er seinen Bruder. „Das ging ja ganz flott mit der Annäherung."

„Ich weiß nicht so recht", meinte Karl, „Holz hat sie ja genug vor der Hütte, aber das Frauliche geht ihr trotzdem völlig ab. Unser Bruderherz scheint da einen besonderen Geschmack zu haben."

„Sehe ich genauso", amüsierte sich Günther. „Eine Frau wie ein Mann. Aber wo die Liebe hinfällt!"

„So schnell, wie das ging, ist sie nicht gefallen, sondern regelrecht abgestürzt. Wer hätte das von Manfred gedacht ... Wie sieht es eigentlich mit den Bachforellen aus?" Karl war gedanklich schon wieder beim Angeln.

„Da haben wir noch welche. Die dürften im Kühler noch knapp zwei Wochen ausreichen. Aber wenn wir zum Angeln rausfahren, nehmen wir einfach mit, was anbeißt. Am besten gehen wir's doch schon unter der Woche an, wenn nicht so viel los ist."

„Wollen wir Dieter auch mitnehmen?"

„Wenn er Zeit hat, kann er gerne mitkommen. Der nimmt doch die Fische so gern aus."

„Ha! Zurzeit googelt der nur", meinte Karl.

„Und was?"

„Finanzierungsmodelle, Investment-Sparpläne und alles, was das Netz über diesen Heiko Springer hergibt. Er sagt, er will vorbereitet sein – und dass er nicht will, dass wir auf einen Scharlatan hereinfallen, in unserer prekären Situation. Nicht, dass wir Geld verlieren, falls wir uns wirklich auf ihn einlassen. Du weißt doch, wie misstrauisch Dieter Fremden gegenüber ist. Und er weiß, dass Manfred in vielen Belangen viel zu gutgläubig ist."

„Na, dann. Ist ja gut, wenn wenigstens einer was von dem ganzen Finanzkram versteht. Ist schließlich auch seine Aufgabe", merkte Günther an.

„Hmm, ja." Karl steckte seinen leeren Teller in eine der Spülmaschinen. „Wie wär's mit Donnerstag?"

„Okay, Donnerstag wird gefischt. Ich frag Dieter, ob er Zeit hat."

Es geht los

Abend des 27. Juli

Annalena und Heiko hatten kaum miteinander gesprochen, als sie sich für „Rheingold" ankleideten. Jeder hing seinen eigenen Gedanken nach. Rund 16 Stunden würden sie in den nächsten Tagen nebeneinander auf den harten Stühlen ohne Polster kleben. War es das wert? Ihr Verhältnis hatte sich deutlich abgekühlt. Annalena dachte an Manfred, Heiko an Laila. Füreinander hatten sie gerade wenig übrig.

Sie sollten sich gegenseitig besser nichts vormachen oder gar versuchen, ihre Beziehung zu kitten, fand Heiko. Annalena hatte ihm nichts von ihrem ausgedehnten Kaffeeplausch mit Manfred erzählt. Das brauchte sie auch nicht. Er hatte genug gesehen, um zu wissen, was Sache war. Und er kannte sie. Seine Antennen hatten sofort registriert, dass Annalena diesen Manfred nicht nur aus Rache so nah an sich heranließ. Heiko war sich sicher, dass der Geschäftsführer des Hotels bei ihr mehr als nur einen Stein im Brett hatte. Vielleicht gut so. Das verschaffte ihm selbst mehr Freiheit in seinen Bemühungen um Laila.

Dennoch würde die Konversation mit Annalena in den nächsten Tagen nicht einfacher werden. Heiko grauste vor den langen Pausen während der großen Opern. Jeweils zwei Unterbrechungen gab es bei der „Walküre", bei „Siegfried" und der „Götterdämmerung" – und jede dauerte eine Stunde. Gott sei es gepriesen und gepfiffen, dass „Rheingold" in einem Aufwasch in knapp zweieinhalb Stunden durchgespielt wurde. Was sollte er nur mit seiner Noch-Freundin bereden? Anschweigen war auch keine Option. Eigentlich.

Wortlos brachen sie auf und stiegen den kurzen Weg zum Grünen Hügel hinauf. Sie in ihrem langen schwarzen Kleid von Karl Lagerfeld mit dem mächtigen Ausschnitt, der kaum von einer leichten weißen Stola verdeckt wurde. Auch Heiko hatte sich edel gekleidet. Zu seinem zweireihigen Anzug – Slim Fit, hellgrau – trug er ein taubenblaues Hemd mit weißem Kragen und eine dunkelblaue Seidenkrawatte. Was ihr äußeres Erscheinungsbild anging waren beide erzkonservativ. Niemals würden sie eine festliche Veranstaltung in Jeans besuchen. Das gehörte sich einfach nicht.

Noch immer schweigend betraten sie den Vorplatz zum Festspielhaus. Es war schon mächtig was los auf dem Platz. Festlich gekleidete Paare lustwandelten zwischen den historischen Lampen und den Baumbepflanzungen auf der Ost- und Westseite des Baus. Sehen und gesehen werden. Das gehörte auch hier zum Spiel.

Mit ihren hochhackigen Pumps hatte Annalena Probleme, sich auf dem Granitpflaster zu bewegen. „Ich muss zur Toilette", knurrte sie.

„Na, dann", meinte Heiko und führte sie durch den Balkonsaal auf der Südseite in die Wandelhalle im Großen Haus. „Gleich rechts", versuchte er hilfreich zu sein, „ich warte hier auf dich."

An den langgezogenen Besuchergarderoben hielten sich nur wenige Gäste auf. Die meisten hatten keine Kleidung abzugeben, draußen war es sommerlich warm. Die Sonne flutete von außen durch die hohen Sprossenfenster und tauchte das Foyer und seine Besucher in ein zartes Lichtspiel – die Wandmalereien im neopompejanischen Stil leuchteten. Heiko sah sich um und nutzte die Zeit des Wartens, um sich zu orientieren. Parkett rechts, 3. Reihe, Sitze 14 und 15. „Ziemlich mittig", erinnerte er sich. Den Sitzplan hatte er aber im Hotel gelassen.

Da kam Annalena wieder. Die bewundernden Blicke einiger umherstehender Herren begleiteten sie. Damen begutachteten sie weniger wohlwollend.

„Wir müssen zu Tür 1", warf Heiko ihr mit zwanghaftem Lächeln entgegen. „Noch 15 Minuten. Lass uns schon reingehen."

Sie folgte ihm wortlos auf dem Fuß.

Drinnen empfingen sie gleichmäßig ansteigende Sitzreihen. Etwa die Hälfte der Plätze waren bereits besetzt. Ein Raunen gedämpft quasselnder Menschen wälzte sich durch den Opernsaal. Diverse Instrumente meldeten sich aus dem rund 140 Quadratmeter großen abgedeckten Orchestergraben. Schwer hingen die roten Vorhänge vor der Bühne. Nirgends Plüsch und nur verhaltener Prunk mit wenigen Säulen und einer dezent geschmückten Decke. Zweckmäßigkeit herrschte vor. Die halbrunden Stuhlreihen füllten sich allmählich weiter.

„Entschuldigung!" Heiko und Annalena zwangen bereits sitzende Besucher, sich von ihren Plätzen zu erheben, um sie passieren zu lassen.

Heiko ließ sich elegant auf seinen Sitz Nr. 15 gleiten und kam sich vor, als befände er sich in einem antiken Amphitheater. Annalena starrte regungslos auf die geschlossenen Vorhänge.

Nach schier quälend langen Minuten war es so weit: Der Saal hatte sich bis auf den letzten Platz gefüllt. Ausverkauft.

Im Orchestergraben stand Kirill Petrenko, der designierte Chefdirigent der Berliner Philharmoniker. Ihm wurde die diesjährige Ehre der musikalischen Inszenierung des „Rings" zuteil. Alle Orchestermitglieder sahen konzentriert auf ihn und seinen graziös erhobenen Taktstock. Dann gab er das Zeichen zum Einsatz.

Präzise und temperamentvoll starteten die Musiker in ihre erste Szene. Plastische Energie belebte die Aufschwünge. Während Petrenko im Lauf des vierminütigen Vorspiels das Rauschen des Rheins intonierte, hielten sich auf der Bühne die drei Rheintöchter Woglinde, Floßhilde und Wellgunde für ihren Einsatz bereit. Sie bewachten den sagenhaften Goldschatz ihres Vaters im Rhein, der seinem Besitzer zu endloser Macht verhelfen sollte. Schon starteten sie ihre Gesänge mit leichtem Sopran. Klangreich und in der Höhe angespannt sprudelten ihre Stimmen in die Ohren des gespannten Publikums.

Der Zwerg Alberich vom Volk der Nibelungen erschien. Mit rauer, schallkräftiger Stimme erkämpfte er sich die Anerkennung des Auditoriums und entsagte der Liebe, nachdem er bei den Rheintöchtern rüde abgeblitzt war. Mit List und Heimtücke bemächtigte er sich des Schatzes.

Unterdessen hatten die Riesen Fasolt und Fafner die Götterburg Walhall fertiggestellt und warteten auf ihre Entlohnung. Wotan hatte ihnen die Göttin Freia, die das Geheimnis der ewigen Jugend hütete, zur Ehe versprochen. In empathischen Betonungen versuchte Wotan, die beiden Riesen davon zu überzeugen, dass es besser wäre, den Schatz im Rhein als Gegenleistung zu akzeptieren als auf Freia zu bestehen. Denn ohne Freia würden die Götter altern. Das durfte nicht geschehen. Zudem hatte auch Wotan ein Auge auf den Schatz geworfen und auf sein Herzstück, den Ring, der seinem Träger zur maßlosen Macht über die Welt verhilft.

Mit einer List wurde Alberich der Schatz entrissen und – zu Wotans Gram inklusive Ring – den beiden Riesen übergeben: Gierig erschlug Fafner seinen Bruder Fasolt und brachte den Ring an sich. Endlich konnten die Götter in Walhall einziehen. Drunten im Rhein beklagten die Rheintöchter immer noch den Verlust des gestohlenen Schatzes.

Heiko und Annalena waren regelrecht berauscht. Minutenlang spendeten sie dem Orchester und den Darstellern begeisterten Beifall.

Morgen würden sie wieder hier sitzen. Dann stand „Die Walküre" auf dem Programm – wie „Rheingold" auch in einer modernen Inszenierung von Frank Castorf. Ob der Stoff wieder mehr oder weniger elegant mit übertriebenen Bezügen zur heutigen Zeit und Gesellschaft aufbereitet werden würde? Wich der Regisseur da nicht zu sehr vom eigentlichen Gehalt des Werkes ab?

Nicht alle Besucher hatten sich mit dem modernen Kram anfreunden können. Es gab auch Buh-Rufe aus dem Publikum. Doch die vom Bühnenbild und -geschehen Enttäuschten konnten sich trösten: Zumindest die musikalische Leitung würde morgen wieder in den fähigen Händen von Kirill Petrenko liegen, den sie immer noch frenetisch beklatschten.

Siegfried
31. Juli

Das Drama um Siegmund, seine Zwillingsschwester Sieglinde und deren Mann Hunding in „Die Walküre“, war eine Steigerung zu „Rheingold“ gewesen. Annalena und Heiko hatten die Oper am Dienstag gesehen und ihre beidseitige Begeisterung hatte die tiefen Risse in ihrer Beziehung etwas in den Hintergrund treten lassen. Sie behandelten sich nun zumindest wieder mit einer Art distanzierter Höflichkeit.

Als Siegmund starb, weil Wotan dessen Schwert zerschlug und Hunding, Sieglindes Ehemann, ihn so besiegen konnte, hatte Annalena kurzfristig an die Rivalität zwischen Heiko und Manfred denken müssen. Aber konnte man überhaupt von Rivalität sprechen?

Es schien fast so, als würde Heiko sich gar nichts daraus machen, dass Manfred sie für sich zu gewinnen versuchte. Am Tag nach der „Walküre“ hatte er darauf bestanden, sich das fränkische Land anzusehen. Dabei hatten sie doch auch zuhause Natur genug. Sie hatte versucht, ihn im Hotel zu halten, hatte mit dem Wellnessbereich inklusive Sauna geworben und angedeutet, dass sie sicher nicht allein bleiben würde, wenn er ohne sie loszog. Er hatte ihr nur „viel Spaß“ gewünscht und war federnden Schrittes zur Tür hinausmarschiert.

Seit er von seinem ominösen Ausflug zurückgekommen war, hing er ständig an seinem Handy. Gestern Abend hatte Annalena ihn draußen im Biergarten überrascht, wie er gerade „Laila“ ins Telefon gesäuselt hatte.

„Rivalität, so ein Quatsch“, gestand sie sich ein. Im wirklichen Leben gab es keine Götter, Walküren, oder Könige namens Hunding, die um einen geheimnisvollen Schatz und die Liebe einer Frau stritten. Die verfahrene Beziehungssituation bedurfte einer Klärung.

Annalena nahm sich vor, Heiko zur Rede zu stellen. Heute Abend wurde „Siegfried“ gegeben, da konnte er ihr nicht mehr aus dem Weg gehen. In den langen Pausen würden sie genug Zeit haben, um über die unschöne Angelegenheit zu sprechen.

*

Auch ein anderer Festspielbesucher, ein eingefleischter Bayreuther, bereitete sich gemeinsam mit seiner Frau Gisela auf den „Siegfried"-Besuch vor. Natürlich kannte er den Grünen Hügel und das Festspielhaus. Er war auch schon drinnen gewesen – im Rahmen einer Führung. Allerdings noch nie zur Festspielzeit. Die hohen Eintrittspreise waren ihm die Sache nicht wert gewesen. Und selbst wenn, man musste erst einmal an Eintrittskarten kommen. Dass er nun im Besitz von zwei solcher Billetts für den „Siegfried" war, hatte er seinem obersten Chef, dem Polizeipräsidenten von Oberfranken, zu verdanken: Hauptkommissar Benno Behringer hatte am 1. Juli sein 40-jähriges Dienstjubiläum gefeiert. Noch zwei Jahre, dann ging es in den wohlverdienten Ruhestand.

Seine Kollegen und Kolleginnen vom Kommissariat hatten zusammengelegt und der Polizeipräsident hatte seine Beziehungen spielen lassen, um an die Wagner-Karten zu kommen. Den Rest des Geldes, der noch fehlte, hatte er außerdem draufgelegt. So kam es, dass „BB", wie sie ihn alle nannten, heute knapp vier Stunden Wagner genießen durfte.

Behringer war beileibe kein Wagnerfan. Ein Opernfreund schon gar nicht. Viel mehr interessierte ihn das mittelhochdeutsche Nibelungenlied, die alte, im germanischen und skandinavischen Raum weitverbreitete Heldensage. Schon zu Schulzeiten hatte sich BB für dieses Epos begeistert, worin es – historisch gesehen – um die Zerschlagung des burgundischen Machtbereichs durch den weströmischen Heerführer Flavius Aetius unter Mithilfe hunnischer Hilfstruppen ging. Richard Wagner hatte auf dem Stoff sein Hauptwerk „Der Ring des Nibelungen" aufgebaut, von 1848 bis 1874 schrieb er die Texte und komponierte vor allem die Musik. Allerdings hatte er in seinem vierteiligen Opernzyklus viele Charaktere und Motive abgeändert. Behringer interessierte sich hauptsächlich dafür, an welchen Stellen Wagner seiner Fantasie freien Lauf gelassen und vom Original abgewichen war. Was der berühmte Mann wohl aus seinem Nibelungenlied gemacht hatte?

Nein, Opern an sich lagen dem Hauptkommissar nicht. Man verstand ja nicht einmal die Texte, wenn sich die Sänger und Sängerinnen in ihrer Kunst ergossen und Oktaven und Terzen rauf und runter jodelten. BB hatte sich aber vorgenommen, wenigstens die Atmosphäre dieser Kultveranstaltung ein einziges Mal ausgiebig zu inhalieren. Einmal dabei zu sein, bei den Bayreuther Festspielen!

Nun war es so weit und beim Binden seiner Krawatte stellte Behringer fest, dass er sich wirklich auf die Vorstellung freute. Natürlich hatte er sich auf die Handlung von Wagners Oper vorbereitet. Wenn er schon den Text nicht verstand, wollte er wenigsten wissen, was warum auf der Bühne passierte. Er hatte sich im Internet informiert und in die Handlung des „Rheingolds" und der „Walküre" eingelesen. Er wusste, dass Sieglinde, die Tochter Wotans, von ihrem Zwillingsbruder Siegmund schwanger war und dass Wotan, der inzestuösen Geschwisterliebe wegen, in furchtbarer Wut Siegmunds Schwert Nothung zerschlagen hatte. Dass Brünhilde, eine der neun Walküren, der schwangeren Sieglinde zu Hilfe geeilt war und diese samt dem zerbrochenen Schwert im Fafnerwald versteckt hatte, war so eine verrückte Idee Wagners, die mit dem wahren Nibelungenlied absolut nichts zu tun hatte. Ganz schön daneben, fand Behringer, aber seine Erwartungshaltung näherte sich trotzdem einer hochprozentigen Neugierde.

Heute Abend erwartete ihn die Fortsetzung des Dramas: mit einem immer noch vor Wut tobenden Wotan und dem Zwerg Mime, Bruder von Alberich, der Sieglinde im Fafnerwald finden und sie und die Reste des zerschlagenen Schwerts in seiner Höhle verstecken würde. Sieglinde würde die Geburt ihres Sohnes Siegfried nicht überstehen, sodass dieser allein bei Mime heranwachsen müsste. Die Götter würden zwischenzeitlich durch einen simplen Trick den Zwerg Alberich um den Goldschatz erleichtern und damit die Riesen bezahlen, die die Götterburg Walhall errichtet hatten. Aus Furcht, den Schatz wieder zu verlieren, würde sich der

Riese Fafner in einen fürchterlichen Drachen verwandeln und den Hort bewachen. Doch der herangewachsene furchtlose Siegfried, dem es gelingen würde, aus Nothung ein neues Schwert zu schmieden, wäre schon zur Stelle, um den Drachen zu töten und in seinem Blut zu baden. Ein Waldvögelchen würde ihm darauf raten, aus dem Schatz eine Tarnkappe und den berühmten, alle Macht der Welt verleihenden – aber auch verfluchten – Ring an sich zu nehmen und sich zum Walkürefelsen zu begeben, wo Siegfried auf die in einem Feuerschweif schlafende Brünhilde treffen würde.

„Ein schöner Schmarrn, der dem Wagner da eingefallen ist", stellte Behringer erneut fest. „Mal sehen, was der Castorf als Intendant draus macht."

Hätte Behringer das im Vorhinein gewusst, hätte er seine Eintrittskarten wahrscheinlich zerrissen. So war er nur ziemlich skeptisch, denn was er da im Netz über den Regisseur gelesen hatte, machte ihm nicht gerade Mut. Zum 700-Jahr-Nationaljubiläum der Schweiz hatte der ehemalige Intendant der Volksbühne Berlin „Wilhelm Tell" inszeniert und dabei den Alpenstaat auf der Bühne mit der DDR gleichgesetzt. Einen Monat nach der Premiere der Ruhrfestspiele war er schon entlassen worden, weil die Besucherzahlen dramatisch eingebrochen waren.

„Wenn jemand hauptsächlich postdramatisches Theater macht, kann das ja eigentlich nichts werden. Beim Wagner", brummte Behringer.

Dass Castorf sich bei der Inszenierung des „Siegfried" selbst übertreffen würde, konnte der Hauptkommissar noch nicht ahnen.

„Wer hätt etz dees denkt, dass wir zwaa auf unsre altn Tooch nomal zu die Wagnerfestspiele gänga?", schwärmte seine Frau schon seit Tagen. „Dees hätt i fei net glabt, dass wir do nomal hiekumma."

Mit Gisela, die ihm eine Tochter und einen Sohn geschenkt hatte, war Benno Behringer sage und schreibe 37 Jahre verheiratet. Seit den frühen Morgenstunden war sie heute auf den Beinen, bügelte ihre festlichen Kleider auf und polierte Schuhe auf Hochglanz.

BB selbst hatte sich den Tag freigenommen und sich mittlerweile ordentlich in Schale geworfen. Obwohl er keine Krawatten und Anzüge mochte, hatte Gisela auf einem dunkelblauen Blazer und einem weißen Hemd mit dunkelroter Krawatte bestanden. Selbst goldene Manschettenknöpfe hatte sie ihm heimlich gekauft.

„Die wern etz aa ozugn“, meinte sie energisch, als er zu protestieren versuchte. „Da hast du scho was fier dein Abschied, wennsd in zwaa Joahr in Pension gehst. Die Jaggn und die Husn haltn di bis dorthin scho no aus. Derfst halt net no digger wern.“

Da hatte Gisela einen wunden Punkt getroffen. Benno war nicht gerade ein Hüne, mit einem Meter 60 gerade mal zwei Zentimeter größer als sie. Wenn sie Schuhe mit Absätzen trug, überragte sie ihn sogar. Das konnte er gar nicht leiden. Und er hatte noch einen Schwachpunkt: Er liebte die deftige fränkische Küche. Braten jeglicher Art standen bei ihm ganz oben auf der Wunschliste, am liebsten mit einer sämigen, dicken Rahmsoße, dazu rohe Klöße, böhmische Knödel oder Mehlklöße. Saftige Rinderrouladen, gern im Riesenformat, waren auch nicht zu verachten. Salate dagegen, am besten noch mit einem leichten Joghurt-Dressing, waren nicht so sein Ding. Wenn schon Grünzeug, dann höchstens fränkischer Endivien- oder Feldsalat mit einer kräftigen Öl- und Essigwürze und einer gehörigen Portion geräuchertem, ausgelassenem Speck. Ansonsten ließ Benno unter der Bezeichnung „Salat“ auf seinem Teller nur den Kartoffelsalat zu – serviert mit fränkischen Bratwürsten oder einem gebackenen Karpfen. Höchstenfalls Spargelsalat kam für ihn noch infrage, garniert mit fünf dicken Scheiben Kochschinken, die in einer Buttersoße herausgebacken worden waren. Auch Baggers, die fränkischen Reibekuchen frisch aus der Pfanne, akzeptierte er als Beilage. Zum Beispiel zu einer dicken, fülligen Kartoffelsuppe. Grünkohl und alle damit verwandten Gerichte, die man vor allem im Norden Deutschlands schätzte, waren für BB ein Fremdwort. In der Bier-Erlebnis-Welt der örtlichen Brauerei Maisel kannte er sich ebenfalls bestens aus. Am liebsten trank er in seiner Freizeit die Maisel's Weisse, gerade jetzt während der schönen Sommertage.

Tja, sein fast immerwährender Appetit machte Benno nicht schlanker. In seinem Äußeren ähnelte BB einem abgebundenen Kartoffelsack, nur ein paar Kilo schwerer. Ihm fehlte lediglich die Schnur um den Hals. Zusammen mit seinem zuweilen leicht erregbaren Gemüt hatte ihm das im Kommissariat zwei weitere Spitznamen eingebracht: „Kugelblitz“ und „Rumpelstilzchen“. Denn sich wie ein Kugelblitz oder – weniger schmeichelhaft – ein zornig-aufgeregter Zwerg zu benehmen, das konnte er hervorragend. Vor allem, wenn er sich ärgerte und nahe daran war, aus der Haut zu fahren, machten seine Mitarbeiter einen weiten Bogen um ihn herum. Das kam glücklicherweise nicht mehr allzu oft vor. Je älter und reifer Behringer geworden war, desto mehr hatten Ruhe und Besonnenheit sein aufbrausendes Temperament gezügelt. Als ausgesprochener Fan des 1. FC Nürnberg war Behringer außerdem einen gewissen Leidensdruck gewöhnt und konnte hin und wieder am Spielfeldrand Dampf ablassen. Die Fußballmannschaft war letztmalig 1968 deutscher Meister geworden, nur um im Folgejahr in die 2. Bundesliga abzusteigen. Auch die letzte Saison war der „Glubb“ nur im Mittelfeld der Abschlusstabelle herumgekrebst.

Behringers Haupt hatte im Lauf der letzten Jahre eine Glatze erobert. Gisela nahm das zum Anlass für liebevolle Spötteleien, aber BB selbst fand sich damit eigentlich ganz schick. Er hatte den perfekt runden Hinterkopf für seine neue „Frisur“, passend zur restlichen Figur.

„Gisela, wie schaut's aus? Bist du fertig? Können wir fahren? Es wird langsam Zeit!“

„Drängl doch net so!“, erhielt er aus dem Badezimmer zur Antwort. „Ich muss mi bloß no kämma.“

„Diese Weiber“, schimpfte Benno, „kommen einfach nicht vom Spiegel weg. Lass dir doch auch eine Glatze rasieren, dann sparst du Zeit und Haarspray!“, riet er seiner Frau durch die halb offene Badezimmertür. „Die Parkplätze am Grünen Hügel sind immer so schnell belegt und ich hab keine Lust, da eine halbe Stunde rumzugurken, nur um unsre Karre abzustellen.“

„Ich kumm ja scho, alte Nervnsäch.“

*

Heiko und Annalena kamen fast gleichzeitig mit den Behringers am Festspielhaus an. Alle vier drängten sich in die überfüllte Wandelhalle. Das Paar vom Niederrhein kannte sich mittlerweile bestens aus. Parkett rechts, 3. Reihe, Sitz 14 und 15. Ihre angestammten Plätze. Die großen und kleinen Foyers waren von Menschen übersät. Zeitweise herrschte ein kaum mehr zivilisiertes Gedränge, insbesondere an den Getränkeausgabestellen.

Heiko hatte etwa eine Viertelstunde in einer der Schlangen gestanden und war seinem Ziel schon recht nahe, als ihm ein Malheur passierte: Von hinten schoben immer mehr Leute nach, vorne dauerte es Ewigkeiten. Unmutsrufe wurden laut, weil nichts wirklich voranging.

In einer Parallelreihe bemühte sich auch Behringer um zwei Gläschen Sekt.

Wie es genau kam, konnte hinterher niemand mehr nachvollziehen. Irgendjemand hatte seiner Ungeduld körperlichen Ausdruck verliehen, und zwar heftigst. Der Anfangsschubser setzte sich wie eine Tsunamiwelle nach vorne fort. Menschen, die anstanden, wurden auf ihren Vordermann geschoben, gerieten ins Taumeln, stiegen sich auf die Füße. Auch Heiko wurde überrascht und nach vorne gestoßen. Vor ihm stand wiederum ein grauhaariger, runder Zwerg im festlichen Smoking, der gerade bezahlt hatte und drei volle Sektkelche in seinen Wurstfingern jonglierte. Übereilig wollte er der hinter ihm schwankenden Menschenschlange entkommen. Fast hätte er es geschafft, doch dann stolperte ihm Heiko in den Rücken.

Die Schwalbenschwänze des Zwergs flatterten, der Sekt schwappte über und der kleine, runde Dicke ging wie in Zeitlupe zu Boden. Schon klirrten Scherben.

Die Menge verharrte und sah auf den zappelnden Zwerg, der verzweifelt versuchte, sich wieder aufzurappeln. In seinen Händen hielt er drei kaputte Stiele, denen die Glastulpen fehlten. Wie ein fetter Mistkäfer lag er auf dem Rücken und zappelte mit Armen und Beinen in der Luft herum. Sein Gesicht war eine einzige wütende Grimasse. Dann schmiss er mit Elan die drei Glasstiele den Scherben seiner Sekttulpen hinterher, kam endlich wieder auf die Füße und ging mit hochrotem Kopf in Kampfstellung.

Heiko sah sich plötzlich den geballten Fäusten des kugeligen Herrn gegenüber und wusste nicht, ob er lachen oder einen beschämten Kratzbuckel machen sollte. Er entschied sich für eine Entschuldigung.

Den grauen Zwerg in Boxerpose schien die muskulöse Erscheinung des blondgelockten jungen Manns hinter ihm nicht einzuschüchtern. Der überragte den Kleinen um mehr als Haupteslänge und bat zum wiederholten Male um Verzeihung.

Als der Zwerg lospolterte, hörte Behringer, der die ganze Szene ebenso aufmerksam wie amüsiert beobachtet hatte, einen astreinen mittelfränkischen Dialekt, wie man ihn in der Gegend um Erlangen sprach. Der Kleine – etwa seine Größe, aber noch wesentlich fülliger – gebärdete sich wie ein spanischer Kampfstier, schnaubte, spuckte und bedrohte noch immer mit erhobenen Fäusten den athletisch gebauten Mann hinter ihm: „Edz schau abber, dass di rollsd, du Bobblschnalzer. Sunsd hau i der a Schelln runder, dassd mansd die Kieh schelln mit ihre Gloggn am Berch! Kannsd ned aufbassn, wusd hiesabbsd, alder Rodzbobbl? Wersd mer scho so a Breißnzibfl sei, maan i!“

„Entschuldigung, ich kann nichts dafür“, meinte der so Bedrohte und Beschimpfte gutmütig, „man hat mich von hinten gestoßen.“

„So, vo hindn gschdoßn? Dees könnd a jeder Debb behaubdn!“, ließ der Mittelfranke noch immer seiner Wut freien Lauf und tänzelte wie ein Gummiball um den kräftigen Hünen herum. „Was wolld ihr Breißn eigendli do bei uns in Franggn? Abber sei froh, dassd ka Bayernsau ned bisd, sunsd hädder der die Goschn scho längsd bolierd. Und edz roll di, Saubreiß, elendicher!“

Heiko hatte kein einziges Wort verstanden. Er konnte noch nicht einmal die Sprache des Zwergs identifizieren. Nicht, dass er sich durch den Wicht bedroht gefühlt hätte, aber dennoch war es ihm peinlich, den kleinen Runden zu Fall gebracht zu haben.

Behringer schmunzelte. „Popelschnalzer“ – ein fränkisches Schimpfwort, das selbst der Hauptkommissar zum ersten Mal gehört hatte.

Mit dem ganzen Theater hätte er fast seinen Einsatz an der Bar verpasst. Er war an die Spitze seiner Schlange vorgerückt und an der Reihe, bezahlte ein Vermögen für zwei winzige Sektpfützen und suchte dann seine Gisela in der wogenden Menschenmenge.

Der bedrohte blonde Jüngling, der rein äußerlich einen eindrucksvollen Siegfried abgegeben hätte, stand nun neben einer stattlichen Frau etwa gleichen Alters mit extrem fülliger Oberweite und berichtete offenbar von seinem Missgeschick.

Bevor Behringer auch seiner Gisela vom Aufruhr an der Bar erzählen konnte, ertönten die Fanfaren der sogenannten Pausenmusiker vom Balkon des Festspielhauses. Das Zeichen, dass die Inszenierung in einer Viertelstunde beginnen würde. Unruhe kam in die Menge. Einige der Gäste leerten ihre Gläser auf einen Zug. Damen kramten Eintrittskarten aus ihren Handtaschen hervor, um sich zum wiederholten Male zu vergewissern, wo genau sie gleich sitzen würden. Raucher eilten schnell noch einmal ins Freie, um für die nächsten zwei Stunden auf Vorrat ein paar Schnapper an ihren Glimmstängeln zu genießen.

*

Noch vor dem Ende des dritten Akts stürzte Behringer wie von Furien gejagt aus dem Festspielhaus. „Bloß weg hier!“, hechelte er höchst verärgert.

„Etz wart halt!“, rief ihm Gisela außer Atem hinterher und eilte ihrem Mann nach.

Eigentlich hatte Benno schon nach dem zweiten Akt den Ort des Schreckens schnellstens verlassen wollen. „Dees werd bestimmt no besser“, hatte Gisela gemeint und ihm so lange gut zugeredet, bis er auch nach der zweiten Pause wieder Platz genommen hatte. Aber nichts war besser geworden. Als die Kulisse zuletzt den Berliner Alexanderplatz und damit die „marxistische Vielfalt“ verkörpert hatte und aus der Tiefe der Bühne schwanzwedelnde, lebensgroße Krokodile gekrochen waren und eines dieser Monster das Waldvögelchen, das dort auf den Strich gegangen war, aufgefressen hatte, war für BB die Schmerzgrenze überschritten gewesen.

„Wie kann man den Schatz der Nibelungen nur mit Rohöl und Benzin symbolisieren wollen? Und den Riesen Fafner mit einer Kalaschnikow erledigen?“, rief er jetzt immer wieder im Wegrennen. „Was hat das mit der Nibelungensage zu tun?! Eine Schande! Eine Schande ist das, was der Regisseur da inszeniert hat!“ Wie Tarzan im Unterhemd sprang der Hauptkommissar auf dem Vorplatz des Festspielhauses herum und ließ jeden Besucher, der ebenfalls die vorzeitige Flucht nach draußen ergriffen hatte, wissen, was er von dieser lächerlichen Inszenierung hielt. Nämlich nichts, rein gar nichts.

„Aus dem Helden hat er einen Soziopathen gemacht“, steigerte er sich in seiner Rage. „Siegfried – ein Terrorist, der mit einer Kalaschnikow um sich ballert!“

„Etz beruhich di hald widder“, versuchte es Gisela vergeblich, „bevorsd mer an Herzkaschber grigsd. Abber die Musigg war doch schee“, bemühte sie sich, dem Ganzen etwas Positives abzugewinnen, „und die Bühnabilder aa.“

„Schee, schee“, äffte ihr Mann sie nach. „Was hilft's mir, wenn die Bühnenbilder nicht zum Nibelungenlied passen?!“

„Du und dei Nibelungenlied“, wiegelte Gisela ab.

Benno schnaufte tief durch. „Das ärgert mich eben, wenn Mime Nothung in einem Steinbruch schmiedet, aus dem mich die überdimensionalen Visagen von Marx, Stalin, Mao und Lenin anglotzen. Den Siegfried hat er zu einer gescheiterten Großstadtexistenz herabgestuft!“ Er warf die Arme in die Luft und stiefelte dann los Richtung Parkplatz. „Auf jetzt“, drängte er seine Frau, „weg von hier, bevor ich meinen eigenen Mord an dem Regisseur aufklären muss! Da soll einer verstehen, warum jedes Jahr eine halbe Million Menschen die Festspiele sehen wollen. Schade um Zeit und Geld.“

„Du bist halt a Kuldurbanause“, warf ihm Gisela vor und versuchte, mit ihm Schritt zu halten. „Alles, was nix mit Essn und

Franggn zu tu hat, is nix für di. Du sollerst halt aa amol ieber dein Dellerrand nausschaua."

„So ein Quatsch. Was zu weit geht, geht zu weit. Der Regisseur ist ein richtiger Popelschnalzer!"

Kriminalkommissariat K1

29. Februar, drei Tage nach dem Mord

In dem dreigeschossigen roten Backsteinbau in der Ludwig-Thoma-Straße brodelte es wie in einem Bienenstock. Der Polizeipräsident hatte nach dem Mord am Parkplatz der Eremitage nicht lange gefackelt und Montagfrüh die Gründung der Soko „Siegfried" angeordnet. Aus einer knapp 20-köpfigen Ermittlergruppe sollte sie bestehen.

Es war nicht alltäglich, dass in Bayreuth und Umgebung ein Mord geschah. Aber wenn, dann konnte es so ein Kapitalverbrechen in sich haben. So wie der noch immer ungeklärte Fall in einem oberfränkischen Dorf: 2001 war dort ein neunjähriges Mädchen verschwunden. Der mutmaßliche Mörder war zwar schnell gefasst und zu einer lebenslangen Haft verurteilt worden, aber als der Mann dreizehn Jahre später sein Geständnis widerrufen hatte, musste er wieder freigelassen werden; es gab keine eindeutigen Beweise. Das Landgericht Bayreuth hatte den Braten damals schon gerochen und Monate zuvor die Wiederaufnahme des Verfahrens angeordnet. Auf die Ermittler waren Vorwürfe von allen Seiten eingehagelt, auch weil das vermisste Kind noch immer nicht gefunden worden war, weder tot noch lebendig. Von gravierenden Fehlern war heute noch die Rede. So etwas brauchte der Polizeipräsident kein zweites Mal.

Also liefen die Vorbereitungen an diesem Morgen auf Hochtouren. Am Nachmittag um 15:00 Uhr sollten die Soko-Mitglieder im großen Besprechungszimmer zusammenkommen. Auch eine Telko – eine Telefonkonferenz – mit Professor Franziskus Stich, Rechtsmediziner und forensischer Anthropologe am Institut für Rechtsmedizin in Erlangen war eingeplant. Stich wollte bis dahin mit der Leichenschau fertig sein.

Dann würde die Arbeit erst richtig losgehen.

„Was für ein Scheißtag", sagte Kommissar Klaus-Karl Lang mit Gefühl. Das hatte er heute schon des Öfteren von sich gegeben. Seit Arbeitsbeginn saß er im Büro seines Chefs, Hauptkommissar

Behringer. Nach dem Wochenende, an dem sie nur im Trüben gefischt hatten, hatten sie sich vorgenommen, im Vorfeld der Soko-Gründung noch einmal Gas zu geben und so viel wie möglich über den Ermordeten herauszufinden. Besonders weit waren sie nicht gekommen.

„Das liegt an der Kirche", antwortete Behringer.

„Was liegt an der Kirche?" KKL stand auf dem Schlauch.

„Na, der Scheißtag", meinte sein Vorgesetzter.

„Ich versteh nur Bahnhof", schüttelte Lang sein Haupt.

„Heute schreiben wir den 29. Februar. Also haben wir ein Schaltjahr. Es war Papst Gregor XIII., der diesen Tag 1582 eingeführt hat, um ein Auseinanderlaufen zwischen Sonnen- und Kalenderjahr zu vermeiden."

„Was Sie alles wissen."

„Ha! Einen Scheiß weiß ich", gab Behringer schlechtgelaunt zurück. „Ich hab ja nicht mal die leiseste Ahnung, wo das Mordopfer in Bayreuth gewohnt, geschweige denn, was er hier mit wem gemacht hat – und das obwohl er mir schon zweimal über den Weg gelaufen ist!"

„Aber wir kennen seinen Namen, seine Identität. Das ist mehr als wir gestern hatten."

Die beiden Beamten hatten kaum eine Viertelstunde vorher mit ihren Kollegen in der Stadt Wesel telefoniert, ein lang erwarteter Rückruf: „Der Mercedes ist auf einen Heiko Springer zugelassen", hatten sie am Telefon erfahren. „Seinen Wohnsitz hatte er bis vor Kurzem auf Burg Winnenthal."

Da war der Hauptkommissar hellhörig geworden: „Ach, Burg Winnenthal? Die alte Wasserburg, von der Historiker behaupten, dass es sich um die alte Wolfshage handeln könnte, die in der Nibelungensage erwähnt wird? Der Ort, an den Siegfried sich womöglich zurückgezogen hat?"

„Sie sind aber gut informiert, Herr Kollege", hatte sein Gesprächspartner vom Niederrhein gestaunt. „So ist es. Errichtet höchstwahrscheinlich von den Herzögen von Jülich, im Zweiten Weltkrieg schwer zerstört. Nachdem die Anlage in den Achtzigern wiederaufgebaut wurde, war lange ein Hotel drin untergebracht. Und ein landwirtschaftlicher Betrieb. Aber heute ist die Burg ein Seniorensitz."

„Seniorensitz?", hatte Behringer eingehakt. „Bei dem Mordopfer handelt es sich um einen jungen Mann um die 30!"

„Alles richtig, Herr Hauptkommissar, aber so, wie es aussieht, hat sich Herr Springer schon vor Jahren als Dauergast dort eingemietet. Wir haben nur kurz mit dem Heimleiter gesprochen. Mit den Senioren hatte Springer natürlich nichts am Hut. Er soll oft auf Reisen gewesen sein und die Wohnung quasi nur als Rückzugsort genutzt haben. Aber mit Ende Februar, also heute, ist der Mietvertrag für seine Wohneinheit im Heim ausgelaufen."

„Ach."

„Ja, aber die schriftliche Kündigung kam anscheinend schon vor Monaten und im Dezember stand eines schönen Tages plötzlich der Lkw einer Bayreuther Spedition auf dem Hof und hat Springers Möbel abgeholt. Viel mitzunehmen gab es allerdings gar nicht, hat der Leiter der Seniorenresidenz gemeint, und dass er von der Aktion komplett überrascht worden sei. Springer hat die Möbelpacker nicht angekündigt und war selbst auch nicht vor Ort. Aber die Männer hatten ein Schreiben Springers dabei, das ihnen Zugang zur Wohnung verschaffen sollte. Anscheinend glaubwürdig."

„Das heißt, vor knapp über zwei Monaten ist Springer definitiv nach Bayreuth übergesiedelt?"

„Richtig!"

„Und wohin genau ist er verzogen?"

„Das weiß kein Mensch. Heiko Springer ist laut Einwohnermeldeamt noch immer in Xanten wohnhaft."

„Verdammt", hatte Behringer geflucht. „Dann bleibt uns nur noch die Bayreuther Spedition. Den Namen haben Sie nicht zufällig parat?"

„Nein. Da haben wir auch nicht nachgefragt."

„Könnten Sie das bitte für uns tun und den Leiter des Seniorenheims nochmal anrufen? Vielleicht kann er sich ja erinnern."

„Selbstverständlich, Herr Kollege, das machen wir und melden uns wieder bei Ihnen. Und Sie sagen, der Springer wurde ermordet?"

„Ja, letzten Freitag. Von hinten niedergestochen."

*

So viele Beamte der Kriminalpolizeiinspektion Bayreuth wie selten saßen kurz nach 15:00 Uhr um den langen Besprechungstisch. Man hatte zusätzliche Stühle organisieren müssen.

Der Polizeipräsident richtete einen kurzen Appell an die versammelte Mannschaft: Der Mordfall müsse so schnell wie möglich aufgeklärt werden. Bloß keine lang verschleppten Ermittlungen! Dafür hatte er eine so große Zahl an fähigen und sonstigen Köpfen hier zusammengerufen. Also volle Konzentration und zackige Ergebnisse. Jetzt! Dann überließ er Hauptkommissar Behringer und die neuen Soko-Mitglieder ihrem Elend. 18 Kriminalbeamte, auch aus anderen Kommissariaten wie den Zentralen Diensten, waren BB nun direkt unterstellt.

„Jetzt haben wir den Mist am Hals", eröffnete der seine Rede. „Ihr habt ja gehört, was unser oberster Chef gefordert hat: Er möchte den Fall lieber gestern als heute aufgeklärt haben."

„Der kann auch nur blöd daherreden", wagte sich Kommissar Helmut Bauerreis von der Spurensicherung gleich weit aufs Eis.

„Großkopferte!", stimmte ihm Simon Weidner von der Kriminaltechnik zu. „Weiß der überhaupt, wovon er spricht?"

Allgemeines Murren ging durch den Raum.

„Leute, beruhigt euch", schritt Behringer ein. „Ihr seid alle Spezialisten auf eurem Gebiet, darum lasst uns die Sache professionell und organisiert angehen. Als Leiter der Soko *Siegfried* stelle ich gleich die Eingangsfrage: Hat einer von euch ein Problem mit mir als Chef? Wer mich nicht mag, nicht leiden kann, mir diese Aufgabe nicht zutraut oder einfach keine Lust hat, an diesem Fall mitzuarbeiten, der sollte sich jetzt gleich melden. Ich bin deshalb niemandem böse. Es wird auch keine Repressalien geben, ich würde mich lediglich schnellstens um Ersatz bemühen."

Er sah ernst in die Runde. „Nur als funktionierendes Team werden wir Erfolg haben. Das zeigen meine Erfahrung und der gesunde Menschenverstand. Dazu brauchen wir ohne Ausnahme voll motivierte Leute und Teamleiter aus euren Reihen, die bereit sind, Verantwortung zu übernehmen und überproportional großen Einsatz zu zeigen. Was heißt das? Ob ein Kollege aus der KTU oder einer von der Spurensicherung so eine tragende Funktion übernimmt, ist mir völlig egal. Erfahrung und Engagement zählen. Einer muss sich auf den anderen blind verlassen können, muss auch bereit sein, für andere einzuspringen, falls es notwendig wird. Nur gemeinsam sind wir stark."

Zustimmendes Gemurmel kam aus den Reihen der versammelten Kriminaler.

„Zweiter Grundsatz: Wir teilen unser Wissen zu jeder Zeit mit allen anderen Kolleginnen und Kollegen. Deshalb werde ich in engen Abständen, auf jeden Fall an den kritischen Ecken und Enden des Falls, zu gemeinsamen Sitzungen einladen. Wissen bedeutet Macht und bringt Vorteile. Also, was ist? Wie sieht es aus?"

Alle nickten zustimmend, keiner meldete sich.

„Das freut mich", fuhr Behringer fort. „Also, gehen wir an die Organisation unserer Soko. Wir brauchen einen Aktenführer. Klingt vielleicht staubtrocken, aber Talente wie absolute Genauigkeit und Verantwortungsgefühl für Aktualität und Ordnung sind nicht zu verachten. Ein bisschen Enthusiasmus für Datenpflege sollte man natürlich mitbringen. Wer fühlt sich angesprochen?"

Eine junge Frau mit blonder Kurzhaarfrisur meldete sich vom Kopfende des Tisches.

„Frau Kriminalkommissaranwärterin Meissner, Sie haben den Job. Das freut mich für Sie. Nun zum Tatortteam. Wer war letzten Freitag am Parkplatz bei der Eremitage mit dabei?"

Kommissar Lang und drei Mitarbeiter der SpuSi hoben die Hände.

„Braucht ihr in eurem Team noch Unterstützung von der KTU?"

„Zwei von der KTU wären nicht schlecht", meinte KKL, „gerade was die Tatortbeweiserhebung angeht."

„Wer meldet sich freiwillig?“ Behringer sah in die Runde.

Zwei Polizeibeamte gaben Handzeichen, ein dritter zuckte mit den Schultern und ließ seinen Kollegen den Vortritt.

„Okay, das geht ja flott“, zeigte sich der Hauptkommissar zufrieden. „Apropos Tatort, hat die SpuSi etwas Verwertbares gefunden?“

„Schon“, meldete sich KKL zu Wort. „Im Innenraum des Fahrzeugs wie auch im Kofferraum waren jede Menge Fingerabdrücke und Hautschuppen. An der Kopfstütze des Beifahrersitzes klebten ein paar lange blonde Haare und auf dem Sitz selber lag eine Haarspange, schwarz, die vermutlich ebenfalls DNA-Spuren hergeben dürfte. Das alles wird gerade von der KTU ausgewertet, ansonsten ... ach ja: Wir haben rund um Springers Wagen Spuren von Industriemineralen aus Korund festgestellt.“

Behringer hob eine Augenbraue. „Ihr habt das Pflaster gleich mitgeprüft?“

„Klar, Sorgfalt ist oberste Pflicht“, lächelte KKL. „Wir haben sogar Proben aus den Regenpfützen auf dem Pflaster genommen. Da drin hatte sich der Korund gesammelt. Auch darum kümmert sich die KTU.“

„Sonst noch etwas? Ist das Handy bei der Wagendurchsuchung aufgetaucht? Oder Führerschein, Portemonnaie, Ausweispapiere, am besten gleich die Tatwaffe? Irgendetwas, das uns schnell weiterbringen könnte?“, trieb Behringer seine Mitarbeiter an.

„Absolut nichts. Den Geldbeutel des Opfers konnten wir zwar sicherstellen, aber es war nichts darin, außer ein paar Münzen und dem Foto einer hübschen, blonden Frau. Auch das befindet sich ...“

„Ja, ja, ich weiß schon, bei den Kollegen der KTU“, vervollständigte Behringer den Satz.

„Ein paar Kondome im Handschuhfach haben wir auch gefunden“, ergänzte KKL. „Unbenutzt.“

„Was ist mit den zerstochenen Reifen?“, fiel Behringer ein.

„Das ist schon etwas seltsam“, überlegte KKL laut. „Warum nur die Vorderreifen? Warum nicht auch hinten? Wobei das natürlich ausreicht, um einen am Wegfahren zu hindern. Die zentrale Frage, die offenbleibt: Wer hat es getan? Zu welchem Zweck? Theoretisch könnte es jeder gewesen sein ... quasi ein sehr schlechter Scherz, Vandalismus, Neid auf den teuren Wagen. Oder es war der Mörder, der auf sein Opfer gewartet hat und vermeiden wollte, dass es sich vom Parkplatz entfernt."

„Mit nur einem zerstochenen Reifen hätte man einen Reifenwechsel durchführen können, mit zwei defekten Rädern kommt man nicht mehr vom Fleck", warf Kommissar Bauerreis ein. „Wenn es so war, wie der Kollege Lang es schildert, hieße das, dass der Täter wusste, dass Heiko Springer hier seinem Sport nachging, also seine Tagesroutinen kannte und gezielt auf ihn gewartet hat."

„Und wenn wiederum diese These stimmt, müsste das bedeuten, dass der Täter – oder die Täterin! – im unmittelbaren persönlichen Umfeld des Opfers zu suchen ist. Das heißt, wir müssen dieses Umfeld schnellstmöglich identifizieren und durchleuchten", folgerte Simon Weidner.

„Da stehen wir natürlich erst ganz am Anfang", fiel KKL wieder ins Gespräch ein.

„Durchleuchten, ja, unbedingt, macht das", nickte Behringer. „Das bringt uns zur Organisation unserer Soko zurück – die Ermittlerteams: Wir brauchen Kolleginnen und Kollegen, die sich hauptsächlich der Sach- und Personalbeweiserhebung widmen. Außerdem: Wer meint, ein Gespür fürs Profiling zu haben, der soll sich ebenfalls melden."

Behringer sah auf seine Uhr. „Überlegt euch das bitte, wir machen gleich weiter, nachdem wir die Telefonkonferenz mit Herrn Professor Franziskus Stich vom Institut für Rechtsmedizin in Erlangen eingeschoben haben. Stich ist ein äußerst erfahrener Rechtsmediziner, ich würde ihn sogar als Koryphäe auf seinem Gebiet bezeichnen. Er und ein Kollege haben noch am Wochenende unser Opfer obduziert und, so wie ich ihn kenne, wird er uns sofort einiges über die Todesumstände erzählen können. Nach der Telko machen wir eine kurze Zigarettenpause, danach geht es an die Verteilung der ersten Aufgaben."

Behringer rieb sich die Hände. „KKL, können Sie sich um das Zustandekommen des Gesprächs bemühen? Lautsprecher, bitte. Ich denke, ich muss mir diese moderne Technik nicht mehr antun."

*

Rund 100 Kilometer südwestlich von Bayreuth, in Erlangen, lehnte sich Professor Franziskus Stich weit in seinem bequemen Bürosessel zurück und ließ seine Sekretärin, eine Mittdreißigerin mit Pagenfrisur und mächtiger Oberweite, an seiner Telefonanlage herumhantieren.

Draußen drang von der Universitätsstraße das ständige Rauschen und Hupen des Verkehrs heran. Stichs Tränensäcke hingen ihm wie kleine Monde unter den Augen, seine stahlgrauen Blicke dagegen entrückt an der Decke. Er hatte eine hagere Gestalt und die tiefen Falten, die sich vor allem in den letzten Jahren in sein Gesicht gegraben hatten, ließen ihn älter als 63 erscheinen. Eigentlich ein vernünftiges Alter, um allmählich an den verdienten Ruhestand zu denken. Ein gleichwertiger erfahrener Ersatz war allerdings weit und breit nicht am Horizont zu erblicken. Stich lebte mit und für seine Toten, die ihm regelmäßig auf den Edelstahltisch geliefert wurden. Mit Akribie und ungehemmter Begeisterung für den menschlichen Organismus versuchte er, ihnen immer wieder auch das kleinste Geheimnis ihres gewaltsamen Todes zu entlocken, und wurde von seinen „Kunden" – den Kommissaren, Hauptkommissaren und sonstigen Ermittlern im weiten Umkreis – hoch geachtet.

„Die Verbindung steht, Herr Professor", meinte der Pagenschnitt und übergab ihm das Telefon.

Stich fuhr aus seinen Gedanken und dem Sessel hoch und nahm den ihm dargebotenen Hörer. „Hier Stich bei der Arbeit", blies er jovial in die Sprechmuschel.

„Benno Behringer, hallo Doc", schallte es ihm entgegen.

„Der Benno", fuhr Stich gut gelaunt fort. „Altes Haus, wie geht's?"

In Bayreuth ging im Besprechungszimmer ein breites Schmunzeln um den Tisch.

„Gut, danke der Nachfrage. Du bist übrigens auf Sendung. Wir haben den Lautsprecher angeschaltet und warten auf deine geschätzte Expertise."

Dass rund 40 Ohren seinen Worten lauschten, störte Stich nicht. Genauso wenig wie das leichte Unbehagen des Hauptkommissars bei der vertrauten Ansprache vor seiner versammelten Soko. Bevor er auf den eigentlichen Fall zu sprechen kam, brauchte Stich immer eine auflockernde Einstimmung. Die Ereignisse dieser verrückten Welt brachten sowieso Tag für Tag nur Hiobsbotschaften.

„Wir haben uns ja ewig nicht mehr gesprochen, Benno! Was haben mir meine Quellen zugetragen? Du hast's letztes Jahr endlich das erste Mal auf die Festspiele geschafft? *Siegfried*, wie ich gehört habe? Wie war's?"

Behringer hätte dieses Thema zwar am liebsten ausgeklammert, aber unhöflich zu sein, war auch nicht sein Ding. Auch die Mitglieder seiner Soko warteten mit Interesse auf seine Antwort, wussten die meisten doch, wie ihr Hauptkommissar auf den Besuch der Wagner-Oper reagiert hatte.

„Zu sagen, es war eine Katastrophe, wäre die reinste Untertreibung. Es war ein nicht zu überbietendes Fiasko!" Allein beim Gedanken an sein Martyrium stieg Behringer die Zornesröte ins Gesicht. „Hast du schon mal was von dem Regisseur Castorf gehört?"

„Gehört nicht, aber gelesen. War es wirklich so schlimm?"

„Schlimm?", wiederholte Behringer. „Es hat nicht viel gefehlt und ich hätte dir Castorf auf einen deiner Tische geliefert! Du weißt, ich bin ein Anhänger der Nibelungensage – ein echtes Heldenepos –, aber was der daraus gemacht hat ... Na, ich erspare mir und dir Einzelheiten. Es war jedenfalls nicht zum Aushalten!" Er fuhr sich schnell mit der Hand übers Gesicht. „Aber jetzt erwarte ich mir – oder besser gesagt: erwarten *wir* uns Neuigkeiten von dir, lieber Franziskus."

„Von eurem blonden Siegfried, den ihr mir habt anliefern lassen?"

„Siegfried ist schön gesagt. Ich hab ihn während der Festspiele als *Popelschnalzer* kennengelernt …“ Dann kam der Hauptkommissar doch nicht umhin, die kurze Geschichte zum Besten zu geben. „Aber jetzt bist endgültig du dran“, forderte er am Schluss Stich auf.

„Popelschnalzer. Klingt nicht gerade ästhetisch. Da bleibe ich doch lieber bei Siegfried“, nahm der Professor seinen Part auf. „Auf den Punkt gebracht, ist er infolge von zwei Einstichen an einer Herzbeuteltamponade verstorben.“

„Doc, wir haben hier jede Menge junger Mitarbeiter und Mitarbeiterinnen versammelt. Würde es dir etwas ausmachen, sagen wir, etwas erklärend auszuholen? Wir möchten schließlich alle dazulernen.“ Dass er selbst mit dem Begriff „Tamponade“ nicht allzu viel anfangen konnte, verschwieg Behringer geflissentlich.

„Na, dann hört mir mal zu. Bei einer Herzbeuteltamponade handelt es sich um eine schnelle Ansammlung von Flüssigkeit – in diesem Fall von Blut – im Perikard, dem Herzbeutel. Das ist ein dünner Beutel, ein Hohlraum, der das Herz umgibt. Wenn dahinein, beispielsweise wie in unserm Fall durch eine Stichverletzung, Blut fließt, kommt es zu einer Kompression des Herzens. Es wird von außen zusammengedrückt. Das wiederum führt zu einer Behinderung der Ventrikelfüllung, was nichts anderes heißt, als dass der Körper nicht mehr mit der ausreichenden Menge sauerstoffgesättigten Blutes versorgt werden kann, das Schlagvolumen des Herzens reicht nicht mehr aus. Es ist ganz einfach: Durch den entstandenen Druck von außen hat das Herz nicht mehr genug Kraft, dagegen anzupumpen. Auch das Organ selbst wird nicht mehr vollausreichend mit dem notwendigen Lebenssaft versorgt. Diese Blutunterversorgung führt schließlich zu einem schockartigen Zustand. Organversagen und Herzstillstand sind die Folgen.“

Stille am anderen Ende der Leitung.

„Ich hoffe, ich konnte das so schildern, dass sich jeder von euch etwas darunter vorstellen kann? Ansonsten, wenn ihr weitere Fragen habt …?“

Behringer sah in Bayreuth in die baffe Runde. „Gibt es auch Erkenntnisse zur Tatwaffe und zum Todeszeitpunkt?“

„Todeszeitpunkt, ja“, wiederholte Stich. „Ich würde sagen: letzten Freitag so zwischen 18:00 und 20:00 Uhr. Bei der Tatwaffe handelt es sich um ein Messer mit dreikantigem Klingenquerschnitt, mit dünnem Rücken und einer scharfen Schneide, die beidseitig geschliffen sein muss. Darauf deuten die glatten Wundränder und die Ausdehnungen des Stichkanals hin. Die Klingenlänge selbst dürfte in etwa 18 Zentimeter betragen. Wer auch immer euren Siegfried umgebracht hat, er – oder sie – muss ihn genau zu dem Zeitpunkt erwischt haben, als er sich in den Kofferraum seines Wagens hineingebeugt hat. Die Fotos, die ihr mir geschickt habt, sprechen Bände. Beide Stiche kamen relativ senkrecht von oben. Mit aller Kraft ausgeführt. Aber, wie gesagt, die Kraft einer Frau hätte auch ausgereicht. Als das Messer wieder herausgezogen wurde, wurde es leicht verdreht, was zu einem erhöhten, schnellen Blutverlust geführt hat.“

„Wer benutzt solche Messer?“, warf Behringer ein.

„Quasi jeder“, gab Stich von sich. „Die findest du in jeder professionellen Küche und in den meisten privaten mittlerweile auch. Der dünne Klingenquerschnitt weist auf ein Filetiermesser mit scharfer Spitze hin.“

*

Telefonkonferenz und Raucherpause waren vorbei. Schnell wurden die restlichen Teams der Soko gebildet.

Behringer rief seine Leute zum Weitermachen zusammen. „Es ist wie verhext, ein Omen“, begann er, als er sich auf seinen Sitz fallen ließ. „Ich bin dem Opfer schon zweimal begegnet: Die Geschichte vom Popelschnalzer kennt ihr jetzt alle, aber den Treff an der Wiesent bin ich euch noch schuldig.“

Er hielt ein Foto in die Höhe und ließ es dann durch die Runde gehen, bevor er mit seiner Geschichte begann: „Hier auf diesem Foto sehen Sie das Mordopfer in einem Zweierkanu auf der Wiesent. Das Bild entstand im September letzten Jahres in der Nähe des Bahnhofs Behringersmühle. Neben Heiko Springer sehen Sie eine unbekannte junge und – ich denke, darauf können wir uns einigen – sehr attraktive Frau im Boot sitzen. Es ist dieselbe, die auch auf dem Foto im Portemonnaie Springers abgelichtet ist. Eine unserer ersten Aufgaben wird es sein, diese Frau ausfindig zu machen. Ich erhoffe mir, dass sie uns einiges über das Opfer erzählen kann. Jedenfalls wirkten die zwei auf mich wie ein Liebespaar."

Das Foto kam wieder bei Behringer an und er steckte es zur sicheren Aufbewahrung in eine Mappe. „Über Heiko Springer selbst wissen wir noch relativ wenig. Bis vor Kurzem hat er auf der Burg Winnenthal am Niederrhein, in der Nähe von Xanten, eine Dreizimmerwohnung unterhalten, der Vertrag ist auf den heutigen Tag gekündigt worden. Die Kollegen von der Kripo in Wesel haben für uns herausgefunden, dass urplötzlich, am 22. Dezember letzten Jahres, die Spedition Wedlich aus Bayreuth im Burghof stand – mit dem Auftrag, die Möbel von Springer aus der Wohnung zu holen und hierher, in ein Lager der Firma StorageBox in der Sophian-Kolb-Straße, zu bringen. Ob sie dort immer noch lagern, wissen wir nicht. Kollege Lang und ich haben heute noch niemanden von StorageBox erreicht. Also, wer fährt hin und nimmt die Sache in Angriff?"

Helmut Bauerreis und Kriminalobermeisterin Susanne Landrock hoben die Hände.

*

Es war schon kurz vor Feierabend, als sich Behringers Telefon meldete. „Ja?", blaffte er in den Hörer.

„Bauerreis", meldete sich der Kommissar der Spurensicherung. „Die Kollegin Landrock und ich haben eben mit dem hiesigen Leiter der Firma StorageBox gesprochen. Die Möbel von dem ermordeten Springer wurden am 28. Dezember in die Friedrich-von-Schiller-Straße gebracht und dort nach einem Einrichtungsplan des Mordopfers bezugsfertig aufgestellt."

„Wer macht denn so was?", wunderte sich Behringer.

„Das kam, weil der Hausherr gar nicht da war."

„Was heißt das, *nicht da war?*"

„Soweit wir erfahren haben, war dieser Springer gerade nach Kenia in den Urlaub geflogen. Daran konnte sich der Mann vom Lager, Röthlingshöfer heißt er, noch erinnern, weil es so extravagant war. Jedenfalls hatte StorageBox den Auftrag, die Wohnung komplett einzurichten. Vom Aufhängen der Lampen und Anschließen der Waschmaschine bis hin zum Unterbringen der gesamten Wäsche – Anzüge, Hemden und so weiter."

„Wie soll das denn gehen?", zweifelte der Hauptkommissar.

„Herr Röthlingshöfer hat uns den Plan gezeigt, den Springer ihm dagelassen hat. Den hat er aufgehoben – als Anschauungsmaterial für den Fall, dass sie so eine Komplett-Dienstleistung in ihr Angebot aufnehmen. Darin ist ganz genau beschrieben, wo jedes einzelne Möbelstück hingehört, wo exakt im Schrank die Hemden aufgehängt werden und in welcher Schublade die Unterhosen ihren Platz finden sollen. Der Springer ging sogar so weit, dass er StorageBox beauftragt hat, für ihn Besorgungen zu erledigen." Am anderen Ende der Verbindung raschelte es, Bauerreis hantierte einhändig mit Papier. „Also hier steht: Champagner, Wein – er will eine bestimmte Sorte, spanischen ... und dann sogar Weißwein –, argentinische Filetsteaks, Kartoffeln und so weiter. Sogar an Toilettenpapier und Körperpflegemittel hat er gedacht."

„Und die haben das alles erledigt?", kam es von Behringer.

„Klar, dafür haben sie ihm auch eine saftige Rechnung gestellt. *Geld spielt keine Rolle*, soll der Springer dem Röthlingshöfer gesagt haben, als er den Auftrag erteilt hat. Und: *Machen Sie einfach alles so, wie ich es aufgeschrieben habe.*"

„Hat der Röthlingshöfer vielleicht auch von einer Freundin Springers gesprochen? Blond, hübsch ... hat er sie vielleicht sogar kennengelernt?"

„Die Frage hab ich ihm auch gestellt", antwortete Bauerreis am Telefon. „Leider nicht. Eine Frau hat er nie gesehen oder von einer gehört. Bei der Wohnung soll es sich übrigens um eine komplett neu modernisierte Dreizimmer-Terrassenwohnung im dritten Stock handeln. Knapp 100 Quadratmeter."

„Na gut, wenigstens wissen wir jetzt, wo wir mit unserer Suche weitermachen müssen. Gut gemacht, Bauerreis. Gruß auch an die Kollegin Landrock. Ich schicke gleich einen Trupp der SpuSi in die Friedrich-von-Schiller-Straße. Hausnummer?"

„6."

„Ich weiß, es ist schon spät, aber fahren Sie bitte auch dorthin und begleiten Sie die Aktion. Wäre schön, wenn wir ein paar erste Aussagen von den Nachbarn bekämen, Hinweise, die uns weiterbringen."

„Okay, wir kümmern uns darum."

Behringer legte auf und wandte sich wieder seinem Computer zu. Er hatte die letzte Stunde genutzt, um sich tiefer ins Leben des Opfers einzuarbeiten. Mit dem Namen „Heiko Springer" war er recht schnell auf eine Beraterfirma desselben Namens gestoßen. Finanzdienstleistungen. Offenbar ein recht exklusives Geschäft für die oberen Zehntausend Deutschlands und der Welt. Ein Büro mit Adresse in Xanten war im Impressum der Homepage von Springers kleinem Unternehmen angegeben. Das sollte Klaus-Karl Lang überprüfen, zur Not müssten sie auch die Kollegen aus Wesel noch einmal um Hilfe bitten.

Behringer holte tief Luft. „KKL!"

Die sonderbare Anna Schmidt

Der Abend des 29. Februars

Als Landrock und Bauerreis in der Friedrich-von-Schiller-Straße 6 ankamen, fuhren gerade auch die SpuSi-Kollegen der Soko vor. Das große Polizeiaufgebot verursachte ordentlich Neugierde bei den Passanten. Leute blieben stehen und verfolgten die Aktion. Als die Beamten geschlossen auf den Hauseingang zuströmten, klickten die ersten Handykameras. Auch vorbeifahrende Pkws hielten mitten auf der Straße an und verursachten ein wildes Hupkonzert im Feierabendverkehr. Fenster entlang des Straßenzugs wurden geöffnet und noch bevor Bauerreis sich durch den Pulk seiner Kollegen zur Haustür vorschieben konnte, hatten es sich Nachbarn mit Kissen für ihre verschränkten Unterarme auf diversen Fensterbrettern bequem gemacht.

„Was isn da los?", wollte auch die Schmidts Anna wissen und schob ihren Rollator auf den Hauseingang zu. Eigentlich hatte sie gerade zur nahen Bäckerei Brunner trippeln wollen, um fürs Abendessen einen Viertellaib frisches Bauernbrot einzukaufen, aber für so ein außergewöhnliches Ereignis, wie es gerade vor ihrer Haustür ablief, drehte sie gerne nochmal um. Das bedurfte ihrer ungeteilten Aufmerksamkeit.

„Auf d' Seidn", herrschte sie jetzt die Polizisten an und versuchte, sich ganz nach vorne zu drängen, „iech wohn do. Herrschaftszeidn, etz gengas halt aufd Seidn. Iech bin a alde Fraa und kann nemmer a su schbringa wie ihr junga Leid."

„Sie wohnen in dem Haus?", wurde sie von einer Polizistin mit dunklem Pferdeschwanz angesprochen.

„Scho seid des Haus baud worn is", bestätigte sie.

„Können Sie uns dann bitte die Haustür öffnen?", fragte die Polizistin höflich.

„Do könnd ja jeder kumma, der a Bolizeiuniform ohat", bekam sie zur Antwort. „Könna Sie sich überhaubd ausweisn?"

„Selbstverständlich", hielt die Beamtin der Seniorin ihren Ausweis unter die Nase und stellte sich vor: „Kriminalobermeisterin Susanne Landrock. Vielleicht hätten Sie ja auch noch etwas Zeit für mich? Ich hätte da ein paar Fragen."

„Do, junge Fraa, nehmas ersch amol mei Schlüssl und schberrns auf. Abber die brauch iech fei widder!"

Als die Polizeikohorten im Innern des Hauses verschwunden waren, schien die Schmidts Anna mit einem Mal alle Zeit der Welt zu haben. Sie lehnte sich bequem auf ihren Rollator, wartete auf die Polizistin mit dem Pferdeschwanz und ließ ihren Blick über die Straße schweifen.

„Was schauts ihr denn so bleed?", rief sie den gaffenden Autofahrern zu, die angehalten hatten und an ihren offenen Wagenfenstern hingen. „Schauds, dass ihr weiderkummds! Sechds ihr net, dass ihr den ganzn Verkehr aufhäld? Was gibds n do zu gaffn? Neigieriches Gschwerdl!"

Nach knapp einer Viertelstunde – die meisten Schaulustigen hatten zum Glück die Geduld verloren – war die freundliche Beamtin wieder zurück. „Danke, dass Sie auf mich gewartet haben. Sie wohnen in dem Haus?"

„Dees hams mi scho mal gfrachd. Iech bin doch ned senil! Oder ham etwa Sie Probleme mitm Gedächtnis?"

„Entschuldigen Sie, Frau ..."

„Iech bin die Schmidts Anna."

Susanne Landrock nahm einen kleinen Notizblock zur Hand und notierte sich den Namen der alten Dame. „Dann kennen Sie sicherlich alle Hausbewohner?"

„S könnd scho sei", antwortete die Schmidts Anna vorsichtig.

„Was können Sie mir denn über den Herrn Heiko Springer erzählen?"

„Der blonde Darzan mid seiner blondn Freindin? Der wohnd doch erschd seid ledzdn Dezember im Haus. Dridder Stock, ganz oben. Hadder wohl was ausgfressn? Also geheier is mer der fei ned."

„Und warum nicht?", wollte die Polizistin wissen.

„No, der muss ja Geld ham wie Hei. 350.000 Euro had der auf an Schlooch fier die Wohnung hieblädderd, had mier die ald Krummbieglerin derzähld. Dera hod die Wohnung vorher ghört. An Drumm Mercedes fährd er au no und ausschaua dud er wie aner vo der Mafia. Sei Freindin, dees junge Drudscherla, bassd goar ned zu dem. Die schaud eigendli ganz nedd aus und höfli is aa immer, wenns mer im Drebbnhaus begegned. *Einen schönen guten Morgen, Frau Schmidt.* Also, was die bloß an dem find? Na ja, die junga Leid ... Do kumma mier nemmer mied. Abber edz möchd iech scho gern wissn, warum Sie miech die ganz Zeid ieber den Schbringer ausfrogn? Was had er denn ausgfressn?"

„Sie werden das eh bald in der Zeitung lesen", meinte Susanne Landrock schulterzuckend. „Herr Springer wurde ermordet. Und wir suchen nach seinem Mörder."

„Dood! Merder! Ja um Himmls willn!“ Die Schmidts Anna bekreuzigte sich. „Gell, vo der Mafia? Do hab iech a Gschbier dafier. Beschdimmd derschossn? Vo hindn? Iech sooch bloß *Omerda*! Do kenn iech miech aus. Der Corleone had an langa Arm. Wu iser denn derschossn worn?“

„Der Herr Springer wurde nicht erschossen“, wand sich die Kriminalobermeisterin sichtlich unangenehm berührt.

„Dann hamsn mid an Drahdseil derdrossld“, wusste die alte Frau Bescheid und rüttelte an ihrem Rollator. „Do hab i neili an Krimi glesn, der in Bamberch schbield. In dem hams aa zwaa Leid mid an Drahdseil kwasi hiegrichd. Dees woar zwoar ned die Mafia, abber die hädds durchaus sei kenna.“

„Haben Sie denn einen konkreten Verdacht, Frau Schmidt, wer Herrn Springer etwas Böses gewollt haben könnte?“, versuchte Susanne Landrock, das Gespräch auf ergiebigere Pfade zu lenken.

„Ja sogns amol, junge Fraa“, antwortete die Schmidts Anna sichtlich erbost, „worüber redn mier denn die ganz Zeid? Iech habs Ihna doch scho erglärd – und es geht mer fei gscheid aufn Wegger, dass iech alles wiederholn muss! Do frach i mi scho, wer vo uns zwaa demend sei soll? Konzendriern Sie sich doch einfach auf die Corleone-Brieder. Und edz muss i zum Eikaafn.“ Sie drehte ihren Rollator umständlich in Richtung der ursprünglich anvisierten Bäckerei. „Sie ham mi gans schee lang aufghaldn mid Ihrer bleedn Fracherei. Maaners, iech hab mei Zeid gschduln?“

Kriminalobermeisterin Landrock hatte feine Antennen. Die brauchte sie hier aber gar nicht, es war offensichtlich, dass die alte Dame ab dem Moment dicht gemacht hatte, als sie nicht auf ihre Mafia-Geschichte eingegangen war.

Sie sprang der energisch davonwatschelnden Seniorin hinterher. „Ja und diese Corleone-Brüder, wie haben die das denn angestellt? Ich meine, glauben Sie, dass diese Schurken den Springer vielleicht vor der Tat ausgespäht haben?“

„No fraali. Gans schee raffinierd sugoar.“ Die Schmidts Anna blieb stehen, senkte ihre Stimme, sah sich vorsichtig um und flüsterte dann noch leiser: „Die Budsfraa.“

„Die Putzfrau?“

„Hmm! Zwaamol die Wochn is kumma. Am Diensdooch und am Freidooch. Iech habs ja meisdns gsehgn, wenn si sich die Drebbn naufgschlichn had.“

„Mensch, Frau Schmidt, das ist ja interessant“, forderte die Polizistin sie zum Weiterreden auf und zückte wieder ihren Notizblock.

„Sooch iech doch, sooch iech doch“, flüsterte die Rentnerin weiter. „Mer sachd, dass s eigendlich im Hodel *Richard Wagner* ärwern soll. Beim Schbringer woar die gwieß bloß schwarz ogschdelld. Und ausghorchd hads n. Do bin iech felsnfesd ieberzeuchd. Raffinierd, gell?“

„Schon. Und Sie haben gesehen, wie sich diese ... ähm Schlange der Mafia das Treppenhaus hinaufgeschlichen hat? Das heißt, Sie würden sie wiedererkennen?“

„Schlanga, dees is des richdiche Word! Und fraali dääd iech die rodhaariche Fuchdl soford wiedererkenna.“ Anna Schmidt hob ihre Stimme wieder. „Do drin is ihr Gsichd abgschbeicherd.“ Dabei tippte sie sich mit beiden knöchernen Zeigefingern an ihre Stirn. „Wie in an Kombjuder.“

Susanne Landrock nickte. „Danke, Frau Schmidt. Dann werden wir uns bei unseren Ermittlungen auf die Mafia konzentrieren“, bestätigte sie. „Aber ... nur einmal angenommen“, fuhr sie langsam fort, „wenn es die doch aus irgendeinem Grund nicht gewesen sein sollte ...?“

„Dann woars die ausländische Nuddn, die vor vier Dooch nachds an der Hausdier glingld und die ganze Zeid *Heiko, ids mie, Aischa* gschria had, dass i aufgwachd bin. Der habbi an Amer vuller Wasser nundergschüdd. Ausgschaud had s wie a begossner Budl.“ Die Schmidts Anna kicherte schadenfreudig.

„Noch ein wertvoller Hinweis“, lobte Susanne Landrock, nun ehrlich interessiert. „Haben Sie zu der Frau noch mehr Informationen für mich? War sie Engländerin oder Amerikanerin?“

„Naa, iech glaab ned. Die hod zwar Englisch gred, aber mehr so oriendalisch ausgschaut.“

„Orientalisch?“

„Ja, ganz dunkle Haar, aber weid und breid ka Kopfduch. Und ozogn war s – was waaß iech, wen die da verführn had wolln. Iech sochs ja, a Nuddn. Abber des is aa ka Grund, so rumzuschreia middn in der Nachd!“

Susanne Landrock klappte ihren Block zu. „Nun will ich Sie aber nicht weiter aufhalten, Frau Schmidt. Sie müssen ja noch zum Einkaufen. Danke für Ihre Hilfe. Dürfen wir denn nochmals auf Sie zurückkommen, falls es notwendig wird?“

„No fraali. Mei Adress hams etz ja, iech wohn im ersten Stock. Brauchns aa no mei Telefonnummer?“

„Ja, bitte.“

„Gibds denn aa a Belohnung fier die Däderhinweise?“, fragte die Schmidts Anna, nachdem sie ihre Nummer diktiert hatte, und machte sich dann mit ihrem Rollator wie ein Wiesel auf und davon.

Zurück blieb eine leicht ratlose Kriminalobermeisterin. Mafia? Beim besten Willen nicht – oder?

Anna hatte in der Bäckerei Brunner einiges zu erzählen.

Annalena und Manfred
29. Juli, ein Jahr zuvor

Dass sich Heiko für die Naturschönheiten der Fränkischen Schweiz interessierte, hatte ihm Annalena nicht abgenommen. Eher an denen der attraktiven Laila. Das lag klar auf der Hand. Aber die Kleine würde sich noch wundern. Wenn Heiko sein Ziel erreicht und hinter dem Namen „Laila“ gedanklich einen Haken gemacht hatte, würde er wieder reumütig unter ihre Bettdecke geschlüpft kommen. Nur, dass sie dann höchstwahrscheinlich nicht mehr wollte ... aber das wusste wiederum Heiko noch nicht. Es kam darauf an, wie sich die Sache mit Manfred entwickelte.

Heiko war heute bereits um halb acht aufgestanden. Das Rauschen der Dusche hatte Annalena geweckt und sie war auf noch müden Beinen zu ihm ins Bad getapst. Da hatte er ihr den Bären mit dem Ausflug in die Natur aufgebunden. Er hätte ihr ja auch ihren Solo-Spaß beim Shoppen gelassen, hatte er erklärt, da könne sie ihm ruhig einen Tag im Bayreuther Umland gönnen. Außerdem würde ihnen der Abstand gerade eh guttun, so wie er das sah.

„Fürs Streiten haben wir noch genug Zeit“, hatte er zuletzt gemeint und war zur Tür hinaus verschwunden.

Ihm zum Frühstück nachzuhetzen, darauf hatte Annalena nach diesem Auftritt verzichtet. Außerdem wusste sie nicht, ob sie den Anblick von Heiko zusammen mit Laila um diese frühe Morgenstunde überhaupt ertragen könnte. Die beiden hatten sich doch todsicher verabredet ...

So gegen halb neun rührte sich ihr Magen. Er knurrte bedrohlich, verlangte nach seinem Frühstückskaffee, zwei Spiegeleiern mit Speck und frischem Toast.

Also stand Annalena auf und riskierte einen missmutigen Blick aus dem Fenster. Auf dem Parkplatz startete gerade Heikos Mercedes. Ob jemand auf dem Beifahrersitz saß, konnte sie nicht genau erkennen. Wobei – die dunkle Silhouette ... war das ein Frauenkopf? Energisch warf Annalena die Tür zum Badezimmer hinter sich zu.

Es war ein herrlicher Tag. Die Sonne glänzte mit all ihrer Kraft von einem wolkenlos blauen, fränkischen Himmel. Das musste genutzt werden. Annalena würde Karl am Empfang fragen, ob er für sie das Frühstück auch draußen im Biergarten anrichten konnte. Erwartungsvoll stieg sie von ihrer Suite aus das Treppenhaus hinab und betrat die Hotellobby.

Manfred stand am Check-in. Das frisch angereiste Paar vor ihm lauschte seinen Worten. Immer wieder hob er aber den Kopf und schielte vom Fahrstuhl zum Treppenhaus und zurück. Es schien, als wartete er auf etwas. Annalena hielt interessiert inne. Manfred hatte sicherlich mitbekommen, dass Heiko heute einen Ausflug in die Fränkische Schweiz unternahm – sie ging sogar davon aus, dass er wusste, dass seine kleine Schwester mit von der Partie war. Wartete Manfred also auf sie? Sie suchte den Blickkontakt zu ihm.

Als der Hotelmanager Annalena am Fuß der breiten Treppe entdeckte, deutete er ihr hektisch an, dass sie auf ihn warten sollte, ließ keine zehn Sekunden später alles stehen und liegen und kam mit einem breiten Lächeln auf sie zu. „Frühstück?", flötete er schon von Weitem.

„Gerne", gab sie das Lächeln zurück.

„Drinnen oder draußen?"

Der Mann dachte mit.

„Das Wetter ist heute einmalig. Das Thermometer zeigt jetzt schon 25 Grad. Ideal für ein Plätzchen unter einem Sonnenschirm oder schattigen Kastanien", schlug er vor.

„Aber nur, wenn du mir Gesellschaft leistest", machte Annalena es ihm leicht.

„Ich hätte es nicht gewagt, dich danach zu fragen", gestand Manfred, „aber es wäre mir eine sehr große Ehre. Einen kleinen Moment nur, bitte. Ich sage schnell Karl Bescheid, dass er für uns draußen anrichten lässt. Bin gleich wieder da. Gegen ein Gläschen Prosecco hast du doch sicherlich nichts einzuwenden?"

„Gute Idee", lobte sie ihn.

Annalena war sich ihrer Wirkung auf ihn sehr wohl bewusst. Das leichte, ärmellose Sommerkleid, das sie vor zwei Tagen in der

Maximilianstraße für läppische 698 Euro erstanden hatte, zeigte mehr als es verbarg. Der Stoff mit den farbenfrohen Klecksen war fließend leicht, schmiegte sich eng an ihre stattliche Oberweite und umspielte den Rest ihres Körpers äußerst vorteilhaft. Unterhalb des tiefen Ausschnitts in V-Form konnte der interessierte Betrachter durch das zarte Material so manchen Blick auf ihren Spitzen-BH erhaschen. Auch um den Po herum lag der Stoff nur leicht auf und verriet dem spähenden Auge, dass sie darunter nur einen weißen String-Tanga trug – selbstverständlich das passende Gegenstück zum BH. Manfred waren fast die Augen aus den Höhlen gekullert.

Mit weit ausholenden Schritten kehrte er gerade zu ihr zurück. „In fünf Minuten ist angerichtet", verkündete er, atmete tief ein und lächelte verzückt. Annalenas Ausschnitt entströmte ein Duft, der ihn verzauberte. Eine Mischung aus Orient und Meer, beruhigend und sanft, voller Wärme, Sehnsucht und Sinnlichkeit.

„Du siehst traumhaft aus, wenn ich das sagen darf. Wollen wir einen kurzen Spaziergang durch den Garten machen, bis angerichtet ist?"

„Bestens, bestens, lieber Manfred, warum nicht?"

Gemütlich drehten sie eine Runde durch das gepflegte Grün.

„Du, ich hätte da eine vielleicht etwas peinliche, vielleicht dumme Frage", wagte sich Manfred vor.

„Es gibt keine dummen Fragen", meinte Annalena. „Nur heraus damit!"

„Dein ... äh Geschäftspartner, der Heiko ... dass er heute nach dem Frühstück mit Laila zu einem Ausflug gestartet ist, du weißt schon ... Das ist dir doch ... ich meine –"

„Du möchtest wissen, ob mir das recht ist?", unterbrach sie seine gequälten Bemühungen.

„Ja, ganz genau das wollte ich zum Ausdruck bringen."

„Aber Manfred, ich bitte dich. Wir leben doch in modernen Zeiten. Heiko und ich sind langjährige Freunde und Geschäftspartner. Keiner von uns ist dem anderen zu irgendetwas verpflichtet. Wir sind gemeinsam in Bayreuth, aber ich bin eine selbstständige Frau, die auch allein für ihr Vergnügen sorgen kann. Heiko brauche ich dafür nicht. Jeder von uns kann tun und lassen, wozu er Lust hat … Wir beide flirten doch auch gerade miteinander?"

Annalena beobachtete, wie Manfred eine leichte Röte ins Gesicht kroch. Ein Mann mit Moral und edlen Gedanken.

„Du bist eine außerordentliche Frau", gestand er ihr. „Dagegen denke ich noch völlig altmodisch und konservativ."

„Und zu anständig", fügte sie spitzbübisch lächelnd hinzu. „Das hemmt nur. Nein, im Ernst, ich verstehe schon, dass du da eher, wie sagt man, zurückhaltend bist. Nicht so direkt wie ich. Liegt vielleicht auch am Beruf."

„Bei mir liegt es wohl hauptsächlich an meiner Erziehung", entschuldigte sich Manfred.

„Na dann. Keine Sorge, Manfred, ich weiß, dass nicht jede Frau so offen redet wie ich. Aber mit mir kannst du über jedes Thema sprechen."

„Und das stört dich nicht?"

„Warum denn? Dann weiß man wenigstens, woran man ist."

„Hm, da tue ich mir, ehrlich gesagt, etwas schwer. Das muss ich erst inhalieren. Wir haben uns ja erst kennengelernt …"

„… Und mögen gelernt."

„Ja, durchaus." Manfreds Gesicht wurde noch etwas dunkler. „Trotzdem, ich wage es noch nicht ganz …"

„Warum wagst du es nicht? Weil du mich zwar begehrst, aber Heiko, meinen Begleiter, nicht brüskieren möchtest? Außerdem bin ich Gast eures Hauses. Da gibt es für den guten Hotelier gewisse Grenzen. Habe ich recht, bist du deshalb so zurückhaltend?"

Dieses Mal glich Manfreds Teint dem einer reifen Tomate.

Sie waren im Biergarten angekommen.

„Denk nicht so kompliziert, Manfred. Komm, lass uns Platz nehmen", forderte Annalena ihn auf.

„Darf ich dir Kaffee einschenken?" Manfred wirkte immer noch etwas desorientiert, war völlig steif.

So eine Frau hatte er noch nicht erlebt. Aber ihm gefiel ihre direkte Art auch sehr. Das war mal etwas ganz anderes, sie sorgte für klare Linien. Ihm gefiel überhaupt alles an ihr.

„Gerne, schenk ruhig ein – und um beim Thema zu bleiben: Du bist mir nicht unsympathisch, das weißt du. Auch ich habe mir schon überlegt, wie das mit uns weitergehen soll. Ich meine, etwas seltsam ist es ja schon, wenn sich der eine deiner Gäste plötzlich für deine Schwester interessiert und die andere Hälfte des angereisten Paars Gefallen an dir findet. Stell dir mal vor, aus Heiko und Laila würde ein echtes Liebespaar." Annalena lachte. „So wie jetzt kann auch das Arbeitsverhältnis zwischen Heiko und mir nicht ewig bleiben ... so eine überaus enge, zeitraubende Partnerschaft. Ich meine, ich bin jetzt 30. Da stellt man entscheidende Weichen für die Zukunft. Dass das außergewöhnliche Verhältnis, das ich mit Heiko pflege, eines Tages zu Ende gehen würde, war mir eigentlich schon lange klar. Deswegen kann man ja Freunde bleiben."
Manfred nickte ihr zu, sagte aber nichts.
Annalena sprach fast wie zu sich selbst: „Dennoch kommt es jetzt doch überraschend schnell, diese neuen Emotionen auf allen Seiten. Ich muss auch an mich denken. Man wird ja nicht jünger. Vielleicht ist es auch besser so, dass wir alle von den Geschehnissen so überfallen werden ..." Sie richtete ihren Blick wieder auf Manfred. „Eines kann ich in meiner direkten Art aber auf jeden Fall sagen: Ich würde dich nicht von der Bettkante stoßen, das kannst du mir glauben."
Manfred fiel von einer Verlegenheit in die andere. Griff nach seinem Kaffee, verschüttete etwas. Stellte die Tasse ruckartig wieder auf den Tisch. Räusperte sich.
Dann raffte er all seinen Mut zusammen und sah Annalena fest in die Augen: „Und was, verdammt nochmal, hindert uns dann daran, es einfach zu tun?"
Seine Frage hallte nach und er konnte selbst kaum glauben, was er da gerade gesagt hatte.

Das Arbeitsessen
30. Juli

Das erste gemeinsame Abendessen hatten die drei Kolb-Brüder am zweiten Pausentag zwischen den Opern arrangiert. Karl hatte eine lauschige Ecke in der „Walküren-Scheune" des Restaurants reservieren lassen, nachdem Heiko Springer zugesagt hatte.

Der massive Holztisch aus Eiche war festlich geschmückt. Kostbares Rosenthal-Porzellan wartete auf die Runde. Fein geschliffene Weingläser standen bereit. An der Wand über dem feinen Gedeck hingen fast schon antike Dreschflegel und Sensen, überkreuzt. Auf der Fensterbank des bunten Butzenscheibenfensters standen eine alte Waage und ein Bügeleisen, das vor Urzeiten mit glühenden Kohlen befüllt worden war, bevor es in Gebrauch genommen werden konnte. Alte Speichenräder lehnten dekorativ an den Mauern aus Buntsandstein und passten perfekt zu den zu Würfeln gebundenen Strohballen. Alles war in den fränkischen Farben rot-weiß aufeinander abgestimmt – die Vorhänge, die Tischläufer, die Servietten, sogar die Kissen auf der Eckbank rund um den Tisch.

Punkt 20:00 Uhr erschienen die geladenen Gäste. Heiko Springer hatte sich in die Uniform des Finanzberaters geworfen und trug einen dunkelblauen Nadelstreifenanzug dazu ein leicht hellblaues Hemd mit einer gelben Seidenkrawatte. Aus der Brusttasche seines Anzugs leuchtete Ton in Ton ein ebenso gelbes Einstecktuch. Seine goldenen Manschettenknöpfe glänzten im Licht der angenehm warmen Deckenlampen mit seinen schwarzen Lackschuhen um die Wette. Annalena erschien in einer Kombination aus Dolce & Gabbana, Nina Ricci, Marc O'Polo und Gucci. Ihre weiße Seidenbluse war ein wallendes Etwas, für ihre Verhältnisse geradezu hochgeschlossen und verhüllend. Ihr trainierter Hintern steckte in einer schwarzen Satinhose, die mit einem weiten Schlag an die Mode der Siebziger erinnerte und von ihren schwarzen Pumps, deren Stiletto-Absätze auch als Mordwerkzeuge getaugt hätten, nur die Spitzen hervorblitzen ließ. An Annalenas Handgelenken glitzerte und klimperte es, als würde Santa Claus mit seinem Rentierschlitten vorfahren. Das blumige Parfüm, das sie für den Abend gewählt hatte, verbreitete eine Komposition aus Jasmin, Vanille und Moschus.

Manfred, Günther, Karl und Dieter begrüßten ihre VIP-Gäste und fühlten sich in ihren vergleichbar bescheidenen Outfits wie ein Haufen zusammengewürfelte Clochards, die sonst unter den Brücken der Pariser Seine hausten.

Nach einem höflichen, aber belanglosen Begrüßungszeremoniell bat Manfred zu Tisch und reichte zuerst Annalena, dann Heiko die aufwendig gestaltete Speisekarte. Man merkte Manfred an, dass er nicht genau wusste, wie er sich verhalten sollte. Die Situation war ihm etwas peinlich. Springer konnte sein Werben um seine Partnerin nicht ganz verborgen geblieben sein. Doch der ließ keine Irritation erkennen. Manfred wurde sicherer.

Stille senkte sich über der kleinen Gesellschaft nieder. Alle stierten in ihre Karten und begutachteten Günthers Menüvorschläge. Manfred warf Annalena einen nervösen Seitenblick zu. Es schien alles in Ordnung zu sein.

„Wissen Sie“, begann er seine Rede, nachdem jedermann seine Bestellung aufgegeben hatte, und ließ seinen geballten Hotelier-Charme auf Heiko Springer herniederregnen, „da Sie zu unseren VIP-Gästen gehören, ist es uns ein Anliegen, Sie im Rahmen eines gemeinsamen Abendessens nochmals persönlich begrüßen und kennenlernen zu dürfen. Das ist der Stil unseres Hauses. Auch wenn man sich natürlich mit den Tagen schon kennengelernt und das eine oder andere Wort miteinander gewechselt hat.“

Karl hätte sich fast an seinem 2012er Würzburger Stein Silvaner verschluckt. Wann hatten sie schon jemals VIP-Gäste eingeladen? Bis heute wusste er gar nicht, dass sie überhaupt einen Unterschied zwischen VIP-Gästen und normalen Besuchern machten. Und jeder, der Augen im Kopf hatte, sah, wie sehr sein Bruder von dieser Annalena Sturm angetan war. Natürlich wollten sie etwas von Heiko Springer, nämlich seine Expertise als Finanzberater anzapfen. Trotzdem ...

Er warf Günther einen genervten Blick zu. Dieser Abend war wieder so eine Verschwendung, die Manfred ausgesponnen hatte. In Karls Augen hätte es nicht gleich ein aufwendiges 4-Gänge-Menü sein müssen. Ein natürlich qualitativ hochwertiges, aber einfaches Abendessen hätte es doch auch getan. Oder die Einladung zu einer Weinprobe.

Günther legte gerade seine Serviette umständlich beiseite und schien die Ansichten seines Zwillingsbruders ausnahmsweise nicht zu teilen.

Manfred glänzte in seiner Gastgeberrolle. Er war sicherer geworden, nachdem Heiko Springer nun seit bald 20 Minuten nichts, aber auch gar nichts Negatives zum beginnenden Verhältnis des Hotelmanagers mit Annalena geäußert hatte. Noch nicht mal einen scharfen Blick hatte er abgeschossen. War es ihm egal? Oder wusste der Mann etwa immer noch nicht Bescheid? Manfred überlegte, ob die Anziehung zwischen zwei Menschen – eine davon eine gute Freundin, enge Partnerin – für Personen, die weniger gehemmt waren als er selbst, wirklich eine Alltäglichkeit war, die keinen Kommentar, keine misstrauische Reaktion nach sich zog? Er lebte offenbar in einer anderen Welt als die beiden Finanzexperten vom Niederrhein.

Manfred hörte der angeregten Konversation am Tisch nur mit einem Ohr zu. Immer wieder flogen seine Blicke zu Annalena. Die stattliche Frau hatte es ihm wirklich angetan, machte mit jedem neuen Treffen mehr Eindruck auf ihn. Sie entsprach keinesfalls dem Klischee eines zerbrechlichen, magersüchtigen Püppchens, wie sie die Modezeitschriften der einschlägigen Frauenpresse bevölkerten. Annalena hatte etwas wunderbar Handfestes an sich, etwas Wildes und doch Romantisches.

Sein Blick blieb an ihrer Bluse hängen. Ja. Handfest – das war es, was ihm an ihr gefiel. Er fand sie begehrenswert. Er musste sie unbedingt voll und ganz für sich gewinnen. Keine Affäre, Annalena war für ihn eine Frau fürs Leben. Wie er das angehen sollte – nun, dazu hatte sie ihm ja schon einen deutlichen Rat erteilt: immer direkt. Keine Schnörkel. Ihre Worte klangen ihm noch in den Ohren: „Dann weiß man wenigstens, woran man ist, und ich würde dich auch nicht von meiner Bettkante stoßen."

Das war doch eindeutig.

Manfred begann zu schwitzen. Im Arbeitsalltag war er kontaktfreudig, umgänglich, sogar charmant, aber bei Frauen, die ihm außerordentlich gefielen, war das schon immer so eine Sache gewesen. Da schwächelte er und das wusste er auch. Annalena hatte ihn ermuntert, seine Hemmungen fallen zu lassen. „Mensch Manfred, stell dich doch nicht so blöd an", raunte ihm seine innere Stimme zu, „geh über deine Grenzen hinaus, wirf deine Zurückhaltung über Bord. Du bist doch ein ganz passabler Kerl."

Das fand er auch. Wenn es ihm gelang, den Schatten seiner Verklemmtheit abzulegen, konnte er ein sehr guter, unterhaltsamer Gesprächspartner sein, der bei allen aktuellen Tagesthemen, egal ob gesellschaftsrelevant oder politisch orientiert, mithalten konnte. Wenn es um fränkische Geschichte ging oder die Historie seiner Heimatstadt Bayreuth, konnte ihm kaum jemand etwas vormachen. Da war er ein Ass.

Sein begehrlicher Blick fiel erneut auf die einzige Frau am Tisch. Rein körperlich, fand Manfred, passte er sehr gut zu Annalena – was für ein wunderschöner Name.

Später, nach dem gemeinsamen Abendessen, wollte er seine beiden Brüder und Dieter fragen, was die von seiner Traumfrau hielten. Es wurde für ihn sowieso allmählich Zeit, an eine längerfristige Beziehung, vielleicht sogar die Gründung einer Familie zu denken.

Manfred holte tief Luft. Das Tischgespräch fand mittlerweile vollkommen ohne ihn statt. Dieter und Heiko Springer führten das Wort. Anstatt über Anlagemöglichkeiten, philosophierten die beiden aber über Schuhe. Offenbar hatte Dieter den Finanzberater zu seiner heutigen Wahl des Schuhwerks beglückwünscht und von da aus war der Small Talk wild ins Kraut geschossen.

Es wurde Zeit, sich auf das eigentliche Thema und den Grund des Abendessens einzustimmen. Manfred riss sich von Annalena los und hob beide Hände. „Wir freuen uns jetzt natürlich auf die

Köstlichkeiten aus Günthers Küche, aber einen kleinen Dank möchte ich vor dem ersten Gang noch in die Runde schicken: Manchmal ist der Zufall doch wunderbar. Vor einigen Tagen hat er uns Sie beide als Gäste ins Haus geführt und ich möchte Ihnen – *dir*, liebe Annalena – danken: für die Zeit, die uns heute Abend geschenkt wird und für den Rat, den wir uns vor allem von Ihnen, Herr Springer, erhoffen."

Manfred hatte genau achtgegeben. Nicht einmal das „liebe Annalena" hatte bei Springer eine Reaktion hervorgerufen. Kein Zucken der Augenlider, keines der Mundwinkel.

„Auf einen geglückten Abend und den Start einer erfolgreichen Geschäftsbeziehung! Günther, was hättest du denn für schöne Überraschungen in Form eines Aperitifs parat?"

„Ein paar Klassiker natürlich wie einen trockenen Sherry, einen Williams mit Feige oder einen Whiskey Sour – etwas öde. Wer lieber etwas ganz Besonderes probieren will, dem rate ich zu einem Kir vom fränkischen Riesling, ein Mischgetränk mit Riesling vom Schwanberg, etwas Crème de Cassis und Likör von den weißen Trauben der Frankenhöhe." Günther war in seinem Element. „Dazu vielleicht ein Amuse-Bouche? Was halten Sie von einem Blätterteig-Käse-Gebäck." Er strahlte.

Alle sechs wählten den Kir.

„Ich kümmere mich persönlich darum", verkündete Günther und verschwand Richtung Küche, um nach wenigen Minuten mit einem Tablett und sechs Gläsern an den Tisch zurückzukehren. Ein junger Mann folgte ihm auf dem Fuß und brachte den kleinen Snack zum Einstieg ins Menü.

„Wohl bekomm's", meinte Manfred und erhob sein Glas.

Wenige Minuten später kamen die Vorspeisen. Annalena hatte als einzige die geräucherte Regenbogenforelle gewählt, Heiko und Manfred bekamen die Steinpilzsuppe mit einem Häubchen geschlagenen Rahm und die anderen drei das Scheibchen Lammfilet von der Frankenhöhe mit verschiedenen Soßen.

„Guten Appetit", eröffnete Günther mit breitem Grinsen das Schlemmen.

*

„Klar sind die Zeiten härter und risikoreicher geworden, aber man kann an der Börse immer noch ordentlich und sogar mit begrenztem Risiko viel Geld verdienen", erklärte Heiko Springer und legte den Löffel in seinen leeren Suppenteller. „Da geht es im Wesentlichen um Gespür, Erfahrung und darum, innovative Finanzierungsmodelle zu nutzen. Ich will ganz offen sein: Man muss einfach auch die Lücken erkennen, die einem der Gesetzgeber bietet, und dann mit den richtigen Geschäftspartnern schnell, aber überlegt handeln. Oder simpel ausgedrückt: Gewusst wie, liegt das Geld immer noch auf der Straße", beendete er seinen Satz.

„Und Sie meinen tatsächlich, dass man auch als Laie innerhalb kurzer Zeit an der Börse immer noch Geld machen kann?", schaltete sich Manfred ein.

„Mit der richtigen Anleitung und Beratung? Da meine ich es nicht nur, Herr Kolb", reagierte Springer selbstbewusst, „ich weiß es. Klar, ein gewisses Risiko ist immer mit dabei. Aber überschaubar. Wer schnelles Geld machen will, muss auch bereit sein, ein maßvolles Wagnis einzugehen. Mit den richtigen Finanzierungsmodellen wird das aber hundertfach belohnt. Wie gesagt, es kommt auf eine gute Vorbereitung an. Ohne Fleiß kein Preis."

„Und was sind das für Finanzierungsmodelle, die so vielversprechend klingen?", wollte Manfred wissen.

„Haben Sie schon mal etwas von Cum-Cum-Geschäften gehört, Herr Kolb?", antwortete Heiko.

„Nein, ehrlich gesagt nicht", gab Manfred etwas abgelenkt zu. Ein Glücksgefühl durchströmte ihn: Annalena hatte ihn soeben über ihre letzte Gabel mit Forelle hinweg angelächelt und er war sich ganz sicher, dass sie gerade an ihre gemeinsamen Stunden gestern dachte.

„Und von Cum-Ex-Geschäften?", fragte Springer weiter.

Manfred riss sich zusammen. „Ich verstehe nur Bahnhof, Herr Springer."

Dieter zog eine Augenbraue in die Höhe, sagte aber nichts.

Springer beugte sich vor. „Zu Cum-Ex-Geschäften würde ich Ihnen nicht raten, Herr Kolb. Die sind seit 2012 offiziell verboten. Obwohl die Rechtslage bis heute strittig ist. Ich erwähne diese nur der Vollständigkeit halber. Wertpapiertransfergeschäfte mit mehreren Beteiligten. Da würden wir uns zu sehr ins Risiko begeben – und damit meine ich das rechtliche Risiko. Cum-Cum dagegen –" Er stockte mitten im Satz und sah starr geradeaus.

Laila war an den Tisch getreten. Geschickt jonglierte sie zwei Teller mit gebackenen Karpfen auf ihrem linken Unterarm und trug einen eindrucksvollen Krustenbraten in der Rechten.

Die Schwester der Kolbs half an diesen Abend im Gastronomiebereich aus. Eine kurzfristige Sache: Einer der Ober war ausgefallen. Der arme Teufel war auf seiner Harley-Davidson von einem Auto angefahren worden. Er war gestürzt, worauf die rund 270 Kilogramm seiner Maschine auf ihn herabgedonnert waren. Nun lag er mit einer Oberschenkelhalsfraktur und einer dynamischen Hüftschraube im Klinikum Bayreuth. Er würde lange ausfallen. Laila hatte sich bereit erklärt, in den kommenden Wochen für ihn einzuspringen.

Stilgemäß hatte sie sich in ein fesches Dirndl gekleidet. Das Dekolleté der oberbayerischen Tracht zog unweigerlich die Blicke der männlichen Gäste auf sich. Auch Heiko bereitete es offensichtlich Konzentrationsschwierigkeiten.

Als Laila sah, wem sie die Karpfen und Braten servieren sollte, war sie erst überrascht, beäugte die kleine Versammlung dann aber neugierig. Die Geschäftspartnerin von Heiko war auch Teil der Runde und warf ihr einen mehr als säuerlichen Blick zu.

„Guten Abend zusammen", lächelte Laila. „Die gebackenen Karpfen?"

Heiko nickte und lächelte. Er sah wirklich gut aus. Ein sympathischer Typ. Ihr gemeinsamer Ausflug gestern in die Fränkische Schweiz war ganz nach Lailas Geschmack gewesen. Heiko war zu keinem Zeitpunkt aufdringlich geworden oder hatte sich besserwisserisch breit gemacht. Ganz das Gegenteil: Er hatte ihr interessiert zugehört, während sie ihm die Besonderheiten der Region näherbrachte, hatte kluge Fragen gestellt und der Kuss am Ende war für sie vollkommen okay gewesen. Wenn sie es sich recht überlegte, wäre sie sogar enttäuscht gewesen, wenn er es nicht probiert hätte.

„Die Beilagensalate sind schon unterwegs", versprach sie, als sie alle drei Teller abgestellt und einen *Guten Appetit* gewünscht hatte. „Der Rest kommt auch gleich."

„Eine sympathische junge Frau", merkte Heiko an, als Laila wieder auf dem Rückweg zur Küche war.

„Ja, so ist unsere Schwester eben – immer freundlich und charmant", kommentierte Manfred sichtlich stolz und sah, während er zu Messer und Gabel griff, gar nicht die giftige Miene Annalenas. Als alle sechs Teller am Tisch standen, ergänzte er noch in Heikos Richtung: „Ich hoffe, Ihr Ausflug gestern mit Laila war für Sie in Ordnung? In der Regel ist sie wirklich sehr angenehm im Umgang, aber manchmal packt sie zu sehr ihre Umweltschutz-Keule aus."

Heiko lächelte. „Ach, das hat mich gar nicht gestört."

Manfred nickte erfreut, teilte mit dem Messer seinen rohen Kloß und tauchte die Hälften in die verlockend aussehende, dunkle Biersoße. Dann stach er mit seiner Gabel in den röschen Krustenbraten und schnitt sich ein großes Fleischstück heraus. „Das Thema mit den Cum-Cum-Geschäften müssen wir unbedingt vertiefen", schlug er kauend vor. Es krachte hörbar, als er die Schweineschwarte mit den Zähnen zerkleinerte.

Annalena hatte den unschönen Gedanken an Laila schnell beiseite gewischt und lächelte Manfred verführerisch an, als sie von ihrem gebackenen Karpfen die Schwanzflosse abbrach und an ihren Mund führte.

„Aber gern", antwortete Heiko und lud sich eine Gabel Kartoffelsalat auf.

Er ließ sich Zeit, kaute genüsslich, spülte mit einem Schluck Frankenwein nach und schnalzte mit der Zunge. Er war sichtlich gut gelaunt. Am liebsten hätte er „La Paloma" gepfiffen.

Was er gestern mit Laila erlebt hatte, hatte ihn verzaubert. Was sie alles über die Region erzählen konnte! Er hatte ihren Worten gelauscht, viel gelacht und der Kuss am Ende des Ausflugs war warm und zart gewesen. Vielversprechend. Er wollte mehr.

Manfred konnte sich derweil um Annalena kümmern.

*

Es wurde ein langer, feuchtfröhlicher Abend, an dem nicht nur Geschäftliches besprochen wurde. Nach dem dritten Glas Wein umwarb Manfred Annalena mit dem ganzen Charme, den er aufbringen konnte. Sein Finanzdirektor Dieter vertiefte diverse Fachgespräche mit Heiko und Karl und Günther versuchten, den jungen Finanzberater für die Fliegenfischerei zu begeistern.

Der Küchenchef musste zweimal Nachschub aus dem Weinkeller holen.

Das dreckige Geschäftsmodell
31. Juli

Seit einem gemeinsamen Mittagssnack im Biergarten des Hotels saßen Heiko, Manfred, Günther, Karl und Dieter zusammen. „Aber nicht zu lange", hatte Heiko zur Auflage gemacht. „Ich muss mich noch für die Oper herrichten, *Siegfried* startet schon um 16:00 Uhr."

Die fünf hatten sich in ein Besprechungszimmer im ersten Stockwerk zurückgezogen, wo sie ungestört miteinander reden konnten. Sie hatten sich kurzfristig auf das „Du" geeinigt. „Das macht doch vieles einfacher", hatte Manfred vorgeschlagen.

„Ich fasse nochmals zusammen", meinte Heikos nach einer intensiven Dreiviertelstunde Gespräch. „Ihr braucht dringend –

spätestens zum Ende des ersten Quartals des nächsten Jahres – neues Kapital, um eurer Schwester Laila den ihr zustehenden Erbanteil in Höhe von 250.000 Euro termingerecht auszahlen zu können." Er sah in die Runde.

Alle, selbst Dieter Kowalski, nickten.

„Und die drängende Frage ist: Woher nehmen, ohne zu stehlen? Nun, ich denke, euch da wirklich helfen zu können. Im Sinne einer für beide Seiten erfolgreichen Beratung und Geschäftspartnerschaft. Ihr wisst: Ich bin in meinem Job als Investor, Börsenhändler und Finanzdienstleister erfolgreich. Geld zu machen, ist mein Job. Da kenne ich mich aus. Und Seriosität ist oberstes Gebot. Damit sich in meinem Berufsbild keine Scharlatane tummeln, ist für jede Geschäftsaufnahme erst einmal die Genehmigung der BaFin erforderlich. Das ist die Bundesanstalt für Finanzdienstleistungsaufsicht mit Sitz in Frankfurt am Main und in Bonn. Nur wer sich streng an die Ausführungen und Richtlinien des Paragrafen 32 KWG – das steht für *Kreditwesengesetz* – hält, bekommt die Genehmigung, Finanzdienstleistungen zu erbringen. Die habe ich, darf also vollumfänglich für meine Kunden gewerbsmäßig tätig sein. Mein kleines Unternehmen erfordert einen regulären kaufmännischen Geschäftsbetrieb und ist – das möchte ich betonen – kein Kreditinstitut. So viel sei an dieser Stelle vorausgeschickt, damit ihr nicht den geringsten Zweifel habt, es nicht mit einem Betrüger zu tun zu haben."

Heiko verschränkte die Hände und fixierte die Hotelbetreiber. „Nichts, wozu ich euch rate, ist gegen das Gesetz. Natürlich – und das gebe ich, wie gesagt, von vorneherein gerne zu – versuchen wir Finanzdienstleister, für unsere Kunden immer wieder neue Wege zu finden, die Lücken in der Gesetzgebung nutzen – ohne diese Gesetze zu verletzen! Das ist es, was wir *Innovative Lösungen* nennen. In der Regel führen sie schnell und sicher zum Ziel. In dem Geschäftsmodell, das ich euch vorschlagen möchte, heißt der Zauberspruch *Nichtveranlagungsbescheinigung von Kapitalerträgen*."

Dieter nickte. Er schien zu wissen, wovon Heiko sprach.

„Aber wir haben doch gar keine Kapitalerträge." Manfred verstand nicht.

„Noch nicht, noch nicht", orakelte Heiko, „aber bald, und zwar jede Menge. Doch hört mir erst zu. Ihr wisst noch nicht, wie exakt Cum-Cum- beziehungsweise Cum-Ex-Geschäfte ablaufen. Zumindest bis auf den Herrn Finanzdirektor." Er schickte ein schnelles Grinsen in Richtung von Dieter Kowalski. „Also: Grundlage des Ganzen sind Aktientransfergeschäfte. Stellt euch vor, ein ausländischer Investor, eine Firma oder sonst wer, ist Eigentümer deutscher Aktien. Dann kommt der Dividendenstichtag. Kurz danach wird die Dividende ausgezahlt und der ausländische Investor muss auf die eingenommene Dividende rund 15 Prozent Kapitalertragssteuer an den deutschen Fiskus abführen. Wohlgemerkt: Das macht nicht er selbst, sondern das DAX-Unternehmen, von dem er Anteile in Aktien besitzt. Das Unternehmen kürzt die Dividendenausschüttung um die an den Fiskus abzuführende Kapitalertragssteuer. Soweit verständlich?"

Dieter nickte knapp. Günther und Karl murmelten zustimmend. Manfred lächelte unverbindlich.

„Schön ärgerlich, 15 Prozent einfach so abdrücken zu müssen", fuhr Heiko fort. „Aber jetzt spielen wir diesen Gedanken zum Vergleich mit einem deutschen Anleger durch. Dazu muss ich vorwegschicken, dass deutsche und ausländische Aktienbesitzer steuerlich unterschiedlich behandelt werden – auch der deutsche Investor bekommt Dividende, muss aber sogar ganze 25 Prozent Kapitalertragsteuer an den Fiskus abführen. Man nennt das auch *Abschlagsteuer auf Kapitalerträge*. Das macht für ihn nicht das entsprechende DAX-Unternehmen, sondern die Bank, bei der er für seine Aktien ein Depot eingerichtet hat."

„Aber da ist der ausländische Anleger ja viel bessergestellt als der deutsche!", brach es aus Günther heraus. „Sauerei."

„Nicht zwangsweise", fiel Heiko ein. „Passt auf: Im Gegensatz zum Ausländer, der auf Gedeih und Verderb diesen 15 Prozent ausgeliefert ist, kann sich der deutsche Anleger – unter gewissen Voraussetzungen! – diese 25 Prozent-Steuer vom deutschen

Finanzamt zurückholen. Beziehungsweise: durch eine Nichtveranlagungsbescheinigung von vorneherein gänzlich vermeiden."

„Aha!", merkte Manfred auf. „Jetzt wird's interessant."

„Genau. Denn nun kommt der innovative Gedanke ins Spiel: Dividendenberechtigt ist nur, wer zum Zeitpunkt des Dividendenstichtags die Aktien in seinem Depot hält. Ist logisch. Und da könnte doch der ausländische Anleger auf die Idee kommen, sein Aktienpaket kurz vor dem Dividendenstichtag an, sagen wir, einen deutschen Finanzdienstleister zu übertragen, quasi kurzfristig zu verleihen. Der Deutsche kassiert daraufhin die Dividende. Und weil dieser Deutsche schlau ist und eine Nichtveranlagungsbescheinigung vorlegen kann, erhält er die volle Dividende. Keinerlei Kapitalertragssteuer wird abgeführt. Nicht von der Bank des deutschen Anlegers und schon gar nicht direkt vom Unternehmen."

„Ich nehme mal an", meldete sich Dieter zu Wort, „dass der deutsche Anleger für diesen – ich sage mal vorsichtig – ‚Dienst' ordentlich von seinem ausländischen Partner entlohnt wird."

Heiko öffnete seine Arme weit. „So funktioniert eine gute Geschäftsbeziehung, Vorteile auf allen Seiten."

„Und woher kriegt man diese Nichtveranlagungsbescheinigung?" Manfred hatte ganz genau zugehört.

„Vom zuständigen deutschen Finanzamt. Dazu muss man einen Antrag auf Nichtveranlagung stellen ... und es müssen natürlich gewisse Voraussetzungen gegeben sein."

„Was sind das für Voraussetzungen?", fragte Dieter scharf.

„Nun, am besten kann man nachweisen, dass man gar nicht einkommenssteuer- oder körperschaftssteuerpflichtig ist. Natürlich ist das nicht alles –"

„Entschuldigung, wenn ich dazwischen grätsche." Günther hatte sein Handy in der Hand und fuchtelte wild damit herum. „Wenn ich diese Cum-Dingens-Geschäfte google, kommt mir das ziemlich spanisch und vor allem illegal vor."

„Ich kann euch versichern, dass wir uns hier absolut auf legalem Boden bewegen."

„Was heißt das eigentlich, dieses *Cum-Cum?*", warf nun Karl ein. „Ich möchte das alles richtig verstehen. Ist das Latein?"

„Ja, genau. *Cum* kommt aus dem Lateinischen und heißt *mit*", erklärte Heiko. „Man bezeichnet damit Aktien *mit* Berechtigung auf Dividendenausschüttung. *Cum-Cum* steht bei dem von mir beschriebenen Geschäft also für die beiden Partner: den ausländischen Investor, der seine Aktien transferiert, also ‚verliehen' hat, um der Kapitalertragsteuer zu entgehen, und den deutschen Anleger, der die ‚verliehenen' Aktien in seinem Depot aufgenommen und die Steuervermeidung möglich gemacht hat."

Dieter lachte auf. „Ha! ‚Steuervermeidung' ... ja, das trifft es."

Manfred deutete seinem Finanzdirektor mit erhobener Hand an, sich zurückzuhalten. „Bitte weiter, Heiko."

„Nachdem der Deal gelaufen ist, überträgt der deutsche Geschäftspartner die Aktien wieder zurück in das Depot des ausländischen Anlegers, zusammen mit einem großen Teil der eingenommenen Dividende. Wenn ich sage, *einen großen Teil*, dann will ich damit auf den für uns relevanten Moment an der Sache hinaus: Dafür, dass er für seinen ausländischen Partner Steuern eingespart hat, behält der inländische Investor einen Teil der erhaltenen Dividende als seine Vergütung."

„Machen wir es doch einmal konkret: In welcher Höhe wird diese Gefälligkeit vergütet?" hakte Dieter nach.

„Das ist Verhandlungssache. Aber nicht unter fünf Prozent der ausgezahlten Dividende."

„Um 250.000 Euro zu erwirtschaften", überschlug der Finanzdirektor im Kopf, „entspräche das einer insgesamten Dividendenausschüttung von ziemlich genau fünf Millionen Euro."

„Was?" Günther bekam große Augen. „Das ist ja eine irre Summe!"

„Gut gerechnet", bestätigte Heiko in Richtung Dieter und ignorierte den aufgeregten Koch. „Auf jeden Fall ist so ein Geschäft eine Win-win-Situation. Alle Beteiligten profitieren." Dass er an eine weit höhere Dividendenausschüttung als fünf Millionen dachte, behielt Heiko für sich. Die Brüder aus Bayreuth waren sichtlich nicht an solche Summen gewöhnt. Außerdem wollte er ja auch etwas an der ganzen Sache verdienen. Wie hoch genau seine Vermittlerprovision dann ausfiel, musste Manfred und Co. zu diesem Zeitpunkt noch nicht interessieren.

„Es gibt keinen Verlierer?" Karl konnte es nicht glauben.

„Na ja", gab Heiko zu, „der einzige, der dabei Geld verliert, ist der deutsche Fiskus. Dem entgehen natürlich Steuereinnahmen in beträchtlicher Höhe."

„Und das Ganze ist wirklich legal?" Auch für Manfred klang das, was er gerade gehört und verstanden hatte, zu schön, um wahr zu sein.

„Ich betone es gerne noch einmal: ja, absolut legal. Ich weiß, dass sich dazu momentan etwas am Finanzmarkt tut. Gewisse Kreise rund ums Finanzministerium sind aufmerksamer geworden. Aber aktuell gilt die Aussage des Bundesfinanzhofs und der hat noch vor wenigen Jahren dieses Geschäftsmodell – man nennt es auch *Dividendenstripping* – als rechtmäßig bezeichnet. Gutachter großer Anwaltskanzleien haben das bestätigt. Die HypoVereinsbank, die Deutsche Bank, die HSH Nordbank und die Citi Deutschland haben in großem Umfang solche Geschäfte abgeschlossen." Heiko zählte die Banken an seinen Fingern ab. „Im Moment diskutiert man darüber, wer der wirtschaftliche Eigentümer der Aktien zum Zeitpunkt des Dividendenstichtags ist. Ich persönlich rechne damit, dass dieser Weg nicht mehr allzu lange legal begehbar sein wird. Noch ist die BaFin, die dem Bundesministerium für Finanzen untersteht, nur dabei, kritisch in Richtung der Cum-Cum-Geschäfte zu arbeiten. Noch gibt es keine Ergebnisse, geschweige denn Entscheidungen. Wie lange noch, kann ich nicht sagen."

„Und was ist mit dem anderen Modell, diesem Cum-Ex?", meldete sich Dieter zu Wort.

„Das ist etwas komplizierter", gab Heiko zu, „da ist noch ein dritter, in manchen Fällen gar ein vierter Investor im Spiel. Alle tätigen sogenannte *Leerverkäufe*, hantieren also mit Aktien, die ihnen gar nicht gehören. Natürlich wird zweimal, dreimal kassiert und der Schaden, der so dem deutschen Fiskus entsteht, ist noch höher. Cum-Ex-Geschäften haben die deutschen Behörden 2012 einen Riegel vorgeschoben. Illegal. Damit befassen wir uns also auf keinen Fall."

„Wenigstens das. Aber kann sich denn das grundsätzliche Risiko für uns bei einem Cum-Cum-Deal wirklich lohnen?" Wieder war es Kowalski, dessen Zweifel noch nicht ganz ausgeräumt waren. „Wenn wir von fünf Millionen sprechen, um unsere benötigten 250.000 Euro zustande zu bringen?"

„Das Risiko ist überschaubar. Wir benötigen einen ausländischen Großaktionär, der mindestens fünf Millionen Dividende erwartet und bereit ist, bei diesem Geschäft mitzumachen", erläuterte Heiko geduldig. „Der Rest ist eine Frage von gutem Timing, also fristgerechter Übertragung der in Frage kommenden Aktienpakete."

„Und du kennst solche Großaktionäre?"

„Würde ich sonst über dieses Cum-Cum-Modell mit euch sprechen?", antwortete Heiko und sah den Finanzdirektor und die drei Hotelmanager etwas irritiert an.

Drei Männern vom „Richard Wagner" fiel die Kinnlade herunter, solche Summen sprengten ihr Vorstellungsvermögen, nur Dieter behielt sein Pokerface.

„Wie kommt man überhaupt an so einen Aktienbesitzer heran?", wollte Kowalski wissen.

„Genau das ist mein Job. Dafür bin ich doch da. Die Liste meiner Kontakte ist mit jedem Jahr in meiner Branche quasi zwingend länger geworden."

„Aber fünf Millionen allein Dividende", stammelte Manfred. „Auf einen Schlag. Welcher Ausländer hat denn so ein riesiges Aktienpaket und von welchem deutschen DAX-Unternehmen? Das ist ja ..."

„Irre", bestätigte Günther, „ich hab's ja gesagt."

„Bitte", schritt Heiko im Moment der aufkommenden Hektik ein, „zuallererst müsst ihr entscheiden, ob ihr diesen Weg des Cum-Cum-Modells überhaupt gehen wollt."

„Nehmen wir einmal an, wir wollen", trieb Dieter den Gedanken voran. „Wie genau kommen wir da ins Spiel?"

„Als ersten Schritt müsste ich mir eure Bilanzpositionen ansehen: ob ihr überhaupt in den Genuss einer Nichtveranlagungsbescheinigung kommen könnt. Es muss ohne Vertun sichergestellt sein, dass die Richard Wagner KG die notwendige Nichtveranlagungsbescheinigung erhält. Ich gehe mal davon aus, dass noch ein paar kurzfristige Eingriffe in die Vermögensposition eurer Buchführung notwendig wären. Vielleicht eine persönliche Entnahme aus der Bilanzposition *Flüssige Mittel*, damit sich euer Vermögen und damit eure Ertragssituation verschlechtert. Ihr", und dabei sah er Manfred, Günther und Karl an, „seid Komplementäre eurer Gesellschaft. Damit könntet ihr pro Jahr bis zu vier Prozent eurer Kapitaleinlage entnehmen, unabhängig von der momentanen wirtschaftlichen Situation eurer Firma."

Manfred sah fragend zu Dieter, der deutete ein Nicken an.

„Was die Höhe der Vergütung meiner Dienste anbelangt, müssen wir uns auch noch einig werden." Heiko zögerte kurz, sah aber an diesem Punkt der Unterhaltung keinen Sinn mehr in höflicher Zurückhaltung. „Wir könnten das in Form einer Spende angehen. Ich habe da eine gemeinnützige Stiftung auf den Cayman Inseln am Laufen. Ihr versteht."

Die vier ihm gegenüber sitzenden Männer hoben fast gleichzeitig ihre Augenbrauen.

„Natürlich mit Spendenbescheinigung. Ist doch selbstverständlich. Aber das müssen wir nicht hier und heute klären."

Manfred fand als erster seine Stimme wieder: „Hast du denn schon ein DAX-Unternehmen und einen ausländischen Aktionär namentlich im Sinn?" Er sah die schnelle Lösung ihres finanziellen Problems schon vor sich.

„Schon", gab Heiko zur Antwort. „Die Siemens-Geschäfte laufen ganz gut und die Analysten erwarten eine weitere Erhöhung der Dividende je Aktie mit Ablauf des Geschäftsjahres. Das endet übrigens Ende September, was bedeutet, dass mit der Hauptversammlung und der Feststellung der Dividendenhöhe Ende kommenden Januars zu rechnen ist. Die Dividende würde also relativ zeitnah fließen."

„Lailas 28. Geburtstag ist Ende Mai." Dieter klang immer noch leicht zweifelnd.

„Passt doch. Da hätten wir sogar noch vier Monate Puffer", meinte Karl.

„Aber schaffen wir es, so einen Deal rechtzeitig anzuleiern? Mit allen Prüfungen, allen Anträgen, die gestellt werden müssen? Und wie schnell kannst du das Ganze mit deinem ausländischen Milliardär einfädeln?", ließ Dieter nicht locker.

„Sagen wir mal so", schätzte Heiko, „die Aktion erfordert natürlich eine enge zeitliche Abstimmung. Wir müssen uns gut vorbereiten." Er überlegte kurz, wie weit er die Kolb-Brüder und Kowalski schon in seine Pläne einweihen wollte. „Ich werde wahrscheinlich einige Male nach London fliegen müssen. Die britische Hauptstadt ist immer noch die Nummer eins unter den europäischen Finanzplätzen. Da spielt die Musik. Ich habe da einen Großaktionär im Blick, von dem ich weiß, dass er Siemens-Aktien im Depot hat und gerne die Kapitalertragsteuer einsparen möchte. Sein Management kenne ich recht gut. Es wäre auch nicht das erste Geschäft, das wir miteinander machen würden. Also eine getestete und für gut befundene Partnerschaft. Wenn ihr dem Deal grundsätzlich zustimmt und alle Voraussetzungen passen, gilt es, schnell handelseinig mit diesem Investor zu werden. Im Umkehrschluss heißt das, dass auch wir eine direkte und schnelle Leitung für unsere Kommunikation brauchen."

„Ich habe da einen Vorschlag", meldete sich Manfred. „Bleib doch einfach hier, du kannst die Suite so lange behalten, wie es notwendig sein wird."

Karl und Günther verdrehten die Augen. Manfred mal wieder, übertrieben großzügig und spendabel.

„Danke, Manfred, das ist gut gemeint, aber ich habe auch noch andere Kunden ..." Da hatte Heiko eine Idee: „Wenn ich es mir recht überlege, hat dein Vorschlag schon etwas für sich. Vielleicht könnte Annalena hierbleiben, quasi als Verbindungsperson zwischen euch und mir. Sie kennt sich mit der Materie aus und weiß, wovon ich rede. Bei solchen Geschäften müssen Entscheidungen oft innerhalb kürzester Zeit gefällt werden. Da wäre meine Geschäftspartnerin hier vor Ort bei euch sicher gut aufgehoben."

Manfred glaubte, die Geschichte vom Paradies zu hören. „Das ist ein exzellenter Plan", kam er seinen Brüdern und Dieter zuvor. „So machen wir es." Er dachte an Annalenas Haut, die nach Meer und Orient duftete.

Heiko spielte mit anderen Gedanken. Ein dauerhafter Aufenthalt im Hotel „Richard Wagner" kam für ihn auf keinen Fall infrage. Nicht unter den Augen von Lailas Brüdern und schon gar nicht unter der Fuchtel von Annalena. Wer wusste denn schon, ob die nach den Operntagen nicht spontan bei ihrer Neueroberung Manfred einziehen würde? Daheim in Wesel konnte Annalena ihre Zelte, wenn es sein musste, schnell abbrechen, das war Heiko klar. Nein, um Laila dauerhaft nahe zu sein, schwebte ihm eher eine gemütliche, aber komfortable Zwei- bis Dreizimmerwohnung in Bayreuth vor. Am besten nicht weit vom Grünen Hügel entfernt.

Er dachte an den gemeinsamen Ausflug in die Fränkische Schweiz ... ihr Mund hatte sich so weich angefühlt, so sinnlich und so leidenschaftlich.

Heiko stand auf. „Wir haben also einen Deal?"

Die Brüder und Dieter tauschten ein paar Blicke.

„Ich bin dafür, dass wir es so machen, wie Heiko es vorgeschlagen hat", nahm Manfred schließlich die Sache in die Hand. Dabei sah er seine Brüder an. „Auch wenn wir die Details noch klären müssen. Aber grundsätzlich klingt das für mich gut."

„Wir machen das so", bestätigten Günther und Karl unisono.

„Dieter, was meinst du?"

Der Finanzchef des Hotels ließ sich mit seiner Antwort Zeit. „Wenn ihr meint", sagte er dann gedehnt und schien noch nicht hundertprozentig überzeugt zu sein, hatte aber auch keinen besseren Vorschlag. „Bis wann wissen wir, wie die Einzelheiten ablaufen werden?", fixierte er Heiko.

„Nachdem ich mir eure Buchhaltungsunterlagen angesehen habe und wir uns über meine Vergütung – eventuell inklusive Erfolgsprämie für eine besonders hohe Dividende – geeinigt haben, kann ich euch einen genauen Zeitplan mit den Details geben."

Trennung
1. August

Heiko und Annalena hatten sich nach hitzigen Diskussionen, in denen sie sich nichts geschenkt hatten, dazu durchgerungen, ab sofort getrennte Wege zu gehen. Privat. Alter Staub der Vergangenheit war aufgewirbelt worden und so manche Kränkung und Gehässigkeit, die unter der Oberfläche geschlummert hatte, war wieder zum Vorschein gekommen. Geschäftlich wollten sie nur noch so lange durchhalten, bis ein letztes Aktiengeschäft – der Deal für Manfred und seine Brüder – abgewickelt sein würde. Die Aussprache war wichtig, denn: Im Guten wollten sie sich trennen, das hatten sie sich geschworen. Doch keiner von beiden glaubte wirklich daran.

Annalena hatte das heikle Thema als erste aufgebracht, als sie beide in der Pause nach dem zweiten Akt von „Siegfried" in der „Walhall-Lounge", einem romantischen Forsthaus, nur wenige Schritte vom Festspielhaus entfernt, zu Abend gegessen hatten.

„Was ist jetzt mit dir und dieser Laila?", war sie nach dem ersten Schluck ihres Rotweins direkt auf den Punkt gekommen.

Da hatte Heiko die Geduld verloren. „Was soll sein? Sie macht mich rasend. Ich begehre sie", war es aus ihm ehrlich herausgesprudelt. „Und sie erwidert mein Interesse. Ich glaube, ich könnte mich ernsthaft in sie verlieben."

Annalena hatte darauf ihr Glas in einem Zug geleert. „Und unsere Beziehung? Was ist mit den letzten fünf Jahren? Willst du das einfach über Bord werfen?"

„Du hast doch beste Aussichten auf einen Nachfolger, der dir weiter ein angenehmes Leben bietet."

„Lass Manfred aus dem Spiel. Ich will wissen, warum? Warum eigentlich?" Sie hatte kurz die Hand nach ihm ausgestreckt, sie aber gleich wieder zurückgezogen. „Nur, weil sie knapp drei Jahre jünger ist als ich?"

„Komm schon, mach dich nicht lächerlich. Sei doch ehrlich zu dir selbst: Hatten wir je ein inniges, aufrichtiges Liebesverhältnis? Wir sind doch da einfach so reingeschlittert. Im Grunde genommen ging es doch nur noch um gelegentlichen Sex und Geldverdienen. Ein schönes, angenehmes Leben führen. Das stand doch auch bei dir im Vordergrund. Jetzt sag bloß nicht, dass das nicht stimmt."

„Trotzdem. Deswegen kann man doch auch Gefühle für den anderen entwickeln. Ich jedenfalls schon."

„Dafür hast du die Pferde aber schnell gewechselt."

„Ja, nachdem du diesem Flittchen hinterhergestiefelt bist", hatte sie ihm bitter vorgeworfen.

„Nun aber mal langsam", war seine erboste Reaktion gewesen. „Laila ist kein Flittchen." Heiko hatte die Stimme gesenkt, als der Kellner zum Nachschenken an ihren Tisch getreten war. „Ich sage dir offen: Es ist das erste Mal, dass eine Frau solche Gefühle in mir auslöst."

Die nachfolgende Diskussion hatte nach dem letzten Akt von „Siegfried" bis lange in die Nacht, über das Frühstück am nächsten Tag hinaus und quer durch den frühen Nachmittag angedauert, aber bis kurz vor Schluss kein positives Ergebnis gebracht. Jeder hatte versucht, seine Position bis aufs Blut zu verteidigen. Schuld hatte immer der andere.

„Pass auf, Annalena", hatte Heiko zuletzt einen Schlussstrich gezogen, „das hat keinen Zopf. Wir können noch tagelang streiten, es kommt nichts Vernünftiges dabei heraus. Es ist, wie es ist. Warum gestehen wir uns nicht ein, dass es an der Zeit ist, unsere Beziehung zu beenden? Ich meine im Guten." Er hatte hilflos mit den Schultern gezuckt. „Ich habe nichts dagegen, wenn du mit Manfred ein neues Verhältnis eingehst, du bist ja eh schon mittendrin. Im Gegenteil, es würde mich freuen, wenn du mit ihm glücklich wirst. Glücklicher als mit mir. Er ist bestimmt ein guter Mann für dich. Man sieht doch, wie er dich anhimmelt, aber auch leidet, weil er noch zweifelt, woran genau er ist. Ich kann sein schlechtes

Gewissen mir gegenüber regelrecht riechen. Es sprühte quasi aus seinen Augen, als wir zusammengesessen und über unser gemeinsames Projekt geredet haben. Er leidet, weil er dich ganz für sich haben will."

Annalena hatte den Kopf schief gelegt und Heiko zum ersten Mal seit Stunden nicht in seiner Rede unterbrochen.

„Also, im Namen der fünf Jahre, die wir hatten, schlage ich vor, wir machen reinen Tisch so gut es eben geht und genießen heute Abend mit der *Götterdämmerung* unseren letzten Opernabend. Unseren letzten gemeinsamen Abend."

*

Danach hatte Annalena es eilig. Manfred wartete bereits auf sie.

Wenige Minuten später saßen sie gemeinsam unter der Glaskuppel auf dem Dach des Hotels zusammen. Der Frühstückssaal war um diese Tageszeit menschenleer. Nur Günther wanderte plötzlich mit einer Zettelsammlung herein und stand unschlüssig vor der längst für den nächsten Morgen geputzten Kaffeemaschine.

„Günther, eine Flasche Prosecco", rief Manfred seinem Bruder übermütig zu. „Oder nein: Hol besser gleich den Champagner!"

Annalena hatte ihm gerade ihre Liebe gestanden. Manfred konnte sein Glück noch immer nicht fassen.

„Hoffentlich dauert der endgültige Geschäftsabschluss mit Heiko noch sehr lange", meinte er selig. „Ich freue mich sehr, dass du dafür bei mir in Bayreuth bleibst. Und danach ... wir können es ja zunächst mit einer Fernbeziehung versuchen?" Bei diesem Gedanken verdorrte das breite Lächeln auf seinem Mund.

„Ach Manfred, was spricht denn dagegen, dass ich ein neues Leben in Bayreuth anfange? Wenn wir uns nach diesem Sommer immer noch so gut verstehen", munterte Annalena ihn wieder auf. „Ich mag Veränderung", behauptete sie dann mit fester Stimme, „und wenn ich will, finde ich mit meiner Ausbildung überall Arbeit. Oder du nimmst mich unter deine Fittiche?"

Manfred nickte energisch.

„Wer weiß – vielleicht verschlägt es ja noch jemand für längere Zeit nach Franken. Ich glaube, Heiko hat da auch gewisse Pläne."

„Heiko?"

„Er ist völlig in deine Schwester verschossen."

„Ach ja", winkte Manfred ab. Das interessierte ihn gerade überhaupt nicht. „Und du", wollte er stattdessen wissen, „bist du dir auch ganz sicher?"

„Ganz sicher", bestätigte sie und gab ihm einen Kuss auf die Nasenspitze. „Die Beziehung ... Geschäftsbeziehung zu Heiko hat nach eurem Deal aber in jedem Fall ein Ende. Schau, das mit Heiko und mir ... hat sich damals einfach so ergeben. Als er vor sechs Jahren mit seinen Börsengeschäften begonnen hat, war das für ihn eine harte Zeit. Er musste erst Kontakte und Beziehungen aufbauen. Er hat damals zwölf, vierzehn Stunden gearbeitet. Jeden Tag. Wir haben uns kurz nach seiner Firmengründung per Zufall in einer Kneipe kennengelernt und sind ins Gespräch gekommen. Ich war gerade an der Uni Düsseldorf mit meinem Volkswirtschaftsstudium fertig und voller Tatendrang. Ich wollte die Welt verändern, alles umkrempeln und den alten Herren in den Chefetagen zeigen, wo der Hammer hängt. Heute weiß ich es besser. Es war nur ein Spleen. Nur die Idee einer jungen Frau, der man an der Uni ständig eingehämmert hat, dass sie bald zur Elite dieses Landes zählen wird und die deutschen DAX-Unternehmen sich um sie reißen werden. Ich hab sehr schnell einsehen müssen, dass das alles Bullshit war." Annalena winkte müde ab. „Wie gesagt, ich lernte Heiko kennen, der auch von glitzernden Märchen geträumt hat, Sehnsucht nach schnellem Erfolg und Reichtum hatte und irre Erwartungen an die große Finanzwelt – du weißt schon. Wir waren beide sehr jung und naiv."

Von der Tür ertönte ein dumpfes *Plop* und Günther kam mit einer noch sachte ausrauchenden Flasche Champagner, zwei Gläsern und einem Sektkühler an ihren Tisch. „Na dann, *cheers* ihr zwei", meinte er und verdrückte sich gleich wieder.

Manfred schenkte ihnen ein. Sie stießen an.

„Und dann?“

„Nachdem ich mich damals auch für internationales Banken- und Steuerrecht interessiert habe und Börsengeschäfte und Vermögensberatung sowieso für das Größte hielt, kam eines zum anderen. Wir wurden beruflich ein Team. Wir haben wirklich hart gearbeitet, erste Erfolge stellten sich ein und wir waren komplett euphorisch, machten immer weiter, wurden besser, ergänzten uns auch immer besser. Freunde hatten wir mit einem Mal aber keine mehr. Wir saßen ja von der Früh bis in den Abend hinein in unserem Büro, hingen an den Telefonen.“ Annalena nahm einen großen Schluck Champagner. „Na ja, wie soll ich sagen, wenn du tagtäglich zusammenhockst, kommst du dir natürlich auch menschlich irgendwann einmal näher.“

Annalena wurde ernst. Vielleicht war jetzt ein guter Zeitpunkt für Ehrlichkeit. Reinen Tisch machen. „Manfred, ich will nicht, dass du schlecht von mir denkst. Ich wollte dich auch zu keinem Zeitpunkt böswillig hinters Licht führen.“

„Was meinst du?“ Manfred sah alarmiert auf.

„Heiko und ich. Ich will ganz ehrlich sein. Wir sind vorrangig Geschäftspartner – immer gewesen, aber ... Lass es mich dir erzählen: Wir hatten gerade mal wieder ein lukratives Geschäft an Land gezogen und haben das ausgiebig gefeiert. Der Alkohol war sicher auch nicht schuldlos – es war auf einer Geschäftsreise – wir haben viel zu viel getrunken. Und dann die Euphorie. Wir waren ja seit kaum einem Jahr dabei und dann schon diese Summen ... Wir hatten einfach zu gute Laune. Dass es dann fast zwangsweise zum Sex kam, wenn du verstehst ... Von da an war der Damm gebrochen. Ich meine das mit dem Sexuellen. Es war einfach so verdammt bequem. Locker und einfach. Ohne irgendwelche Verpflichtungen. Aber eine gemeinsame Wohnung hatten wir nie“, warf sie schnell ein. „Wir haben unser eigentliches Privatleben immer strikt getrennt. Keine Fernsehabende auf der Couch, kein gemeinsames Kochen, schon gar kein Übernachten beim anderen, auch keine gemeinsamen Urlaube. Er wohnt nach wie vor in Xanten, ich habe in Wesel eine Dreizimmerwohnung.“

Manfred schwieg.

„Wir sind da hineingetappt, vollkommen blind, und bevor wir eigentlich wussten, wo wir stehen, haben wir auf Geschäftsreisen nur noch ein Zimmer gebucht. Zweckmäßig eben“, versuchte Annalena die Stille mit weiteren Erklärungen zu füllen. „Aber das war immer auf professioneller Basis! Natürlich gab es Sex, aber das war ein Verhältnis ohne wirkliche Leidenschaft ... ohne alles, was eine Beziehung eigentlich ausmacht.“

Manfred schwieg immer noch. Was Annalena hinter seiner starren Miene nicht sehen konnte, waren die rasenden Gedanken. „Ist es das wert?“, hallte es durch seinen Schädel. Und: „Komm aus deinem Schneckenhaus, das ist die freie, moderne Liebe.“

Er traf eine Entscheidung. „Du musst dich vor mir nicht erklären. Das ist Schnee von gestern. Der Augenblick zählt.“

Annalena staunte. „Das weiß ich, aber mir liegt daran, dass du die Hintergründe kennst und verstehst. Heiko und ich haben nie über eine gemeinsame Zukunft gesprochen, die Gründung einer Familie war tabu. Heiko hat die Situation immer sehr freizügig genutzt – später, als er im Geschäft etabliert war und ständig um die halbe Welt jettete.“ Ihre Stimme bekam einen bitteren Ton. „Weißt du, in der Finanzwelt sind nicht nur Männer tätig. Da gibt es auch sehr ehrgeizige, clevere und vor allem attraktive Frauen, die einem One-Night-Stand oder sogar einer dauerhaften Affäre nicht abgeneigt sind. Leitende Bankmanagerinnen zum Beispiel oder Vorstandssekretärinnen“, setzte Annalena hinzu. „Viele sind verheiratet, haben Mann und Kind, legen aber heimlich die Priorität auf ihre Karriere. Und in dieser zweiten Welt, parallel neben ihrem Privatleben, haben sie nichts gegen einen gelegentlichen Quickie. Was meinst du, was da bei Kaviarhäppchen und Champagner für Partys laufen.“

Sie hob ihr Glas und prostete Manfred ironisch zu. „Es gibt aber auch die, wie ich sie gern bezeichne, ‚alten Schachteln‘. Frauen, die ihren Zenit längst hinter sich haben und einsam an der Spitze der Nahrungskette ausharren. Familie oder Freunde haben die nicht, weil sie ihr Leben lang ausschließlich hart gearbeitet haben. Die sind auf der Karriereleiter Sprosse um Sprosse nach oben geklettert und stinken jetzt vor Geld. Sie kennen nur Aktienkurse und Überstunden. Das eigentliche Leben haben sie längst verpasst. Als sie noch jünger und hübscher waren und vor lauter Sex gesprüht haben, haben sich sicher viele von denen nach oben gevögelt. Heute sitzen sie auf einflussreichen Positionen und sind abgewrackt – haben aber nichts gegen einen jungen Lover. Heiko hat sie reihenweise beglückt."

Manfred machte große Augen.

„Da war er skrupellos. *Such is business.* Weißt du, beide Geschlechter können sich nach oben schlafen – oder es zumindest versuchen." Annalena lächelte. „Als ich so auf die Ende 20 zuging, habe ich mit einem Mal über Kinder nachgedacht. Er wollte nichts davon wissen. Ich habe zwischendurch immer wieder darüber nachgedacht, mich komplett von Heiko zu trennen, keine gemeinsamen Deals mehr, eigenständig sein. Aber das ist leichter gesagt als getan. Da kommst du schon ins Grübeln, ob du bei einer so lukrativen Beziehung von einem auf den anderen Tag alles hinschmeißen sollst. Und dann wird man ja auch nicht jünger ... Dass es jetzt so gekommen ist, ist vielleicht ein Wink des Schicksals. Lieber ein Ende mit Schrecken –"

„Als ein Schrecken ohne Ende", vollendete Manfred ihren Satz, nahm dabei ihre Rechte in seine Hände und küsste ihre Handfläche. „Es ehrt dich, dass du mir die Wahrheit erzählt hast. Ich bin froh, das alles zu wissen. Auch erschüttert – aber in erster Linie froh. So können wir wirklich unbelastet starten."

„Das ist schön."

„Aber lüge mich bitte nie wieder an", schoss Manfred erstaunlich hart hinterher. Dann lächelte er und küsste wieder ihre Hand. „Also, ich möchte schon gerne ein Kind. Besser zwei. Ein Mädchen und ein Junge wären schön. Da könnten wir doch schon mal beginnen, daran zu arbeiten", lachte er auf. „Ich weiß, wir stehen erst ganz am Anfang, aber ... was hältst du davon, wenn wir uns so schnell wie möglich aneinander gewöhnen? Ach, was rede ich da von ‚gewöhnen' – ich will dich ganz und gar kennenlernen, weil ich davon überzeugt bin, dass es an dir noch so viel Wunderschönes zu entdecken gibt." Er runzelte plötzlich die Stirn. „Sag einmal: Wie steht es denn mit heute Nacht? Willst du nach der Oper ernsthaft noch einmal zurück in die Suite? Zu Heiko?"

Annalena zögerte. „Darüber haben wir noch nicht gesprochen. Aber ich denke, ich werde mir ein eigenes Hotelzimmer nehmen. Die *Götterdämmerung* wollen wir noch zusammen besuchen und ein letztes Mal gemeinsam zum Abendessen gehen. Wir haben uns darauf geeinigt, im Guten auseinanderzugehen. Ob das klappt, werden wir sehen. Man kann sich ja vieles vornehmen ... Nein, ich möchte schon gerne so schnell wie möglich für klare Verhältnisse sorgen. Wenn du mich so fragst, umziehen würde ich am liebsten gleich. Habt ihr noch ein Zimmer frei?"

„Entschuldigung, aber das kommt doch überhaupt nicht in die Tüte!", begehrte Manfred auf. „Ein Zimmer im Hotel. Du ziehst zu mir! Ich hab genügend Platz. Gleich um die Ecke, in der Wotanstraße: eine geräumige Vierzimmerwohnung. Ich helf dir beim Kofferpacken. Gleich jetzt, wenn du willst. Und dann organisieren wir deinen Umzug nach Bayreuth. In unser neues Leben passt keine Wohnung in Wesel. Aber nur, wenn du dein Zuhause dort wirklich aufgeben magst?"

Annalena lachte. „Da gibt es nichts Großes aufzugeben. Ich hab die Wohnung möbliert gemietet. Da sind von mir nur eine Handvoll persönliche Kleinigkeiten und Klamotten drin."

„Na, umso besser, das könnten wir doch alles schnell herbringen lassen. Willst du dir meine Wohnung in der Wotanstraße vorher ansehen, bevor du dich endgültig entscheidest? Es ist nur ein Katzensprung dorthin. Wenn wir mit unserem Champagner fertig sind ... ach nein", fiel ihm ein, „du musst ja gleich ins Festspielhaus. Aber danach? Ich warte gern auf dich. Wir könnten dann einen romantischen Sommernachtsspaziergang zu mir machen ..."

„Und die Matratzen testen?", gurrte Annalena. „Du alter Wüstling ..."

Frankfurt am Main, Mendelssohnstraße 87

Erste Septemberwoche

Die Festspiele waren für Annalena und Heiko Geschichte, die „Götterdämmerung" vorbei. Am Ende hatte es Buh- und Jubelrufe für Frank Castorf, ja, für die gesamte Inszenierung des „Rings" gegeben. Nun ja, mit Richard Wagners Vision von einem deutschen Heldenepos in Opernform hatte Castorfs Umsetzung wirklich wenig am Hut gehabt. Aber was soll's? Es gibt immer mindestens zwei Seiten. Dafür glänzten die Schauspieler und Sänger wie auch der Dirigent Petrenko mit herausragenden Leistungen.

Im nahen „Steigenberger" Restaurant hatten Heiko und Annalena zum letzten Mal gemeinsam zu Abend gegessen – fürstlich! Heiko hatte sie auf dem Nachhauseweg bereits zur Wotanstraße geleitet, wohin sie tags zuvor umgezogen war. Die Suite hatte er in dieser letzten Nacht im Hotel „Richard Wagner" für sich allein gehabt.

Heiko hatte sich sofort in die Arbeit gestürzt, wochenlang telefoniert, recherchiert und unzählige Mails verschickt. Einen Termin bei seinem Kontakt in Frankfurt zu bekommen, hatte sich als erstaunlich schwierig erwiesen, aber seine Hartnäckigkeit hatte sich ausgezahlt. Er saß im Büro des Direktors der Maple Bank GmbH mit Blick auf den Main.

Bill Owens, gebürtiger Kanadier, aber seit mehr als 20 Jahren mit einer Deutschen verheiratet, mit der er zwei Söhne gezeugt hatte, legte seine Stirn in tiefe Sorgenfalten. Nervös strich sich der Chef der Maple Bank mit seinen Wurstfingern über die Glatze. Seine Hakennase ragte ihm wie ein Geierschnabel aus dem Gesicht und sein Wanst hing bedrohlich über seinen Hosengürtel.

„Mensch, Heiko", schnaufte er mit kaum wahrnehmbarem Akzent, „was du da andeutest, kann für mich höchst heikel werden. Gerade in der jetzigen Situation. Ich weiß nicht, ob du es schon gehört hast: Die Steuerbehörden haben uns am Wickel."

Heiko blieb gelassen. „Was werfen euch diese Straßenräuber vom Finanzamt denn vor?"

„Das kannst du dir ja wohl denken. Scheiß Cum-Ex-Geschäfte. Aber das liegt alles längt in der Vergangenheit."

„Und wie sind die auf euch gekommen?"

„Hast du in den letzten Tagen keine Nachrichten gelesen? Das Land Nordrhein-Westfalen hat eine Steuer-CD angekauft. Die sind jetzt einigen Großbanken auf der Spur und eine führt leider auch zu uns. Jetzt haben wir die Kacke am Dampfen."

„Was sagen denn die Juristen der anderen Banken dazu?"

„Keiner räumt einen Verstoß ein. Klare Linie in der Argumentation: Sie haben alle im Einklang mit den anwendbaren Gesetzen gehandelt, sagen sie."

„Na siehst du, Bill, so wild kann das doch gar nicht werden. Außerdem hat der Staat den Cum-Ex-Geschäften doch schon vor Jahren einen Riegel vorgeschoben?"

„Das schon, aber hier geht es um die Zeit vor 2012, insbesondere die Jahre von 2006 bis 2010."

„Ach du meine Güte. Jetzt fängt man an, in dem alten Dreck rumzuwühlen?"

„Genau das ist es, was mich beunruhigt. Auf einmal kommen die Steuerbehörden mit dem Argument daher, dass das deutsche Steuerrecht schon vor 2012 zu keinem Zeitpunkt die Möglichkeit offengelassen hätte, eine einmal einbehaltene Kapitalertragsteuer rechtmäßiger Weise mehrfach anzurechnen beziehungsweise sich erstatten zu lassen. Und daraus wollen die verfluchten Raubritter einen objektiven Straftatbestand der Steuerhinterziehung ableiten." Owens stützte die Ellenbogen auf seinem massiven Schreibtisch ab. „Ich frage dich: Wer sind hier die Verbrecher?"

„Mein Gott", wiegelte Heiko ab, „seit Cum-Ex-Geschäfte noch im großen Stil abgewickelt worden sind, waren vier Bundesfinanzminister in Amt und Würden. Da hat doch immer mal wieder einer gebellt, aber nicht gebissen. Wenn mich mein Gedächtnis nicht trübt, hat doch schon 1992 der damalige Staatskommissar August Schäfer auf die Brisanz solcher Geschäfte hingewiesen, ohne dass etwas passiert ist. Also, ich kann mir nicht vorstellen, dass euch der Staat da strafrechtlich mit einem Mal ans Bein pinkeln kann. Dann müsste er ja auch an die Vorstände der großen Banken ran. Stell dir die Prozesse vor! Wenn die ihre Meute an Staranwälten und Gutachtern loslassen ..."

„Das sehe ich schon ähnlich wie du. Mir geht es aber um etwas ganz anderes", ratterte Owens atemlos los. „Was, wenn uns die Behörden zwingen, wegen des Risikos anstehender Steuerrückzahlungen entsprechende Rückstellungen in unsere Bilanzen einzustellen? Wir sind keine Großbank. Unser Eigenkapital beträgt gerade mal rund 378 Millionen ... Darüber verlierst du aber kein Wort."

„Versteht sich doch von selbst", bestätigte Heiko.

„Diese Rückstellungen könnten uns umbringen. Das würden wir nicht überleben. Wenn der Fall eintritt, wären wir finanziell erledigt, völlig überschuldet. Und was das bedeuten würde, brauche ich dir nicht zu sagen. Der Entschädigungsfall würde auf dem Fuße folgen."

„Das wäre natürlich die schlimmste anzunehmende Katastrophe", stimmte Heiko Owens zu.

„Veräußerungs- und Zahlungsverbot", flüsterte der, „und in Folge Insolvenz."

„Ja, habt ihr es denn so heftig mit euren Cum-Ex-Geschäften getrieben?"

Owens rieb sich wieder die Glatze. „Schon", gab er zu. „Wir hatten da einige extrem gierige Kunden. Ich kann mich an einen Fall erinnern, bei dem sich die Auftraggeber für eine einmalig abgeführte Kapitalertragssteuer zehn verschiedene Bescheinigungen zur Steuerbefreiung ausstellen ließen – frag mich nicht mit welchen raffinierten Tricks genau. Die haben sich damals die Kapitalertragsteuer zehnfach vom Staat zurückgeholt."

Da staunte selbst Heiko. Auch über die Ehrlichkeit von Bill Owens, der Mann musste sich offenbar das Ganze von der Seele reden. „Hat die Steuerfahndung denn schon Anklage erhoben?", erkundigte er sich weiter.

„Das nicht, aber ich habe auch meine Informanten. Die sitzen am Puls der Gerüchteküche und da geht momentan die Post ab, sage ich dir. Und jetzt kommst du und willst mir noch so ein zweifelhaftes Geschäft andienen?“

„Kein Cum-Ex“, widersprach Heiko. „Nur ein Cum-Cum.“

„Nur ein Cum-Cum, ach, wie niedlich“, meinte Owens.

„Zu Cum-Cum gibt es noch keine offiziellen Verbote“, argumentierte Heiko verteidigend.

„Eben, die Betonung liegt auf *noch*. Alles nur eine Frage der Zeit“, wiegelte Owens ab und schien ziemlich desinteressiert. Doch dann setzte er gedehnt hinzu: „Nur aus Spaß: Wie hoch liegen wir? Um welches Ausschüttungsvolumen geht es?“

„So zwischen fünf bis zehn Millionen.“

Owens setzte sich in seinem Sessel auf und pfiff durch die Zähne. „Also maximal zweieinhalb Millionen Kapitalertragsteuer, die nicht in Staatskassen landen soll? Ein ganz schöner Batzen. Wer ist der ausländische Aktionär?“

„Ein in den Emiraten hochangesiedelter Politiker.“

„Vereinigte Arabische Emirate? Könnte klappen ...“

„Ein Mitglied der Herrscherfamilie“, ergänzte Heiko. „Vorstandsvorsitzender der First Gulf Bank.“

„Doch nicht etwa Mansour Bin Yazed Al Yanah, der Hauptanteilseigner von Manchester City?“

„Du hast wie immer einen guten Riecher, Bill“, bestätigte Heiko.

„Weißt du, dass der auch ein gehöriges Paket an Siemens-Aktien hält?“

„Deswegen komme ich zu dir.“

Owens schnaufte wieder heftiger. „Hast du schon Gespräche mit seinen Leuten geführt?“

„Nein, noch nicht, ich habe aber einen festen Gesprächstermin. Nächste Woche, in London, mit dem Representative Officer der First Gulf Bank.“

„Mit der messerscharfen Aischa“, stellte Owens fest. „Und vorher wolltest du abklären, ob wir bei dem Geschäft mitmachen?“

„Selbstverständlich – und ob du mir in bewährt exzellenter Art und Weise dabei behilflich sein kannst, die Nichtveranlagungsbescheinigung zu beantragen“, ging ihm Heiko um den Bart. „Wie gesagt, es ist nur ein Cum-Cum-Geschäft und zu deinem Schaden soll es ja auch nicht sein. Komm schon, Bill, wir haben schon oft sehr gut zusammengearbeitet.“

„Wieder bar auf die Hand?“

„Wieder bar auf die Hand. 100.000“, bestätigte Heiko. „Ohne schriftliche Regelung, rein auf Vertrauensbasis. Das hat sich doch bisher bewährt, oder? Wo kein Papier, da kein Nachweis. Und du bringst das Geld, das du an dem Deal verdienst, wieder schnell außer Landes. Aber im Minimum zwei Tage bevor du es brauchst, solltest du mir schon Bescheid geben. Ich muss das ja auch erst disponieren.“

Owens kratzte sich am Hinterkopf und überlegte.

„Du überdenkst deine persönliche Situation, stimmt's?“ Heiko sah zu, wie der Bankdirektor zögerte und sich in seinem ausladenden Bürosessel wand. „Strafrechtlich kann dir doch nichts passieren. Das haben wir doch gerade diskutiert. Und zu der Sache mit euren alten Cum-Ex-Geschichten: Damals warst du doch noch gar nicht Direktor?“

„Mein lieber Heiko, ich sitze hier seit über 15 Jahren auf leitenden Posten. Was glaubst du denn, was ich gemacht habe, als wir dick im Cum-Ex-Geschäft waren: Ich habe kräftig mitgemischt. Das rettet mich also auch nicht.“

„Sei's drum“, meinte Heiko leichthin. Er war sich sicher, Owens überzeugt zu haben. „Auch wenn du angeklagt werden solltest, ein Prozess würde sich über Jahre hinziehen und wahrscheinlich ergebnislos versanden. Das Einzige, was passieren kann, ist die Pleite deiner Maple Bank – zugegeben der *Worst Case*. Aber sieh es doch mal so: Wenn ich es richtig verstanden habe, kannst du das aufgrund eurer vergangenen Cum-Ex-Geschäfte im Zweifel eh nicht mehr verhindern. Ich meine, wenn die Steuerfahndung euren Laden so richtig auseinandernimmt. Das Risiko besteht, fertig. Okay, du verlierst deinen Job. Deswegen wirst du nicht am Hungertuch nagen, wie ich dich kenne. Wenn ich richtig informiert bin, liegt euer Jahresgehalt deutlich höher als bei den meisten DAX-Vorständen. Aber gerade dann wäre eine weitere Aufbesserung deiner Privatschatulle doch auch nicht verkehrt, oder?"

Owens nickte. „Wo hast du eigentlich Annalena gelassen?", fiel ihm jetzt erst auf. „Ihr seid doch sonst immer als Duo aufgetreten. Geht es ihr gut?"

„Annalena geht's gut. Sie kümmert sich gerade um ein anderes Projekt", log Heiko, „aber privat sind wir kein Paar mehr."

„Oho! Du genießt also die Freuden des Singlelebens."

„Nicht ganz, ich habe eine neue Freundin. Laila", lächelte Heiko. Dann kam er – fast ohne es zu wollen – ins Schwärmen und erzählte Owens, dass er seine Traumfrau überraschend in einer oberfränkischen Stadt gefunden hatte und wie wohl er sich in Bayreuth fühlte. „Über kurz oder lang werde ich mich dort wohl dauerhaft niederlassen. Es gibt jede Menge Kultur. Zwischenzeitlich habe ich schon eine fixe Joggingstrecke im Park der Eremitage, wunderschöne Gartenanlage. Bisschen Sport würde dir übrigens auch guttun. Die Fränkische Schweiz und das Fichtelgebirge – wunderbare Naturlandschaften – liegen quasi vor der Haustür."

„Danke, ich bin und bleibe Stadtmensch." Owens legte seine Rechte auf seinem enormen Bauch ab. „Denk daran, mir deine neue Anschrift zu geben", erinnerte er Heiko, „wenn du dich tatsächlich dort niederlässt. Die große Liebe?", fügte er noch hinzu.

„Kann man so sagen. Mit dem Deal will ich auch ihrer Familie helfen. Lailas Brüder besitzen in der Stadt ein recht ansehnliches Hotel, haben es aber momentan mit einer kleinen Cashflow-Problematik zu tun."

„Wenn du bereit bist, deinen Kundenkreis um kleine Hoteliers zu erweitern, dann muss es sich tatsächlich um etwas Ernsthaftes handeln", folgerte Owens grinsend.

London, Hotel Andaz
Eine Woche später

Heiko war nicht das erste Mal mit dem Stansted Airport Express nach London unterwegs. 45 Minuten dauerte die Fahrt. Genug Zeit, um nochmals die Gedanken zu sortieren und sich zurechtzulegen, was er seiner Gesprächspartnerin wie kommunizieren wollte. Aischa bint Malika Al-Bagdadi leitete die Investment- und Entwicklungsabteilung der First Gulf Bank in Abu Dhabi und hatte dazu eine leitende Position in der International Petroleum Investment Company inne. Er kannte die 43-Jährige schon länger – eine unvergessliche Cocktailparty hatte sie zusammen- und sofort ins Bett gebracht – und er hatte seitdem etliche Deals mit ihr abgewickelt.

Aischa war ein echtes Sprachtalent. Französisch hatte sie an der Sorbonne Nouvelle in Paris gelernt, wo sie gleich vier Semester verbracht hatte. Von ihrer Zeit an der Uni Heidelberg – dort hatte sie Volkswirtschaft und Banking & Finance belegt – war ihr ein erstaunlich gutes Deutsch geblieben. Englisch sprach sie akzentfrei im Ton der britischen *Upper Class*. Derzeit leitete sie, fast nebenbei, die Filiale der First Gulf Bank in London und pendelte ständig zwischen der britischen Hauptstadt und Abu Dhabi hin und her. Sie genoss das Vertrauen von Scheich Mansour Bin Yazed Al Yanah, neben seinem Einsatz im englischen Fußball auch Vorsitzender der First Gulf Bank. Für eine Frau mit Anfang 40 hatte sie es in der männlich dominierten Gesellschaft ihres Heimatlandes schier unfassbar weit gebracht. Vielleicht, weil sie alles andere als eine typische Muslima war. Sobald sie die Grenzen der Emirate hinter sich ließ, kümmerten sie die Suren des Korans herzlich wenig. Auch von Kopftüchern hielt sie nichts, wenn sie auf Reisen war. Dafür umso mehr von engen Jeans, luftigen Blusen und raffinierter Damenunterwäsche. Mit ihrem exotischen Aussehen, ihren großen, schwarz wie Kohle glänzenden Augen und ihrer fülligen, nachtschwarzen Haarpracht, weckte sie bei vielen europäischen Männern so manche Gelüste. Feinster schottischer Single Malt

Whisky aus gemälzter Gerste zählte zu ihren Lieblingsgetränken – selbstverständlich mit einer Mindestreifezeit von 15 Jahren. Affären stand sie relativ offen gegenüber. Gefiel ihr ein Mann besonders gut, suchte sie gar selbst aktiv danach. Heiko hatte das schon vor ihrem ersten Treffen in Erfahrung gebracht und des Öfteren für seine Geschäfte genutzt.

Heute hatte er sich mit Aischa im Hotel „Andaz" in der 40 Liverpool Street verabredet. Am frühen Nachmittag wollte er einchecken, etwas später sollte sie zu ihm stoßen. Er mochte das 5-Sterne-Hotel, das zur Hyatt-Gruppe gehörte. Erstens lag es ganz in der Nähe des Liverpool-Bahnhofes und damit nicht weit vom Londoner Zentrum entfernt, zweitens faszinierte Heiko der rote Ziegelsteinbau aus dem Jahr 1884 immer wieder aufs Neue, er mochte den viktorianischen Stil. Mit seinen 7 Bars und Restaurants bot der fünfgeschossige Bau außerdem alles, was sich der verwöhnte Hotelgast an Kulinarik und Abendunterhaltung wünschen konnte. Ein Bonus: So müsste er mit Aischa das Hotel nicht einmal verlassen.

Gleich beim Einchecken erkundigte Heiko sich, ob das vorreservierte Besprechungszimmer auch tatsächlich ab 15:00 Uhr zur Verfügung stand. Aischa hasste schlechte Vorbereitung und miserable Liebhaber. Heiko fühlte sich ihr in beiden Punkten gewachsen.

*

Die gemütlich-elegante Meeting-Lounge, die Heiko für das Gespräch mit Aischa gebucht hatte, lag im obersten Stockwerk und erlaubte weitreichende Blicke über die Millionenstadt London. Drüben im Westen taten sich die Grünflächen des Hyde und des Regent Parks auf. Davor, am breiten Band der Themse, reckten Big Ben und der Westminster Palace ihre Silhouetten in den grauen britischen Himmel. Im Süden, deutlich näher als Big Ben, erkannte Heiko die mächtigen Türme der Tower Bridge.

Er sah sich in dem kleinen Eckzimmer um. Alles schien perfekt. Drei bequeme Clubsessel gruppierten sich um einen kleinen, runden Tisch mit Glasplatte, linker Hand war in einem halbhohen

Sideboard ein Kühlschrank integriert. Heiko öffnete ihn. Champagner, Weißwein, diverse Säfte, Mineralwasser und andere Softdrinks waren reichlich vorhanden. Auf dem Sideboard stand eine moderne Kaffeemaschine. Tassen, Teller in verschiedenen Größen – nichts fehlte. Snacks wie Kartoffelchips – typisch britisch mit Essiggeschmack –, geröstete Erdnüsse und Salzstangen warteten in Schälchen auf den Verzehr. Auf einem extra auf Heikos Wunsch bereitgestellten Servierwagen waren Flaschen diverser Spirituosen aufgereiht. Darunter auch der elegante schottische Glenfarclas 40 YO Single Malt aus der ältesten schottischen Destillerie, die immer noch in Familienbesitz war. Mehr als 800 Euro kostete eine Flasche, deren Inhalt in Oloroso-Sherryfässern herangereift war. Die Toasthäppchen mit Kaviar und norwegischem Seelachs, die Heiko geordert hatte, waren noch nicht geliefert worden.

Er sah auf die Uhr: zehn nach drei. Typisch Aischa, pünktlich war sie noch nie.

Es dauerte weitere sieben Minuten, bis von außen die Tür geöffnet und sein Gast von einer Hotelangestellten hereingeführt wurde. Aischa rannte die ältere Dame in der Uniform des „Andaz" fast um und warf Heiko zur Begrüßung ihren leichten Mantel und eine erstaunlich schwere Handtasche zu.

„*Oh, sweetheart*", überfiel sie ihn mit ihrer rauchigen Stimme, „*sorry for the delay. Honey, long time no see.*" Dann drückte sie ihn an sich, dass man glauben konnte, sie wollte ihn ersticken. „*You look good*", versprühte sie Komplimente und maß ihn von oben bis unten mit hungrigen Blicken. „*Sexy*", korrigierte sie sich.

Auch Heiko betrachtete sie, nachdem sie ihn endlich wieder losgelassen hatte und er der Hotelbediensteten ihren Mantel mit Hermelinpelzkragen in die Hände drücken konnte. Aischas Tasche stellte er vorsichtig auf einem der Sessel ab.

Sie verströmte einen Duft der britischen Edel-Manufaktur Creed, wie er ihn selbst von Annalena mit ihrem Parfüm-Tick nicht kannte. Aischas Füße steckten in schwarzen Pumps aus strukturiertem Leder. Das rote Lagerfeld-Kostüm mit halblangen Ärmeln zählte zu den letzten Kreationen des Modezars und die ärmellose, weiße Bluse, die sie darunter trug, zeigte rote Aquarelltupfen, die mit dem Kostüm Ton in Ton übereinstimmten. Trotz des trüben Londoner Tags nahm Aischa ihre Porsche-Design Sonnenbrille nicht ab, warf sich stattdessen in Pose und wartete auf Heikos Urteil.

Der kniete sich auf den weichen Teppichboden, sah sie bewundernd an, faltete seine Hände vor der Brust und seinem Mund entströmte ein hingehauchtes: „*Beautiful. You are looking like a goddess.*“

Die Hotelbedienstete, die immer noch in der Meeting-Lounge herumstand, wusste gar nicht, wohin sie vor lauter Peinlichkeit sehen sollte. Für sie war die Zeremonie ziemlich ungewöhnlich. „Soll ich jetzt die Toasthäppchen bringen, Sir?“, brachte sie schließlich in stark akzentiertem Deutsch hervor.

„Ja, ja, machen Sie mal“, wies Heiko sie an.

*

„Du willst uns also helfen, Kapitalertragsteuer einzusparen?“, vergewisserte sich Aischa. „Weil du ein so guter Freund unseres Hauses bist?“

Sie hatten ins Deutsche gewechselt. Aischa gab hin und wieder gern damit an, wie gut sie noch immer in der Sprache unterwegs war.

„Und weil ich dabei natürlich auch eine Kleinigkeit vom großen Kuchen abbekommen möchte“, gestand Heiko. Schüchternheit war bei dieser Frau nicht angebracht. „Wobei ich auf mehr als nur ein paar Krümel hoffe – bei der Summe, um die es bei unseren Geschäften üblicherweise geht. Und bedenke bitte auch das: Lange werden wir diese Art von Deal nicht mehr abwickeln können. Der deutsche Staat scheint aufgewacht zu sein und hat erkannt, dass ihm jährlich ein riesiges Steueraufkommen entgeht. Du wirst kaum noch eine deutsche Bank finden, die dir dieses Geschäft anbietet. Die sind alle sehr vorsichtig geworden.“

„Aber du schon? Du kannst uns das noch bieten“, fragte sie herausfordernd und hob ihr schweres Whiskyglas, in dem die bernsteinfarbene Flüssigkeit hin und her schwappte.

„Ich bin nur ein kleiner, unauffälliger Finanzdienstleister", argumentierte Heiko, „der nicht im Fokus des deutschen Fiskus steht. Von deren Warte aus betrachtet bin ich nur ein Fliegenschiss, sozusagen. Die deutschen Behörden konzentrieren sich bei ihren Ermittlungen auf die Großen, auf die Deutsche Bank, die HSBC, die Münchener Hypo und wie sie alle heißen."

„Und worauf konzentrierst du dich?"

„Auf die Marple Bank in Frankfurt und eure Siemens-Aktien."

„Warum gerade die?"

„Aus verschiedenen Gründen. Erstens könnte das Geschäft relativ kurzfristig abgewickelt werden. Wir haben bereits Mitte September. In zwei Wochen endet das Geschäftsjahr von Siemens. Die Prognosen, was den zu erwartenden Gewinn angeht, sind gut bis sehr gut. Zweitens ist in der letzten Januarwoche nächsten Jahres mit der Hauptversammlung zu rechnen, in der über die vorgeschlagene Dividende entschieden wird. Unmittelbar darauf erfolgt die Ausschüttung. Das kommt schneller als man glaubt und wenn ihr nichts tut, zieht euch Siemens gnadenlos 15 Prozent Kapitalertragsteuer ab. Aber wem sage ich das. Das weißt du besser als ich. Wenn ihr mein Angebot annehmt und eure Aktien rechtzeitig auf mein Depot übertragt, streiche ich die Dividende ein – und zwar ohne Abzug, weil ich dem Finanzamt eine Nichtveranlagungsbescheinigung vorlegen kann. Unmittelbar nach dem Erhalt der Dividende übertrage ich euch eure Aktien zurück und überweise euch die Dividende unter Abzug meiner Aufwendungen."

Aischa lehnte sich in ihrem Sessel nach vorne. Jetzt wurde es interessant. „Die da sind?"

„Fünf Prozent von der Dividendenausschüttung."

„Ein stolzer Betrag, mein Lieber."

„Nicht zu viel, wenn du bedenkst, dass die ganzen Vorbereitungsarbeiten und zuletzt auch das Risiko bei mir liegen. Ihr spart Geld ein, ohne dafür einen Finger krümmen zu müssen."

„Und du bereicherst dich mit unseren Aktien", entgegnete sie messerscharf. Sie liebte solche Verhandlungen.

„Von nichts kommt nichts", blieb Heiko stur.

„Ohne unsere Aktien – kein Deal. Und wer sagt überhaupt, dass diese 15 Prozent Steuer uns dieses Jahr überhaupt interessieren?“

„Du spielst mit mir. Ich kenne dich zu gut, um zu glauben, dass du nicht zugreifst, wenn du die Möglichkeit hast, mehr Geld zu machen.“

„Glaubst du.“

„Weiß ich.“

„Apropos Marple Bank“, schlug Aischa einen neuen Pfad ein, „machst du das Geschäft mit Bill Owens?“

„Kennst du ihn?“

„Das will ich meinen. Guter Mann. Zuverlässig und schnell in seinen Entscheidungen.“

„Na, dann ist das doch ein Punkt für mich. Und für den Abschluss unseres Deals.“

„Und was ist mit deinen Dienstleistungen in Naturalien?“, brachte Aischa die Diskussion nun auf einen Punkt, den Heiko dieses Mal am liebsten vermieden hätte.

Er wusste genau, was sie meinte: Sex. Und sie sprach das Thema offen an. Er dagegen sagte erst einmal nichts und setzte ein Pokerface auf.

„Komm, stell dich doch nicht blöd“, forderte Aischa scharf. „Ich hatte schon seit drei Wochen keinen Mann mehr in meinem Bett, der wusste, was er da tut.“ Sie lächelte maliziös. „Kein Sex, kein Deal.“

Das Gespräch lief auf einen kritischen Punkt zu.

Nun kam es darauf an. Heiko durfte nichts falsch machen.

„Liebste Aischa“, umwarb er sie in warmem Tonfall, „sollten wir vorher nicht die Rahmenbedingungen des möglichen Geschäfts abstecken? Ich denke, bei euch gibt es so ein ähnliches Sprichwort wie bei uns.“

„Und das lautet?“

„Erst die Arbeit und dann das Vergnügen!“

*

Am nächsten Morgen saß Heiko wieder im Zugabteil des Stansted Airport Express. Er hatte im „Andaz“ übernachtet. Allerdings nicht in seinem Zimmer.

Dass er Laila mit Aischa betrogen hatte, schmeckte ihm gar nicht. Dass er deswegen gleich ein derart schlechtes Gewissen hatte, gefiel ihm aber noch viel weniger. Bis vor wenigen Wochen hätte er an so ein kleines Abenteuer nicht den geringsten Gedanken verschwendet. Im Gegenteil, es war ganz normal, eine Abwechslung. So ein kleiner Seitensprung gehörte einfach dazu und vor allem Aischa war es bisher immer Wert gewesen. Doch nun litt Heiko unter seiner Untreue. Er nahm sich vor, dass so etwas nie wieder passieren würde. Nur wegen Lailas Brüdern war es so weit gekommen, gaukelte er sich selbst vor. Er wollte ihnen doch nur helfen, dafür musste doch jedes Mittel recht sein. Zuletzt half er damit ja auch Laila, indem sie den ihr zugesagten Erbanteil termingerecht ausbezahlt bekommen würde.

Heiko ließ sich die Zahlen des Deals nochmal durch den Kopf gehen: Von den knapp 829 Millionen dividendenberechtigten Aktien der Siemens AG besaßen die First Gulf Bank und die mit ihr verbundenen Partnerunternehmen etwa 9,2 Millionen. Aischa und er hatten eine konservative Betrachtung angestellt und angenommen, dass Siemens eine Dividende in exakt der gleichen Höhe wie letztes Jahr ausschütten würde. Sie hatten mit 3,20 Euro je Aktie kalkuliert, was eine Ausschüttung in Höhe von Pi mal Daumen 9,3 Millionen Euro bedeuten würde. Nach Adam Riese hieß das, dass er davon rund 460.000 Euro behalten könnte. Aischa hatte seiner Forderung von fünf Prozent zugestimmt, aber erst, nachdem er ihr in vielen blumigen Worten eine glühende Liebesnacht versprochen hatte.

Nein, daran wollte er jetzt nicht denken. Die Zahlen waren wichtig. Und die waren wirklich konservativ gerechnet. Das Volumen der Dividendenauszahlung konnte leicht die Grenze der zehn Millionen überschreiten, sollten die Siemensvorstände eine höhere Ausschüttung je Aktie vorschlagen und diese von den Aktionären genehmigt werden. Heiko lächelte zufrieden.

Erfreuliche Entwicklung
Mitte September

Von dem Zeitpunkt an, da sich Heiko das erste Mal mit ihnen und Dieter Kowalski über ein mögliches Cum-Cum-Geschäft mit Siemens-Aktien unterhalten hatte, hatten die drei Kolb-Brüder täglich die Firmenpolitik des DAX-Unternehmens und die Kursentwicklung der Aktie verfolgt. Sie hatten zwar keine Ahnung, wie das Unternehmen mit Hauptsitzen in München und Berlin tickte, aber was sie in der einschlägigen Wirtschaftspresse lasen, hörte sich gut an. Die Umsatzerwartungen gegenüber dem Vorjahr sollten um rund sechs Prozent steigen, was angeblich auch dem schwachen Euro zu verdanken war. Doch Details interessierten die Brüder nicht. Analysten erwarteten eine hohe Dividendenausschüttung, da der Gewinn pro Aktie auf über acht Euro prognostiziert wurde – das allein war wichtig. Man sprach je Wertpapier von 3,20 bis 3,50 Euro Gewinnbeteiligung.

Dieter überschlug grob: Bei aufgerundet 830 Millionen dividendenberechtigten Aktien insgesamt bedeutete dies eine Dividendenausschüttung zwischen 2,6 und 2,9 Milliarden Euro. Das war erfreulich. Wenn aus dem Geschäft, an dem Heiko gerade mit Feuereifer arbeitete, wirklich 250.000 Euro bei ihnen hängen bleiben sollten, wären nicht nur seine Halbbrüder hochzufrieden. Siemens schien das zu Ende gehende Geschäftsjahr besser zu meistern als seine Konkurrenten General Electric und ABB. Auch dass die Firma kräftig in Forschungs- und Entwicklungsvorhaben investierte, gefiel ihm. So eine Zukunftssicherung zahlte sich normalerweise immer aus. Nicht umsonst sollte der Auftragseingang des noch laufenden Geschäftsjahres nach Schätzungen um rund 15 Prozent steigen.

Mittlerweile waren auch die Voraussetzungen ihrerseits für den beabsichtigten Deal gegeben. Nun mussten nur noch Heiko und seine Netzwerke funktionieren. Also alles in Butter?

Dieter wusste nicht, woran es lag, aber er hatte, trotz aller sich so überaus günstig entwickelnden Rahmenbedingungen, immer noch so ein dumpfes ungutes Gefühl in der Magengegend. Er war einfach ein vorsichtiger Mensch. Manche sagten ihm sogar übertriebenes Misstrauen nach, aber: trau, schau, wem! Er hatte einfach keine Lust, – derb gesprochen – die Pferde vor der Apotheke kotzen zu sehen. Lieber den Spatz in der Hand als die Taube auf dem Dach, das war schon immer sein Credo gewesen. Doch ein Spatz half in ihrem Fall leider immer noch nicht. Da musste schon die Taube her, wenn sie ihre Schwester im Mai nächsten Jahres auszahlen wollten.

Was soll's, was machte er sich überhaupt Gedanken? Manfred, Günther und Karl hatten zugestimmt, das Geschäft so abzuwickeln, wie von Heiko vorgeschlagen. Der hatte sich zwischenzeitlich ihre Buchhaltungsunterlagen sehr genau angesehen und schier unendlich viele Fragen gestellt, aber an weiteren Details zum eigentlichen Deal gespart. Die Nachricht, dass er mittlerweile sicher war, diese ominöse Nichtveranlagungsbescheinigung für das Hotel erhalten zu können, hatte Heiko letztens freudig verkündet, doch auf den versprochenen exakten Zeitplan wartete Dieter immer noch. Über das konkrete *Wie* hatte ihr geschätzter Finanzberater einfach noch kaum ein Wort verloren und das brachte Dieters internen Alarm zum Vibrieren.

„Wir setzen uns zusammen, wenn ich die ersten Gespräche mit meinem ausländischen Partner und meiner Bank erfolgreich geführt habe", war das letzte, was Heiko hatte durchblicken lassen. „Dann machen wir Nägel mit Köpfen. Ohne konkrete Zusagen stochern wir nur mit zu kurzen Stangen im Nebel herum. Das macht keinen Sinn."

Manfred und die Zwillinge hatten dazu nur fröhlich genickt. Dieter vermutete, dass sie insgeheim erleichtert waren, keinen aktiven Part spielen zu müssen – in ihrem Finanzgeschäft! Er fand das leicht gefährlich, aber gut, es war ihre Sache. Ärgerlich war, dass ihm als seinen Halbbrüdern, seinen „Chefs", unterstellter Finanzdirektor nichts anderes übrigblieb, als Heikos anstehende Gespräche abzuwarten wie alle anderen.

Aber völlig untätig wollte er nicht bleiben. Er hatte sich vorgenommen, ihrem Berater intensiv auf die Finger zu schauen. Er traute dem Kerl immer noch nicht so richtig. Vor allem, nachdem er angedeutet hatte, dass er möglicherweise weitreichende Vollmachten benötigen könnte, die, falls notwendig, sogar von einem Notar beglaubigt werden müssten. Dieter war klar, dass dahinter wohl Heikos Geschäftspartner, dieser englische Großaktionär, steckte und Sicherheiten sehen wollte. Der Nachweis von Handlungsvollmachten war international üblich. Vertrauen hin, Vertrauen her, so etwas würde es mit ihm nicht geben – nicht bevor jedermann klar war, wie das Geschäft ablaufen sollte, Punkt für Punkt, Detail für Detail. Seine Halbbrüder waren da zu euphorisch. Einfach zu leichtgläubig, fand er. Vertrauen ist gut, Kontrolle ist besser.

Streit und neue Partnerschaften

Mitte September, ein Jahr zuvor

Die neue Woche begann mit einem ebenso traumhaften Wetter, wie der Sonntag geendet hatte. Laila wachte in den Armen von Heiko auf.

Ein wenig war sie selbst noch überrascht davon, wie schnell sie ihre Bedenken über Bord geworfen hatte. Aber so ein Mann wie Heiko war ihr noch nie begegnet. Höflich, zuvorkommend, interessiert, unterhaltsam und immer gut gelaunt. Die Tage mit ihm waren einmalige Erlebnisse und die Nächte toppten alles. Er war ein fantastischer Liebhaber. Mit Geduld und Zärtlichkeit hatte er sie verführt, bis sie vor Leidenschaft geglüht hatte und sich nicht länger zurückhalten wollte. Sie hatte nicht genug von ihm bekommen können, bis sie erschöpft und glückselig, dicht an ihn geschmiegt, in einem tiefen Schlaf versunken war.

Laila sah auf den Wecker. Halb zehn.

Heiko war spät dran. Er wollte mit Dieter Kowalski die Bilanzunterlagen durchgehen, war deswegen gestern aus London zurückgeflogen und hatte noch abends in seine angestammte Siegfried-Suite eingecheckt. Zum Abschied drückte er ihr einen Kuss auf ihre Stirn und war schnell wie der Wind verschwunden.

Laila wühlte sich nochmal in ihr Kopfkissen, dämmerte für ein paar Minuten glücklich dahin und riss sich dann zusammen. Es wurde wirklich Zeit aufzustehen und zu frühstücken. Hunger verspürte sie zwar nicht – dafür waren zu viele Schmetterlinge in ihrem Bauch unterwegs – ihr fehlte einfach ihr Morgenkaffee. Dazu vielleicht ein leichter Fruchtjoghurt? Laila achtete auf ihre Figur. Wie Annalena wollte sie auf keinen Fall aussehen. Wobei die ja viel mehr Muskel- als Fettpolster ihr Eigen nannte.

Sie sprang aus dem Bett und machte sich auf den Weg ins Bad. *Ich liebe dich* hatte Heiko mit ihrem Lippenstift auf den Spiegel geschrieben. Typisch für ihn. Hier ein Kompliment, dort eine kleine Aufmerksamkeit – er war der Mann, von dem sie immer geträumt hatte. Und er sah sehr gut aus. Annalena musste vor Wut schäumen, dass sie ihn verloren hatte.

Laila hatte Heiko die Ausrede mit der „Geschäftspartnerschaft“ nie so richtig abgenommen. Für sie hatte es ausgereicht, ihn und Annalena ein, zwei Mal zusammen zu sehen, um zu wissen, was Sache zwischen den beiden war. Außerdem hatte Heiko mittlerweile reinen Tisch gemacht und ihr die etwas seltsame, offene Beziehung zu seiner früheren Freundin gestanden. Bis heute hatte sie noch nicht verstanden, was Heiko an dieser Walküre überhaupt gefunden hatte. Irgendwie wirkte sie derb, manchmal fast einschüchternd grob. Von natürlicher Weiblichkeit oder gar Schönheit konnte eigentlich keine Rede sein. Aber das war ihre persönliche Sicht der Dinge. Geschmäcker sind eben verschieden und ihr Bruder Manfred hatte ja einen regelrechten Narren an der Frau gefressen. Was soll's, Heiko hatte ihr breit und detailliert erzählt, wie er die letzten fünf Jahre mit Annalena verbracht hatte. Das Thema war abgehakt. Jetzt zählte die Gegenwart.

Natürlich gab sich Laila keinen leichtfertigen Illusionen hin. Dazu war sie viel zu abgeklärt und intelligent. Klar befand sie sich gerade in einer ersten Phase der Schwärmerei und Verliebtheit. Genau wie Heiko. Sie himmelten sich gegenseitig an. Es musste sich erst noch zeigen, wie lange das „Schweben auf Wolke 7“ für sie anhalten würde. Aber man durfte schließlich noch träumen.

Laila trat unter die Dusche und schaltete die Schauerbrause ein. Angenehm temperiertes Wasser prasselte auf ihren Körper. Es fühlte sich gut an, als sie zur Body Lotion griff. Alles war gut.

Als sie mit dem Lift zum Frühstückssaal auf dem Dach des Hotels fuhr, stieg unterwegs Annalena ein. Laila seufzte innerlich. Im Lauf der letzten Wochen waren sie sich immer wieder über den Weg gelaufen und es war für beide Seiten nie erfreulich gewesen. Ob Annalena wusste, dass Heiko gestern zurück nach Bayreuth gekommen war?

Ihre Blicke trafen sich. Die neue Freundin ihres Bruders musterte Laila eisig. „Na, du kleine Hure", versprühte sie ihr Gift wie eine Speikobra, „schon ausgeschlafen? Schaust nicht gut aus. Hat er dich ordentlich hergenommen? Keine Sorge, das lässt schnell nach, dann bekommst du wieder genug Schönheitsschlaf. Der wird dir aber nicht viel nutzen, weil dein Prinz dann längst schon das Interesse verloren hat und eine andere beglückt. Ich weiß, wovon ich rede."

Laila war schockiert. Sie brauchte ein paar Sekunden, um zu verarbeiten, was Annalena ihr da zugezischt hatte. Dieser beleidigende Verbal-Angriff war eine neue Stufe der Eskalation. Hatte dieser Trampel von Weib sie gerade wirklich „Hure" genannt?

Dann wuchs ihre Wut. Was für eine Unverschämtheit! Am liebsten hätte sie Annalena auf der Stelle die Augen ausgekratzt. Doch auf eine körperliche Auseinandersetzung wollte Laila es nicht ankommen lassen. Worte waren ihre Waffe, auch wenn sie nie geglaubt hätte, dass sie sich jemals auf so derbe Weise würde verteidigen müssen.

Leise und gefährlich krochen ihr die Sätze aus dem Mund: „Mach dir mal keine Sorgen um mich, du hundsgemeine Schlange. Schau dich doch nur an: Ich verstehe gut, warum Heiko dich nur noch mit der Beißzange angelangt hat. Eine Optik wie die älteste Requisite aus Frankensteins Gruselkabinett und dann auch noch die Intrige in Person. Kommst zu uns nach Bayreuth, übertölpelst meinen Bruder und setzt dich in ein gemachtes Nest." Laila stellte sich auf die Zehenspitzen, um Annalena Auge in Auge weiter die

Meinung zu sagen. „Seit Wochen sehe ich dabei zu, wie du Manfred wie eine Marionette an deinen Fäden tanzen lässt und ihm jeden vernünftigen Gedanken raubst. Er vernachlässigt seine Arbeit, kümmert sich nur noch um dich und lässt einen Champagner nach dem anderen springen. Ich denke, ich muss meinem Bruder demnächst gehörig die Augen öffnen und zeigen, was für eine heimtückische Laus er sich in den Pelz gesetzt hat. Und jetzt geh mir aus dem Weg, du Blutsaugerin, du Ungeziefer! Du bist es nicht einmal wert, dass dich die Sonne bescheint."

Bing! Die Türen des Aufzugs öffneten sich fast geräuschlos.

Voller Zorn stieg Laila aus, bog um die Kurve und nahm sofort wieder die Treppe nach unten. Die Lust auf ihren Morgenkaffee war ihr gründlich vergangen. Sie schäumte vor Wut. Mit diesem Teufelsweib würde sie kein Wort mehr wechseln.

In der Aufzugskabine hinterließ sie eine überraschte und bis aufs Blut gereizte Annalena, die sich nun ihrerseits gedanklich sammeln musste. Fast hätte sie es versäumt auszusteigen. Nie und nimmer hatte sie mit einer so heftigen verbalen Gegenattacke gerechnet. Bisher hatte Laila ihre Sticheleien maximal mit einem resignierten „Aha" bedacht.

„Sieh dir nur diese kleine fränkische Schlampe an", sagte sie zu sich selbst. Laila wollte sie also bei Manfred anschwärzen? Und dann diese Beschimpfungen! Unfassbar. Wenn eine von ihnen bei Manfred etwas zu melden hatte, dann war es jetzt allein sie. „Diese kleine, miese Ratte." Ihre Gedanken kreisten. „Deine 250.000 Euro kannst du dir abschminken. Dafür werde ich sorgen."

*

Dieter saß im Biergarten des Hotels, genoss den Schatten der Kastanienbäume und das kühle Weizenbier, das ihm die Bedienung gerade serviert hatte. Hier konnte man es wirklich aushalten. Das Thermometer zeigte 32 Grad Celsius im Schatten. Einige Hotelgäste tummelten sich im nahen Pool. Dieter nahm das kühle Weizenglas zur Hand und trank die verlockende Schaumhaube ab.

Vor ihm lag der „Nordbayerische Kurier". Der griechische Ministerpräsident Alexis Tsipras kündigte seinen Rücktritt sowie Neuwahlen an. Der deutsche Innenminister sprach von bis zu 800.000 Migranten, die bis zum Ende des Jahres in Deutschland erwartet würden. Wo sollte das noch hinführen? Das würde Deutschland nicht verkraften, da war sich Dieter sicher. Waren die Politiker so kurzsichtig und konnten nicht absehen, was das für Langzeitfolgen haben würde? Von Themen der inneren Sicherheit bis hin zum Arbeitsmarkt?

Kowalski hob sich die Sonnenbrille aus der Frisur und setzte sie auf seiner schmalen Nase ab.

Wie immer war er freizeitlich-adrett gekleidet. Darauf legte er großen Wert. *Business Casual, Smart Casual, Casual Friday* – damit kannte er sich aus. Er konnte es sich auch leisten, mit seiner schlanken Figur. Dass er eigentlich viel zu viel Geld für saloppe Klamotten ausgab, war ihm bewusst. Trotzdem, er war alleinstehend, niemand redete ihm rein und eine ordentliche Garderobe gehörte für ihn zum Wohlfühlen dazu. Er wollte einfach gut aussehen, wenn er einmal die Woche zu Tatjana Baumann nach Bamberg fuhr. Auch die rund 100 Kilometer nach Rozvadov, einem kleinen tschechischen Dorf kurz hinter dem Grenzübergang Waidhaus, waren ihm nicht zu weit. Dort lebte und arbeitete Eliska Gràfovà im Nachtclub „Mephisto". Die grazile junge Frau hatte immer Zeit für ihn und hörte aufmerksam zu, wenn er von seinen Sorgen berichtete, wenn er erzählte, wie ihn manche Emotionen langsam auffraßen. Sie hatte die Gabe, ihn wenigstens für eine kurze Zeit abzulenken, ihn auf andere Gedanken zu bringen, wenn sie sich auf ihm räkelte … Frauen, tja. Sein tschechisches Arrangement schien ihm die einzig wahre Lösung der Beziehungsfrage zwischen Frau und Mann zu sein.

Dieter Kowalski war ein pfiffiges Kerlchen. Er hatte sofort mitbekommen, dass sich die Machtverhältnisse in der Hotelleitung verschoben hatten, was am Einfluss von Annalena auf Manfred lag. Mit ihr hatte sich der älteste Kolb-Bruder ein Kaliber von Frau angelacht, das ihm gefährlich werden konnte. Annalena war es gewohnt, Verantwortung zu tragen und Entscheidungen zu fällen – seit neuestem eben für das Hotel. Nicht, dass sie bei den Besprechungen der Hotelleitung präsent gewesen wäre. Nein, sie nutzte Manfred äußerst geschickt als williges Sprachrohr.

Heute Mittag zum Beispiel – Dieter hatte gerade den Treff mit Heiko zur Hotelbilanz hinter sich gebracht –, da hatte der älteste Bruder plötzlich die Sache mit Lailas Erbteil wieder auf die Agenda gesetzt. Die Geschäftszahlen, die Dieter beigesteuert hatte, sagten unverändert, dass man sich die Auszahlung der 250.000 Euro nicht leisten konnte. Aber sie bauten ja auf ihren Finanzberater. Alles hing davon ab, ob dieser Schönling Heiko es schaffen würde, frisches Geld zu besorgen. Da hatte Manfred eingeworfen, man solle über die Auszahlung an sich noch einmal nachdenken, eventuell mit Laila nachverhandeln, die Summe reduzieren oder Ähnliches. Aber noch während Dieter und die Zwillinge vor Überraschung komplett verstummt waren, hatte er wieder zurückgerudert. „Nein, das können wir nicht bringen“, hatte er zerknirscht gemeint und vorerst einen Strich unter solche Überlegungen gezogen.

Dieter, der ganz genau hingehört und -gesehen hatte, war sich aber sicher, dass Manfred – der Ehrenmann, der Generöse, der gute Bruder – stark schwankte. Sicher Annalenas Einfluss, der sich da bemerkbar machte.

Mit Günther und Karl hatte Dieter schon vor Tagen ein vertrauliches Gespräch geführt. Es war natürlich um Manfred, seine Freigiebigkeit und Gutmütigkeit gegangen. Sie machten sich wie immer Gedanken, dass ihr Bruder zu locker mit Gelddingen umging, sein Vertrauen zu leicht verschenkte. „Das hat schon angefangen, als er Laila einen so hohen Erbanteil vorgeschlagen hat“, hatte sich Karl geäußert, „ohne jeden Zwang. Aber wir wollten natürlich keinen Streit in der Familie.“

Auch Dieter wollte keinen Dissens, kein Misstrauen zwischen den drei Brüdern streuen, aber er musste wissen, wie die Meinungslage stand. Vertrauten wirklich alle drei allein auf den Deal des jungen Investors, den sie gerade mal einige Wochen kannten? Dieter machte sich Sorgen um die finanzielle Lage seiner Halbbrüder und ihres Hotels. Zurzeit sah es gar nicht schlecht aus, aber was, wenn – aus welchen Gründen auch immer – die Gäste ausblieben? Finanzielle Reserven hatten sie nicht. Da blieb kein Spielraum. Wie konnte er Manfred überzeugen, diesem Heiko gegenüber mehr Vorsicht walten zu lassen und, wenn die finanzielle Situation es erforderte, auch seiner Schwester gegenüber eine härtere Gangart einzulegen?

Nach ihrer Besprechung heute sah Dieter die Dinge in einem positiveren Licht. Auch Manfred hatte offenbar einen Hebel, an dem man ansetzen und den Mann in seinen Ansichten bewegen konnte. Ob es Dieter nun passte, dass eine neue Frau diesen Hebel betätigte, stand wieder auf einem anderen Blatt. Trotzdem, er musste seine Familie und ihr Hotel schützen: Er brauchte eine Verbündete.

Er klappte die Tageszeitung zusammen. Drüben trat gerade Annalena aus dem Hotel in den Garten. Dieter winkte ihr zu. Sie winkte zurück und schlug den kurzen Weg zum Biergarten ein. Hervorragend. Eine günstige Gelegenheit, um zu erfahren, wie sie die allgemeine Situation momentan beurteilte.

Dieter hatte seine eigene Meinung zu der etwas verfahrenen Beziehungssituation im Hotel. Er war sich sicher, dass zwischen dem Investorenpaar mehr gelaufen war als nur berufliche Deals. Leider hielt Manfred dicht wie eine Auster, aber Annalenas Anfeindung von Laila sprach Bände. Die Frau hatte nicht wirklich verwunden, ihren Partner an die junge Studentin verloren zu haben. Außerdem war da das Gerücht von einem gewaltigen Disput heute Morgen im Fahrstuhl. Tja, in einem Hotel war man selten ganz unbeobachtet.

Da gärte etwas in Annalena. Vielleicht gelang es ihm, Näheres zu erfahren. Mal sehen.

Er stand auf. „Hallo, Annalena, nimm Platz. Auch eine kurze Pause? Darf ich dir etwas bestellen?"

„Schick, schick, Dieter", begrüßte sie ihn, „neue Hose, neues Hemd, neue Sneakers? Sieht gut aus. Gefällt mir."

„Danke. Man tut, was man kann."

„Ich nehme auch so ein Weizenbier."

Dieter gönnte ihnen ein paar Minuten seichten Small Talk und überlegte, wie er auf sein eigentliches Thema kommen könnte, ohne plump neugierig zu wirken oder ihr Misstrauen zu erwecken.

„Ja, schön", versuchte er, einen unverbindlichen Eindruck zu erwecken. „Aber sag: Wie geht es dir heute?"

„Ich mache mir Sorgen", begann Annalena ohne Umschweife.

Dieter war verblüfft. „Du auch?"

Am Ende ihres Gesprächs war er sich sicher, dass er eine verlässliche Kumpanin gefunden hatte.

Der Deal
Zwei Tage später

Manfred, Günther, Karl und Dieter hatten sich für 15:00 Uhr mit Heiko im Besprechungszimmer des Hotels verabredet. Sie konnten kaum erwarten, was er von seinen Gesprächen und Abmachungen mit seinen Finanzpartnern zu berichten hatte.

„Alles in Butter", signalisierte er den vier Anwesenden, bevor es an die Details ging.

Die drei Kolb-Brüder entspannten sich sichtlich. Nur Kowalski blieb unruhig.

„Ich habe im Lauf der letzten Wochen mehrfach mit dem Direktor einer befreundeten Bank in Frankfurt gesprochen. Sie machen mit und er unterstützt mich bei der Beschaffung der Nichtveranlagungsbescheinigung."

„Und der ausländische Siemensaktionär?" Manfreds Freude war greifbar.

„Lass mich doch erst umfassend berichten", bat Heiko. „Ich sagte doch: Alles in Butter. Deswegen war ich in London: um den Deal perfekt zu machen. Ich habe mit dem Vertreter der First Gulf Bank gesprochen." Heiko betonte bewusst *mit dem Vertreter.* Er wollte gar nicht erst den Eindruck aufkommen lassen, dass es eine Frau war, mit der er sich getroffen hatte. Weiß der Teufel, was hier los wäre, wenn irgendjemand Wind von der Erwartungshaltung sehr privater Natur bekäme, die mit dem Deal verbunden gewesen war. „Um es kurz zu machen: Die First Gulf Bank wird mir Anfang des neuen Jahres Siemens-Aktien auf mein Aktiendepot bei meiner Frankfurter Partnerbank übertragen. Nach Erhalt der Dividendenauszahlung werde ich die Aktien an die First Gulf Bank rückübertragen, wie auch den größten Teil der erhaltenen Dividende. 250.000 Euro behalte ich."

„Woher weißt du denn, dass bei dem Geschäft exakt eine Viertelmillion hängen bleibt?", argwöhnte Dieter. „Über die Höhe der Dividende ist doch noch gar nicht entschieden worden?"

„Sagen wir mal so", gab sich Heiko vorsichtig, „das Geschäftsvolumen, das ich mit der First Gulf Bank vereinbart habe, ist groß genug, dass auf jeden Fall eine Viertelmillion hängenbleibt."

„Wie groß?", fragte Karl etwas naiv.

„Groß genug", wiederholte Heiko stoisch, ohne weitere Angaben zu machen. „Ihr erinnert euch an die Menge der Aktien, die anteilig von der First Gulf Bank gehalten werden, oder?"

„Und was passiert mit dem Überschuss?", ließ Dieter nicht locker. „Ich meine, wenn deutlich mehr als die Viertelmillion abfällt? Steckst du dir –"

„Das ist ja erfreulich", fiel ihm Manfred ins Wort. „Aber wann genau kommen wir ins Spiel? Du wirst uns ja wohl keine 250.000 Euro schenken?"

Heiko musste grinsen. „Da hast du recht Manfred, aber ich will euch und Laila helfen. Ich fühle mich ja fast schon familienzugehörig. Damit ihr eurer Schwester die ihr zustehende Summe termingerecht ausbezahlen könnt, habe ich mir gedacht, dass ich euch die 250.000 Euro als zinsloses Privatdarlehen überlasse und ihr mir den Betrag, sagen wir, in drei Jahren spätestens zurückzahlt."

„Und wenn wir das auch nach drei Jahren nicht können?" Wieder war es Dieter, der pflichtbewusst den *Worst Case* zur Diskussion brachte.

„Dann übertragt ihr mir einfach Kommanditanteile an eurer Personalgesellschaft, am Hotel. Gemäß den Paragraphen 413 und

398 des Bürgerlichen Gesetzbuches ist das durch eine formfreie Abtretungserklärung ganz *easy* zu bewerkstelligen."

Kurz trat Stille ein.

„Du möchtest Teilhaber unseres Hotels werden?", fragte Günther etwas ungläubig.

Karl lachte nervös.

„Nein, das möchte ich nicht", sagte Heiko. „Ich gehe selbstverständlich davon aus, dass ihr mir das Darlehen fristgerecht zurückzahlen werdet, das Geld ist mir viel lieber. Aber ich brauche auch eine Sicherheit. 250.000 sind eine Menge Holz. Und wenn alle Stricke reißen ... Denkt dran, von mir bekommt ihr die Viertelmillion zinslos."

„Und darüber treffen wir eine schriftliche Vereinbarung?" Dieter wollte es ganz genau wissen. „Mit notarieller Beglaubigung?", fügte er hinzu.

„Ich bitte euch, warum sollte ein Notar daran Geld verdienen? Ich sagte doch schon, dass wir wie eine Familie sind. Ich bringe einen Vertrag zu Papier – vier Originale, für jeden von uns eines, von mir aus auch eine Kopie für dich, Dieter – ihr prüft den Inhalt und wenn er für euch gut aussieht, unterschreiben wir. Das ist alles."

„Im Fall der Fälle – siehst du deine Rolle als Komplementär oder eher als Kommanditist?" Dieter fixierte Heiko.

„Um Himmels willen, als Kommanditist natürlich. Ich will euch doch nicht in euer Geschäft hineinreden. Wie gesagt, von der Führung eines Hotels habe ich keine Ahnung und auch keine Ambitionen auf dem Gebiet."

Fränkische Schweiz

Der letzte Septembersonntag

Der neue Tag versprach ein wunderbarer Sonntag zu werden. Heiko hatte mit Laila einen weiteren Ausflug in die Fränkische Schweiz vereinbart. Heute wollten sie mit einem Kanu den Lauf der Wiesent erkunden und den Abend gemeinsam bei Kerzenschein und einer Flasche Champagner im Hotel ausklingen lassen. In Lailas kleiner Studenten-WG war es mit der Zweisamkeit doch nicht so weit her.

Gleich nach dem Frühstück fuhren sie los. Ihr Ziel war die Pulvermühle bei Waischenfeld, dem Fliegenfischerzentrum in der Fränkischen Schweiz. Es war Laila, die vorgeschlagen hatte, eine Tagestour in einem engen Kanu auf der Wiesent zu unternehmen. „Du wirst jeden der rund 20 Kilometer auf dem Fluss genießen", hatte sie Heiko versprochen und ein Zweierkanu reserviert. „Wir paddeln bis nach Muggendorf."

Heiko war alles recht, solange Laila bei ihm war. Die Fahrt ins etwa 35 Kilometer entfernte Waischenfeld ging von Bayreuth auf der A 9 in Richtung München. An der Ausfahrt Trockau verließ Heiko die Autobahn und nahm, nach rechts abbiegend, die Staatsstraße 2184. Kurz danach ging es links weiter auf der Staatsstraße 2163. Über Freiahorn und Ahorntal erreichten sie problemlos das Städtchen Waischenfeld. Ihr Navi führte sie zur Pulvermühle, dem Einstiegsort, an dem ihr Boot auf sie wartete.

„In der historischen Mühle wurde früher Schwarzpulver hergestellt", klärte Laila ihren Freund auf, den sie ja als sehr an den Naturschönheiten und der Geschichte der Region interessiert kennengelernt hatte. „Als sich der damalige Mühlenbesitzer weigerte, die Soldaten des französischen Kaisers Napoleon mit Schwarzpulver zu versorgen, jagten sie seine Mühle einfach in die Luft. *Puff!* Erst 1875 ist sie wiederaufgebaut worden. Heute kann man hier übernachten, die Pulvermühle ist eine Pension für Urlauber. Ein schönes Restaurant mit Café und einem wunderschönen Biergarten gibt es auch."

„Und von hier fahren wir ab?", vergewisserte sich Heiko.

„Ganz genau. In Muggendorf nimmt uns der Bootsverleiher auf und bringt uns wieder hierher zurück. Du wirst sehen, das wird ein toller, erlebnisreicher Tag."

Laila hatte ihre blonde Mähne zu zwei Zöpfen geflochten, die lustig an ihrem Rücken herumbaumelten. Ihre Beine steckten in einer engen Jeans, dazu trug sie eine rot-weiß karierte Bluse. Um ihren zarten Hals hing ein feines Goldkettchen mit einem kleinen Brillantsplitter. Ein erstes Geschenk Heikos, auch um den erfolgreichen Geschäftsabschluss mit ihren Brüdern zu feiern. Die beiden waren bestens gelaunt und freuten sich auf die Stunden in der Natur.

Nachdem sie eine kurze Sicherheitseinweisung über sich ergehen hatten lassen, bestiegen sie ihr Boot. Es dauerte ein wenig, bis sie ihren Paddel-Rhythmus gefunden hatten, aber sogar Heiko, der noch nie in einem Kanu gesessen hatte, stellte sich ganz geschickt an.

Nach rund drei Kilometern zog eine hochmittelalterliche Adelsburg, hoch auf einem Felssporn gelegen, an ihnen vorüber.

„Das ist die Burg Rabeneck“, erklärte Laila, „erstmals 1217 erwähnt. Wenn du magst, besichtigen wir sie das nächste Mal, wenn wir hier sind.“

Weiter ging die Reise und bald mussten sie ihr Boot am Wasserkraftwerk Köttweinsdorf das erste Mal umsetzen. Zurück auf dem Fluss verlor sich Heiko in der Betrachtung der Uferhänge, mal steil und felsig, mal sanfter und sattgrün bewaldet, und schätzte vor allem auch die Aussicht nach vorn. Laila saß nämlich im Bug des Kanus und zog das Paddel mit elegant-kraftvollen Bewegungen durchs Wasser. Immer wieder drehte sie sich um und schenkte ihm ein strahlendes Lächeln.

„Und was für eine Mühle kommt da vorne?“ Heiko genoss die Fahrt auf dem schnellen Gewässer. Es war ungemein schön, wie einfach man bei Laila gute Laune erzeugen konnte. Sie lachte und juchzte, wenn ein Schwall Wasser ins Kanu schwappte und ihre Füße nass wurden. Ihre Lebensfreude steckte auch Heiko an.

„Das ist die Schottersmühle“, antwortete sie. „Auch ein sehr altes Gemäuer. Aus dem Jahr 1367, wenn ich mich nicht irre. Wie du siehst, hat sie sich auch dem Tourismus unterordnen müssen. Schau nur – die vielen Gäste im Biergarten! Die Mühle ist heute ein Zentrum für Biker, Wanderer, Kletterer und natürlich Kanuten. Hier in der Nähe angeln übrigens meine Brüder Günther und Karl ihre Bach- und Regenbogenforellen. Du hast auch schon welche gegessen, im Hotel sind sie fast ganzjährig auf der Speisekarte. Immer sehr lecker und fangfrisch. Hast du schon die über Buchenholz geräucherten ganzen Fische probiert? Die kann ich dir wärmstens empfehlen."

Bei Lailas Ausführungen bekam Heiko Hunger.

„Wir werden, *by the way*, noch auf eine ganze Anzahl von alten Mühlen stoßen", erzählte Laila weiter. „Dafür ist das Wiesenttal bekannt. Da vorne müssen wir übrigens unser Boot schon wieder umsetzen. Stell dich auf glitschige 100 Meter Lehmboden ein, die wir zu überbrücken haben."

„Puh, klingt anstrengend." Heiko sah sehnsüchtig zum Biergarten der Schottersmühle hinüber.

„Also, wenn du willst", fing Laila seinen Blick auf, „können wir auch eine kleine Rast einlegen. Ich müsste sowieso demnächst zur Toilette."

„Prima Idee. Haben die auch Weißwürste?"

„Keine Ahnung, ich denk mal schon."

„Und dazu ein kühles Weizenbier?"

„Da würd ich mich auch anschließen", rief Laila fröhlich und steuerte das Kanu zielsicher ans Ufer. „Versuchst du, einen freien Platz für uns zu finden und die Bestellung aufzugeben? Ich geh schnell Pipi machen – werd dich schon wiederfinden." Und weg war sie.

Heiko zog das Boot zur Sicherheit noch einen Meter weiter an Land, dann folgte er Laila und nahm den Kampf um zwei freie Plätze im angenehmen Halbschatten auf sich.

„Sag mal, haben deine Brüder eigentlich irgendetwas gesagt, seit sie wissen, dass wir zwei nun fest zusammen sind?", zeigte sich Heiko neugierig, als Laila aus dem Wirtsgebäude zurückgekommen war und Platz genommen hatte.

„Ach, die sind doch so schrecklich maulfaul. Typische Franken", schnaubte sie verächtlich. „Die haben bisher noch gar nicht auf unsere Beziehung reagiert. Bis auf Manfred. Aber der ist gerade auch genug mit sich selbst beschäftigt. Von deiner Verflossenen ist er richtig angetan, schwebt auf Wolke 7."

„Na ja, Verflossene“, reagierte Heiko etwas skeptisch. „Das hört sich ja so an, als hätte ich mich gerade scheiden lassen.“

„Ja, ich weiß schon. Das meine ich auch nicht. Jedenfalls bin ich froh, dass du für klare Verhältnisse gesorgt hast. So eine Doppelbeziehung hätte ich auf Dauer nicht mitgemacht. Blöd genug, dass sich unser Start mit eurer Trennung so ungut überschnitten hat ... Aber wir waren bei Manfred stehengeblieben. Manfred! Der ist von vorn bis hinten begeistert. Nicht nur von Annalena. Auch davon, wie du die Beziehung hinter dir gelassen hast. Ohne Zorn. Im Guten eben. Er hat in dir keinen Konkurrenten.“ Laila lachte. „Ich glaube, er mag dich. Und er rechnet es dir hoch an, dass du ihm, Karl und Günther so sehr geholfen hast ... Nein!“ Sie hielt eine Hand nach oben. „Ich will gar nicht genau wissen, worum es bei eurem Geschäft geht. Ich fahre sehr gut damit, mich aus allen Hotelangelegenheiten strikt herauszuhalten. Irgendeine Finanzierungssache war's, mehr brauchst du mir auch nicht zu erzählen, aber es scheint für Manfred enorm wichtig zu sein.“

Die Bedienung, eine füllige Person in einem bayerischen Dirndl, brachte zwei Gläser Weizenbier und stellte sie am Tisch ab. Appetitliche Schaumkronen wölbten sich über die Glasränder, winzige Wasserperlen kondensierten an den Wänden. „Die Weißwerscht kumma aa gleich“, versprach sie. „Mit Laugnbrezn odder Salzstanga?“

„Für mich mit Brezen“, meinte Heiko.

„Ich nehme eine Salzstange“, antwortete Laila.

„Amol Brezn, amol Salzstanga“, bestätigte die Bedienung. „Wohl bekumms.“

Dann trabte sie mit ihrem leeren Tablett wieder Richtung Küche davon.

*

Nicht nur Laila und Heiko waren an diesem wunderschönen Sommermorgen von Bayreuth aus in die „Fränkische“ aufgebrochen. Hauptkommissar Benno Behringer freute sich schon seit Wochen auf die Fahrt mit der historischen Fränkischen Dampfeisenbahn von Ebermannstadt nach Behringersmühle und wieder zurück. Rund 45 Minuten würde die einfache Fahrt mit dem alten Zug dauern. Letztes Jahr hatte er es im Spätsommer verpasst, rechtzeitig zu reservieren. Alle Fahrten waren bereits ausgebucht gewesen. Was für ein Ärger! Drei Tage lang hatte er entweder geschimpft oder seine Gisela stumm angeschmollt, obwohl die gar nichts dafür konnte.

Dieses Jahr hatte BB sich eine Erinnerung in den Kalender eingetragen, rechtzeitig online gebucht und eine Fahrt ausgewählt, die mit der Dampflok ELNA 6, Baujahr 1930, bespannt werden sollte. Schon morgens um 10:00 Uhr sollte es am kleinen Bahnhof in Ebermannstadt losgehen. Er hatte den ganzen Tag verplant: Mittagessen in der Ortschaft Behringersmühle, später ein Spaziergang zur nahen „Stempfermühle“ für den verdienten Kaffee, dazu ein schönes Stück Kuchen. Mit dem Zug um 17:00 Uhr dann wieder zurück nach Ebermannstadt. Wunderbar!

Trotzdem war seine Stimmung an diesem Sonntag eher so lala. Irgendwie zweigeteilt. Sein Glubb war mit einem verlorenen Spiel, 1:2 gegen Freiburg, in die neue Bundesligasaison gestartet. Mal wieder. Das wurmte ihn. Als Gisela dann beim ersten Schluck Morgenkaffee auch noch moniert hatte „Glabst du denn werkli, dass a Fahrt in so an altn Zuch, der des ganze Wiesenttal eikwalmt, stinkt und klabberd, was fier uns is?“, war er äußerst skeptisch geworden. Er kannte seine Frau. Auf seinem sensiblen Radarschirm leuchteten sämtliche Alarmzeichen auf und seine halbherzig gute Stimmung sank um weitere Grade. Er wusste, da kam noch etwas nach. Etwas Unheilvolles, besser gesagt, etwas *sehr* Unheilvolles.

Sein Gefühl sollte ihm recht geben. Kurz vor der Autobahnausfahrt Trockau ließ Gisela verlauten: „Wenn mer scho nach Ebermannstadt unterwegs sen, könnt mer doch kurz in Muggndorf ohaltn und die Gerda eisteign lassn.“

Behringer durchfuhr es siedend heiß. Fast hätte er das Steuer verrissen. Gerda war Giselas Schwester, zwei Jahre älter als seine

Frau, unverheiratet und seit Urzeiten Grundschullehrerin in Muggendorf, ortsbekannt als die größte Ratschkatl im ganzen Wiesenttal. Was auch immer zwischen Forchheim und Bayreuth passierte, Gerda wusste davon oder hatte zumindest einen Kommentar dazu.

„Wieso, Gisela, wo will die denn hin?"

„Hab ich dir dees goar nunni erzählt? Die fährt aa mit", tat Gisela unschuldig.

„Was heißt *aa mit*? Wohin mit?" Behringer schwante Katastrophales.

„Na, mit uns. Mit der Dampflogg."

„Da wird sie sich aber schneiden!", grinste Behringer maliziös. „Glaubt die alte Ratschkatl denn, dass sie noch Fahrkarten bekommt? Die sind doch über Wochen, was sag ich denn, über Monate hinaus längst ausgebucht."

„Die Gerda hat ihre Foahrkartn doch scho längst kaft", meinte Gisela lapidar.

Behringers Stimmung fiel ins Bodenlose.

*

Heiko und Laila hatten sich im Biergarten der „Schottersmühle" verplaudert und sich ein zweites Weizenbier bestellt.

„Ich muss schon wieder", kicherte Laila. „Das Bier treibt."

„Haben wir's noch weit?", wollte Heiko wissen.

„Du bist gut. Den größten Teil der Strecke haben wir noch vor uns. Nächster größerer Halt wird in Behringersmühle sein. Da fließt von Osten die Püttlach zu."

„Das heißt, wir müssen das Boot wieder umsetzen?"

„Du lernst schnell, bravo! Aber danach wird der Flusslauf breiter und zwischendurch gibt's auch ein paar ruhigere Stellen mit weniger Strömung."

„Also, dann geh dich erleichtern", schickte Heiko seine große Kanutin los. „Danach machen wir uns wieder auf den Weg ... Ich liebe dich von Tag zu Tag mehr!", rief er ihr nach.

*

Benno, Gisela und Gerda waren pünktlich um 10:45 Uhr am Bahnhof in Behringersmühle angekommen. Die Fahrt von Ebermannstadt hierher war wirklich ein Erlebnis gewesen und Benno freute sich schon jetzt auf die Rückfahrt. Mit einer Spitzengeschwindigkeit von 40 km/h hatte sich der Zug bequem durch das Wiesenttal geschoben, während die Fahrgäste an den offenen Fenstern gehangen, fotografiert, die herrliche Landschaft genossen und sich vom dichten Dampf der Lok hatten einnebeln lassen, den die alte ELNA 6 aus ihrem Schlot spuckte.

Auch Behringer hatte seine Nikon mit dem 200 Millimeter Objektiv dabei und lichtete gerade die alte Dampflok ab, wie sie am Bahnhof Behringersmühle rangierte. Auf ihrer Rückfahrt nach Ebermannstadt sollte sie den alten Reisezugwaggons vorgespannt werden. Die vielen Touristen am Bahnhof warteten geduldig auf die Abfahrt.

Behringer sah sich um. Gisela und Gerda lehnten an der alten Verladerampe und ratschten. Er war dabei nicht gefragt und bis zum Mittagessen war eh noch Zeit. Die alte Dampflok war unterdessen angekuppelt worden und bereit zur Abfahrt. Alle Fahrgäste, die inzwischen eingestiegen waren, hingen an den geöffneten Fenstern und verfolgten mit Interesse das Geschehen am Bahnhof. Dann ertönte eine Trillerpfeife. Ein Schaffner gab das Zeichen zur Abfahrt. Die Lok dampfte, stöhnte und ächzte. Dann, allmählich, setzte sie sich mit den angehängten Waggons in Bewegung, um kurz darauf einen hohen Pfeifton und ein aufdringliches Läuten durch das enge Tal der Wiesent zu schicken. Die Passagiere winkten zum Abschied aus den Fenstern.

Behringer hatte das Prozedere mit Genugtuung verfolgt und zahlreiche Fotos geschossen. Er sah sich um. Die beiden Weiber standen immer noch an die Rampe des alten Bahnhofs, nur gestikulierten sie zum Gespräch jetzt auch noch wild.

„Ich geh mal zum Fotografieren runter zur Wiesent“, rief Benno ihnen zu. „In einer Stunde müssen wir zum Mittagessen.“

Die Handzeichen von Gisela kannte er: *Lass der ruhich Zeid. Du tätst im Momend eh bloss störn.*

Missmutig stieg Behringer über die nun verlassenen Gleise und richtete seine Schritte mitten durch das blumenreiche Gras hinab zur Wiesent. Hier kamen an schönen Spätsommertagen immer noch viele Kanuten und Kajakfahrer vorbei. Manchmal konnte man einen Eisvogel oder eine Wasseramsel beobachten. Auch das Fotomotiv einer Stromschnelle, die lustig über oder um einen Stein im Fluss hüpfte, hatte Behringer im Kopf. Da konnte seine Profikamera zeigen, was in ihr steckte.

Ein weiterer Gedanke kam in ihm auf, ein listiger, schadenfroher. Wo zum Teufel wollte Gerda eigentlich zu Mittag essen? Er hatte zwar für 12:00 Uhr im Gasthof „Zur Behringersmühle" reserviert – aber nur für zwei Personen. Ha!

Gerda sollte eigentlich wissen, dass gerade am Wochenende alle Tische vorbestellt waren. Da blieb in der Regel kein einziger Stuhl frei. Selber schuld. Heimlichtuerei zahlte sich eben doch nicht aus. Wobei er natürlich nie zugestimmt hätte, wenn man ihn in den Plan, Gerda auf den Ausflug mitzunehmen, eingeweiht hätte.

Hoppla, er musste sich konzentrieren, schon kam ein Kanu auf der Wiesent dahergerauscht.

Behringer hatte das Boot und seine Insassen im Objektiv. *Klack, klack, klack.*

*

Heiko und Laila hatten ihren Doppelsitzer über die Wiese getragen und wieder in der Wiesent eingesetzt. Durch den Zufluss der Püttlach war der Fluss tatsächlich viel breiter geworden.

„Siehst du den weißen Turm dort oben über den Baumspitzen?" Laila deutete mit dem rechten Zeigefinger den Berg hinauf. „Das ist der Burgfried von Schloss Gößweinstein. Man sagt, dass Richard Wagner das Schloss als Vorlage für seine Gralsburg in seinem *Parsifal* genommen hat. Kaiser Heinrich IV. hat dort oben Bischof Burchard II. von Halberstadt gefangen gehalten. Daher kann man sagen, dass das Schloss – manche sagen auch nur Burg – schon zu Ende des 11. Jahrhunderts wehrhaft ausgebaut war."

„Was du alles weißt", bewunderte Heiko seine Freundin.

Dann stießen sie sich vom Ufer ab und überließen ihr Boot der Strömung.

„Achtung", rief Laila kurz darauf über ihre rechte Schulter, „wir werden fotografiert. Schön freundlich schauen. Winke, winke."

*

Behringer war sichtlich verdutzt. War das eben nicht der „Popelschnalzer" vom Festspielhaus? Er sah dem Kanu hinterher, bis es hinter der nächsten Flussbiegung verschwand. Dann holte er mit einem Klick das gerade geschossene Foto auf sein Kameradisplay und vergrößerte es. Tatsächlich, es bestand kein Zweifel. Da sollte noch einer sagen, dass es keine Zufälle gäbe. Die Frau war allerdings eine andere. Nicht die Wuchtbrumme vom Grünen Hügel.

Er sah auf seine Uhr und dann hinauf zum Bahnhof. Gerda und seine Frau unterhielten sich noch immer prächtig. Benno hatte noch nie verstanden, was sich Weiber alles zu sagen hatten. Es wurde Zeit, sich in Bewegung zu setzen. Sie hatten noch ein Stück zu laufen, bis sie in der Ortschaft waren. Heimlich freute er sich schon auf den Moment, wenn Gerda feststellen musste, dass das Restaurant überfüllt und kein Platz mehr frei war.

Energisch stapfte er den leichten Anstieg im Wiesengrund hinauf, weg vom Fluss und Richtung Bahnhof. „Los, los! Es wird Zeit fürs Mittagessen. Aufbruch, ihr Ratschkatln!", rief er schon von Weitem den beiden immer noch tratschenden Frauen zu.

Gemächlich machten sich die drei auf den Weg, Gerda und Gisela vorneweg. Behringer dackelte hinterher und sperrte seine Lauscher auf.

„Hast du dees mit der Mergl mitgricht?" Gerda wieherte wie ein Pferd.

„Du maanst die Gschicht mit der Ohnmachd, ihrn Kollabs bei die Bayreider Fesdschbiele?" Gisela stimmte in das Gewiehere mit ein.

„Weiber!", ging es Benno wieder durch den Kopf. „Die haben auch keinen Respekt vor gar nichts."

„No fraali, im Steignberger Hotel", fuhr Gerda fort. „Dabei wor dees goar ka Kollabs ned. Der is ja bloß der Schduhl underm Oarsch zammbrochn. Dees muss ja a Bild fierd Gödder gwesn sei, wie die Anschela in ihrm zwaadeilichn blaua Gleid under dem Diesch verschwundn is. Do hädd i was drum gebn, wenn i dees sehgn hädd könna."

„Do wär iech aa gern a Meisla gwesn", stimmte Gisela gackernd ein.

„Ich werd auch gleich lachen, wenn wir am Gasthaus ankommen", freute sich Giselas Ehemann in Gedanken.

„Und die BILD-Zeitung hat natürli gleich gschriebn, dass die Kanzlerin an Schwächeanfall erliddn hat."

„Dabei woars bloß der Schduhl, der kollabierd is." Gisela kugelte sich vor Lachen.

„Abber sei mer doch amol ehrlich", fuhr Gerda fort, „die Kanzlerin hat scho gscheit zuglecht. Der Schduhl is net umerasunsd zammbrochn."

„Dees find ich fei aa", stimmte ihr ihre Schwester zu. „Was die middlerweiln fier an Drum Orsch drohänga hat ..."

„Wie a Brauereisgaul", lästerte Gerda.

Behringer schüttelte den Kopf. „Wer im Glashaus sitzt ..."

„Hast du wos gsachd, Benno?", fragte Gerda über ihre Schulter.

„Nein, nein", flötete Behringer und stellte sich das Gesicht seiner Schwägerin vor, wenn im Wirtshaus die ganzen guten Sachen nur an ihr vorbeigetragen werden würden, weil's keinen Platz für sie gab.

„No ja, verschdändli is dees scho", wandte sich Gerda wieder Gidela zu. „Die Mergl fliechd ja bloß no in der Weld ummernand. Ieberall grichds was zum Essn. Do a fesdlichs Bankedd, dord a Finf-Gänge-Menü. Do däd ich aa aufgeh wie a Heferkiechla." Dann drehte sich Gerda wieder zu Giselas Ehemann um. „Benno, deiner Schdadur nach müssersd du eigendli aa a Bolidigger sei."

Die beiden Frauen sahen einander verschworen an. Dann schüttelten sie sich vor Lachen.

Zehn weitere Minuten spazierten sie so dahin. Gerda und Gisela redeten ohne Unterbrechung weiter. Ein Maschinengewehr war ein Dreck dagegen. Dann standen sie endlich vor dem Restaurant.

„Na dann, hinein in die gute Stube“, trieb Behringer die Frauen vor sich her und wähnte sich der Rache, seinem ersehnten Zeitpunkt der Schadenfreude nahe. „Ich habe auf den Namen Behringer reserviert“, verriet er dem Ober. „Für 12:00 Uhr. *Zwei* Personen!“

Der junge Mann zog den Bestuhlungsplan des Gasthauses zu Rate und stutzte. „Ist bei Ihnen eine Person ausgefallen?“, wollte er wissen. „Wir haben für drei Personen eingedeckt. Da kam noch eine Nachmeldung von einer Frau Gerda Winter.“ Er sah hoch. „Ah, aber Sie sind ja zu dritt. Passt perfekt. Wenn Sie mir bitte folgen würden.“

Behringers Stimmung sackte in neue, unbekannte Tiefen ab. Die Weiber hatten ihn ausgetrickst, regelrecht verarscht. Nun hatte er Gerda und ihr Getratsche ungebremst für den Rest des Nachmittags an der Backe. Ihm schwante, dass er auch die Rechnung für ihr Mittagessen übernehmen durfte. Gerda hatte nämlich nie Geld dabei.

Als sein vorbestellter fränkischer Sauerbraten serviert wurde, war der zäh, die Soße zu dünn und der Kloß zu klein, wohingegen Gerda und Gisela gar nicht aus den Lobeshymnen über ihre Forellen Müllerin Art herauskamen.

Es reichte. Der Hauptkommissar war für den Rest des Tages bedient und verneinte kategorisch jegliche weitere Ansprache. Gisela und Gerda störte das überhaupt nicht. Die beiden Frauen hatten sich noch viel zu erzählen und unterhielten sich weiterhin blendend.

Unmittelbar nach der Kaffeepause auf der Terrasse der „Stempfermühle“ drängte Benno zur Rückfahrt nach Bayreuth. Wie sehr ihn der Tag niedergeschlagen hatte, zeigte sich an dem schönen Stück Zwetschgenkuchen, das er nicht einmal mehr aufessen wollte.

„Was willsdn scho dahamm?“, ging ihn Gisela an. „Dahamm schderbn die Leid.“

„Na, hoffentlich“, dachte sich Benno und hatte dabei Gerda im Auge. Er freute sich schon auf den nächsten Arbeitstag.

Kriminalinspektion Bayreuth
Am Morgen des 1. März

Behringer hatte seine Leute zusammengetrommelt. Auf dem Besprechungstisch lagen die gestrige und heutige Ausgabe des „Nordbayerischen Kuriers“: „Mord in der Eremitage“ und „Xantener Neubürger bestialisch erstochen“ lauteten die Schlagzeilen. Viel gaben die Berichte nicht her, konstatierten nur knapp, dass ein Heiko S., der erst im Dezember nach Bayreuth gezogen war, letzten Freitag im Park der Eremitage durch Mörderhand sein Leben verloren hatte. Da die Faktenlage so dünn war, beschäftigten sich die Journalisten im Großteil ihrer Artikel mehr mit Fragen wie: „Ist man im Park nach Einbruch der Dunkelheit noch sicher? Schwebt man als einsamer Jogger neuerdings in Gefahr?“

Behringer klappte die Tageszeitung zu. „Ihr habt gehört, welche Einschätzung Franziskus Stich zur Tatwaffe gegeben hat“, begann er. „Ein zweischneidiges, dünnes Messer. Eventuell ein Filetiermesser. Ich frage mich, wozu so ein Messer sonst noch verwendet wird? Stich meinte ja, in den meisten Küchen wäre so eine Klinge heute Standardausrüstung. Fällt jemandem dazu etwas ein?“

Helmut Bauerreis von der Spurensicherung hatte eine Meinung dazu: „Also, wenn ich den Rechtsmediziner richtig verstanden habe, war die Wunde extrem, ich sag mal, sauber. Glatte Wundränder, schmaler Einstichkanal. Es würde mich nicht wundern, wenn es sich bei der Tatwaffe um ein qualitativ hochwertiges Produkt handelt, das von Profiköchen verwendet wird, die ihr Werkzeug immer top in Schuss halten. Also wir zu Hause haben kein solches Messer, vor allem keins mit einer beidseitig geschliffenen, 1a scharf gehaltenen Klinge.“

„Was ich mich schon seit gestern frage: Sind solche Messer in Deutschland nicht verboten?“, wollte Kriminalkommissaranwärterin Meissner wissen.

„Ich denke, du verwechselst da etwas, Sabine“, meinte Bauerreis. „Du denkst wahrscheinlich an ein Outdoor-Messer, so ein Riesentrumm, dessen Klinge an beiden Seiten geschliffen ist. Solche

Messer dürfen in der Öffentlichkeit nicht mitgeführt werden, der Besitz ist aber grundsätzlich nicht verboten – wenn die Klinge feststehend ist. Anders verhält es sich, wenn beidseitig geschliffene Springmesser ins Spiel kommen."

„Paragraph 42a des Waffengesetzes", warf KKL ein.

„Mein Schwager ist Jäger", erklärte Bauerreis, „und wir haben uns erst letzthin über dieses Thema unterhalten."

„Also, wenn ihr mich fragt", meldete sich Susanne Landrock zu Wort, „dann kommen in und um Bayreuth theoretisch alle Köche und Hausfrauen als Benutzer solcher Messer infrage. Aber damit sind wir so weit wie gestern schon."

„Verstanden", brummte Behringer, „das kann ja lustig werden, macht die Sache nicht leichter. Was gibt es sonst Neues? Kommissar Bauerreis, Kriminalobermeisterin Landrock, machen Sie weiter?"

Die beiden Aufgeforderten sahen sich kurz an. „Fang du an", schlug Landrock vor. „Ich gebe meinen Senf dazu, wenn du etwas vergessen solltest."

„Also, wie ihr alle wisst, haben Susanne und ich gestern Morgen die Firma StorageBox besucht, um herauszufinden, wo die Möbel des Ermordeten abgeblieben sind ..." Bauerreis ließ kein Detail aus, bis er bei der Durchsuchung der Wohnung in der Friedrich-von-Schiller-Straße angekommen war.

Da hakte Landrock in die Berichterstattung ihres Kollegen ein: „Ich hab noch etwas, allerdings weiß ich nicht, wie ergiebig meine Quelle wirklich ist." Dann erzählte sie von der Rentnerin Anna Schmidt, Nachbarin des Mordopfers, und deren Mafia-Theorie.

Die meisten Anwesenden schmunzelten über die wilden Fantasien der alten Dame. Als Kollegin Landrock dann auch noch die Geschichte von der angeblichen Prostituierten erzählte, die einen Eimer voll Wasser abbekommen hatte, brach Gelächter am Besprechungstisch aus.

Behringer verzog keine Miene und machte sich Notizen.

„KKL, wie steht es mit dem Büro Springers?", hakte er dann ein. „Am besten noch vorneweg an alle: Heiko Springer war Finanzberater von Beruf. Sie wissen schon – Aktienhandel, Börsengeschäfte.

Seine Beratungsfirma hat er offenbar hauptsächlich als *One-Man-Show* betrieben, zumindest hat er auf der Firmenhomepage keine Teilhaber oder Mitarbeiter angegeben. Aber Kommissar Lang hat dazu mittlerweile sicher genauere Informationen."

„Die habe ich, Chef", begann KKL. „Also das Büro des Getöteten befand sich in Wesel, in der Isselstraße 11, nahe am Alten Friedhof. Nichts Besonderes, sagen die Kollegen in NRW. Rund 30 angemietete Quadratmeter mit einem winzigen, wahrscheinlich nicht besetzten Sekretariat. Jedenfalls gibt es keine weiteren Angestellten. Eine *One-Man-Firma*, sozusagen. Die meisten seiner Geschäfte muss er entweder durch persönliche Kontakte mit den Investoren und Banken oder über seinen Computer abgewickelt haben. Die Kollegen sind gerade dabei zu klären, wer der Vermieter ist beziehungsweise ob das Büro noch geschäftstätig ist."

„Danke soweit. Kommissar Weidner, darf ich Sie als nächstes bitten?", forderte Behringer den Kollegen auf, nachdem Lang geendet hatte.

Simon Weidner von der KTU hatte tags zuvor die Untersuchung der Springer'schen Wohnung mit seinem Team durchgeführt. Auf dem Tisch vor ihm lag ein dicht beschriebener Zettel, den er nun zur Hand nahm. „Ich möchte nicht zu ausschweifend werden", begann er, „und habe mir deshalb das Wesentliche notiert." Dabei wedelte er mit seinem DIN A 5-Zettel. „Kurzum, bei der durchsuchten Wohnung handelt es sich um ein Objekt, das erst kürzlich vom Ermordeten käuflich erworben und von einem örtlichen Bauunternehmen auf das Modernste renoviert wurde. Als wir die Dreizimmer-Terrassenwohnung betraten, war sie in einem – wie soll ich sagen – verwüsteten Zustand. Wir hatten uns ursprünglich vorgenommen, der Durchsuchung der Wohnung drei Schwerpunkte zu geben. Wir wollten zuvorderst Spuren von den Bewohnern und möglichen Besuchern sichern, egal ob Fingerabdrücke, Hautschuppen oder andere Hinweise. Zweitens galt es, persönliche Gegenstände des Opfers zu sichern, wie etwa Speichermedien, Handy, Kalender oder Notizen, woraus wir uns weitere Erkenntnisse über das Leben des Herrn Springer erhofften. Drittens wollten wir uns darauf konzentrieren, geschäftliche Unterlagen, wie Kontoauszüge Vertragsdokumente und dergleichen, sicherzustellen."

„Gut, gut", unterbrach Behringer, „hervorragende Herangehensweise, wunderbar strukturiert, aber jetzt bitte wieder zurück zur Wohnung, Herr Kollege."

„Da wollte ich gerade dazu kommen." Weidner warf seinem Soko-Chef einen leicht beleidigten Blick zu. „Unsere drei Schwerpunkte haben nämlich so nicht funktioniert! Als wir uns Zugang zu der Wohnung verschafft hatten, mussten wir leider feststellen, dass wir offensichtlich nicht die ersten Besucher waren. Wie gesagt, die Wohnung war völlig verwüstet. Schubladen aus diversen Möbeln waren herausgerissen, alle Schranktüren standen weit offen. Unterlagen waren überall auf den Böden verstreut, vom Eingangsflur bis ins Schlafzimmer. Bettüberzüge, Polstermöbel, Matratzen waren aufgeschlitzt, Vorhänge heruntergerissen und dergleichen mehr. Aber: Alle Fenster der Wohnung waren ordentlich verschlossen. An der Wohnungszugangstür konnten wir keinerlei Hinweise auf ein gewaltsames Eindringen feststellen, woraus wir schließen, dass der oder die Täter im Besitz eines Wohnungsschlüssels gewesen sein müssen."

„Da schau an", kommentierte Bauerreis.

Behringer machte sich wieder Notizen.

„Inwieweit unsere Spurensuche durch die Verwüstung negativ beeinträchtigt wurde, kann ich schlecht sagen. Auf jeden Fall haben wir keine Ahnung, ob – beziehungsweise wenn ja, was – entwendet wurde." Weidner zuckte entschuldigend mit den Schultern.

„Also müssen wir herausfinden, wer alles Zugang zur Wohnung hatte", folgerte Kriminalobermeisterin Landrock.

„Und im Besitz von Wohnungsschlüsseln war oder immer noch ist", ergänzte Bauerreis.

„Eines noch", hob Weidner nach Konsultation seines Zettels noch einmal die Hand, „mysteriös ist auch, dass sich im Briefkasten ein Exemplar des besagten Wohnungsschlüssels befand."

„Vergessen Sie die Firma StorageBox nicht", warf der Hauptkommissar ein, „die könnten noch im Besitz eines Nachschlüssels gewesen sein. Das wird bitte überprüft, ob der Schlüssel, mit dem sie im Dezember den Umzug bewerkstelligt haben, korrekt wieder abgegeben wurde. Und dann ist da natürlich die uns noch unbekannte Putzfrau."

„Habe ich bereits notiert", meinte KKL.

„Ich halte es nicht für abwegig, dass Springers Mörder in der Wohnung für die Verwüstungen verantwortlich ist", brachte Weidner einen zentralen Punkt auf. „Erinnern wir uns: Wir haben bei dem Mordopfer keinen Wohnungsschlüssel gefunden, der muss ihm abgenommen worden sein."

Behringer nickte. „Was genau konnte Ihr Team im Chaos der Wohnung denn noch feststellen?"

„Natürlich sind wir auf jede Menge Fingerabdrücke gestoßen, aber wem die gehören, wissen wir im Moment noch nicht. Sie werden gerade von den Kollegen der KTU ausgewertet und anschließend durch unsere Datenbanken gejagt. Wobei, ehrlich gesagt mache ich mir keine großen Hoffnungen, dass wir da auf unseren Täter stoßen werden. Der oder die Eindringline haben sicherlich mit Handschuhen gearbeitet. Bei aller Zerstörung war da nämlich schon ein Muster auszumachen. Es fehlt zuverlässig alles, was zur modernen Kommunikation nötig ist. Kein Handy, kein Computer, kein Laptop war mehr da. Sehr ungewöhnlich für einen jungen Mann."

„Vor allem für einen, der als Vermögens- oder Investmentberater tätig gewesen sein soll", warf Susanne Landrock ein. „Die müssen doch den halben Tag die Kursentwicklung von DAX und Dow Jones checken, oder?"

„Anschlüsse für den Internetzugang sind jedenfalls vorhanden. Auch ein Router stand im Arbeitszimmer", fuhr Weidner fort. „Also müssen wir annehmen, dass alle Kommunikationsendgeräte entwendet wurden. Bargeld oder Wertgegenstände haben wir auch nicht gefunden. Das könnte theoretisch auf einen Raubmord hinweisen, was ich aber nicht glaube. Auffällig sind die vielen Fotos von der jungen Frau, die Sie schon an der Behringersmühle fotografiert haben." Weidner sah Behringer an. „In jedem Zimmer hängen welche herum. Abgesehen von Kleidung und Schuhen sind die Fotos auch die einzigen persönlichen Gegenstände des Opfers in der Wohnung."

Behringer nahm die Vorlage Weidners gern an. „Gibt es zu unserer unbekannten Blonden schon etwas Neues? Wissen wir etwas über die Identität der Frau?" Er sah sich in der Runde um. Allgemeines Kopfschütteln. „Das kann doch nicht sein, wir müssen sie finden. Dass sie eine enge Beziehung zum Opfer hatte, ist sonnenklar. Wieso vermisst sie den Mann nicht? Heiko Springer ist jetzt seit vier Tagen tot!" Behringers Gesichtsfarbe wechselte langsam zu leicht erregtem Mittelrot. „In der Zeitung stand die Sache auch schon, lebt die Frau denn hinterm Mond? Oder meidet sie die Polizei bewusst? Leute, wir *müssen* sie finden, sie ist mindestens ein wichtiger Schlüssel bei der Suche nach dem Mörder, wenn nicht sogar selbst tatverdächtig", erinnerte er nochmals und schnaufte tief durch.

Die komplette Soko atmete auf und manche grinsten verlegen, als Behringer es bei der energischen Ansage beließ und den „Kugelblitz" im Zaum hielt.

Abschließend berichtete Kriminalobermeister Konrad Stein, der Pressesprecher der Soko, von seinen Sorgen. „Die Medien werden ungeduldig. Alle örtlichen Journalisten scharren mit den Hufen und wollen Einzelheiten zur Tat wissen. Schon werden die ersten Stimmen laut, die an den ungelösten Fall der verschwundenen Neunjährigen erinnern. Uns wird Heimlichtuerei vorgeworfen."

„Diese elenden Aasgeier", stöhnte Behringer, dann gab er die nächsten Schritte vor: „Frau Landrock, Herr Bauerreis, Sie besuchen nochmals die alte Dame, diese Anna Schmidt. Am besten noch heute. Versuchen Sie, von ihr eine möglichst genaue Personenbeschreibung dieser ominösen Putzfrau zu bekommen. Die Optik der nächtlichen Ruhestörerin hat sie Ihnen, Frau Landrock, ja schon recht gut ausgemalt. Sobald Sie damit fertig sind, kommen Sie direkt zu mir. Noch etwas: Fragen Sie Frau Schmidt, ob sie morgen für uns Zeit hat. Sagen wir um 12:00 Uhr. Wir holen sie viertel vor zwölf zuhause ab und bringen sie auch wieder zurück. Sagen Sie ihr bitte, dass wir sie für die einwandfreie Identifikation einer wichtigen Verdächtigen brauchen." Behringer zeigte auf Kommissar Lang. „KKL, Sie und ich machen das morgen mit Frau Schmidt. Sie hat doch angegeben, die Putzfrau würde regulär im Hotel *Richard Wagner* arbeiten. Ich kenne den Laden, der wurde vor gar nicht langer Zeit komplett renoviert. Wir werden morgen an der Rezeption vorstellig und versuchen herauszufinden, um wen der weiblichen Hotelangestellten es sich handeln könnte. Mal sehen, ob Frau Schmidt die Putzfrau wiedererkennt."

Der Soko-Leiter grinste zufrieden und stand auf. „Herr Stein, Sie laden bitte die drängelnden Pressefritzen für morgen 15:00 Uhr zu einer Pressekonferenz ein. Sie sollen uns ihre Fragen bitte vorab zuschicken. Ich will an dieser Front Ruhe haben, bevor die ersten übermütigen *Fake News* in den Medien rumgeistern, die wir schwer wieder loswerden. Sonst noch Fragen? Nein? Gut. Wenn die KTU mit ihren Auswertungen fertig ist, treffen wir uns wieder. Und nun zurück an die Arbeit!"

„Sollen wir das Foto dieser hübschen Blonden an die Medien geben?", rief Stein Behringer noch auf den letzten Drücker hinterher.

Der hielt an der Tür kurz inne und überlegte. „Vorerst nicht", entschied er. „Wir wissen noch nicht, welche Rolle die junge Frau spielt. Ich möchte nicht, dass sie aufgeschreckt wird und auf Nimmerwiedersehen verschwindet."

*

Natürlich hatte die hübsche Blonde die Pressemeldungen des „Nordbayerischen Kuriers" gelesen: „... Heiko S., aus Xanten, vor Kurzem zugezogen ...".

Heiße Tränen kullerten ihr über die Wangen. Laila machte sich Vorwürfe. Die Polizei suchte seinen Mörder und sie wusste nicht, wie sie sich verhalten sollte. Vor allem die Angst, dass sie mit in die

Sache hineingezogen werden könnte, stand ihr ins Gesicht geschrieben.

Warum war sie bloß letzten Freitag nach Bayreuth zurückgefahren? Nur wegen der paar persönlichen Sachen, die sie sich aus Heikos Wohnung geholt hatte. Bei diesem Scheißwetter. Als sie in der Friedrich-von-Schiller-Straße angekommen war, war ein alles durchnässender Schnürlregen niedergegangen, ähnlich wie sie ihn einmal in Salzburg erlebt hatte. Als sie danach über die Albrecht-Dürer-Straße zurück auf die Anschlussstelle der A 9 gefahren war, hatten die Wassermassen, die der Himmel über der Stadt ausschüttete, so heftige Ausmaße angenommen, dass sie einen kurzen Moment anhalten musste. Die Scheibenwischer hatten es kaum mehr geschafft, dem Nass von oben Herr zu werden. Sicht gegen null. Auch die nahegelegene Eremitage war in ein einziges graues Regenband eingehüllt gewesen. Sie wusste, dass Heiko freitags dort um diese Zeit seine Jogging-Runden drehte, bei jedem Wetter. Nur deshalb hatte sie die Mühen der Fahrt ja auf sich genommen: Hof-Bayreuth-Hof. Sie hatte die günstige Gelegenheit genutzt – dachte sie.

Niemand im Haus hatte sie bemerkt, als sie sich die Treppen hochgeschlichen hatte. Sie hatte sich unterwegs genau überlegt, was von ihr wo noch herumlag. Alles war ganz schnell gegangen. Den Wohnungsschlüssel hatte sie schließlich in Heikos Briefkasten geworfen. Sie brauchte ihn nicht mehr.

Noch einmal sah Laila auf die Schlagzeile auf Seite drei des „Kuriers". In ihrem Kopf wirbelten wilde Gedanken durcheinander, die ihre Unschlüssigkeit nur noch verstärkten. Stand die Polizei bald vor ihrer Tür? Aber wie sollten die den Weg zu ihr finden?

„Die vielen Fotos von mir, die in seiner Wohnung herumhängen", fiel ihr ein.

Außerdem hatte sie auf dem Schlüssel, den sie in den Briefkasten geworfen hatte, bestimmt ihre Fingerabdrücke hinterlassen. In der Wohnung sowieso. Konnte die Polizei sie aufgrund des Schlüssels identifizieren und finden? Eigentlich unvorstellbar. Sie war noch nie mit dem Gesetz in Konflikt geraten. Woher sollten die ihre Fingerabdrücke haben? Aber was, wenn die Polizei ihre Fotos an die Presse gab? Ihre Brüder würden sie sofort erkennen. Überhaupt: ihre Brüder! Warum hatte sich denn noch keiner von ihnen bei ihr gemeldet, auch Dieter nicht? Die lasen doch auch Zeitung.

Je mehr Laila überlegte, desto verzweifelter wurde sie.

„Nur nichts überstürzen, klaren Kopf behalten", versuchte sie, sich zu beruhigen.

Keiner ihrer Kommilitonen kannte Heiko. Von daher drohte also keine Gefahr. Den anderen Hausbewohnern und Nachbarn in der Friedrich-von-Schiller-Straße war sie nur gelegentlich begegnet. Die hatten sie wahrscheinlich gar nicht so richtig wahrgenommen. Geschäftsfreunde von Heiko kannte sie sowieso nicht. Mit denen hatte sie absolut nichts am Hut. Blieben nur ihre Brüder und natürlich Annalena ... Heikos Ex, die ihr die Pest an den Hals wünschte, weil sie immer noch an dem Irrglauben litt, dass Heiko sie allein wegen ihr wie eine heiße Kartoffel hatte fallen lassen. Laila traute ihr alles zu. Sie hatte dieses Weib von Anfang an nicht gemocht. Wenn Annalena ihr Böses wollte, konnte sie rein gar nichts dagegen tun. Also gar nicht erst zu lange mit dieser Baustelle befassen. Vielleicht würde Manfred sie ja ein wenig einbremsen.

Nachdem sie ihre wirren Gedanken einigermaßen geordnet hatte, beruhigte sich Laila langsam wieder. Also abwarten, was geschehen würde? Sie konnte keine klare Entscheidung treffen.

*

Während Laila zuhause nervöse Kreise zog, bemühten Kriminalobermeisterin Landrock und Kriminalkommissar Bauerreis die Türglocke von Anna Schmidt.

„Wer is do?", hörten sie die verzerrte Stimme der alten Dame aus dem Lautsprecher an der Haustür.

„Hallo, Frau Schmidt, ich bin es, Polizeiobermeisterin Susanne Landrock. Wir haben uns gestern hier vor dem Haus unterhalten."

„Und was wollens etz scho wieder?"

„Ich habe meine Vorgesetzten über Ihre Theorien bezüglich der Corleone-Brüder informiert. Sie finden, dass Sie da interessante Ansätze zur Lösung des Falls eingebracht haben."

„Sooch iech doch scho die ganse Zeid", tönte die Schmidts Anna zufrieden, „abber wer glabd scho aner aldn Fraa?"

„Wir, Frau Schmidt", trug die Polizistin dick auf. „Können wir, mein Kollege Kommissar Helmut Bauerreis und ich, kurz bei Ihnen reinschauen? Wir hätten noch ein paar Fragen."

„A echder Kommissar?", wollte die Schmidts Anna wissen, dann ertönte auch schon das Summen des elektrischen Türöffners.

Wiedererkennen
2. März

Überpünktlich stand Anna Schmidt 20 Minuten vor zwölf am Gehsteig vor ihrem Wohnhaus. Sie hatte sich festlich herausgeputzt. Ihr schwarz-graues Kostüm flatterte im Wind. Die frisch gelegte Dauerwelle zauberte einen zarten lila Farbton in ihre ansonsten schneeweiße Frisur. Sie duftete nach 4711 und ihre Kroko-Handtasche, die sie über dem linken Unterarm trug, war schon so alt, dass sie gerade wieder modern wurde. Alle zehn Sekunden sah sie auf ihre kleine goldene Armbanduhr, deren Zifferblatt sie allerdings ohne Brille nur verschwommen wahrnahm.

Pünktlich um viertel vor zwölf rauschte ein 5er BMW mit KKL am Steuer heran und ein kleiner, runder Mann hüpfte wie eine Gummikugel auf die Straße. Höflich stellte er sich als Kriminalhauptkommissar vor, begrüßte Anna Schmidt überschwänglich und geleitete sie auf den Beifahrersitz des BMWs, dessen dunkelblaue Lackierung in der ersten Märzensonne glänzte. Dann klappte die männliche Gummikugel ihren Rollator zusammen und verstaute diesen im Kofferraum des Wagens, bevor er es sich selbst auf dem Rücksitz bequem machte.

„Grieß Godd nomal, allerseids", wollte die Schmidts Anna weltmännisch höflich erscheinen. Sie wusste eben, was sich gehörte.

„Grüß Gott, Frau Schmidt“, ertönte es von hinten. „Wir freuen uns außerordentlich, dass Sie heute unser Gast sind.“

„Schee isser ja ned“, dachte sich die Anna und warf einen Blick auf die Rückbank, „abber Maniern hat er scho.“

Wenn sie den Hauptkommissar gestern Abend erlebt hätte, wäre sie wohl anderer Meinung gewesen: Geflucht hatte er wie ein Rohrspatz und war mit rotem Kopf um seinen Schreibtisch gesprungen, als Landrock und Bauerreis mit der Antwort der Schmidts Anna zurück ins Präsidium gekommen waren. „Was will die alte Schachtel? *Für ihre Mithilfe zum Essen eingeladen werden?*“

„Ja. *Wir sind dann ja eh schon vor Ort*, hat sie gesagt.“ Susanne Landrock hatte hilflos mit den Schultern gezuckt. „Und dann hat sie das Hotelrestaurant vom *Richard Wagner* gelobt und gemeint, dass sie die Gelegenheit nutzen muss, sonst würde sie da ja nie hinkommen.“

Es hatte fast zehn Minuten gedauert, bis Behringer sich beruhigt und der Forderung zugestimmt hatte.

Eigentlich hätte er die Idee, das Nützliche mit dem Angenehmen zu verbinden und ein gutes Essen im Hotel einzuschieben, ja ganz anregend gefunden. Wenn ihn seine Gisela zuletzt nur nicht wieder so sehr mit seiner Figur aufgezogen hätte ... das konnte so nicht weitergehen. Er hatte sich fest vorgenommen, seiner Frau – diesem Lästermaul – einen Riegel vorzuschieben. Sollte sie doch mal versuchen, weiter zu spotten, wenn sein Bauch plötzlich gar nicht mehr da war! Die Konsequenz dieses Vorhabens, das Diäthalten, schmeckte Behringer natürlich ganz und gar nicht. Aber noch hatte sein Wille die Oberhand über seinen Appetit.

Von der Rückbank des BMWs hörte die Schmidts Anna das Rumpeln eines leeren Magens. Der Hauptkommissar räusperte sich und verschränkte mit missmutigem Gesicht die Hände auf seinem Bauch.

„Sen Sie edz aa auf den Dreh kumma, dass es sich bei dem Mord an dem Schbringer um a Dad der Mafia handld?“, fragte Anna Schmidt nach hinten und kam damit sogleich auf den für sie wichtigsten Punkt.

„Unbedingt, Frau Schmidt, es kann gar nicht anders sein. Und Sie haben uns darauf gebracht“, lobte sie der kleine Dicke. „Was für ein Scharfsinn. Was für ein kriminalistisches Gefühl. Bewundernswert.“ Susanne Landrock hatte Behringer gebrieft.

Kommissar Lang musste an sich halten und verkrampfte sich mit einem verdrucksten Lächeln am Steuer.

„Wir brauchen Sie, Frau Schmidt“, sprach die Kugel auf dem Rücksitz weiter. „Heute wollen wir die Verbündete der Mafia, diese geheimnisvolle Putzfrau, die Ihnen aufgefallen ist, finden. Wenn Sie uns dabei helfen möchten?“

„Und als Belohnung gibts dann dees Essen im Hotel?“, kam die Schmidts Anna wieder auf die Frage zurück, mit der sie schon Landrock und Bauerreis zur Verzweiflung getrieben hatte.

Behringer verzog keine Miene. „Ja, für jedes Mafiamitglied, das wir aufgrund von Hinweisen aus der Bevölkerung verhaften, gibt es eine Belohnung, Frau Schmidt“, beruhigte er sie.

Das freute die Anna. Gespannt und motiviert sah sie dem Hotelbesuch entgegen.

*

„Wir gehen schon mal vor und schauen nach dem Restaurant“, schlug der Hauptkommissar vor, als KKL in der Hotelzufahrt bremste, und half der Seniorin galant beim Aussteigen.

Mit Rollator und leicht gestützt von Behringer genoss Anna Schmidt den Einzug in die großzügige Hotellobby. Den weißen Carrara-Marmor nahm sie besonders wohlwollend zur Kenntnis.

„Sie müssn miech fei ned so haldn“, beschwerte sie sich bei ihrem Begleiter. „Iech bin fei no ka alde Fraa!“

Fröhlich sah sie sich um. So viele Leute, die hier wie die Hummeln wild umeinander schwirrten. Und sie mitten drin. Ob man ihr die Mafia-Jägerin wohl ansah? Jetzt gab es kein Erbarmen mehr. Die bösen Buben zitterten sicher schon in ihren Verstecken.

„Dort drüben geht es zum Restaurant“, raunte ihr der Dicke zu und zwinkerte verschwörerisch.

„Dees hab i aa scho gsehgn“, erwiderte sie. „Hoffendli ham die was Gscheids zum Essn. Etz hab i nämli scho an Hunger, muss i soogn. Hab exdra nix gfrühgschdüggd. Hoffendli werds mer vorher ned no blümerand! A Subbn als Vorschbeis wär eds gscheid rechd. Wu bleidd denn der Foahrer?“

„Kommissar Lang parkt nur den Wagen. Der wird gleich auftauchen. Kommen Sie, wir nehmen schon mal in einem dieser Sessel da Platz.“ Behringer achtete darauf, dass sein Gast die Rezeption im Blickfeld hatte.

KKL tauchte fünf Minuten später auf, lief zum Empfang und wandte sich an die Rezeptionistin.

Anna Schmidt hatte ihn gleich erspäht und winkte. „Der Foahrer is do“, raunte sie Behringer zu.

„Der kümmert sich nur um die Tischreservierung“, meinte der Hauptkommissar gespielt uninteressiert.

Doch Kommissar Lang war ihre Essensanmeldung schnuppe. Er wies sich als Ermittler der Bayreuther Kriminalpolizei aus, nahm die verantwortliche Empfangsdame zur Seite und erklärte ihr, dass er auf der Suche nach einer Person sei, die hier im Hotel arbeiten solle. Dann wiederholte er die Persönlichkeitsmerkmale der gesuchten Person: circa einen Meter 70 groß, etwa 25 Jahre alt, schlank, kurzer, rot gefärbter Haarschnitt und ein kleines Muttermal unter dem linken Auge.

„Kurze, rot gefärbte Haare, sagen Sie“, kam es sofort von der Rezeptionistin zurück, „das kann nur die Ivana Morarac sein. Die arbeitet bei uns als Servicekraft in der Zimmerreinigung. Was wollen Sie denn von der Ivana?“

„Morarac, das klingt aber nicht gerade fränkisch“, meinte KKL, ohne auf die Frage einzugehen.

„Nein, Ivana kommt ursprünglich aus Serbien.“

„Ist sie denn gerade im Haus?“

„Moment, da muss ich nachsehen.“

20 Meter entfernt rutschte Anna Schmidt unruhig auf ihrem Sessel herum. „Die brauchn aber ganz schee lang“, stöhnte sie, während sie die Szene beobachtete.

„Das wird sich schon klären“, gab sich Behringer unaufgeregt und hatte die Rentnerin fest im Auge.

Kommissar Lang sah der Rezeptionistin beim Blättern in einem Arbeitsplan zu. „Ja, Ivana ist heute da“, erhielt er dann zur Antwort, „ihr Dienst geht bis 14:00 Uhr. Da endet die Frühschicht. Und weshalb wollen Sie sie jetzt –“

„Hervorragend. Können Sie Frau Morarac bitte zur Rezeption rufen lassen?“

„Ja, natürlich. Aber weswegen …“

KKL gab auf. „Es geht nur um eine kurze Frage zu einer laufenden Ermittlung, die sie uns hoffentlich beantworten kann.“

Die Empfangsdame wirkte erleichtert. „Aber sicher. Es dauert nur einen kurzen Moment. Wenn Sie inzwischen Platz nehmen wollen?“

„Ach sagen Sie“, drehte sich der Kommissar noch einmal um, „wissen Sie, ob Frau Morarac einer zweiten Beschäftigung nachgeht?“

„Das weiß ich nicht, würde mich aber wundern. Denn dazu wäre die Genehmigung der Hotelleitung notwendig.“

„Ja dann …“ Lang schlenderte zu seinem Chef und der immer nervöser wackelnden Anna Schmidt.

„Gibt es Probleme?“, fragte Behringer.

„Nein, im Gegenteil, alles paletti. Sie kommt gleich. Muss jeden Augenblick erscheinen.“

„Wer muss jedn Moment erscheina?“, wollte die aufmerksame Anna Schmidt wissen.

„Ach, niemand“, winkte Lang ab. „Ich meinte, wir können dann jeden Moment erscheinen. Im Restaurant. Zeit, sich zu erheben.“

Die Seniorin musste von den beiden Herren aus den Tiefen ihres weichen Sessels gezogen werden. Dann begaben sie sich langsam auf den Weg ins Restaurant. Behringer schielte zum Empfang. Noch nichts. Er stieß Lang mit dem Ellenbogen an und der reagierte geistesgegenwärtig. „Moment! Mein Schnürsenkel ist auf, ich muss nur kurz …“ Er bückte sich und hantierte umständlich an seinem linken Schuh herum.

Da – Bewegung an der Rezeption. Behringer lotste Anna Schmidt gerade ein paar Schritte näher heran, als der Rentnerin ihre Gesichtszüge entglitten.

Ivana Moraråc war aus einer Tür hinter dem Empfangstresen getreten und sprach leise mit der Rezeptionistin. Die wies auf Kommissar Lang, Ivana Morarac kam hinter dem Tresen hervor und wollte gerade auf die kleine Gruppe zugehen. Wollte!

„Des is sie!", rief die Schmidts Anna enthusiastisch. „Die Schlanga der Corleone-Brieder, die vo der Mafia!" Sie stieß ihren Rollator weit von sich und war drauf und dran, sich auf Ivana Morarac zu werfen.

Behringer hatte nur einen Moment nicht aufgepasst, als die Seniorin ihren Satz nach vorne machte – eine sibirische Schneeziege war ein Trampel gegen die Wendigkeit und Schnelle der Schmidts Anna – und der Putzfrau an die Gurgel ging.

„Do werd bliebn, Früchtla. Des Spiel is aus! Brauchsd goar ned su bled schaua. Etz bist reif fier die Insel. Du bist verhaft. Alles, was du etz sagst, kann gegen di verwendet werdn. Dir wird vorgworfn, dass du fier die Mafia ärwerst, einschließli Beihilfe zum Mord."

Anna Schmidt musste kurz zum Luftholen innehalten. „Hab iech etz des schee gsacht, Herr Hauptkommissar?"

Behringer rieb sich mit einer Hand übers Gesicht. „Wunderbar, wie ein Profi."

KKL, der heldenmütig versucht hatte, sich zwischen das rothaarige Zimmermädchen und die energische Rentnerin zu werfen, führte Ivana Morarac aus dem Aktionsradius der alten Dame und langsam hinaus auf den Vorplatz des Hotels.

Das Zimmermädchen wirkte ehrlich erschrocken, fast schon verstört. Tränen flossen aus ihren Augen. Ab und zu nickte sie, als der Kommissar beruhigend auf sie einredete.

Als Lang wieder zu seinem Chef und Anna Schmidt stieß, meinte die noch immer aufgeregt: „Wo isn etz, die kriminelle Schnalln?"

„Verhaftet und abgeführt.", antwortete KKL. „Sie können sich wieder beruhigen, alles nimmt jetzt seinen gewohnten Lauf.

„Aber wie gehts etz weiter?“, wollte Anna hartnäckig wissen.

„Sie wird morgen verhört.“

„Do brauchn Sie mich gwieß widder?“

„Das glaube ich nicht, Frau Schmidt“, fiel Behringer schnell ein.

„Sie ist nämlich schon voll geständig“, erklärte Kommissar Lang in leicht verzweifeltem Ton. „Voll geständig!“

*

Anna Schmidt nahm die Atmosphäre des Restaurants in sich auf. Was sie sah, gefiel ihr. Schon eilte eine Kellnerin im oberbayerischen Dirndl herbei.

„Auf den Namen Behringer, für drei Personen“, teilte ihr der dicke Hauptkommissar mit.

„Das ist gleich hier an der Ecke“, gab die Bedienung freundlich lächelnd zurück. „Machen Sie es sich doch schon bequem. Ich bringe sofort die Speisenkarten.“

„Hams vielleichd aa a Kissla fier miech?“, schrie ihr die Seniorin hinterher. „Die hardn Holzbänk moch iech ned su“, wandte sie sich an ihre Begleiter.

Keine zwei Minuten später tippelte die Bedienung wieder heran, drei Speisekarten und drei Kissen unter dem Arm. „Wissen die Herrschaften schon, was sie trinken möchten?“

„Iech nehm a Maisl Hefeweizn“, wusste Anna Schmidt.

„Für mich ein stilles Wasser“, meinte der Hauptkommissar und sah bei der Bestellung nicht glücklich drein.

KKL nahm als Fahrer eine Cola.

„Mit der Essensbestellung braucht’s noch ein paar Minuten.“

„Ist schon recht, ich bringe erst die Getränke.“

Anna Schmidt wählte als Vorspeise eine Fränkische Hochzeitssuppe mit Markklößchen und als Hauptspeise ein ofenfrisches Schäufele mit Kloß und Rahmwirsing.

„Machd fei nix, wenns a weng grösser is“, gab sie der Bedienung mit auf den Weg, „und zwaa Gleeß mid ordndlich Soß dazu derfns scho aa sei.“

Klaus-Karl Lang entschied sich für das über Buchenholz geräucherte Forellenfilet mit anschließendem Krautwickel und Kartoffelpüree. Nur der Hauptkommissar verkniff sich eine Vorspeise und bestellte als Hauptgang einen veganen Gemüseauflauf.

„Was ist denn mit Ihnen los?“ KKL verstand die Welt nicht mehr.

„Meine Frau meint ... Ach, lassen wir das.“

„Gell, wenn mer eh scho so digg is, muss mer si a weng zammreißn?“, kommentierte Anna Schmidt. „Sunsd blazd mer“, fügte sie hinzu und keckerte wie die bekannte sibirische Schneeziege.

*

Behringer war völlig geschafft, als er die Rechnung bezahlte.

Die Konversation mit der Schmidts Anna während des Essens war extrem anstrengend gewesen. Als ihr Schäufele an den Tisch gebracht worden war – mit zwei Klößen, groß wie Kanonenkugeln, und einer ganzen Schüssel Wirsing – hatte sie gemeint: „Was soll iech edz denn mid dera Bfüdzn Soß? A Gleeß muss schwimma!“

Dann war die Rechnung gekommen. Dass er für drei Essen, zwei Vorspeisen und drei Getränke 120 Euro auf den Tisch des Hauses blättern sollte, hatte dem Fass den Boden gänzlich ausgeschlagen. Als er an den Brauereigasthof „Mager“ in Pottenstein dachte, wo er für eine Riesenroulade und einen Schweinebraten zusammen unter 20 Euro bezahlte, wurde ihm fast schlecht. Doch die größte Überraschung des Tages stand ihm noch bevor.

Zurück auf dem Weg zum Parkplatz wackelten er, Anna Schmidt samt Rollator und sein Kollege Lang durch die Hotellobby. Dass die energische Rentnerin Ivana Morarac hatte verhaften wollen, war äußerst grenzwertig gewesen. Jetzt wusste Behringer, was manche Leute mit „Fremdschämen“ meinten. Verstohlen sah er sich um, ob einer der Gäste sich immer noch über die peinliche Szene von vorhin amüsierte.

Da entdeckte er sie: groß, stattlich, breite Schultern, mit einer Oberweite, die nicht zu übersehen war. Neu war der verhärmte Blick.

„Wer ist die Dame?“, fragte er die Rezeptionistin und wies mit seinem Kinn in Richtung der Frau, die gerade durch die Drehtür nach draußen verschwand.

„Das ist Frau Annalena Sturm, die Lebensgefährtin des Chefs.“

„Und der heißt?“ Behringer hatte längst seinen Notizblock gezückt.

„Na, der Herr Manfred Kolb.“

„Wohnhaft in …?“

„Gleich um die Ecke, in der Wotanstraße.“

„Zusammen mit seiner Lebensgefährtin?“

„Ganz genau.“ Die Rezeptionistin sah ihm neugierig zu, wie er in seinen Block schrieb. „Aber ich dachte, sie hätten nur die Ivana Morarac für eine kurze Frage benötigt? Was wollen Sie denn mit der Adresse vom Chef und seiner Partnerin?“

Behringer lächelte nur und hob zum Abschied die Hand.

Hatte sich das Essen also doch noch gelohnt, auch wenn der Gemüseauflauf fade nach Arsch und Friederich geschmeckt hatte und sein Magen vor Hunger rebellierte. Der Fall nahm Fahrt auf.

*

Natürlich war die Show, die Anna Schmidt in der Lobby des Hotels abgezogen hatte, nicht unbemerkt geblieben. Als die Rezeptionistin, die dem Tratsch nicht abgeneigte Hildegund Schaub, im Kollegenkreis noch ihren Kommentar dazu abgab, war das Gerücht schnell perfekt. Es machte leider auch nicht an der Tür des Hotels Halt, sondern kroch den Grünen Hügel hinab und erreichte noch am Abend desselben Tages das Zentrum der Stadt. Von einem Auftragsmord der Mafia war die Rede. Alles sehr mysteriös! Aber, wenn man es so betrachtete … allein schon die Ausführung des Mords passte dazu. Hinterrücks mit einem Messer erstochen! Innerhalb kürzester Zeit kursierten in Bayreuth die spannendsten Fragen und Theorien. Wem war der junge Investmentberater auf die Füße gestiegen? War es eine Hinrichtung? Welche Rolle spielte dabei die Serbin Morarac?

Vernehmung
Am Nachmittag desselben Tages

Dass der Polizeipräsident persönlich an der Pressekonferenz teilnahm, schmeckte Hauptkommissar Behringer überhaupt nicht. Sein oberster Chef suhlte sich allzu gerne in den Blitzlichtern der Medienleute. Das war allgemein bekannt. Ansonsten redete er meistens Stuss.

Wo sich der Präsident aufhielt, war Polizeirat Meusel, der Chef der Kripo, meist nicht weit entfernt. Auch so ein Zögling. Sohn eines hochrangigen und einflussreichen CSU- Landtagsabgeordneten, ein typischer Arschkriecher und fränkischer Vollpfosten.

Die versammelten Presseleute waren unruhig. Sie standen von ihren Plätzen auf, setzten sich wieder hin, schnatterten durcheinander und lechzten nach den neuesten Informationen – um sie mit ihrer eigenen Fantasie anzureichern und reißerische Schlagzeilen in die Welt zu setzen. Der Hauptkommissar kannte seine Pappenheimer. Der Schmitz von der „BILD", der Herold vom „Nordbayerischen Kurier" und die Wuttke vom „Coburger Tageblatt" waren die Schlimmsten.

Behringer las sich die eingereichten Fragen nochmal durch. „Wann rechnen Sie mit der Festnahme des Täters oder der Täter?" Ja, heiligs Blechla, war er Hellseher? „Stimmt es, dass das Mordopfer einer Intrige der Mafia zum Opfer fiel, dass es sich angeblich um eine Hinrichtung handeln soll?" Anna Schmidt ließ grüßen. „Haben sie schon ein Motiv?" Ja, woher denn? Aus der Glaskugel vielleicht? „Können Sie bestätigen, dass bei dem Mord illegale Finanzgeschäfte eine Rolle gespielt haben?" Nein!

Behringer hasste diese Veranstaltungen, aber er wusste, dass sie sein mussten. Bloß kein böses Blut zwischen der Polizei und den Medien schaffen. Da einen kleinen, unverbindlichen Brocken hinschmeißen, dort eine unwahrscheinliche Entwicklung andeuten. Die Journalisten machten ihre eigenen Geschichten daraus. Es ging viel zu vielen von ihnen nur ums Geschäft, um die Höhen der Auflagen. Wen interessierte heute noch die reine Wahrheitsfindung?

Kriminalpolizeiobermeister Stein eröffnete die Veranstaltung und begrüßte die anwesenden Medienvertreter. Sofort kehrte Ruhe im Saal ein. Der Pressesprecher erläuterte den Ablauf der Konferenz, kam auf die eingereichten Fragen zurück und kündigte an, dass der Polizeipräsident diese nun beantworten werde. Selbstverständlich seien zum Schluss hin weitere Fragen zu den neuesten Entwicklungen des Falls möglich. Dafür stünde dann der Leiter der Soko, Herr Kriminalhauptmeister Benno Behringer, zur Verfügung.

Behringer knirschte mit den Zähnen. „Einen Scheiß werd ich euch erzählen", schwor er sich.

„Auf Fragen, die die laufenden Ermittlungen betreffen und deren Beantwortung negative Auswirkungen auf den weiteren Verlauf der Untersuchungen haben könnten, werden wir leider nicht eingehen können", schloss Stein.

„Genau", stimmte ihm der Hauptkommissar gedanklich zu, „und *alles zählt zu den laufenden Ermittlungen.*"

Er hatte wirklich keine Lust auf diese Kasperleveranstaltung. Um 17:00 Uhr erwartete er Ivana Morarac im Kommissariat. KKL war gerade dabei, auch die Walküre Annalena Sturm vorzuladen. Für die würde Behringer sich morgen extra früh ins Büro bequemen. Er freute sich auf die Vernehmungen und war sich sicher, dass die sein Team weiterbringen würden. Ganz im Gegensatz zu dieser Pressekonferenz, die seine Chefs so gern zur Selbstdarstellung nutzten.

*

Es war Punkt fünf Uhr nachmittags, als Ivana Morarac in das Büro von Behringer geführt wurde. Er und KKL warteten bereits auf sie. Sie hatten bewusst darauf verzichtet, in eines der sterilen Vernehmungszimmer auszuweichen. Der Hauptkommissar wusste, dass man die wirklich wichtigen Informationen aus manchen Verdächtigen nur im lockeren Gespräch herauskitzeln konnte. Er war sich sicher, dass Ivana Morarac dicht machen würde, wenn man ihr mit der Härte des Gesetzes begegnete.

„Nehmen sie doch Platz, Frau Morarac“, forderte Behringer die junge Frau mit einer einladenden Handbewegung auf.

Langsam und vorsichtig ließ sie sich in der kleinen Besprechungsecke auf einem der Stühle nieder.

„Auch ein Tässchen Kaffee?“

Sie nickte verkrampft.

Noch wusste die rothaarige Frau nicht, was sie erwarten würde. Sie war noch nie von der deutschen Polizei behelligt worden, hatte aber das Schlimmste befürchtet. Mit der ausgesuchten Höflichkeit der Kommissare war sie überfordert.

„Als erstes müssen wir uns bei Ihnen für den Vorfall im Hotel entschuldigen, Frau Morarac. Die ältere Dame, die Sie so heftig angegangen ist.“

„Ist schon okay. Hab mir gedacht, dass die alte Frau schon ein bisschen ... verwirrt ist im Kopf.“

KKL schob Ivana Morarac lächelnd eine Tasse Kaffee zu und stellte das Milchkännchen und die Zuckerdose in ihre Reichweite. Die Frau sah ihn groß an.

„Arbeiten Sie schon lange im Hotel *Richard Wagner*?“, begann Behringer das eigentliche Gespräch.

„Seit der Wiedereröffnung im Juni vor zwei Jahren“, hielt sich die gebürtige Serbin kurz und strich sich nervös über den Nasenrücken.

„Gefällt es Ihnen dort?“

„Was heißt gefallen? Geld könnte besser sein. Aber ich brauche das Einkommen. Hab kleine Tochter, aber keinen Mann.“

„Wie lange leben Sie denn schon in Deutschland?“, wollte Kommissar Lang wissen.

„Sind jetzt 18 Jahre“, erhielt er zur Antwort. „Damals, während dem Kosovo-Krieg, sind meine Eltern mit meinen Brüdern Zlatko, Mirko und mir nach Deutschland gekommen. Später habe ich geheiratet, deutschen Mann. Ich hab nix gelernt. Kein Beruf. Leider. Dann war der Mann weg, aber die Tochter immer noch da.“

„Deshalb arbeiten Sie auch außerhalb des Hotels? Um etwas hinzuzuverdienen? Wie in der Friedrich-von-Schiller-Straße. Richtig?“

Beide Kommissare sahen deutlich, wie der Rothaarigen der Schreck in die Glieder fuhr. Sie schüttelte den Kopf.

„Richtig?“, wiederholte Behringer.

„Die Hotelleiter dürfen nichts davon erfahren, sonst werfen die mich raus!“, platzte es aus Ivana Morarac heraus. Dann brach sie in Tränen aus. „Ich brauch das Geld dringend für mein Kind und die Miete.“

„Machen Sie sich keine Sorgen, von uns erfahren Ihre Chefs nichts“, versuchte Behringer, die aufgelöste Frau zu beruhigen. „Nehmen Sie doch einen Schluck Kaffee, der wird ja sonst kalt.“

KKL kramte ein Tempotaschentuch hervor und reichte es über den Tisch.

„Gestern haben wir Ihnen mit unseren Leuten einen Strich durch die Rechnung gemacht, oder?“, nahm der Hauptkommissar den Faden wieder auf, nachdem die Frau ihre Tasse zur Hälfte geleert und ihre Nase geputzt hatte. „Dienstags ist doch der Tag, an dem Sie immer in der Wohnung von Herrn Springer sauber machen?“

„Ja, hoffentlich Herr Springer ist nicht böse. Gestern, als ich zur Wohnung kam, war alles voll von Polizei. Ich bin nicht hineingegangen, also ins Haus. Aber ich putze nicht immer am Dienstag. Manchmal auch Montag oder Freitag.“

„Wie kamen Sie denn zu dieser Arbeitsstelle als Putzhilfe?“, meldete sich KKL.

„Oh, das ist schon lange her. Vor Herrn Springer war das die Wohnung von der Mutter von Frau Krummbiegel. Roswitha Krummbiegel ... ist eine liebe Kollegin im Hotel. Arbeitet dort in der Küche. Ich hab früher für Mutter Krummbiegel geputzt. Sie war schon alt und nicht mehr gesund. Herr Springer hat mich übernommen, als er gekauft hat, ich meine die Wohnung. Gott sei Dank.“

„Wann haben Sie denn Herrn Springer das letzte Mal gesehen?“

„Das war letzten Freitag, am Vormittag. Sie müssen wissen, dass ich im Hotel oft in Schicht arbeite, manchmal in der Früh, manchmal am Nachmittag bis hinein in den Abend.“

„Aha, dann waren Sie letzten Freitag im Hotel für die Spätschicht eingeteilt und hatten vormittags Zeit für die Wohnung von Heiko Springer?“, setzte KKL nach.

Ivana Morarac druckste etwas herum. „Nicht ganz. Letzten Freitag hab ich freigenommen im Hotel. Tochter hatte Fieber. Sie verstehen?“

„Aber bei Herrn Springer in der Friedrich-von-Schiller-Straße waren Sie schon? Und der war auch zuhause?“

„Ja, er war sehr aufgeregt. Sehr ... angespannt.“

Behringer hob beide Augenbrauen. „Und warum? Was waren denn die Gründe für seine Aufregung?“

„Seine Freundin, Laila, ist die Schwester von den Hotelchefs, ist paar Tage vorher nach Hof gefahren. Irgendeine politische Veranstaltung. Und hat sich nicht gemeldet bei ihm. Herr Springer hat versucht, sie anzurufen, weil er in Sorge war. Hat aber nicht geklappt.“

„Moment, Frau Morarac“, der Hauptkommissar war ganz hellhörig geworden, „Sie sagen, dass Herrn Springers Freundin die Schwester der Hotelchefs ist?“

„Ja“, nickte Ivana Morarac. „Laila Kolb ist die Schwester von den Herren Manfred, Günther und Karl Kolb.“

„Wie sieht Laila Kolb denn aus?“

„Oh, sie ist eine schöne Frau. Vielleicht ein bisschen älter als ich. Schlank, blond, hübsches Gesicht.“

„Einen Moment bitte.“ Behringer stand auf, sprang zu seinem Schreibtisch, öffnete eine Schublade und entnahm ihr ein Foto. „Ist das hier Frau Laila Kolb?“

Ivana Morarac nickte und lächelte zum ersten Mal. „Ja, das ist Laila. Sehr nette Frau. Lieb und freundlich zu allen Leuten. Herr Springer mag sie sehr.“

„Sagen Sie, Frau Morarac, wissen Sie, ob Laila Kolb ständig bei Herrrn Springer gewohnt hat?“, wollte der Hauptkommissar wissen.

„Ich glaube nicht. Manchmal war sie da, wenn ich sauber gemacht hab, manchmal nicht. Sie wird schon ihre eigene Wohnung haben. Aber fragen Sie mich nicht, wo. Das weiß ich nicht.“

„Frau Morarac", hakte KKL ein, „ist Ihnen an Herrn Springer in letzter Zeit etwas auffällig erschienen?"

„Was meinen Sie?"

„Na ja, war er nervös? Mehr als vorher? Abgesehen davon, dass seine Freundin abwesend und nicht erreichbar war. Hatte er beispielsweise Besucher, die zuvor noch nie in der Wohnung gewesen waren?"

Die Putzfrau schüttelte den Kopf.

„Hatten Sie in irgendeiner Form den Eindruck, Herr Springer fühlte sich bedroht?" Behringer lehnte sich nach vorne.

„Kann ich nicht sagen. Ich meine, ich war ja die Woche nur einmal da. Und Herr Springer war dann nicht immer zuhause. So lange kenn ich ihn ja auch gar nicht."

„Wie haben Sie sich denn mit ihm grundsätzlich verstanden? Gab es Probleme? Hat er Sie immer rechtzeitig bezahlt?"

„Immer." Ivana Morarac zögerte.

„Wir sind hier bei der Mordkommission", brummte Behringer, „ob Sie bei Herrn Springer schwarz beschäftigt waren, interessiert uns herzlich wenig. Außerdem ist es für Lügen und Ausflüchte jetzt wirklich zu spät, Frau Morarac."

„Das Geld gab's immer bar auf die Hand. Wenn er da war. Manchmal am nächsten Tag im Hotel oder er hat's einfach für mich in der Wohnung gelassen. Auf dem Esstisch. Dann hat er sogar was dazugeschrieben – *Für meinen kleinen Putzteufel* oder was anderes. Manchmal lag dann ein Zehner mehr dabei. Das war sehr nett."

Die beiden Kommissare nickten und Lang kritzelte etwas in seinen Block. Dann kam die alles entscheidende Frage: „Frau Morarac, wo waren Sie denn am Freitag, den 26. Februar? So zwischen 18:00 und 20:00 Uhr?"

„Wann, sagen Sie?"

„Am 26. Februar, zwischen 18:00 und 20:00 Uhr", wiederholte KKL geduldig.

„Puh, da muss ich nachdenken."

„Lassen Sie sich Zeit. Wenn Sie wollen, können Sie sich auch am Wandkalender dort drüben orientieren. Es war ein regnerischer

Tag, kein Wetter für draußen", half Behringer der jungen Frau auf die Sprünge.

Ivana Morarac stand auf und lief zu dem Kalender. Dort stand sie eine Weile und wandte den Kommissaren den Rücken zu. Dann drehte sie sich um und ihre Miene erhellte sich. „Jetzt weiß ich's wieder. Ich wollte ins Kino. ‚Das Boot'. Mit Jürgen Prochnow. Freitags gibt's doch immer wieder die Klassiker-Vorführung. Mutter wollte auf meine Tochter aufpassen. Aber dann war das Wetter so schlecht und ich hab es doch gelassen. Bin zuhause geblieben."

„Kann das jemand bezeugen?"

„Meine Mutter."

„Gut, Frau Morarac, das ist für den Moment alles", beendete Behringer das Gespräch. „Vielen Dank für Ihre Hilfe, Sie können nun gehen. Kümmern Sie sich um Ihre Tochter. Ist sie denn wieder gesund?"

„Ja, meine Tochter ist wieder okay."

„Wer kümmert sich denn um sie, wenn Sie Spätschicht haben?", fragte der Hauptkommissar unschuldig.

„Meine Mutter."

„Ja, es ist gut, Unterstützung von der Familie zu haben."

Ein Bauchgefühl sagte Behringer, dass die Putzfrau ihnen nicht die ganze Wahrheit erzählt hatte. Trotzdem: Der Fall entwickelte sich allmählich. Das war erfreulich. Durch einen glücklichen Zufall und die Befragung von Ivana Morarac hatten sie nun auf einen Schlag beide Frauen identifiziert, nach denen sie gesucht hatten. Die Walküre von den Festspielen und das grazile Wesen im Kanu auf der Wiesent.

Behringer hatte sich entschieden, es dabei zu belassen, mit der Vernehmung von Annalena Sturm anzufangen. Aber danach würden sie morgen dieser blonden Schönheit auf den Zahn fühlen.

Die Aussage der Annalena Sturm
3. März

Die große, stattliche Frau benahm sich äußerst unflätig. Behringer musterte sie und dachte an sein geliebtes Nibelungenlied. Annalena Sturm würden Speer und Schild, Helm und Brustpanzer sicher gut stehen.

Noch am Spätnachmittag des vergangenen Tages hatte Sabine Meissner, der Behringer eine kleine Auszeit von den Aktenbergen auf ihrem Schreibtisch gönnte, in der Wotanstraße geklingelt und der Lebensgefährtin von Manfred Kolb für den heutigen Donnerstag, 8:00 Uhr, eine Vorladung in Sachen Ermordung Heiko Springer vorbeigebracht. Die Reaktion von Annalena Sturm war äußerst unfreundlich, vulgär und unverschämt gewesen, hatte die Kommissaranwärterin berichtet. „Erst als ich ihr angedroht habe, dass wir morgen auch vorbeikommen und sie abführen lassen können, hat sie eingelenkt."

Nun saß Annalena in einem der Vernehmungszimmer und kochte vor Wut, weil sich kein Schwanz um sie kümmerte. Behringer und Lang standen nämlich hinter dem Einwegspiegel im Nebenraum, ließen sie bewusst noch ein paar Minuten schmoren und verschafften sich einen Eindruck von ihrer zweiten Verdächtigen. KKL hielt sich beide Hände unter die Brust, bewegte sie auf und ab, als würde er etwas Schweres abwiegen, und sah seinen Chef grinsend an. Der zeigte ihm nur den Vogel. Dann machten sich beide auf den Weg ins Vernehmungszimmer.

Annalena hob ruckartig den Kopf, als die Tür aufging. Dann lehnte sie sich im Stuhl zurück und schob das Kinn vor.

„Morgen, Frau Sturm", gab ein kleiner, dicker Mops von sich.

Sie blieb sitzen und zeigte keine Reaktion.

„Es tut uns leid, wir verstehen Ihre Verärgerung, was die kurzfristige Vorladung angeht, aber äußere Umstände ließen uns leider keine Wahl."

Die Walküre zeigte sich unbeeindruckt. Nur ihre Augen drückten aus, was sie empfand: Ärger, Wut und keinerlei Verständnis für dieses Gespräch. Sie blieb weiterhin, ohne ein Wort zu sagen, auf ihrem Stuhl kleben, fixierte die Beamten und wartete ab, was man von ihr wollte. Ganz schön kaltblütig.

Behringer versprühte dagegen beste Laune, nickte KKL zu, sich auch endlich zu setzen, und schenkte Frau Sturm sein freundlichstes Lächeln. „Dürfen wir Ihnen etwas zu trinken anbieten? Einen Kaffee, ein Wasser oder möchten Sie lieber einen Tee?"

Die Freundlichkeit des Hauptkommissars schien Annalena nur noch mehr zu reizen, sie noch wütender zu machen. „Ich habe meine Zeit nicht gestohlen", stieß sie aus und schnaubte dabei. „Jetzt sagen Sie schon endlich, was sie von mir wollen."

Kommissar Lang zuckte unwillkürlich auf seinem Stuhl zurück. Auf ihn wirkte diese Sturm wie eine bösartige Furie, die ihrem Namen alle Ehre machte. Wie eine gereizte Kobra, die jederzeit zubeißen konnte. Er warf einen Blick auf ihre Oberarme, um die sich ihr dünner Pullover spannte – vielleicht doch eher eine gewaltige Anakonda, die jeden erwürgte, der ihr zu nahe kam?

„Können Sie sich nicht denken, weshalb Sie hier sind, Frau Sturm?", säuselte Behringer voller Charme. „Entschuldigung, wir haben uns noch gar nicht vorgestellt. Kriminalhauptkommissar Benno Behringer. Mein Kollege Kommissar Klaus-Karl Lang", holte er aus und zeigte mit einer kurzen seitlichen Kopfwendung auf KKL.

„Muss ich mir die Namen merken?", erwiderte Annalena uninteressiert.

„Das wird sich noch zeigen", lächelte Behringer. „Nun, ich will gar nicht lange um den heißen Brei herumreden und Ihnen etwas auf die Sprünge helfen. Wir haben unsere Zeit in der Regel nämlich auch nicht gestohlen. Der Name Heiko Springer sagt Ihnen sicherlich etwas?"

„Mein Ex", entfloss es gehässig ihren ampelrot geschminkten Lippen. „Was ist mit ihm?"

„Er wurde letzten Freitag ermordet. Erzähle ich Ihnen damit etwa Neuigkeiten, Frau Sturm?", versuchte Behringer, sie herauszufordern."

„Natürlich nicht", antwortete sie ohne Emotion, „das steht ja ganz eindeutig in allen Zeitungen."

„Scheint Sie aber nicht zu berühren?"

„Richtig. Warum sollte es. Ich sagte ja schon, dass es sich um meinen Ex handelt. Vergangenheit. Aus, Schluss, basta, vorbei. Inzwischen bin ich längst eine neue Liaison eingegangen, wie Sie sicherlich auch wissen. Alte Verhältnisse interessieren mich nicht. Man muss die Vergangenheit ruhen lassen können."

„Offen gestanden fällt es mir schwer, das zu verstehen." Behringer griff nach der Wasserflasche auf dem Tisch und schenkte sich seelenruhig ein Glas voll ein. „Sind Sie sicher, dass Sie nichts trinken wollen?"

Annalena Sturm winkte herrisch ab und starrte den Hauptkommissar an.

„Aber, um ganz ehrlich zu sein, der Umstand, dass Sie hier und heute bei uns sitzen", fuhr der fort, „ist einem ganz komischen Zufall zuzurechnen."

Behringer trank, Annalena schwieg gelangweilt. Lang hielt die Luft an.

„Und dieser Zufall wäre?", konnte die Frau sich dann doch nicht mehr beherrschen.

Lang entging es nicht, dass sie nervös an einem ihrer BH-Träger herumzupfte.

Sein Chef ließ sich noch etwas Zeit. Mit einem „Ah!" stellte er endlich sein Glas ab. „Wissen Sie, ich habe Sie und Ihren Ex, wie Sie den Ermordeten bezeichnen, am 31. Juli des letzten Jahres anlässlich der *Siegfried*-Vorstellung im Festspielhaus gesehen."

„So?" Annalena sah für einen Moment irritiert drein, dann setzte sie sofort wieder ihren kühl-aggressiven Blick auf „Äußerst interessant. Sie sind mir jedenfalls nicht aufgefallen. Und was schließen Sie daraus?"

„Nun, dass es sich an diesem Abend bei Heiko Springer noch nicht um Ihren Ex handelte."

Die Walküre lachte kurz auf, vollkommen humorlos. „Sahen wir für Sie wie ein innig verliebtes Paar aus? Falls das der Fall sein sollte, dann sage ich Ihnen gleich, dass dies reinster Quatsch ist! Unsere Trennung hat sich an diesem Abend schon abgezeichnet. Ein paar Tage danach haben wir sie dann auch vollzogen. Heiko kann von mir aus in der Hölle schmoren. Und machen Sie sich nicht die Mühe, zu fragen: Mit seinem Tod habe ich nichts zu tun."

„Na, ich mache mir aber gern die Mühe und frage doch gleich einmal nach, wo Sie am 26. Februar zwischen 18:00 und 20:00 Uhr waren?"

„Oh, jetzt kommen Sie mir mit dieser Masche. Dass ich nicht lache. Das war letzten Freitag, da habe ich mit meinem neuen Lebenspartner, Manfred Kolb, in seinem Hotel *Richard Wagner* unser neues *Last-Minute-Wellnesswochenende* vor rund 100 Gästen eröffnet. Es war die erste Veranstaltung dieser Art, von mir konzeptioniert und organisiert. Der Empfang hat bis kurz vor Mitternacht gedauert: Sektbegrüßung, gemeinsames Galadinner, dann die Vorstellung des Zeitplans fürs Wochenende – Yoga, Gymnastikübungen, Saunieren, Massagen – und abschließend Bowling mit entspanntem Kennenlernen der Gäste."

„Klingt ja anstrengend", meldete sich KKL das erste Mal zu Wort und erntete sofort einen vernichtenden Blick Annalenas.

„Wenn Sie mir nicht glauben, ich stelle Ihnen gerne unsere Gästeliste des Abends zur Verfügung. Und jetzt möchte ich bitte gehen. Der repräsentative Rahmen Ihrer Räumlichkeiten spricht mich nicht besonders an, wenn Sie verstehen." Sie machte Anstalten, aufzustehen.

„Aber bitte, Frau Sturm", hielt Behringer sie auf ihrem Sitz. „Erlauben Sie uns noch ein paar abschließende Fragen. Ich verspreche, dass wir uns kurz halten. Hatte Heiko Springer Feinde?"

„Nicht, dass ich wüsste."

„Wer könnte dann Ihrer Meinung nach Ihren Ex auf dem Gewissen haben?"

„Unterhalten Sie sich doch am besten mit seiner neuen Flamme. Laila Kolb." Annalena Sturm spuckte den Namen förmlich aus. „Vielleicht kann die Ihnen mehr dazu sagen."

„Höre ich da eine gewisse Eifersucht heraus?“, traf Behringer gezielt die schwärende Wunde. „Aufgestaute Wut? Sie haben wohl ein etwas gestörtes Verhältnis zur neuen Freundin Ihres Ex?“

„Pffft. Als ob ich das nötig hätte.“

Lailas Dilemma

Später am Vormittag

Seit halb zehn stand Laila vor dem Gebäude der Kriminalinspektion in der Ludwig-Thoma-Straße. Sie war mit dem Fahrrad hergekommen. Im Grunde wusste sie noch immer nicht, was sie machen sollte. Hineingehen und alles über sich und Heiko erzählen – zumindest fast alles – oder darauf hoffen, dass sie unbehelligt durchkam? Vor lauter Verzweiflung hatte sie sich am Montag mehrere Packungen Marlboro gekauft und wieder mit dem Rauchen angefangen. Dabei hatte sie mit 20 ihre letzte Zigarette gequalmt. Das passte nicht zum Thema Umweltschutz. Nun ärgerte sie sich über sich selbst. Die Qualmerei hatte ihr in den letzten Tagen auch nicht dabei geholfen, ihre Probleme zu überbrücken. Nervosität und Unsicherheit sprangen ihr immer noch aus den Augen.

Sie betrachtete den Eingang des roten Backsteingebäudes gegenüber. Es war ein ständiges Kommen und Gehen. Würde man sie gleich an Ort und Stelle verhaften, wenn sie sich zu erkennen gab? Musste sie mit großen Repressalien rechnen, weil sie sich nicht sofort gemeldet hatte? Das glaubte sie nun doch nicht. Wer wurde schon von sich aus bei der Polizei vorstellig. Dennoch, sie hatte ein schlechtes Gefühl. War es schon ein Straftatbestand, Ermittlungsarbeiten der Polizei zu verzögern? Sie kannte sich in Rechtsdingen nicht so genau aus. Wenn es um das maritime Recht gegangen wäre …

Nervös rauchte sie ihre Zigarette zu Ende und zerdrückte den Stummel am Metall ihres Fahrradlenkers. Kleine Funken sprühten zur Erde. Die restliche Packung Marlboro ließ sie in einer ihrer Jackentaschen verschwinden.

Genug Zeit verplempert. Wenn sie bis heute nichts von der Polizei gehört hatte, kam sie vielleicht wirklich so davon.

Sie wollte gerade aufsitzen und wieder nach Hause radeln, als Annalena aus dem Gebäude der KPI trat. Gut gelaunt sah sie nicht gerade aus. Aber das musste nichts bedeuten, sie hatte meistens diesen unfreundlichen Blick. Laila rührte keinen Muskel.

Annalena sah sich um und entschied sich, in Richtung Leibnizstraße zu laufen. Geistesgegenwärtig wandte Laila ihr Gesicht der nahen Bushaltestelle zu und tat so, als studiere sie die Fahrpläne der Linien 312 und 314. Sie atmete tief durch. Annalena hatte sie nicht bemerkt und war zwischenzeitlich rechts abgebogen. Jetzt erst spürte Laila das heiße Glühen an ihren Haarwurzeln. Schöne Scheiße, sie hatten Annalena schon am Wickel. Wie war die Polizei auf Heikos Ex gekommen? Das stellte alle ihre bisherigen Überlegungen auf den Kopf. Dann musste die Kripo auch über sie Bescheid wissen.

Wie gerne hätte sie gewusst, was Annalena der Polizei erzählt hatte. Ganz sicher hatte dieses Satansweib auch über sie gesprochen. Nun gab es tatsächlich kein Zurück mehr. Laila fühlte das Damoklesschwert über ihrem Haupt schweben. Sie musste die Bedrohung abwehren.

„Angriff ist die beste Verteidigung", beschloss sie.

Dieses Motto hatte sicherlich auch schon der frühere US-amerikanische Präsident Lyndon B. Johnson im Kopf gehabt, als er in den Sechziger Jahren im Golf von Tonkin den Vietnamkrieg losgetreten hatte und seine sich selbst maßlos überschätzende Nation Jahre später die Rechnung dafür präsentiert bekam. Doch Laila wollte ihre Angriffsstrategie nicht auf einer Lüge aufbauen, so wie damals, als die Amerikaner vorgegeben hatten, dass eines ihrer Kriegsschiffe von den Nordvietnamesen angegriffen worden war. Lauter Lügen. Als der Vietnamkrieg geführt worden war, war Laila noch gar nicht geboren gewesen. Dennoch wusste sie darüber bestens Bescheid, vor allem über die dioxinhaltige Chemikalie *Agent Orange*, die von den USA großflächig über den Urwäldern des Landes versprüht worden war, um die Bäume zu entlauben und den Kämpfern des Vietkong ihre Deckung zu rauben. Die weitreichende Verseuchung der Böden und Fehlbildungen bei Neugeborenen waren bis heute die Folge.

Laila hasste Lügen. Sie hatten kurze Beine. Sie dachte an den Betrug ihres ermordeten Freundes.

Sie sperrte ihr Fahrrad ab und überquerte die Straße. Vor dem Eingang zur Kriminalinspektion blieb sie noch einmal kurz stehen, schnaufte dreimal tief durch und verschwand dann im Innern des Gebäudes.

*

„Schön, dass Sie von selbst kommen", merkte Behringer an und wurde dann streng: „Aber meinen Sie nicht auch, dass es ein bisschen spät ist? Morgen wird es eine Woche, dass Ihr Freund ermordet wurde."

„Ex-Freund", korrigierte ihn Laila.

„Wie? Schon wieder Ex? Seit wann das denn?", wollte der Hauptkommissar wissen.

„Seit letzten Mittwoch."

„Wie – posthum?"

„Was? Nein", reagierte Laila irritiert, „natürlich seit dem Mittwoch, bevor er ..."

„Und am Freitag haben Sie ihn deshalb ermordet?", fiel KKL ein. „Zur Strafe – was immer er auch angestellt haben mag? Aus Rache? Mit einem zweischneidigen Filetiermesser", setzte er hinzu.

„Quatsch!" Laila stieg die Röte ins Gesicht. „Wie kommen Sie denn auf diesen Stuss? Natürlich weiß ich, dass Heiko umgebracht wurde, aber warum und von wem – davon habe ich keine Ahnung. Und ein Filetiermesser besitze ich auch nicht."

„Hätte mich auch gewundert", entfuhr es Behringer. „Das haben Verdächtige so an sich, dass sie sich als unschuldig bezeichnen. Ich glaube, Sie haben uns eine Menge zu erzählen, Frau Kolb. Aber vorher nehmen wir Ihnen erst mal Ihre Fingerabdrücke ab."

„Dürfen Sie das überhaupt?"

„Und wie wir das dürfen. Danach beginnen Sie mit Ihrer Geschichte am besten ganz von vorne, lassen nichts aus und bleiben bei der Wahrheit."

Ein paar Tintenspuren waren noch an Lailas Fingern sichtbar, als sie mit ausgiebig geschrubbten Händen zurück ins Vernehmungszimmer geleitet wurde. Sie setzte sich, nahm dankbar ein Glas Wasser an und begann dann mit der Geschichte ihrer Familie und des Hotels, wo sie immer wieder als Aushilfe jobbte. Laila erzählte von ihrem Studium, sogar davon, dass sie die ganzen letzten Jahre als glücklicher Single gelebt hatte. Bis Heiko das erste Mal ins Spiel kam, hatte Kommissar Lang ihr zweimal Wasser nachschenken müssen.

Als sie von den Ereignissen erzählte, die dazu geführt hatten, dass Laila die Beziehung von einem Moment auf den anderen als beendet angesehen hatte, fuhr Behringer auf: „Sie sind im Besitz des Handys von Heiko Springer?"

Laila nickte niedergeschlagen. „Es war wirklich ein Versehen."

„Haben Sie es bei sich?"

Wieder nickte Laila, nahm ihren Rucksack auf den Schoß und begann, darin herumzusuchen.

„Frau Kolb, das ist ein Beweismittel! Haben Sie's schon? Bitte", forderte Behringer sie zur Herausgabe des Handys auf. „Das geht sofort zur Auswertung an die Kollegen der KTU", wies er Kommissar Lang an, der das Mobiltelefon in eine Plastiktüte fallen ließ und damit den Raum, verließ.

Eine halbe Stunde später endete Laila mit ihrer Beobachtung von Annalena: „Ich habe sie hier zur Tür herauskommen sehen und dachte, jetzt oder nie."

Behringer lehnte sich zurück. „Jetzt machen wir erst einmal eine kurze Pause, Frau Kolb. Vielen Dank soweit. Kann ich Ihnen einen Kaffee anbieten? Ich brauch jetzt jedenfalls einen. Danach haben wir allerdings noch eine Menge Fragen."

„Müssen Sie mich verhaften?", fragte Laila und sah den Hauptkommissar mit erwartungsvollen Blicken an.

„Keine Sorge, so schnell schießen die Preußen nicht“, meinte der. „Aber sollten wir Sie bei einer Lüge ertappen, sieht die Situation schon ganz anders aus. Zum Kreis der Verdächtigen gehören Sie allemal. Sie haben kein Alibi, dafür ein Motiv und waren zum Zeitpunkt der Tat in der Stadt.“

„Da war ich doch schon wieder auf dem Weg zurück nach Hof, Herr Hauptkommissar!“, argumentierte Laila verzweifelt. „Und ich würde nie jemanden umbringen. Auch nicht aus Rache.“

„Das sagen Sie. So ein kleiner Mord, im ersten gekränkten Affekt, steht jedermann gut zu Gesicht. Was mir auch sehr sonderbar vorkommt, ist, dass Sie angeblich so gar keine Ahnung haben wollen, was Herr Springer für Ihre Brüder in Sachen Finanzgeschäfte gemacht haben soll.“

„Davon verstehe ich nichts und das interessiert mich auch nicht. Ich weiß nur, dass Heiko beim Anleiern eines Geschäfts erfolgreich war und meinen Brüdern mit dem Deal helfen konnte. So habe ich das jedenfalls verstanden. Mir hat er nur erzählt, dass er mit Manfred, Günther und Karl einen Vertrag geschlossen hat, der ihre finanziellen Probleme löst. Er wollte ihn sogar noch notariell beglaubigen lassen.“

„Wir haben aber keinen Vertrag gefunden“, brummte Behringer. „Und Sie sagen, dass Ihnen Ihre Brüder dieses Jahr, wenn Sie 28 werden, 250.000 Euro ausbezahlen müssen? Sind Sie denn nie auf den Gedanken gekommen, dass das Finanzgeschäft ihrer Brüder mit Heiko Springer etwas mit Ihrem Erbteil zu tun haben könnte?“

„Keine Ahnung, ich schwöre, dass ich mich aus den Hotelangelegenheiten komplett heraushalte ... aber das mit der Auszahlung stimmt“, bestätigte Laila. „So ist es vereinbart. Im Mai steht mir mein Erbteil zu. Das können Sie Manfred, Günther und Karl gerne fragen.“

„Das werden wir, Frau Kolb. Ach, sagen Sie, kennen Sie die Frau Morarac, die im Hotel Ihrer Brüder als Stubenmädchen beschäftigt ist und auch bei Ihrem ermordeten Ex-Freund geputzt hat?“

„Die rothaarige Ivana?“

„Hm.“

„Die hat Heiko von der Mutter Krummbiegel übernommen. Ich hätte das nicht gemacht. Ich habe ihn gewarnt."

„Wieso das?"

„Sie ist unzuverlässig. Terminlich, meine ich. Hat zu viele Nebenjobs. Meine Brüder wissen das nicht, aber wenn man mal in der Küche aushilft und mal in den Zimmern, bekommt man einiges mit. Die Angestellten reden mit mir, ich bin ja nicht ihre Chefin. Wenn es richtig ist, was ich gehört habe, dann putzt Ivana nicht nur bei Heiko und zwei, drei anderen Auftraggebern, sondern hilft auch noch in der Schlossgaststätte der Eremitage aus. Vor allem, wenn die dort ein größeres Event veranstalten, Hochzeiten, Familientreffen, Taufen, Kommunion und so. Es würde mich nicht wundern, wenn Ivana sogar noch mehr Nebenjobs hat."

„Und was genau macht sie in der Schlossgaststätte?", wollte Behringer wissen.

„Das weiß ich nicht, da müssten sie die dortigen Pächter fragen. Ich vermute mal, so eine Art Mädchen für alles, Küchenhilfe, sauber machen, auch einkaufen, wenn Not am Mann ist."

„Auch einkaufen? Dazu müsste sie doch motorisiert sein? Wenn ich richtig informiert bin, kann sich Frau Morarac beileibe keinen fahrbaren Untersatz leisten?"

„Muss sie auch nicht. Ich weiß, dass sie den Führerschein hat und die Schlossgaststätte hat doch einen eigenen Fuhrpark."

Klaus-Karl Lang kam zur Tür herein.

„Setzen Sie sich, KKL, wir sind wieder bei Ivana Morarac gelandet", brachte Behringer ihn auf den aktuellen Stand. „Haben Sie Heiko Springer eigentlich nur wegen der Unzuverlässigkeit von Frau Morarac von einer Anstellung abgeraten oder war Ihnen die Putzfrau auch persönlich unsympathisch?"

„Bitte?"

„Na ja, eine junge, durchaus hübsche Frau, die einmal die Woche bei Ihrem Freund ein und aus geht ..."

„Nein, absolut nicht", wehrte Laila ab. „Außerdem wollte Heiko sie ja schon wieder entlassen, an genau dem Tag, an dem er ermordet wurde."

„Jetzt verblüffen Sie mich aber ..."

„Ich weiß nicht, ob er überhaupt noch dazu gekommen ist. Und schuld war er ja auch selbst", erklärte Laila. „Was hat er auch ständig so viel Bargeld offen in allen möglichen Schubladen herumliegen haben müssen? Das muss ja für jemanden wie Ivana, der ständig knapp bei Kasse ist, einladend sein. Na ja, jedenfalls fehlte in den letzten Wochen immer etwas, nachdem sie bei Heiko geputzt hatte, mal da ein Hunderter, mal dort ein Fünfziger."

„Sind Sie da sicher?"

„Es konnte nur Ivana gewesen sein. Sonst hatte niemand Zugang zur Wohnung. Außer mir."

„Warum hat Herr Springer Frau Morarac nicht wegen Diebstahls angezeigt?", erkundigte sich Lang.

„Meistens hat nicht er bemerkt, dass Geld fehlte, sondern ich. Er wollte dann abwarten und sicherstellen, dass wir Ivana nicht fälschlich beschuldigen. Am Schluss war er auch überzeugt, aber er sah immer noch keinen Grund, ihr komplett die Zukunft zu verbauen. Sie würde mit dem Eintrag in der Polizeiakte ja nie wieder eine Anstellung finden."

„Und Ihre Brüder, was sagen Ihre Brüder? Sind die mit der Arbeit von Frau Morarac zufrieden? Kam es im Hotel auch zu Diebstählen?"

Laila zuckte mit den Schultern. „Das sind Hotelangelegenheiten, da möchte ich nicht miteinbezogen werden. Ich weiß nicht, was meine Brüder denken, und ich will hier keine Gerüchte in die Welt setzen."

„Nun gut", nickte Behringer ihr zu. „Letzte Frage, Frau Kolb: Haben Sie eine Ahnung, wie wir Herrn Springers nächste Angehörige erreichen können? Vater, Mutter, Geschwister? Die Kollegen aus Wesel konnten uns da leider nicht weiterhelfen."

„Ich fürchte, Heiko hat keine Anverwandten ... hatte." Kurz hielt Laila inne und eine große Trauer fiel über ihr Gesicht. „Über seine Familie hat er gar nicht gerne gesprochen. Ich weiß, dass er ein Einzelkind war und dass sein Vater und seine Mutter vor Jahren bei einem Verkehrsunfall unter einen 30-Tonner geraten sind und sofort tot waren. Offenbar hießen sie Sigismund und Sieglind. Heiko hat noch gelacht und gemeint, dass seine Eltern ihn eigentlich Siegbert oder Siegwart hätten nennen müssen ... oder Siegfried ..." Die junge Frau sah aus, als wäre sie den Tränen nahe.

Kommissar Lang fischte schon vorsichtshalber nach den Taschentüchern, aber Behringer blieb nüchtern: „Na gut, dann müssen wir selbst nachforschen. Also, Frau Kolb, das war's fürs Erste. Wir werden unser Gespräch mit Sicherheit fortsetzen müssen. Vielleicht könnten Sie uns bei Gelegenheit auch in die Wohnung ihres Ex-Freundes begleiten. Unsere Spurensicherung hat dort nämlich ein totales Chaos vorgefunden, die Wohnung ist verwüstet worden."

Der Hauptkommissar beobachtete genau die Mimik von Laila Kolb. Sie sah leicht schockiert aus. Ehrlich oder geschauspielert?

„Verwüstet?"

„Genau, und da wir so leider überhaupt nicht beurteilen können, was möglicherweise entwendet wurde, wäre Ihre Hilfe für uns wertvoll. Wenn Sie sich also zu unserer Verfügung halten würden?" Behringer stand auf. „Haben Sie vor, demnächst zu verreisen?"

„Nein, Sie können mich in meiner WG am Eichendorffring erreichen. Meine Adresse und Telefonnummer haben Sie jetzt ja."

Auswertungsergebnisse

Noch später am Tag

Am späten Nachmittag hatten sich die Mitglieder der Soko „Siegfried" wieder im großen Besprechungszimmer versammelt. Hauptkommissar Behringer erteilte als erstes Simon Weidner von der KTU das Wort.

„Wir haben das Handy des Ermordeten zwar erst seit heute Mittag in Händen, aber ich kann jetzt schon sagen, dass es die reinste Goldgrube ist: mehr als 200 Kontakte privater und geschäftlicher Natur, E-Mails *en masse*, Facebook-Einträge, Twitter, Instagram, WhatsApp, Fotos – anständige und unanständige –, Onlinebanking

... kurzum, alles was das Herz begehrt. Das alles auszuwerten, dafür werden wir noch einige Tage benötigen. Aber!" Er hob schon wieder einen Spickzettel in die Höhe. „Um hier schon ein paar vorläufige Aussagen treffen zu können, haben wir uns in den vergangenen Stunden auf die Aktivitäten der letzten zwei Wochen konzentriert."

„Die sind doch eh am wichtigsten", murmelte Helmut Bauerreis und verdrehte die Augen.

Weidner hatte nichts mitbekommen und sprach enthusiastisch weiter: „Dabei sind uns folgende Dinge aufgefallen: Gesimst hat zuletzt recht häufig eine Aischa Bint Malika Al-Bagdadi. Offensichtlich eine Geschäftspartnerin, aber es besteht kein Zweifel, dass sie auch aus privaten Gründen hinter dem Mordopfer her war. Wenn wir das richtig interpretieren, dann in der Absicht, mit ihm eine erlebnisreiche Nacht zu verbringen. Nicht nur Worte, auch ein eindeutiges Foto von ihr lassen solche Rückschlüsse zu."

Er spickte auf seinen Zettel. „Ihre Nachrichten hat sie auf Englisch geschickt. Und es sieht so aus, dass sie nicht gerade freundlich auf Heiko Springer zu sprechen war, als der nicht zufriedenstellend reagiert hat: *Call me or I'll kill you*, hat sie ihm geschrieben. Ziemlich deutlich, würde ich meinen. Am interessantesten aber ist ihre Nachricht vom 24. Februar, zwei Tage bevor Springer ermordet wurde. Darin gibt sie an, ich lese die möglichst wortwörtliche Übersetzung vor: *Ich bestätige hiermit, dass wir unseren Anteil an der Dividende in Höhe von 9.642.500 erhalten haben.* Wie wir wissen, hat Heiko Springer diese SMS nicht mehr erreicht, da sein Mobiltelefon sich da schon im Besitz seiner Freundin Laila Kolb befand."

„Das ist wirklich interessant", bestätigte Behringer. „Bleiben wir einen Moment bei dieser Mitteilung. Springers letzter großer Deal. Für meine Begriffe beweist allein schon diese gewaltige Summe, dass der Springer ein dreckiges Finanzgeschäft abgewickelt hat. Stellt sich nur die Frage: Wer ist das *wir*, von dem diese Aischa schreibt? Und: Wie hoch ist die gesamte Dividende? Was ist mit dem restlichen Anteil geschehen, wo ist der abgeblieben? Was steckt da überhaupt für ein Geschäft dahinter? Von welcher Dividende spricht sie?"

KKL ließ den Kugelschreiber über seinen Block tanzen. „Eventuell werden wir die Nachforschungen hier aufteilen müssen, Chef. Für die schnelleren Ergebnisse."

„In Ordnung, machen Sie mal, KKL. Herr Weidner?"

Der Mann von der KTU hatte sich gemeldet. „Vielleicht passt da eine weitere SMS von einem gewissen Bill ins Bild. Am 20. Februar schrieb er dem Mordopfer, dass er am 26. des Monats, um circa 11:00 Uhr bei ihm vorbeikommen würde, um *die Mäuse abzuholen*, und dass er Springer vertrauen würde, was das *Abzählen* angeht. Wir konnten das schon checken: Die Nachricht wurde von einem Prepaid-Handy verschickt, schlecht nachverfolgbar. Wir vermuteten aber, dass es sich bei dem Absender mit vollem Namen um Bill Owens handelt."

„Wie kommt ihr darauf?"

„Der einzige Bill, der auf dem Handy des Mordopfers abgespeichert ist, ist ein Bill Owens. Bei der klaren Sachlage sind wir dem Ganzen gleich nachgegangen. Wir hatten Glück: Bill Owens war bis vor Kurzem Direktor der Frankfurter Maple Bank. Der Mann war auf der Fahndungsliste von Europol, zwischenzeitlich auf der Flucht und ist am 27. Februar in Prag verhaftet worden."

„Holla!", meinte Kommissar Bauerreis.

„Was wird ihm vorgeworfen und wo befindet sich dieser Owens jetzt?", wollte Behringer wissen.

„Er soll in den vergangenen Jahren zweifelhafte Aktiengeschäfte, sogenannte Cum-Cum und Cum-Ex-Geschäfte, abgewickelt und den deutschen Fiskus um mehrere hundert Millionen Euro an Steuern betrogen haben. Zum Ende der ersten Februarwoche hat die Bundesanstalt für Finanzdienstleistungsaufsicht die Maple Bank sogar geschlossen. Da war Owens schon untergetaucht, er muss vorher davon Wind bekommen haben. Jetzt befindet er sich im Gewahrsam der Frankfurter Staatsanwaltschaft."

„Also, nochmal zum Mitschreiben", rekapitulierte Kriminalobermeisterin Landrock. „Am 27. Februar wird Owens in Prag festgenommen. Aber am 26. Februar, einen Tag vorher, soll er noch in Bayreuth gewesen sein, um seine ‚Mäuse' abzuholen?"

„Zeitlich machbar", meinte Behringer. „Ich würde sagen, dass man mit dem Auto knapp drei Stunden nach Prag braucht."

„Wir vermuten, dass die ‚Mäuse' Bestechungs-, Schweige-, oder Korruptionsgelder sind", fuhr Weidner fort. „Für Bill Owens Part in dem Geschäft, das Aischa Bint Malika Al-Bagdadi und ihren Partnern die gewaltige Dividende eingebracht hat."

„Hmm. Wissen wir, ob Owens in Bayreuth erfolgreich war?", hakte Behringer nach. „Ich meine, hat er von Springer seine ‚Mäuse' bekommen?"

„Das können wir noch nicht sagen." Weidner studierte seinen Zettel. „Eine Kollegin hat die Frage der Staatsanwaltschaft in Frankfurt gestellt, die hat Owens ja als erstes auch dazu befragt. Also, die Staatsanwaltschaft meint: Nein."

„Klar, war von denen auch nicht anders zu erwarten. Mit dem Owens werden wir selbst reden müssen." Behringer sah zufrieden drein. „Der läuft uns ja nun nicht mehr davon. Sonst noch etwas?"

„Dieses Industriemineral, das wir am Tatort in den Regenpfützen gefunden haben", sagte Weidner, „das scheint von einem Schleifpapier mit einer 80er Körnung zu stammen. Keine Ahnung, wie das dort hinkommt, aber jetzt haben wir's wenigstens offiziell geprüft. Und noch etwas: Die Haarspange auf dem Beifahrersitz des Mordopfers. Wir haben tatsächlich DNA gefunden. Zu den blonden Haaren passt die aber nicht."

Kommissar Lang hob die Hand. „Wenn wir davon ausgehen, dass die blonden Haare zu Laila Kolb gehören, frage ich mich, ob Heiko Springer noch mehr Frauen in seinem Auto spazieren gefahren hat oder ob die Spange von der Mörderin stammt?"

„Sie denken da an wen genau?", hakte Behringer ein.

„Ivana Moraracʔ"

„Halten Sie die Putzfrau wirklich für eine Killerin? Nachdem Sie gestern erlebt haben, wie leicht die junge Frau von einer keifenden Rentnerin aus dem Konzept gebracht werden kann? Da sind Tränen geflossen, wenn ich mich recht erinnere."

„Naja …"

„Es ist mir zu früh für die klare Zuordnung eines Täters oder einer Täterin, aber die Überlegungen sind gut. Leute, macht weiter! Saubere Arbeit bisher", ermunterte Behringer seine Soko-Truppe. „Und dieses Mineral, der Korund, ist für unseren Fall wahrscheinlich gar nicht relevant. Vielleicht hat da irgendwer, irgendwann an seinem Auto rumgeschliffen."

Der Hauptkommissar sah in die Runde. „Wenn ich den Stand unserer aktuellen Ermittlungen recht überblicke, haben wir mindestens fünf Verdächtige mit je einem Tatmotiv und von den meisten wissen wir, dass sie sich am Tag des Mordes in der Stadt herumgetrieben haben: Laila Kolb, die aktuelle Ex-Freundin, Annalena Sturm, die ältere Ex, die entlassene diebische Putzfrau Morarac, die uns nach meinem Gefühl lange noch nicht die ganze Wahrheit gesagt hat, diese Aischa mit dem Finanzdeal und der inzwischen verhaftete Banker aus Frankfurt mit seinen ‚Mäusen'. Das sind mir eindeutig zu viele potenzielle Täter! Herr Bauerreis, Frau Landrock, würden Sie bitte als nächstes mit dem Verantwortlichen der Schlossgaststätte in der Eremitage sprechen? Ich möchte wissen, was die Morarac dort gearbeitet hat und wann genau. Fragen Sie bitte explizit nach, ob sie am Tag der Tat dort ausgeholfen hat, das muss überprüft werden. Ich glaube ihr die Geschichte mit dem Kino und dem Regen nicht so recht."

Die beiden nickten.

„Wenn Sie damit fertig sind, fahren Sie bitte nochmal bei der Rentnerin, der Anna Schmidt, vorbei. Herr Weidner, Sie meinten doch, dass diese Aischa Dingsbums dem Springer ein freizügiges Foto von sich geschickt hat?"

„Ja …"

„Zu freizügig für die Augen neugieriger und leicht erregbarer älterer Damen?"

„Äh … es waren Dessous im Spiel."

„Passt. Dann zeigen Sie, Frau Landrock und Herr Bauerreis, der Nachbarin das Foto. Vielleicht kann sie die Leichtbekleidete ja als die ‚Nuddn' identifizieren, der sie einen Eimer voll Wasser über den Kopf geschüttet hat. Dann wäre sichergestellt, dass auch sie zumindest kurz vor der Tat in Bayreuth war. Frau Meissner, können Sie derweil die Recherchen koordinieren, um wen genau es sich bei dieser Dame handelt? Ausgiebige Vita?"

Sabine Meissner stupste Simon Weidner an und bat um die genaue Schreibweise des Namens der Verdächtigen. Der schob der jungen Kollegin seinen Notizzettel rüber.

„Leute, mein Gefühl sagt mir, dass uns das Geld zum Täter führen wird", machte Behringer deutlich. „Wenn unser Opfer, der Springer, mit Beträgen von knapp zehn Millionen jongliert hat, dann hat das Begehrlichkeiten geweckt. Und das war nur sein letzter Deal. Wer weiß, mit welchen Summen er es davor zu tun bekommen hat. Ja, Frau Meissner?"

Die junge Kollegin hatte ihr Handy in der Hand und scrollte wild darauf herum. „Also, wenn ich den Namen Aischa Bint Malika Al-Bagdadi google, komme ich auf die First Gulf Bank. Sitzt in den Vereinigten Arabischen Emiraten. Hier gibt es auch einen Artikel im *Handelsblatt* über die Frau … steht dem Herrscherhaus nahe … hat einige hohe Posten in staatlichen Unternehmen … Vertraute von Scheich Mansour Bin Yazed Al Yanah …"

„Den kenne ich", fiel Kommissar Bauerreis ein. „Das ist doch der Hauptanteilseigner von Manchester City?"

„Stimmt", bestätigte Behringer. „Einer von den unfassbar reichen Herren, die sich in englische Fußballklubs eingekauft haben. Danke", wandte er sich an Kriminalkommissaranwärterin Meissner, „aber packen Sie ihr Handy jetzt bitte trotzdem wieder weg."

Die junge Kollegin kam der Bitte nach. „Ich werde mich da noch genauer informieren."

„Gut so. Tun Sie das. Nun zu Ihnen, Herr Lang. Sie rufen als nächstes Laila Kolb an und bitten Sie darum, uns morgen in die Wohnung ihres Ex-Liebhabers zu begleiten. Bereiten Sie sie darauf vor, dass sie jede Schublade, jedes Schrankfach inspizieren und sich darauf konzentrieren soll, festzustellen, ob etwas fehlt."

Der Hauptkommissar rieb sich das Kinn. „Diese ganze Finanzsache ist mir noch viel zu nebulös. Wir haben keine Ahnung, was genau das Mordopfer mit dem verhafteten Owens ausgeheckt hat. Ich will im Detail wissen, wie das Ganze in Verbindung zu dieser Aischa Dingsbums steht. So richtig koscher kann der Deal der drei kaum gewesen sein. Es würde mich auch nicht wundern, wenn die Brüder von Laila Kolb mit drinstecken." Behringer sah Klaus-Karl Lang an. „Denken Sie an Frau Kolbs Äußerungen, KKL! Dass Heiko Springer ihren Brüdern dabei geholfen haben soll, ein finanzielles Problem zu lösen. Leute, unsere vordringlichste Aufgabe ist es, dieses Knäuel, diesen Wirrwarr, von hinten aufzuspulen. Also, ich für meinen Teil verstehe nichts von komplexen Finanzierungsthemen. Wie steht's mit Ihnen?"

18 Augenpaare sahen den Soko-Leiter unschlüssig an.

Der seufzte. „Also brauchen wir Unterstützung von einem Fachmann beziehungsweise einer Fachfrau. Ich denke da spontan an Gerti Wagner vom K 3, dem Kommissariat für Vermögens- und Wirtschaftsdelikte. Ich werde mich mal mit ihr beratschlagen. Vielleicht kann sie uns bei der Entwirrung des Knäuels unterstützen. Mann, Mann, Mann – es würde mich wirklich nicht wundern, wenn wir hier auf der Spur eines höchst zweifelhaften Finanzgeschäfts und damit der Lösung des Falls auch deutlich näher wären. Aber das ist im Moment nur reine Spekulation, reines Bauchgefühl. Und Bauchgefühle und Spekulationen allein bringen uns

Lügen und fehlende Ordner
4. März

Egon Heilmann, der Pächter der Schlossgaststätte, war schwer beschäftigt, als Helmut Bauerreis und Susanne Landrock eintraten. Ein älteres Ehepaar nahm ihn gerade voll in Beschlag. „150 Geburtstagsgäste sind überhaupt kein Thema", erklärte er ihnen und sein Kinnbart wippte auf und ab wie bei einem weihnachtlichen Nussknacker aus dem Erzgebirge. „Wir haben drei unterschiedlich [illegible] [illegible]" bei Ihnen, wobei wir Sie in der Zusammenstellung und Kombination der Speisen gerne beraten, falls Sie das wünschen. Wir bieten Ihnen traditionell oder exklusiv, fränkisch oder mediterran, deftig oder leicht."

„Können wir uns vorab mal die Räumlichkeiten ansehen?", brummelte der männliche Part des Rentnerpaares, der sich auf einen Stock stützte.

„Selbstverständlich, der Herr. Annegret, kommst du mal?", rief Heilmann in Richtung Küche.

Annegret, die Empfangsdame an der Rezeption des Schlosses, eilte im Laufschritt herbei.

„Die Herrschaften möchten sich gerne unsere Gasträumlichkeiten ansehen. Sei so lieb und führe sie doch herum. Vielleicht kannst du ihnen auch ein paar Menüvorschläge zeigen, falls sie Interesse daran haben."

„Aber gerne", hauchte Annegret freundlich und ein wenig atemlos dahin. „Wenn Sie mir bitte folgen wollen?"

Egon Heilmann hatte die beiden Neuankömmlinge längst im Blick. Er witterte das nächste Geschäft. Mit einem übertrieben freundlichen „Womit kann ich dienen?" schlich er sich heran.

Schnell wurde er enttäuscht, als Bauerreis und Landrock ihre Dienstausweise zückten und sich vorstellten.

„Wir haben nur ein paar banale Fragen an Sie, Herr Heilmann", eröffnete Bauerreis die Runde. „Es geht um Ivana Morarac."

Heilmann musste einen Moment nachdenken. „Sie meinen unsere Aushilfe?"

„Ja, genau. Wir möchten gern wissen, wann genau sie bei Ihnen aushilft."

„Oh, nur gelegentlich. Zu besonderen Anlässen, wenn wir *ad hoc* Zusatzkapazitäten brauchen und Frau Morarac verfügbar ist. Also, ich kann Ihnen versichern, dass bei uns steuerlich alles in Ordnung ist. Wir melden auch alle unsere Aushilfen vollkommen korrekt an. Sie können gerne Einsicht in unsere Buchführung nehmen ..."

„Das interessiert uns nicht im Geringsten, Herr Heilmann“, unterbrach Susanne Landrock den Wortschwall des Pächters.

Der atmete sichtbar erleichtert auf. „Was steht denn dann an?“, wollte er wissen.

„Uns geht es um die Frage, ob Frau Morarac am 26. Februar in Ihrem Haus gearbeitet hat. Und wenn ja, von wann bis wann exakt.“

„Das weiß ich so nicht auswendig. Da müsste ich im Dienstplan nachsehen. Wenn Sie sich einen Moment gedulden wollen?“

„Aber gerne.“

„An dem Freitag war die Hochzeit Schirmer und Wegmann“, teilte er ihnen mit, als er zurückkam. „Ich erinnere mich. Ein Scheißwetter den ganzen Tag. Das Brautpaar hat mir richtig leidgetan. Ich habe Ivana Morarac selbst angerufen, ob Sie an diesem Tag bei uns aushelfen könnte. Das war gleich morgens. Eine unserer festangestellten Küchenhilfen hatte sich krankgemeldet und wir haben zum Abendessen ja über 100 Hochzeitsgäste erwartet, ganz zu schweigen vom Kaffee davor.“

Susanne Landrock machte sich erste Notizen. „Was waren denn an diesem Tag beziehungsweise Abend Frau Moraracs genaue Aufgaben?“

„Nun ja, zuvorderst sollte sie in der Küche aushelfen. Reine Hilfsarbeiten. Kartoffeln schälen, Zwiebeln schneiden, Salat waschen und so weiter. Alles Dinge, die aufhalten. Als das Brautpaar dann auch noch Bedenken bekam, dass die bestellten Kuchen nicht reichen könnten, habe ich Frau Morarac in die Stadt geschickt, um in der Konditorei *Funsch* noch eine Sahnecremetorte und einen gedeckten Apfelkuchen zu holen.“

„Wann genau war das?“ Dieses Mal hatte Bauerreis die Frage gestellt.

„Oh, wann das war?“, wiederholte Egon Heilmann die Frage. „Was Sie alles wissen wollen ... Muss ich mich jetzt wirklich genau daran erinnern? Wir hatten alle Hände voll zu tun. Also, Frau Morarac hat gegen 13:00 Uhr ihren Dienst angetreten. Den Kaffee gab es recht spät an diesem Tag ... Ich würde sagen, so ungefähr zwischen 17:00 und 19:00 Uhr muss Frau Morarac auf dem Weg zur Konditorei gewesen sein."

„Und wie kam Frau Morarac in die Stadt? Wir wissen, dass sie kein Auto besitzt."

„Oh, das weiß ich", freute sich Heilmann. „Mit unserem Schlosswagen natürlich."

„Schlosswagen?"

„Ein Mitsubishi Outlander. Den benutzen fast alle unserer Angestellten. Wir brauchen den Stauraum immer wieder für größere Einkäufe."

„Wenn ich Sie also richtig verstehe", rekapitulierte Susanne Landrock, „war Frau Morarac an diesem Tag entweder in der Küche ihres Restaurants beschäftigt oder sie war zum Kuchenkaufen unterwegs?"

„Genau!" Heilmann schlug sich theatralisch die Hand vor die Stirn. „Ach ja, jetzt fällt es mir wieder ein: Ich habe Frau Morarac noch gesagt, dass sie, nachdem sie die beiden Zusatzkuchen hier abgeliefert hätte, ruhig nach Hause gehen könne, um sich um ihre Tochter zu kümmern. Das Gröbste war ja verrichtet. Mit dem Rest würden wir auch ohne sie zurechtkommen, sie hat eh nur sehr selten im Service ausgeholfen. Und ihre Tochter war sehr krank. Das habe ich ihr noch hoch angerechnet, dass sie sich trotzdem den ganzen Nachmittag Zeit für uns genommen hat ... Sagen Sie, Frau Morarac ist doch nicht in Schwierigkeiten? Muss ich da etwas wissen?"

„Nein, das nicht. Sagen wir mal so", meinte Helmut Bauerreis. „Ivana Morarac ist Teil einer laufenden Ermittlung. Mehr dürfen wir Ihnen nicht sagen."

„Ich bräuchte sie nämlich voraussichtlich schon nächstes Wochenende wieder ..."

„Es spricht von unserer Seite vorläufig nichts gegen einen weiteren Einsatz von Frau Morarac in Ihrer Küche, Herr Heilmann. Apropos: Dürfen wir mal einen Blick in Ihre Küche werfen? Nur ganz kurz?"

„Aber selbstverständlich, folgen Sie mir."

Im Entenmarsch ging es durch einen langen Korridor und hinein in einen großen, bis zur Decke weiß gekachelten Raum voller Chrom und Edelstahl.

„Sehen Sie, dies hier ist Frau Moraracs Arbeitsplatz, wenn sie bei uns aushilft."

Kriminalobermeisterin Landrock stellte sich auf ihre Zehenspitzen. „Der Weg, der da draußen vorbei führt ...?", setzte sie an und spähte durch eines der ungewöhnlich hoch angesetzten, schmalen Fenster.

„... Wird von vielen Besuchern, Spaziergängern und Joggern benutzt", ergänzte Heilmann den Satz, „führt rechter Hand durch bewaldetes Gebiet zum Roten Main und wieder zurück durch den Parnass zum Neuen Schloss beziehungsweise hin zu den Ausgängen der Eremitage. Links geht es zum Alten Schloss und weiter zum Sonnentempel."

„Da sieht man ja jeden, der hier vorbeikommt", bemerkte Kommissar Bauerreis.

„Wenn man groß genug ist", murmelte Susanne Landrock halblaut.

„Ja, sogar in der Nacht, wenn die Außenbeleuchtung eingeschaltet ist", frohlockte der Gaststättenpächter gut gelaunt, noch immer glücklich darüber, dass die beiden Beamten sich weder für seine Steuerunterlagen interessierten noch ihm die Weiterbeschäftigung von Ivana Morarac verboten hatten.

„Sagen Sie, Herr Heilmann, eine abschließende Frage, weil ich gerade den Messerblock hier sehe", meinte Susanne Landrock. „Haben Sie in Ihrer Küche einen hohen Messerverschleiß?"

„Das ist eine wirklich gute Frage", entgegnete der Pächter, „und da haben Sie tatsächlich recht. Ich habe keine Ahnung, warum. Natürlich geht mit der Zeit mal etwas kaputt, aber entweder sind unsere Bediensteten die größten Schlamper oder – und das schmerzt mich, zu sagen – die Messer werden geklaut. Ich weiß es wirklich nicht. Jedenfalls muss ich ständig nachbestellen. Sie kennen sicherlich die Herstellerfirma *Zwilling*. Die sind nicht gerade die billigsten. Wissen Sie, ich habe sogar mal den Küchenchef vom

Richard Wagner gefragt, wie das bei ihm so läuft – wir kennen uns flüchtig über ein paar gemeinsame Bekannte."

Die beiden Polizisten warfen sich einen Blick zu.

„Günther – also, Günther Kolb vom *Wagner* – hat als Sternekoch natürlich sein eigenes Messerset, an das niemand auch nur einen Finger legen darf, aber ansonsten scheint er den gleichen Verschleiß an Küchenutensilien zu haben. Das hat mich dann ein wenig beruhigt ..."

Als die Beamten endlich gegangen waren, kamen Egon Heilmann allerdings doch Bedenken. Erst jetzt registrierte er, was es bedeutete, dass die Beamten gar nicht von der Wirtschaftskriminalität, sondern von der Mordkommission gekommen waren. Hoffentlich löste ihr Besuch nicht noch etwas aus, was ihm gar nicht gefallen würde.

*

„Dees is die Nuddn, die neili vor unserer Hausdier randalierd had", war sich Anna Schmidt ganz sicher. „Wie a Zigeinerin hads ausgschaud, a richdigs Gschwerdl eben, wie mer bei uns so schee sachd."

„Aber es war finstere Nacht", gab Kriminalobermeisterin Landrock zu bedenken.

„Abber es woar finsdre Nachd", wiederholte die Rentnerin verärgert. „Immer glabd ihr uns Aldn ned. Maand wir ham schlechde Augn odder diggn ned richdi. Dabei woar die Schlodhex middn im Lichd vo der Hausdierbeleichdung gschdandn. Und jedes Mol, wenn dees Lichd ausganga is, had sis widder eigschald. Abber vo mir aus ... etz zeigts mer nommal des Foddo ... Jesses Maria und Josef, was had denn die oo?", bekreuzigte sie sich, als sie einen zweiten, langen Blick auf das Foto geworfen hatte. „Die is ja so gud wie naggerd. Wenn dees ka Nuddn is? Wie kann mer denn bloß a su rumlaafn? Die reinsde Sind! A su häddi mi ned amol meim Alfred – Godd sei seiner Seel gnädich – zeichd. Dees is ja die reinsde Bornografie. Bfui Deifl!"

*

Während Kommissar Bauerreis und seine Kollegin Landrock sich erst mit dem Pächter der Schlossgaststätte und dann mit der aufgeregten Anna Schmidt beschäftigten – und nebenbei Ivana Morarac einer Lüge überführten: von wegen Kino –, begingen Behringer und KKL mit Laila Kolb die Wohnung von Heiko Springer. Laila fühlte sich gar nicht wohl in ihrer Haut, aber natürlich wollte sie die Kriminalbeamten durch bereitwillige Mitarbeit unterstützen, schon alleine, um den Verdacht von sich zu nehmen. Dennoch, es war alles noch viel zu frisch und beim Betreten jeden Raums kamen all die Emotionen in ihr hoch: das Doppelbett mit der aufgeschlitzten Matratze, in dem sie beide den Sex manchmal bis zum frühen Morgen genossen hatten, die Eckbadewanne mit den zerbrochenen Flaschen, aus denen grüne, gold- und rosafarbene Schaumbadflüssigkeiten ausgelaufen waren ... Auf dem vom Wasserdampf beschlagenen Spiegel hatte Heiko ihr manchmal kleine Nachrichten hinterlassen. Dann die bequeme Polsterlandschaft im Wohnzimmer mit den vollkommen zerfetzten Kissen, auf der sie sich bei einem Gläschen Wein in die Arme genommen hatten, nur um still fernzusehen ...

„Achten Sie einfach nur darauf, ob Ihnen irgendetwas verändert vorkommt“, durchbrach Behringers Stimme ihre Gedanken. „Machen Sie sich Notizen, bevor Ihnen Ihre Beobachtungen wieder entgleiten“, riet er ihr. Sie nickte abwesend.

Als sie glaubte, durch zu sein, jagte der Hauptkommissar sie erneut von Zimmer zu Zimmer und tatsächlich fielen ihr mitten in der ganzen Zerstörung Dinge auf. Manche Gegenstände waren entweder nicht mehr da oder befanden sich an ganz anderen Stellen als sie in Erinnerung hatte. „Also, das Auffälligste, was fehlt, ist natürlich Heikos Laptop, ein schwarzes Acer-Modell. Dann sehe ich auch kein neues Handy. Er hat versucht, mich damit zu erreichen, als ich in Hof war. Außerdem hat er mir eine SMS geschickt.“

„Dann geben Sie mir die Rufnummer seines neuen Mobilanschlusses. Am besten gleich!“, forderte Behringer sie auf.

„Selbstverständlich." Laila öffnete die Liste ihrer entgangenen Anrufe. „Wenn Sie sich notieren wollen?"

Der Kugelschreiber des Hauptkommissars kritzelte über das Papier einer alten Zeitung, die auf dem Esstisch lag. Kommissar Lang steckte den Notizblock wieder ein, den er seinem Chef hatte reichen wollen. Viel zu umständlich für BB, der schon sein Mobiltelefon in der Hand hatte und im Kommissariat anrief. Konrad Stein, der Pressesprecher der Soko, nahm ab.

„Stein, Behringer hier", schnaubte der Hauptkommissar in sein Handy, „ich brauche ein Bewegungsprofil von folgendem Mobiltelefon. Schreiben Sie mal auf!"

„Aber ..."

„Ja, ich weiß, die Genehmigung. Ich rufe gleich Staatsanwalt Altmeier an und weise ihn auf die Dringlichkeit hin. Sind Sie schreibbereit? Also, das ist die 0151-22602163. Haben Sie die Nummer? Können Sie bitte wiederholen? Und Stein, es ist superdringend."

Dann wandte er sich wieder Laila Kolb zu. „Wo waren wir stehengeblieben? Was ist Ihnen sonst noch aufgefallen?"

„Sein Schreibtisch, Heikos Schreibtisch. Da fehlen Unterlagen."

KKL staunte. „Wie können Sie das bei dem Papierchaos im Arbeitszimmer überhaupt feststellen?"

Sein Chef ignorierte ihn und sprach weiter zu Laila Kolb. „Welche Unterlagen genau?" Behringer war in Schwung. „Nun machen Sie doch!"

„Da stand früher ein gelber Leitz-Ordner mit der Aufschrift *Verträge 2015*. Der ist weg, ich habe in der ganzen Wohnung keinen gelben Ordner gesehen. Außerdem fehlt die Mappe mit den Kontoauszügen 2016. Heiko war in der Beziehung ein sehr ordentlicher Mensch. Seine Ablage war immer auf dem aktuellsten Stand. Wobei es schon sein kann, dass ich die Mappe einfach nicht gesehen habe, wenn sie jetzt irgendwo unter den anderen Stapeln liegt?"

„KKL, erinnern Sie sich, dass Weidner nach der Wohnungsdurchsuchung irgendetwas von Kontoauszügen erzählt hat?"

„Nein."

„Aha! Sonst noch etwas, Frau Kolb?"

„Mir ist noch aufgefallen, dass jetzt überhaupt kein Bargeld mehr vorhanden ist. Man kann ja in alle Schubladen hineinschauen ... Heiko hatte immer irgendwo ein Bündel Scheine rumliegen. Er war regelrecht davon besessen, dass ihm plötzlich das Geld ausgehen und er im Supermarkt, im Restaurant oder in einem sonstigen Geschäft ohne genügend Bargeld dastehen könnte. Er hat sehr ungern mit EC- oder Kreditkarte bezahlt. *Das hinterlässt nur Spuren,* hat er immer gesagt. Und dass er sich beim Geldausgeben nicht überwachen lassen will."

„Und das als Investmentberater?", zweifelte Behringer.

Laila nickte. „Onlinebanking war ihm ein Graus. *Als würde ich überall meine Fingerabdrücke hinterlassen,* hat er mir erklärt."

„Offensichtlich hatte er etwas zu verstecken", kommentierte Behringer.

Durchsuchung
26. September, ein Jahr zuvor

An diesem Tag platzte die Bombe. Die einschlägigen Wirtschaftsmedien berichteten von der Durchsuchung der Frankfurter Dependance der kanadischen Maple Bank. Es ging um Cum-Ex-Geschäfte mit Aktien, um den Verdacht auf zweifelhafte Steuermanipulationen, Geldwäsche und persönliche Bereicherung. Zwei Tage zuvor hatten bundesweit rund 300 Beamte die Geschäftsräume und Privatwohnungen von beschuldigten Mitarbeitern der Bank durchsucht. Die Generalstaatsanwaltschaft hatte zwar keinen Namen genannt, doch die Anwältin, die an der Spitze der Rechtsabteilung der Maple Bank stand, hatte die Durchsuchungen bestätigt und die absolute Kooperationsbereitschaft ihrer Mandanten mit der Generalstaatsanwaltschaft angekündigt.

Auch Politiker der Opposition kamen in zahlreichen Interviews zu Wort. „Ein einziger Skandal, der zum Himmel stinkt", meinte zum Beispiel ein Grüner, der ein Bundestagsmandat bekleidete. Dann erklärte er, dass die ehrlichen Steuerzahler die Gelackmeierten seien, weil ihre Steuergelder nicht für öffentliche Leistungen verwendet, sondern in quasi betrügerischer Absicht und ohne Gegenleistung in Form von Steuerrückerstattungen an kriminelle Elemente überwiesen würden. Dann kam er auf die Weltwirtschaftskrise von 2008 zurück, die von der amerikanischen Investmentbank Lehman Brothers ausgelöst worden war. „Wir sind nicht klüger geworden", klagte er an. „Das Schlimme ist, dass diese Hase-und-Igel-Spiele auf den Finanzmärkten einfach weitergehen. Und wieder ist der kleine Mann der Betrogene. Fragen wir uns doch, warum die deutschen Behörden diesem betrügerischen Treiben so lange zugesehen haben? Sollte es zu Gerichtsverfahren gegen die beschuldigten Bankmanager kommen, bin ich mir sicher, dass diese Frage nicht von den Richtern und Anwälten geklärt werden kann. Das ist auch ein Teil des Skandals. Unser Vorschlag, einen Sonderermittler zu benennen, der die Hintergründe dieser Geschäfte aufarbeitet, wurde von der Großen Koalition abgelehnt. Da bin ich bei dem Sprichwort, dass eine Krähe der anderen kein Auge aushackt."

Die Berichte in den Fernsehnachrichten verfolgten auch Manfred, Günther, Karl und Dieter Kowalski.

„Du bist der Geschäftsführer des Hotels", argumentierten die anderen drei gegenüber Manfred. „Ruf ihn an."

„Heiko hat nie von einer Maple Bank gesprochen", wehrte der sich. „Cum-Ex-Geschäfte hat er immer illegal genannt, da sind wir nicht dabei. Wenn es uns betreffen würde, hätte er sich schon längst gemeldet!"

Manfred wollte nicht derjenige sein, der gegenüber Heiko Misstrauen artikulierte.

„Dann frag deine neue Freundin, frag Annalena, die muss sich mit diesen Geschäften auskennen", forderte Kowalski. „Die ganzen letzten Wochen war sie doch offiziell die Verbindungsperson zwischen Heiko und uns."

Doch das wollte Manfred schon gar nicht. „Wir haben mit dem Deal mittlerweile überhaupt nichts am Hut", versuchte er es ein weiteres Mal, „das macht Heiko doch alles auf eigenes Risiko."

„Wir sind immerhin die Nutznießer seines Geschäfts, wenn es denn funktionieren sollte, und es gibt einen Vertrag, den wir unterschrieben haben", erhielt Kowalski von Günther Unterstützung. „Jetzt stellt euch mal vor, der Deal ist doch kriminell. Und wir stecken drin!"

Manfred verdrehte die Augen. „Ihr Kleingeister", beklagte er sich, „ihr I-Tüpfelchen-Reiter, dann ruf ich ihn halt an."

„Wann?", wollten die anderen wissen.

„Von mir aus gleich."

„Dann mach!"

Widerwillig zückte er sein Handy und wählte. Das Freizeichen ertönte. Einmal, zweimal, dreimal. Manfred war nahe daran, das Feld mit dem roten Hörer zu drücken.

„Heiko Springer", ertönte es an seinem Ohr.

„Grüß dich, Heiko ..."

„Manfred, was kann ich für dich tun?"

„Ja ... wie soll ich sagen? Also, meine Brüder und Dieter, wir haben da vorhin die Tagesschau verfolgt ... Hast du das auch gesehen? Wir meinen ... natürlich nur, um sicher zu gehen ... ja, also ...“

„Du meinst den Bericht über die Maple Bank?“ Heiko klang entspannt, fast belustigt.

Manfred fiel eine Zentnerlast vom Herzen. „Hm, schon.“

„Da macht euch mal keine Sorgen. Sag das auch den anderen. Die Maple Bank steht schon seit Langem im Verdacht, krumme Geschäfte zu machen. Gerade mit diesen Cum-Ex-Transaktionen. Erinnert euch: Was habe ich euch gesagt, als wir uns über das Cum-Cum-Geschäftsmodell unterhalten haben? *Lasst die Finger von Cum-Ex*, habe ich euch geraten, und dass der Gesetzgeber diesen Geschäften seit 2012 einen Riegel vorgeschoben hat. Das waren meine Worte.“

„Stimmt“, gab Manfred sichtlich erleichtert zu und strahlte seine Brüder und Dieter mit erhobenem Daumen an. Sie standen um ihn herum und verfolgten das Telefonat mit.

„Maple Bank?“, formte der Finanzdirektor Kowalski schon die ganze Zeit tonlos mit seinen Lippen und war der Verzweiflung ziemlich nahe.

„Und die Maple Bank?“, sprach Manfred es endlich deutlich aus. „Kennst du die Maple Bank? Hast du etwas mit denen zu tun? Dein Geschäft läuft nicht über die Dependance in Frankfurt, oder?“

„Natürlich kenne ich die Bank“, antwortete Heiko, „eine kleine Privatbank, mit Stammhaus in Kanada. In meinen Augen nicht gerade vertrauenswürdig“, log er. „Zu klein. Nicht der richtige Partner für meine Unternehmungen.“

„Danke, Heiko, das ist es, was wir wissen wollten. Jetzt sind wir wirklich erleichtert. Ich persönlich hatte ja überhaupt keine Bedenken, aber meine Brüder ...“ Manfred ignorierte die spitzen Blicke von Günther und Karl. „Ich hoffe, du bist uns nicht böse?“

„Um Himmels willen, Manfred! Dafür bin ich doch da. Wenn absehbar wäre, dass etwas bei meinem Geschäft schieflaufen könnte, hätte ich mich sowieso auf jeden Fall bei euch gemeldet.“

„Genau das habe ich auch gesagt. Nichts für ungut und schöne Grüße an Laila."

„Die werde ich ihr ausrichten. – Ach, Manfred, bist du noch dran?"

„Ja?"

„Du kannst auch Annalena Grüße von mir ausrichten." Heikos Stimme bekam einen eisigen Ton. „Sollte sie es nochmal wagen, Laila als ‚Hure' zu bezeichnen, dann wird das Konsequenzen haben. Sag ihr das. Ihre Eifersucht muss ein Ende haben. Sprich mit ihr!"

Heiko legte auf.

Die Durchsuchung der kanadischen Bankendependance in Frankfurt hatte seinen Blutdruck noch nicht erhöht. Das war nur der erste Schritt. Es würde dauern, bis die konfiszierten Unterlagen ausgewertet sein würden. Wochen auf jeden Fall, eher einige Monate. Je nachdem, was dabei herauskam, würden dann die Juristen des Staates und die der Bank aufeinandertreffen. Es würde Beschuldigungen, Verteidigungsstrategien und neue Gutachten geben. Das würde sich ebenfalls hinziehen, noch einmal monatelang. Heiko war sich sicher, dass das Geschäft, das er mit Bill Owens eingefädelt hatte, abgewickelt sein würde, bevor die BaFin der Maple Bank echte Hindernisse in den Weg legen konnte.

Eppeleins Fluch

Erste Oktoberwoche

Roswitha Krummbiegel war Sous-Chefin im „Richard Wagner". Ihre Mutter besaß eine Dreizimmer-Dachterrassenwohnung in der Friedrich-von-Schiller-Straße, nur einen Katzensprung südlich vom Grünen Hügel. Als Roswitha im Kollegenkreis davon erzählte, dass ihre Mutter einen Käufer suche, weil sie endlich einen Platz in einem Heim für Betreutes Wohnen gefunden hatte, bekam auch Laila Wind davon. Sofort rief sie Heiko an.

„Die Wohnung schauen wir uns an", entschied er.

Noch am Abend desselben Tages klingelten sie bei „Krummbiegel“ in der Friedrich-von-Schiller-Straße. Roswitha ließ sie herein und begleitete sie ins dritte Obergeschoß. Auf 97 Quadratmetern verteilten sich ein großzügiges Wohn-, ein Schlaf- und ein Kinderzimmer inklusive einer kleinen Küche und eines doch etwas renovierungsbedürftigen Badezimmers. Rundherum zog sich eine Dachterrasse, die mit allerlei Blumentöpfen zugestellt war.

„Was soll die Wohnung kosten?“, wollte Heiko wissen.

„Meine Mutter meint, dass 350.000 Euro angemessen wären“, wand sich Roswitha Krummbiegel ein wenig. Preisverhandlungen schienen ihr ganz und gar nicht zu liegen. „Verhandlungsbasis“, schob sie nach.

„Ich nehme die Wohnung“, entschied Heiko. „Wann kann ich einziehen?“

Roswitha fiel die Kinnlade herunter. Sie brauchte ein paar Sekunden, um die Überraschung zu verdauen. „Ist Dezember zu spät?“, fürchtete sie.

„Passt!“

„Willst du die Wohnung wirklich nehmen?“, meldete Laila vorsichtige Bedenken an. „Ich meine, die Küche und das Bad sind nicht gerade neuester Standard ...“

„Das lasse ich alles rausreißen. Da kommen neue Sanitärobjekte rein, eine neue Küche, moderne Kunststofffenster, neue Heizkörper und ein schicker Fußboden aus Massivholzdielen. Mitte Januar, wenn wir aus Kenia zurückkommen, ist Einzug.“

„Aus Kenia zurückkommen?“ Laila verstand nur Bahnhof.

„Ach, hab ich dir das noch gar nicht gesagt?“, schmunzelte Heiko. „Wenn du deine Bachelorarbeit demnächst abgegeben hast, dachte ich, dass das ein Grund zum Feiern ist. Ich hab für uns drei Wochen Kenia gebucht. Eine Woche im Tsavo Nationalpark am Kilimanjaro und zwei Wochen im 5-Sterne-Hotel *Maji Beach* an einem der Traumstrände des Landes. Noch vor Weihnachten geht's los, wir feiern unter Palmen. Ich hoff, das ist in Ordnung für dich?“

Laila konnte es kaum glauben. „Du bist doch immer wieder für eine Überraschung gut. Aber ich liebe es, von dir überrascht zu werden!" Voller Vorfreude flog sie ihm um den Hals und biss ihn zärtlich ins rechte Ohrläppchen.

„Also, wenn ich das richtig verstanden habe, dann sind Sie mit den 350.000 Euro für die Wohnung einverstanden?", meldete sich Roswitha Krummbiegel etwas verlegen zurück.

„Definitiv", bestätigte ihr Heiko. „Sie können schon mal den Notar Ihres Vertrauens beauftragen, einen Kaufvertrag vorzubereiten."

„Ja, wollen Sie sich vorher nicht um eine Bankfinanzierung bemühen?", wunderte sich die Köchin mit ihrem überschaubaren Gehalt.

„Ich habe die Mittel. Sobald die Auflassungsvormerkung im Grundbuch eingetragen ist, überweise ich Ihrer Frau Mutter den Kaufpreis. Übrigens, es wäre schön, wenn Handwerker schon etwas früher in die Wohnung könnten. Ich möchte von Grund auf renovieren und so schnell wie möglich damit anfangen."

„Das lässt sich sicher machen. Meine Mutter wohnt sowieso schon bei uns. Wissen Sie, sie hatte einen leichten Schlaganfall, erholt sich aber gut. Nur allein geht's halt nicht mehr. In etwa einem Monat steht der Heimplatz zur Verfügung, mein Mann und ich könnten die Wohnung bis dahin räumen, danach könnten die Handwerker rein. Sagen wir, Anfang November?"

„Super", bedankte sich Heiko, „dann kann ich mich ja schon um die Aufträge für Fliesenleger und Co. kümmern. Könnten Sie mir in den nächsten Tagen maßstabsgetreue Grundrisspläne besorgen?"

„Sicher, die bringe ich morgen früh mit ins Hotel. Laila, arbeitest du?"

*

Auch Laila hatte für Heiko eine Überraschung parat. Schon des Öfteren hatte sie in den Tageszeitungen von den Krimidinners gelesen, die allerorts recht erfolgreich veranstaltet wurden. Auch einige ihrer Kommilitonen hatten schon begeistert darüber berichtet, vor allem Lorenz Kutscher, der sie dieses Frühjahr gleich dreimal zu so einem Abend hatte einladen wollen. Letztens hatte sie im Internet recherchiert und alle Rezensionen gelesen, die sie finden konnte. Die Schlossgaststätte in der Eremitage wurde für ihre Genuss-Theater-Veranstaltungen durchgehend mit 5 von 5 Punkten bewertet. 79 Euro kostete das Vier-Gänge-Menü, inklusive Aperitif, pro Person. Viel Geld für die sparsame Studentin, aber ständig lud Heiko sie zum Essen ein, machte ihr Geschenke und verwöhnte sie an allen Ecken und Enden. Sie wollte ihm einfach etwas zurückgeben, einen unvergesslichen Abend mit viel Unterhaltung, Spannung und Spaß.

Die Veranstaltung war ausverkauft, wie immer. Laila hatte sich bewusst für ein fränkisches Krimidinner entschieden. „Der Fluch des Eppelein“ war ganz neu im Programm. Sie hoffte nur, dass Heiko mit dem Dialekt zurechtkam.

Der Abend stellte sich als Volltreffer heraus. Heiko war begeistert von der Geschichte des alten fränkischen Raubritters Eppelein von Gailingen, die Laila noch von der Grundschule her kannte: Eppelein hatte sein Unwesen gegen Ende des 14. Jahrhunderts getrieben. Außer dem Kriegshandwerk hatte er nichts gelernt. Doch die Kreuzzüge ins Heilige Land waren längst Geschichte, niemand benötigte mehr seine Dienste. Wovon sollte er leben? Also hatte der Bursche beschlossen, die Handelszüge der Nürnberger Patrizier zu überfallen, die er verachtungsvoll nur „Pfeffersäcke“ nannte.

„Auf seiner Burg Trainmeusel in der Fränkischen Schweiz, hoch über dem Wiesenttal, soll er gelebt und seine Raubzüge geplant haben“, erzählte Laila und setzte sich auf den Stuhl, den ihr Heiko galant zurechtgeschoben hatte. „Als ihn die Nürnberger dann schließlich gefasst und zum Galgen verurteilt haben, hat er aber sein Meisterstück vollbracht. Der Sage nach soll er mit einem gewaltigen Sprung auf dem Rücken seines Pferds über die Burgmauer entflohen sein.“

Heiko lachte und griff nach der Karte mit der Menüfolge für den Abend.

Laila gingen die ersten Zeilen eines Gedichts durch den Kopf, das sie noch in der Schule hatte auswendig lernen müssen: „Sie haben ihn gefangen / mit Spießen und mit Stangen / von Gailingen, den Eppelein. / Das war ein Jubeln und ein Schrei'n …" Sein Sprung hatte ihn unsterblich gemacht. Jahre später war er doch noch gefasst und in Neumarkt gerädert worden. So die Sage.

Einige Augenbrauen der Anwesenden schossen in die Höhe, als Bodo von Schreckenstein – seinerzeit der Neumarkter Scharfrichter, hier und heute ein mittelalterlich verkleideter Schauspieler – dem Publikum kundtat, dass dies keinesfalls der Wahrheit entsprach. „Eppelein wurde mir zu keinem Zeitpunkt zugeführt", erklärte er. „Nein, er wurde heimtückisch ermordet und vom Turm seiner Burg zu Tode gestürzt. Heute, mehr als 600 Jahre nach seinem Tod, wollen wir versuchen, seinen Mord aufzuklären. Die Verdächtigen sind hier auf der Bühne versammelt, als da sind …"

Dann stellte Scharfrichter Bodo eine illustre Runde vor. Laila erinnerte sich an so manchen Namen: Adelgunde, die Gemahlin Eppeleins, die er erst entführt und dann auf seiner Burg zwangsgeehelicht hatte. Veit von Stach, Nürnberger Ratsmitglied und Adelgundes Vater. Leonhard von Stach, der Bruder Adelgundes und Anführer der Nürnberger bewaffneten Reiter. Wolfgang Adam von Brandenstein zu Wüstenstein, ein Saufbruder und Kumpan des Ermordeten. Hinz, Eppeleins Großknecht. Lipper, Eppeleins Knappe. Jäkerlin, ein Jude in Eppeleins Diensten. Ciprianus, ein Benediktiner und Pfarrer auf Burg Trainmeusel. Rochus von Rabenfels, der klösterliche Schirmvogt von Heilsbronn. Titzian, der Turmwächter. Und noch weitere finstere Gestalten wandelten auf der Bühne herum, ehemalige Knechte und Spießgesellen des Raubritters. Bodo von Schreckenstein gab jedem eine kurze Biografie und siehe da: Jeder und jede von ihnen hatte ein Motiv, Eppelein von Gailingen nach dem Leben zu trachten.

Nach der Vorstellungsrunde wurde die Vorspeise serviert: „Strudel von der Bachforelle an Salat von Kräutern und Radieserl'n". Die Gäste verschlangen die kleinen Häppchen in Windeseile. Alle waren auf den Beginn des Spiels gespannt.

Die Geschichte war turbulent. Intrigen, Lügen und Verdächtigungen flogen zwischen den Schauspielern immer dramatischer hin und her. Bodo von Schreckenstein moderierte das Geschehen und ließ immer wieder neue Hinweise einfließen.

Nach dem Zwischengericht – Sorbet vom Grünen Apfel und Most – hatten die Gäste die Möglichkeit, den Tatort zu besichtigen, um persönliche Eindrücke aufzunehmen. Draußen vor der Schlossgaststätte lag ein weiterer Schauspieler, in sich gekrümmt, auf dem Pflaster. Sein Kopf war mit Kunstblut verklebt, aus seiner geballten Rechten lugte ein Stofffetzen heraus.

„Na, das macht ja nicht gerade Appetit auf den Hauptgang", meinte Heiko, grinste aber breit.

Drinnen gingen auf der Bühne die Befragungen weiter. Immer mehr Eigenarten, auch Talente der einzelnen Verdächtigen wurden bekannt. So stellte sich heraus, dass Adelgunde in ihrem früheren Leben in einer Apotheke tätig gewesen war und sich bestens in der Herstellung von giftigen Tränken aller Art auskannte. Hinz, der Großknecht, hatte seinen Herrn schon etliche Male zum Teufel gewünscht, da dieser die Knechte nicht ordentlich bezahlte. Der Heilsbronner Schirmvogt indessen hegte nach wie vor einen mächtigen Groll gegen Eppelein, da dieser einst die Stadt um ihre gesamten Weinvorräte gebracht hatte.

Heiko, der das Mörderspiel mit Enthusiasmus verfolgte, hatte riesigen Spaß an der Aufklärung. Nach vier Stunden der Schauspielerei und des Essens zog sich die Schlinge immer enger zusammen. Heiko tippte auf den Turmwächter, den Eppelein schlafend auf der Wacht überrascht und ihm eine ordentliche Standpauke gehalten hatte. Laila meinte, dass Adelgunde ihren Mann vom Turm geschubst hatte. Welche Frau lässt sich schon gerne zwangsverheiraten? Andererseits hatte sie zwei Söhne mit Eppelein gezeugt, gab Heiko zu bedenken. War sie zur Mörderin des Vaters ihrer Kinder geworden?

Nur wenige der Anwesenden hatten auf Wolfgang Adam von Brandenstein zu Wüstenstein, den besten Freund Eppeleins, getippt.

„Er hat den Eppelein beseitigt“, erklärte Bodo von Schreckenstein, „weil er Adelgunde entführen und gegen ein hohes Lösegeld an ihren Vater zurückgeben wollte.“

„Dieses Mal war es nicht der Gärtner“, bemerkte Heiko, während er an seinem Buttermilchtöpfchen mit marinierten Erdbeeren herumprobierte.

„Oder der Butler“, nuschelte Laila zufrieden durch einen Löffel voll Dessert.

„Man sollte wirklich besser auf seine vermeintlich besten Freunde aufpassen. Auf jeden Fall hat es riesigen Spaß gemacht. Ich danke dir für diesen wunderschönen Abend.“

Laila strahlte vor Verliebtheit und Glück.

Zwei Tage nach der Siemens-Hauptversammlung

28. Januar, ein Monat vor dem Mord

Nachdem Heiko sich für den Kauf der Wohnung entschieden hatte, hatte es kein Halten mehr gegeben. Schon einen Tag nach seiner Zusage war er mit seinem Mercedes am Firmensitz eines mittelständischen Bauunternehmens vorgefahren. Dort angekommen, hatte er nach dem Firmenchef verlangt, durchblicken lassen, dass Geld keine Rolle spiele, und mit einem schlüsselfertigen Auftrag gedroht, sobald man sich über die Ausführungstermine geeinigt habe. „Ich verlange eine meisterliche Konzipierung, Ausführung und Betreuung des Umbaus, bis hin zur Abnahme. Ich will keine getrennte Schnittstellenverantwortung haben. Sie sind mir durchgängig für alles verantwortlich“, hatte er erklärt. „Ich suche aus und Sie – oder Ihre Sub-Unternehmer – bauen ein, aber die Gesamtverantwortung mir gegenüber liegt bei Ihnen.“

Tags darauf war gemeinsam die Wohnung in der Friedrich-von-Schiller-Straße besichtigt worden. Die Krummbiegels waren gerade daran gewesen, die ersten Möbelstücke hinauszutragen. Heiko hatte dem Bauunternehmer erklärt, wie er sich den Umbau vorstellte und welche Modernisierungsmaßnahmen genau ausgeführt werden sollten.

„Dees werd net grood billich“, hatte der gemeint.

„Das ist das Letzte, worüber Sie sich Gedanken machen sollten“, hatte ihn Heiko fröhlich angewiesen. „Wann sind Sie mit dem ersten Planungsentwurf fertig?“

„In zwaa Wochn.“

„In einer Woche!“, hatte Heiko vorgegeben.

„Sie machn abber ganz schee Dambf“, hatte der Firmenchef gebrummt und sich in sein Schicksal gefügt.

Als Heiko und Laila Mitte Januar gut gelaunt und erholt von ihrem Keniaurlaub zurückkehrt waren, war die Wohnung picobello gereinigt gewesen und hatte zum Einzug bereitgestanden. Heikos Xantener Möbel waren auch angekommen und nach seinem detaillierten Plan aufgestellt worden. Sogar den Kühlschrank hatte die beauftragte Spedition nach den Einkaufswünschen Heikos gefüllt.

Drei Tage später hatte der stolze Neu-Bayreuther eine kleine *Housewarming*-Party gegeben, zu der neben Laila und dem Ehepaar Krummbiegel nebst Mutter – „Ach Godderla, is die Wohnung schee worn!“ – auch Manfred, Günther, Karl und Dieter Kowalski eingeladen waren. Annalena war nicht gekommen. Sie fühlte sich unpässlich.

*

Heute, knappe zwei Wochen später, waren Heiko und die Hotel-Brüder Kolb hoch zufrieden und strahlten um die Wette. Selbst Dieter Kowalski schien seine Skepsis über Bord geworfen zu haben. Vor zwei Tagen hatten der Vorsitzende des Aufsichtsrats und der Vorstandsvorsitzende der Siemens AG ihre Berichte zum abgelaufenen Geschäftsjahr abgegeben. Knapp 7.500 Teilnehmer hatten sich in der Münchener Olympiahalle getummelt. Das Ergebnis je Aktie war gegenüber dem Vorjahr deutlich gestiegen – auf 8,84 Euro. Die Firmenleitung hatte eine hohe Ausschüttung von 3,50 Euro je Wertpapier vorgeschlagen, die schließlich auch genehmigt wurde und einer Rendite von knapp über vier Prozent entsprach. Insgesamt wurden mehr als 2,8 Milliarden Euro an Dividende ausgeschüttet.

In seinem Bericht hatte der Vorstandsvorsitzende darauf hingewiesen, dass alle Ziele der Jahresprognose erreicht worden waren, und den Mitarbeitern für ihr Engagement gedankt. „Was versprochen wurde, haben wir geliefert", hatte er sichtlich stolz gemeint. Dann war er auf die Globalisierung und neue Herausforderungen eingegangen. Das neue Jahr werde eines der Optimierung, hatte er versprochen und als Eckpunkte der Zukunft die Elektrifizierung, die Automatisierung und die Digitalisierung genannt.

Heiko konnte es recht sein. Sein zwischenzeitliches Guthaben bei der Maple Bank war direkt nach der Ausschüttung auf über zehn Millionen angeschwollen – genau 10.150.000 Euro. Er hatte Bill Owens angewiesen, seinen Anteil von 507.500 Euro auf sein Konto bei der UBS auf den Cayman Inseln zu transferieren, der Hauptanteil der Dividendenausschüttung sollte unverzüglich an das Konto weitergeleitet werden, das Aischa ihm angegeben hatte. Auch die Siemens-Aktien der First Gulf Bank waren schon wieder beim rechtmäßigen Eigentümer gelandet und Heikos Wertpapierkonto bei der Maple Bank gab es nicht mehr. Der Xantener war ein vorsichtiger Mensch. Doppelt vorsichtig, nachdem die Geschäfte der kanadischen Bank nun so stark unter Beobachtung standen.

Ein letzter Deal ... Seit die EU-Mitgliedstaaten sich auf einen europaweiten Informationsaustausch über Zins- und Kapitalerträge geeinigt hatten, waren für Heiko die europäischen Finanzplätze auf Dauer keine Option mehr – egal, wie sie hießen, ob Schweiz, Österreich, Luxemburg oder Liechtenstein. In diesen Ländern hatte er längst keine Bankkonten mehr, deren Guthaben er geheim halten wollte. Er hatte sich nach George Town in der Karibik umorientiert und das hatte gute Gründe. Ein diskretes Nummernkonto bei der dortigen UBS kostete pro Jahr nur 250 US-Dollar. Die Kontoeröffnung war reine Formsache gewesen. Inhaber war eine eigens von ihm gegründete Cayman-Islands-Company. 3.000 US-Dollar hatte ihn die Firmengründung gekostet, bei einer

Steuerbefreiung für die nächsten 50 Jahre. Und er hatte noch nicht einmal offenlegen müssen, wer genau hinter dem Namen der Firma stand, er selbst blieb quasi als „Graue Eminenz“ streng geheim. Das Internet machte es möglich, dass auch die Caymans für Wertpapierbesitzer nur einen Mausklick weit entfernt lagen. Die Fiduciary Trust Ltd. bot die komplette Palette eines Discountbrokers im World Wide Web an. Von hier aus führte Heiko vermehrt seine weltweiten Börsen- und Handelsgeschäfte mit CO_2-Zertifikaten durch.

Ach, er schätzte einfach die Diskretion der Inseln. Sie leisteten anderen Staaten keinerlei Rechtshilfe in Steuerangelegenheiten. Und da es auf den Caymans keine Einkommenssteuer gab, wurden auch ausländische Hinterziehungen nicht verfolgt, geschweige denn bestraft. An sein Geld kam er höchst simpel per Kreditkarte, Abhebungen waren auch in Deutschland kein Problem. Eine gute Entscheidung, dem Finanzplatz Europa nun endgültig den Rücken gekehrt zu haben. Sein Gespräch mit Bill Owens im September des letzten Jahres war ihm nochmal eine Lehre gewesen und es sah so aus, dass die deutschen Steuerbehörden keine Ruhe gaben. „Wir rechnen mit dem Schlimmsten“, hatte ihm der Bankdirektor erst kürzlich am Telefon gestanden.

Shut Down

8. Februar, zweieinhalb Wochen vor dem Mord

Es hatte eine Zeit lang gedauert, aber nun stand es in den Wirtschaftsnachrichten aller großen Tageszeitungen: „Die Bundesanstalt für Finanzdienstleistungsaufsicht schließt Maple Bank“. Die BaFin hatte der Maple Bank untersagt, weiterhin Geschäfte zu betreiben. Die Ermittlungen hatten einwandfrei ergeben, dass die kleine Investmentbank vor allem von 2006 bis 2010 betrügerische Cum-Ex-Geschäfte in umfangreichem Stil betrieben und so den deutschen Fiskus um geschätzte 450 Millionen Euro geschädigt hatte. Der Schaden lag damit deutlich über dem Eigenkapital der Bank.

Am Samstag, den 6. Februar hatte die BaFin wegen der drohenden Überschuldung ein Veräußerungs- und Zahlungsverbot im Rahmen eines Moratoriums erlassen. Damit wurde der Bank der Schuldendienst untersagt. Natürlich forderte der Bund die nicht gezahlten Steuern zurück und verlangte eine Rückstellung, eine Verbindlichkeit in den Bilanzpositionen der Bank. Als die National Bank of Canada, der Hauptanteilseigner der Maple Bank, von dieser Auflage erfuhr, schrieb sie ihre 165.000.000 kanadische Dollar schwere Beteiligung gedanklich ab. Sie war nicht mehr dazu bereit, das beschuldigte Bankhaus auch nur noch mit einem Cent zu unterstützen.

So fraß die geforderte Rückstellung das vorhandene Eigenkapital auf. Die Investmentbank war nicht mehr geschäftsfähig.

Wie sich schnell herausstellte, hatten diverse Bundesländer Geldanlagen in der insolventen Maple Bank: Nordrhein-Westfalen glänzte mit 65 Millionen Euro, Mecklenburg-Vorpommern mit 59 Millionen, Rheinland-Pfalz mit 55 Millionen und Niedersachsen mit 50 Millionen. Auch die Stadt München hatte mit 35,6 Millionen der Bank vertraut. Als GmbH war die Maple Bank nach deutschem Recht eine Personengesellschaft und konnte selbst nicht belangt werden, wohl aber ihre handelnden und haftenden Manager. Bill Owens befand sich seit dem Wochenende auf der Flucht.

Der Zugriff der deutschen Steuerbehörden kam für Heiko deutlich früher als erwartet. Da hatte er wirklich nochmal Schwein gehabt, sein Geschäft war restlos abgewickelt. Ihm war natürlich bewusst, dass die Ermittler früher oder später auch auf seinen Namen stoßen würden, dafür war der Deal zu frisch. Sein Aktiendepot war zwar gelöscht, doch war er sicherlich als Kunde in den Unterlagen der Bank dokumentiert. Der Vertrag, den er mit Owens geschlossen hatte, schlummerte mit Sicherheit irgendwo in den Akten des Kreditinstituts. Große Sorgen machte sich Heiko an dieser Front nicht, Cum-Cum war nach wie vor eine legale Sache.

Wenn die Fahnder aber nicht lockerließen und anhand seines Namens weitere Nachforschungen anstellten, würden sie auch in den Dokumenten diverser Großbanken auf ihn stoßen. Das könnte haariger werden. Es war ja nicht so, dass er überhaupt niemals an Cum-Ex-Geschäften beteiligt gewesen wäre. Wenn er da an diverse Vorgänge mit der Münchener Hypo Vereinsbank dachte … über drei Jahre war das her, aber ob das als zeitlicher Abstand reichte? Die hatten zwar aufgrund ihrer Größe sicherlich keine Probleme, entsprechende Rückstellungen in ihre Bilanzen einzustellen, sollten die Steuerfahnder ihnen auf die Schliche kommen … dennoch. Heiko überlegte, was er tun sollte. Noch hatte er Zeit. Nur keine Hektik aufkommen lassen. In der Ruhe liegt die Kraft.

Dass er gerade mit hohem finanziellem Aufwand die Wohnung in der Friedrich-von-Schiller-Straße hatte herrichten lassen, belastete ihn nicht. Die konnte er jederzeit ohne Verlust wieder abstoßen. Aber er dachte an die weitere, langfristige Zukunft. Was ihm durch den Kopf ging, war die Frage, wie – und nach den neuesten Entwicklungen wo – es mit ihm und Laila weitergehen sollte. Sie war die Liebe seines Lebens. Auch wenn sie über eine gemeinsame Zukunft noch nicht gesprochen hatten, kam es ihm völlig absurd vor, ein Leben ohne sie zu planen.

Finanziell hatte er ausgesorgt. Die Konten auf den Cayman Inseln waren prall gefüllt. Doch Laila war nicht der Typ, der sich auf Dauer von ihm aushalten lassen würde. Sie wollte selbst etwas bewegen, etwas Eigenes schaffen und dabei ihrer Leidenschaft folgen, dem Umweltschutz, der Rettung der Welt. Das war ihre Berufung. Sie brauchte ein Ziel, an dem sie sich orientieren, an dem sie arbeiten konnte. Heiko verstand und akzeptierte ihren Ehrgeiz. Er selbst konnte sich ein gemeinsames Leben mit ihr überall auf der Welt vorstellen. Zumindest an Plätzen, an denen es möglich war, ein angenehmes Leben zu führen. Laila musste nur mitmachen. Es gab so viele schöne Länder auf dieser Erde, die aber haarsträubende Probleme mit der Umwelt oder dem Klimawandel hatten. Er brauchte da nur an die Seychellen zu denken oder an die Malediven, die vom Meeresspiegelanstieg bedroht waren. Selbst das Great Barrier Reef vor Australien war von der Zerstörung bedroht. Laila hatte schon recht: Es war Irrsinn wie der Mensch selbst seine eigene Welt zerstörte und für den weltweiten Klimawandel verantwortlich war. Selbst in den entlegensten Ecken des Planeten wurde nach Öl und Gas gebohrt, wurden ganze Landschaften auf der Suche nach Bodenschätzen umgegraben. Überall wurde an Industrieprojekten – Häfen, Dämmen und Autobahnen – gebaut. Der illegale Holzschlag in Asien und im Amazonasgebiet vernichtete Tag für Tag hunderte Hektar Regenwald. Die Weltmeere waren längst überfischt. Heiko versuchte, es positiv zu sehen: Die ganze Welt war ein breites Betätigungsfeld für eine engagierte Umweltschützerin wie Laila. Doch ob sie sich vorstellen konnte, auch im Ausland tätig zu werden? Das musste er erst ausloten, bevor er ihr einen handfesten Vorschlag machen konnte.

Ihr gemeinsamer Abend war aber zunächst einem anderen Thema gewidmet: Manfred hatte offensichtlich Heikos Warnung an Annalena weitergegeben und anstatt endlich Ruhe zu geben, hatte sie sofort zurückgebissen.

„Sie hat mich rausgeschmissen", erzählte Laila immer noch fassungslos, „einfach rausgeschmissen. *Deine Mithilfe im Hotel ist nicht mehr gefragt*, hat sie gesagt, und dass mir Manfred das noch persönlich sagen würde."

Heiko hörte ihr mit versteinerter Miene zu.

„Und dann hat sie mich ‚blöde Sau' genannt!" Laila gestikulierte wütend. „Diese Schlange. Und sie hat dabei gelacht! Dir soll ich übrigens ausrichten, dass du dich getäuscht hast, wenn du meinst, dass du sie einschüchtern kannst."

Heiko sagte immer noch kein Wort, aber die Wut stand ihm ins Gesicht geschrieben.

„*Und wenn du denkst, du kannst mich bei Manfred verpetzen, hast du dich geschnitten.* Damit ist sie abgerauscht." Laila schnaufte durch. „Was soll ich denn jetzt tun?"

Heikos Gedanken kreisten. Es war ein Fehler gewesen, den Brüdern sofort die versprochenen 250.000 Euro auszuzahlen. Was, wenn Annalena ihre Intrigen schon zu weit gesponnen und Manfred und die Zwillinge gegen Laila aufgebracht hatte? Er hatte zu leichtfertig gehandelt. Wie hatte er nur auf eine notarielle Beglaubigung des Darlehensvertrags verzichten können? Zu euphorisch, zu vertrauensselig, zu verliebt. Er hatte einfach nicht mit diesem Ausmaß von Annalenas Eifersucht gerechnet. Von wegen: im Guten auseinandergehen.

Er musste mit Manfred, Günther, Karl und diesem Kowalski sprechen. Das Darlehen noch einmal angehen, einen nachträglichen Vertrag für den Notar ausarbeiten, auch wenn es den vieren sicherlich nicht schmecken würde. Eigentlich müssten sie dafür Verständnis haben. Im Grundsatz würde sich ja nichts ändern. Er würde sich auch bereiterklären, alle anfallenden Notarkosten zu übernehmen.

Laila sah ihn immer noch fragend an. Heiko nahm sie in den Arm. „Das wird schon wieder. Mach dir keine Sorgen. Ich kümmer mich."

Er dachte an seine andere offene Baustelle. Auch was Owens anging, hatte er noch Handlungsbedarf. Die 100.000, die er ihm versprochen hatte. Bar auf die Kralle. Heiko hatte mehrfach versucht, ihn von einer öffentlichen Telefonzelle aus zu erreichen. Owens war nicht an sein Handy gegangen. Wo war der Mann? Doch nicht etwa auf der Flucht? Saß er bereits in Untersuchungshaft? Wahrscheinlich Letzteres. Schnell hatte Heiko wieder aufgelegt, als ihm beim letzten Versuch eine monotone Stimme sagte, dass der Anschluss im Moment nicht erreichbar sei.

Owens Plan

19. Februar, eine Woche vor dem Mord

Bill Owens Mobiltelefon lag auf dem Grund des Mains. Der ehemalige Direktor der Maple Bank hatte über sein Netzwerk rechtzeitig einen dezenten Hinweis über die bevorstehenden Aktionen der BaFin erhalten. Was das für ihn bedeutete, war klar. Nun war er mit einem Mietwagen, einer uneleganten SUV-Kiste von Subaru, unterwegs. Sein Plan sah Tschechien als Ziel vor. In Prag wollte er sich einen gefälschten Pass besorgen, um damit über ein Drittland nach Kanada zu entkommen.

Auch wenn er seit über zehn Tagen auf der Flucht war – dass Heiko ihm noch etwas schuldete, hatte Owens nicht vergessen.

Vor einigen Tagen hatte er am frühen Abend in Wien Stopp gemacht. Dort hatte er einen österreichischen Geschäftsmann aus dem Rotlichtmilieu aufgesucht, der ihm noch einen Gefallen schuldig war. Bruno Svoboda betrieb im 2. Bezirk der österreichischen Hauptstadt, im sogenannten Stuwerviertel, ein stadtbekanntes Bordell und hatte gewisse Verbindungen ins kriminelle Netzwerk der Stadt. Um Europa so schnell wie möglich zu verlassen und in die kanadische Heimat zurückzukehren, brauchte Owens perfekt gefälschte Reisedokumente und Svobodas Rat und Unterstützung, wie er an die Papiere kam.

„Scheiss di ned an, Bazi", hatte der ihn in breitem Weanerischen Dialekt begrüßt, „ois hoib so wüd. Des is ghupft wie ghatscht, ob der di Kibara auf der Spur san. Damma wos!"

Dann hatte er Owens erklärt, dass es in der Altstadt von Prag einen hervorragenden Experten gäbe. Er müsse auf der Karlsbrücke nur nach einer Thailänderin – „A schiache Funsn und a Flitscherl, ha!" – mit einer Warze an der Nase suchen und nach einem Jiri fragen. An den Rest des Abends erinnerte Owens sich nur vage, Svoboda hatte ihn mit Marillenlikör unter den Tisch getrunken.

Als Owens Tage später wieder in seinen Mietwagen gestiegen war, um nach Prag aufzubrechen, hatte ihm Bruno noch eine Lebensweisheit mit auf den Weg gegeben: „Liaba an Bauch vom Saufn ois an Buckel vom Orbeiten", hatte er ihm geraten und dreckig gelacht.

*

Gestern Abend war er im Malostranské Náměstí Apartment, nur 400 Meter vom St. Veitsdom und etwas über einen Kilometer von der Karlsbrücke entfernt, eingetroffen. Hier, mitten in der Prager Altstadt pulsierte das Leben. Obwohl noch früh im Jahr, waren schon viele Touristen unterwegs. Gegen ein kleines Trinkgeld von 50 Euro hatte der Hotelangestellte am Empfang den Anmeldezettel zerrissen und die Fetzen in den Papierkorb geworfen. Owens Unterkunft, mit einer Küche ausgestattet, entsprach nicht dem Standard, den er ansonsten gewohnt war. Dafür hatte das historische Gebäude aus dem 18. Jahrhundert, gleich unterhalb der Prager Burg, andere Vorteile wie kurze Wege zu der Fälscherwerkstatt, die er aufsuchen wollte. Und überhaupt konnte man sich in dem Gewusel, das hier jeden Tag herrschte, gut verstecken.

Nach einer nur wenig erholsamen Nacht flanierte Owens über die Karlův most, die Karlsbrücke. Neben den vielen Touristen und den Künstlern, die versuchten, ihnen mit schnell fabrizierten Gemälde und sonstigem Souvenirschnickschnack das Geld aus der Tasche zu ziehen, war die Brücke auch ein gut besuchter Umschlagplatz für gefakte T-Shirts, Uhren und Montblanc-Kugelschreiber, für gefälschte Viagra-Pillen und raubkopierte DVDs. Etwas weniger offen wurden auch Rauschgift und gefälschte Pässe hier angeboten und an den Mann gebracht. Owens hielt Ausschau nach der Thailänderin, die sich auf der Karlsbrücke herumtreiben sollte. Keine Schönheit, eher breit als lang, Mitte 40, mit einer unübersehbaren Warze an der Nase. Er ermahnte sich, nicht in Hektik zu geraten. *Keep cool.* Irgendwann würde er auf sie stoßen.

In der Nähe einer der 30 barocken Skulpturen – es war die Statue des heiligen Nepomuk, der hier einst, der Sage nach, in der Moldau ertränkt worden war – machte er Halt und beobachtete das Treiben. Wo jetzt die Touristen aus aller Herren Länder über das Kopfsteinpflaster schlurften, hatte sich einst der Krönungsweg der böhmischen Könige befunden. 16 steinerne, fast symmetrische Brückenbögen, zogen sich über die Moldau, auf der heute die Fähr- und Ausflugsschiffe fast ganzjährig ihren Dienst verrichteten. Oben vom Hradschin, dem historischen Burgviertel, grüßte die Prager Burg, ein gewaltiger Komplex, ja, das größte geschlossene Burgareal der Welt, an dem vom 9. bis ins 18. Jahrhundert gebaut worden war.

Owens zündete sich eine Zigarette an und stieß den Rauch durch seine Nasenlöcher aus. Ein englischer Tourist feilschte mit einem Brückenhändler um den Preis eines Bilds, das einen der grauen Brückentürme zeigte, davor das regennasse Pflaster der Karlsbrücke, in dem sich eine einsame Frau mit rotem Regenschirm spiegelte. Owens schnippte die aufgerauchte Kippe hinunter in die Moldau.

Dann sah er sie. Sie trug einen Blümchenmantel.

Er folgte ihr.

Es dauerte nicht lange, als sie sich plötzlich zu ihm umdrehte. „Was suchst du?", fuhr sie ihn auf Englisch mit starkem Akzent an.

„*Canadian ID.*"

Sie sah sich um. „*Come!*"

Er trottete hinter ihr her.

Ein Stück nachdem sie die Karlsbrücke verlassen hatten, bog sie in die Mostecká-Straße ein, die zur Burg hochführte. Owens hinterher. Links und rechts der Straße standen zweifelhafte Gestalten, die Touristen Stadtrundfahrten in Oldtimern anboten. Es ging weiter durch immer engere, schmutzigere Einkaufspassagen zu einem Stand mit Aquarellbildern.

Ein Mann an die 60 mit faltiger Gesichtshaut, Schnurrbart, vielen Zahnlücken und einem Pinsel in der Hand stellte sich vor. Englisch konnte er offenbar nicht, dafür aber erstaunlich gutes Deutsch. „Ich bin Jiri, was brauchst du?"

„Einen kanadischen Reisepass."

„Nimm Platz."

Owens zog sich einen wackeligen Holzhocker heran, der in der Nähe stand, während Jiri aus dem Nichts eine blaue Plastikmappe hervorzauberte und ungeniert aufklappte. Darin befanden sich Abbildungen hunderter Ausweispapiere, vom dänischen Presseausweis über Mitarbeiterkarten der Lufthansa und Führerscheine aus New York bis zu Bahn Cards 100 der DB.

„Meine Arbeiten", verkündete Jiri stolz. „Du suchst einen kanadischen Reisepass?"

„Ja."

„Kein Problem. Ist aber teuer."

„Wie viel?"

„2.700 Euro."

„Wenn er gut gemacht ist“, stimmte Owens zu. Er wusste, dass er über den Tisch gezogen wurde, aber er hatte nicht die Nerven für eine lange Feilscherei.

„Okay. Ich muss erst prüfen, ob sich ein kanadischer Pass auf dem Markt befindet. Das dauert zwei bis drei Tage. Wenn wir Glück haben, kannst du danach deinen Pass bei mir abholen. Gib mir eine Woche. Ich brauche deine Unterschrift hier auf diesem leeren Blatt Papier und ein Passfoto.“

„Woher bekommst du die Pässe?“, interessierte sich Owens.

„Oh, hier und da“, wedelte Jiri die Frage mit einer Hand weg. „Entweder geklaut oder verkauft.“

„Verkauft?“

Der Fälscher zeigte sein Lächeln voller Zahnlücken. „Es gibt viele Touristen, die ihre Reisedokumente verkaufen, weil sie knapp bei Kasse sind. Natürlich behaupten sie hinterher, dass ihnen ihre Pässe gestohlen wurden.“

Owens spähte durch die Einkaufspassage. Draußen patrouillierten Polizeikräfte. Jiri störte das nicht, er schien sich sicher zu fühlen.

„Brauchst du sonst noch etwas?“, fragte er. „Vielleicht einen FBI-Ausweis oder einen Diplomatenpass? Nicht? Dann bringst du mir noch ein aktuelles Passbild vorbei. Deine Unterschrift kannst du mir gleich dalassen.“

Der ehemalige Bankdirektor schwitzte, als er wieder die Mostecká hinablief, aber er war höchst zufrieden mit dem Geschäft, das er gerade mit Jiri getätigt hatte. Sein neues Prepaid-Handy verriet ihm, dass China Eastern Airlines von Prag aus einen Direktflug nach Tokio anbot. Von dort aus einen Weiterflug nach Kanada zu buchen, dürfte kein Problem sein. Doch zuvor musste die Sache mit Heiko Springer regeln.

Bar auf die Hand, hatte der ihm versprochen. Es wurde allmählich Zeit, dass er den Deutschen wissen ließ, wie er plante, an sein Geld zu kommen.

*

Am nächsten Tag suchte Owens sich einen Passfotoautomaten und ging danach über Umwege zu Jiris Stand. Der hatte doch tatsächlich ein mittelaltes Touristenpaar gefunden, dass ihm gleich zwei seiner Aquarelle abkaufen wollte. Sie waren gerade dabei, den Künstler in fürchterlichem Kaugummi-Amerikanisch um eine Handvoll Euro herunterzuhandeln, und Owens hielt vorsichtig etwas Abstand. Erst als die beiden fröhlich tratschend mit ihren Souvenirs um die nächste Ecke verschwunden waren, schlenderte er betont lässig zu Jiri hinüber.

„Na, deine Schokoladenseite ist es nicht gerade“, kicherte der Fälscher, „aber es ist ein Passbild, wunderbar.“

Owens griff in die Innentasche seines Jackets. „Die erste Hälfte des Gelds –“

„Aber nein“, schnitt ihm Jiri das Wort ab. „Dafür kommst du in meine Werkstatt.“

Er drehte sich um, zog einen Schlüssel aus der Tasche seiner ausgebeulten Jeans und schloss die Tür zu einem winzigen Laden ein paar Meter rechts von seinem Gemälde-Stand auf. Die Fenster waren mit alten Zeitungen verklebt. Owens hatte bisher gedacht, das Geschäft würde leer stehen.

„Komm rein, komm rein, hier arbeite ich.“

Owens legte sofort das Geld auf die niedere Werkbank. „Wie abgemacht, eine Hälfte jetzt, die andere bei Abholung.“

„Gut, gut.“ Jiri war sich nicht zu schade, die Scheine sofort nachzuzählen. „Ich habe einen kanadischen Pass gefunden. Komm in etwa einer Woche wieder, sagen wir, am 27., nachmittags.“

Owens lief wieder einen Riesenumweg, nahm jede Seitenstraße, die ihm brauchbar vorkam, um zurück zu seiner Unterkunft zu kommen. Der 27. Februar, das passte. Er überlegte. Mit den 100.000 von Springer in der Tasche wollte er so wenig Zeit wie möglich auf europäischem Boden verbringen. Die Fahrt von Prag nach Bayreuth und wieder zurück war an einem Tag locker zu schaffen. Er müsste noch einmal auf der A 6 bei Waidhaus über die deutsch-tschechische Grenze. Knapp 300 Kilometer hin und die gleiche Strecke wieder zurück. Kein Problem, die A 6 war normalerweise nicht stark befahren und an der Grenze wurde schon lange nicht mehr kontrolliert. Seinen Flug nach Tokio hatte er für den 28. Februar gebucht.

Als Owens sicher hinter der verschlossenen Tür seines Apartments saß, griff er sich sein Prepaid-Handy. „Was du heute kannst besorgen, das verschiebe nicht auf morgen", sagte er sich, dann tippte er:

Heiko, bar auf die Hand. Nun ist es so weit. Ich komme am 26. Februar, um die Mäuse abzuholen. Abgezählt. Erwarte mich gegen 11. Bill

Dass ihm von Jiris Fälscherwerkstatt bis zu seiner Unterkunft das mittelalte amerikanische Touristenpaar gefolgt war, hatte Owens nicht mitbekommen. Ihre kitschigen Aquarelle hatten die Zivilbeamten des Krimialistický ústav Praha, des Kriminalistischen Amtes der Stadt Prag, auch längst hinter der ersten Straßenecke entsorgt.

Verräterische SMS

24. Februar, zwei Tage vor dem Mord

Der fragile Frieden im Hause Kolb-Springer stand vor seinem Ende, die Situation war eskaliert. Annalena hatte sich über *WhatsApp* direkt bei Heiko gemeldet und ihm mittgeteilt, dass sie sich Einmischungen in ihr Privatleben verbitte. Sie selbst behalte sich aber vor, genau dies bei ihm und seinem „fränkischen Flittchen" zu tun, denn diese sei nun mal eine „raffinierte Hure", die sich durch ihre Beziehung mit Heiko nur finanzielle Vorteile verschaffen wolle. Dann ließ sie ihn noch wissen, dass er mit seiner „Bettwärmerin" nie mehr im Hotel „Richard Wagner" auftauchen solle. „Sonst kratze ich dir die Augen aus", lautete ihr Abschlusssatz.

Heiko kochte vor Wut. Er griff zum Telefon und rief Manfred an. Es wurde ein unfreundliches Gespräch.

Manfred verteidigte seine Partnerin und bestätigte Heiko, dass man ihn und Laila bis auf Weiteres nicht im Hotel willkommen heißen würde, auch Lailas Nebenjob war Geschichte. „Sie wollte doch eh nie in den Betrieb integriert werden", versuchte es Manfred versöhnlich. „Sie verfolgt ihre eigenen Ziele – und auf das Geld als Aushilfe ist sie auch nicht angewiesen. Unsere kleine Schwester hat doch seit dem Tod unserer Mutter keine Geldsorgen mehr."

Das war Heikos Stichwort. „Manfred, wir müssen unseren kleinen Privatvertrag noch von einem Notar beglaubigen lassen", ließ er einen Versuchsballon steigen und erklärte, wie er sich das vorstellte.

„Das kommt gar nicht in die Tüte, wir lassen das, wie es ist", begehrte Manfred auf. „Was soll das? Was bringt uns das jetzt auf einmal?", wollte er wissen. „Traust du uns nicht mehr? Dann sprich es offen aus."

„Wir müssen nochmal darüber reden", blieb Heiko stur.

Er traute den drei Kolb-Brüdern wirklich nicht mehr über den Weg. Auch mit Laila musste er unbedingt über das Geld für ihren Erbteil sprechen. Aber nicht mehr heute. Dafür brauchte es etwas Zeit und Muße, vor allem, wenn Heiko gleich auch noch seinen Plan, mit ihr die Welt zu entdecken und sich einen neuen Ort zum Leben zu suchen, auftischen wollte. Es war besser, er würde es angehen, wenn sie von ihrer Tagung mit den Grünen zurück war. Sie vorher mit diesem heiklen Thema zu konfrontieren, machte keinen Sinn. Er wusste, dass es sie belasten würde, und im Moment hatte sie eh nur den Entwurf des neuen politischen Programms im Kopf.

Bis einschließlich Samstag würde sie zum Kongress der „Grünen in Oberfranken" in der nordbayerischen Stadt Hof weilen. Es ging um die Abstimmung politischer Ziele auf Regierungsbezirksebene. Cem Özdemir, der Bundesvorsitzende des Bündnis 90 / Die Grünen hatte seinen Besuch angekündigt und Laila sprühte vor Elan. Um 18:00 Uhr wollte sie aufbrechen. Einer ihrer Kommilitonen, ein gewisser Kutscher, würde sie mit seinem alten Qashqai abholen.

Heiko hatte erst Bedenken gehabt. „Ich fahr dich hin, wenn du willst", hatte er ihr angeboten, „und hol dich auch wieder ab."

„Es sind doch nur knapp 60 Kilometer", hatte Laila gemeint, „ein Katzensprung. Die Tagung beginnt um acht mit einem gemeinsamen Abendessen in der Freiheitshalle. Ich will nur nicht zu spät kommen. Die A 9 ist um diese Zeit meist stark befahren. Feierabendverkehr. Also brechen wir rechtzeitig auf, Lorenz und ich. Wenn du nichts dagegen hast, würd ich vorher gern noch bei dir vorbeikommen, ein schönes, warmes Schaumbad nehmen und dann winke-winke machen. Ich hab doch nur eine Dusche am Eichendorffring", hatte sie halb entschuldigend gelächelt. „In deiner Luxus-Eckwanne ist das einfach ein ganz anderes Erlebnis."

„Da tauche ich gerne mit dir ein", hatte er ihr verraten.

Laila hatte gelacht und ihn dann neckisch gescholten: „Aber da wird dir diesmal der Schnabel trocken bleiben. Ich möchte um 18:00 Uhr nicht noch halbnackt durch die Wohnung sausen und meine Klamotten zusammensuchen müssen."

Trotzdem wurde es knapp, als sie aus der Wanne stieg und sich mit einem Kuss von Heiko verabschiedete.

„Du bist wunderschön", bewunderte er sie.

„Ich muss mich beeilen", seufzte Laila, als sie in ihre frische Unterwäsche stieg. „Gott sei Dank hab ich in weiser Voraussicht meine Tasche schon gepackt. Sieh mich nur an, nicht mal meine Haare kann ich mehr trockenföhnen. Keine Zeit mehr."

„Nasse Haare stehen dir gut!"

Laila hörte ihn schon nicht mehr. In einem Wirbel aus halbangezogenen Kleidern stürzte sie mit einem „Ich muss. Tschau, Liebling, bis Samstag!" aus dem Badezimmer und ließ Heiko mit einer Schaumhaube auf dem Kopf in der Wanne zurück. Im Flur schmiss sie sich schnell ihre Jacke über und griff sich ihre bereitstehende Reisetasche. „Mach's guhuut", rief sie nochmal laut zurück.

Fast hätte sie die Wohnungstür schon zugeschlagen, als ihr „Mein Handy!" einfiel.

Schnell lief sie zur Küchenanrichte zurück und grapschte sich das dort liegende Mobiltelefon. Keine Minute später stieg sie gut gelaunt in Lorenz' Japaner und machte es sich auf dem Beifahrersitz bequem.

*

Sie lagen gut in der Zeit und hatten weniger als eine Stunde gebraucht, als sie an der Freiheitshalle auf die direkt angrenzenden Parkplätze des Volksfestplatzes fuhren.

Das Mobiltelefon in Lailas Jackentasche meldete sich. *Toc, Toc.* Eine SMS. Als sie in der Halle angekommen waren und sich ihrer Garderobe entledigt hatten, schickte Laila Lorenz schon mal voraus, nahm das Handy zur Hand und öffnete die Nachricht:

My darling Heiko, thank you for transferring our shares so quickly. I hereby confirm the receipt of 9.642.500 Euro (our part of dividend). Well done. I often think of the exciting night we spent at the Andaz hotel in London. When can we see each other again? I hope you'll have the good sense to answer me, why didn't you reply to my previous SMS? Aischa

Im ersten Moment dachte Laila, dass jemand einen schlechten Scherz mit ihr trieb.

Heiko, mein Liebling, danke dir für den schnellen Transfer unserer Aktien. Ich bestätige hiermit, dass wir unseren Anteil an der Dividende in Höhe von 9.642.500 Euro erhalten haben. Gut gemacht. Ich denke oft an die aufregende Nacht, die wir im Andaz Hotel in London miteinander verbracht haben. Wann können wir uns wiedersehen? Ich hoffe, du weißt, was gut für dich ist, und antwortest mir, warum hast du dich nicht auf meine vorherige SMS gemeldet? Aischa

Laila schwirrte der Kopf. Noch immer verstand sie nicht so recht. Dann wählte sie „Kontakte" an. Mit einem Mal war ihr klar, dass sie aus Versehen Heikos Handy eingesteckt hatte. Sie hatten das gleiche Modell, beide in unauffälliger, schwarzer Lederhülle.

Für Laila stürzte die Welt in Trümmer. *Meine vorherige SMS?* Sie scrollte zeitlich zurück.

Es gab eine weitere SMS von der Frau namens Aischa, fast einen Monat alt, mit einem ähnlich eindeutigen Angebot. Auch ein Foto war angehängt. Es zeigte eine attraktive Mitvierzigerin in dunkelroter Spitzenunterwäsche: String-Tanga, Strapse, ihren zur Hälfte freigelegten Busen hielt die Schwarzhaarige mit den dunklen Augen notdürftig mit ihren Händen bedeckt. Der laszive Blick mit der Zungenspitze auf der geschminkten Oberlippe widerte Laila an.

Heiko hatte die Nachricht gelesen. Darüber gesprochen hatte er nicht mit ihr.

Wie lange ging das schon?

Aischas Erwartungen

25. Februar, am Tag vor dem Mord

Wenn Aischa etwas nicht abkonnte, dann war es Widerspruch – und dass man sie warten ließ. So wie Heiko, der ihre SMS von gestern, und noch viel schlimmer, die von Ende Januar, noch immer nicht beantwortet hatte. Vor zwei Tagen war sie mit Mansour Bin Yazed Al Yanah, von Abu Dhabi kommend, in London eingetroffen. Der Scheich war direkt am Flughafen Heathrow von einer 600er Mercedes Limousine abgeholt und weiter nach Manchester gefahren worden. Soweit sie verstanden hatte, ging es um einen neuen Trainer für den Fußballverein. Einen Spanier namens Pep Guardiola. Der Name sagte ihr nichts.

Mansour war mit Aischas kleinem Cum-Cum-Transfergeschäft hochzufrieden gewesen. Die 15 Prozent deutsche Kapitalertragsteuer zu umgehen, hatte ihnen einen Nettoertrag von mehr als einer Million Euro eingebracht – nach Abzug der Bemühungen, die ihr deutscher Partner für seine Dienstleistungen verlangt hatte. Natürlich Peanuts. Aber wieder eine Million Ertrag, der nicht verbucht und von der First Gulf Bank einfach direkt an die International Petroleum Investment Company weitergegeben werden konnte. Von dort wurde das Geld in einen versteckten Investitionsfonds transferiert: Sponsoringgelder, die die Königsfamilie in Abu Dhabi dem englischen Premier League Club Manchester City durch versteckte Kanäle zukommen ließ. Und das machte Scheich Mansour glücklich.

Dass dieses versteckte Sponsoring gegen die Financial-Fair-Play-Regeln der UEFA verstieß, interessierte Aischa nicht. Überhaupt interessierte sie sich nicht für so etwas Banales wie Fußball. Sie hatte ihren Auftrag erfüllt und wieder einmal würden die Gelder fließen, ohne dass die wahren Hintergründe der Aktion bekannt werden würden. So sollte es auch bleiben. Als Dank für die reibungslose Abwicklung des Cum-Cum-Geschäfts hatte ihr Scheich Mansour ein elegantes, schlankes Jagdmesser geschenkt, dessen Griff mit Edelsteinen besetzt war. Eigentlich viel zu schade, um es bei der Falkenjagd zum Ausweiden des erlegten Wilds zu verwenden. Aischa war mächtig stolz auf die Anerkennung, die sie durch den Scheich erfuhr.

Sie selbst war dieses Mal eigentlich nur des Shoppens wegen nach London gekommen. Eigentlich. Doch sie hatte auch an Heiko gedacht. Was fiel dem Mann ein, einfach nicht auf ihre Nachrichten zu reagieren? War ihm klar, was sie ihm antun konnte, wenn er es sich mit ihr verscherzte? Noch war sie in gnädiger Stimmung. Sie wusste von Bill Owens, dass ihr feuriger deutscher Liebhaber zwischenzeitlich in der fränkischen Provinz wohnte. Bayreuth – das sagte ihr sogar etwas: Wagner-Festspiele. Aber sie war noch nie dort gewesen. Dass ihr Owens außerdem gesteckt hatte, dass das Objekt ihrer Begierde eine neue Freundin hatte, störte Aischa nicht im Geringsten. So blieb er wenigsten in Übung. Sie wollte den Mann ja schließlich nicht heiraten. Von Zeit zu Zeit eine leidenschaftliche Nacht genügte ihr. Von ihr aus hätte seine Freundin sogar mitmachen können.

Von Owens hatte sie noch vor dem Jahreswechsel Heikos neue Adresse bekommen. Bayreuth … naja, dann würde sie eben mal wieder einen Ausflug nach Deutschland machen. Wie weit konnte der Ort schon vom nächsten *Airport* entfernt sein?

*

Vor 30 Minuten war sie am Flughafen Nürnberg angekommen. Die Dämmerung hatte bereits eingesetzt.

Aischa saß im Taxi nach Bayreuth. Eigentlich eine unvernünftige Aktion, aber sie war so ein spontaner Typ. Was sie sich vornahm, setzte sie um. Friedrich-von-Schiller-Straße, hatte Owens ihr gesagt.

Aischa wollte es wissen. Sie wollte den Mann zur Rede stellen. Der winzige Tanga, den sie unter ihrem Mantel trug, und der schwarze BH würden es schon richten ... Aischa konnte nicht ahnen, wie wenig ihre sorgfältig ausgewählten Dessous die in sie gesetzten Hoffnungen erfüllen würden. Noch fühlte sie sich rundum gut, vibrierte geradezu vor Vorfreude.

Als sie mit dem Taxi in der Friedrich-von Schiller-Straße ankam, bat sie den Fahrer, noch einen Moment zu warten. Zwischenzeitlich war es Nacht geworden. Still und ruhig lag die Straße vor ihr. Wind war aufgekommen und am Himmel jagten dunkle Wolken dahin, die dem Mond keine Chance gaben. Es roch nach Regen. Aischa schritt langsam die Wohnhäuser ab und spähte auf die Klingelschilder. Ah, hier also!

Im dritten Obergeschoss des Hauses brannte Licht. Heiko schien daheim zu sein. Aischa drückte den kleinen schwarzen Knopf auf dem Klingelbrett extra lang.

Es dauerte nur wenige Sekunden, dann meldete sich seine Stimme aus der Sprechanlage: „Ja?"

„*Heiko, it's me*", rief sie enthusiastisch gegen das eingebaute Mikrofon, „*open up! Let's make love!*"

Keine Antwort.

Das einzige, was Aischa hörte, war ein leises Knacken, dann war auch das Rauschen der Sprechanlage weg. Was war da denn passiert?

Sie trat einige Schritte zurück und blickte nach oben. Die Dachterrassenwohnung lag nun in völliger Finsternis.

Wieder stürmte sie auf das Schild mit den kleinen schwarzen Knöpfen zu und drückte breitflächig mit beiden Händen darauf.

„*Heiko, you are a bastard! Open the door!*", schrie sie die Hausfassade hinauf. „*It's me, Aischa! It's me!*"

Im ersten Stock öffnete sich ein Fenster. Der Kopf einer alten Frau mit schneeweißen Haaren erschien im Fensterrahmen. „Ja, was issn da untn los?", wunderte sie sich. „Was schreia Sie denn middn in der Nachd do so rum? Schauas, dass do vo der Schdrass wegkumma mid Ihrm Gschrei, sunsd ruf iech die Bolizei!"

„*It's me, Aischa! Open the door, you bastard!*", schrie die wild gewordene Frau drunten auf der Straße und ignorierte die Rentnerin im ersten Stock.

Die besah sich das Spektakel noch einen Moment lang interessiert und schritt dann zur Tat. „Ja, wu kummerdn mier do hie, wenn mer in der Nachd jedn Flichdling ins Haus neilassn dädn? Schleich di, du alde Zuchdl!"

Während die Ausländerin immer noch wie Rumpelstilzchen auf der Straße rumhüpfte und lauthals auf Englisch schimpfte, verzog sich die betagte Hausbewohnerin in ihre Küche und holte dort aus einem Schrank einen leeren Putzeimer hervor. Den stellte sie in ihr Spülbecken und ließ ihn mit Wasser volllaufen. Eiskalt. Dann schleppte sie das Gefäß in ihr Schlafzimmer und wuchtete es auf das Fensterbrett. Als die immer noch tobende Frau wieder einmal auf das Schild mit den Klingelknöpfen zuraste, kippte die Rentnerin den vollen Eimer mit Schwung in Richtung Haustür.

Von unten ertönte ein Schrei des Entsetzens.

Neugierig beugte sich die Alte über das Fenstersims. Was sie sah, gefiel ihr. Die Zigeunerin stand wie zur Salzsäule erstarrt vor der Klingeltafel. Ihre Frisur hing ihr triefend in den Nacken und ins Gesicht.

„Gell, eds sogns nix mehr?", schrie die energische Hausbewohnerin hinab. „Wer ned herd, muss hald fiehln. So is dees bei uns in Frangn. Und eds hauas endli ab, sunsd hul i no an zwaadn Amer vuller Wasser!"

Noch nie in ihrem Leben war Aischa so gedemütigt worden wie von diesem alten Drachen. Pudelnass stürmte sie auf ihr wartendes Taxi zu und wies den Fahrer rüde an, sie in das nächste Hotel zu bringen.

Mit stolz erhobenem Kopf fragte sie an der Rezeption des „Richard Wagner" um ein Zimmer, schämte sich aber innerlich zu Tode.

Eine heiße Dusche und drei Gläser Whiskey später spie Aischa immer noch Gift und Galle. Heiko wünschte sie die Pest an den

Hals – und das war noch der freundlichste ihrer Flüche. Voller Wut griff sie zu ihrem Handy und schickte ihm eine weitere Nachricht:

Call me! Call me, or I'll kill you. – Ruf mich an, sonst bring ich dich um.

Wäre er jetzt vor ihr gestanden, sie hätte ihn tatsächlich um einen Kopf kürzer gemacht.

Wut und Enttäuschung

27. Februar, einen Tag nach dem Mord

Lailas Welt lag noch immer in Trümmern und sie wühlte gerade darin herum. Die letzten Tage waren für sie ein Martyrium gewesen. Auf die Tagung in Hof hatte sie sich nicht konzentrieren können, sie war inhaltslos an ihr vorübergegangen. Nachts hatten sie immer wieder stille Weinkrämpfe geschüttelt. Fremde Parteifreunde um sie herum hatten sie tagsüber angesprochen und ihre Hilfe angeboten. Wenn es zu schlimm geworden war, hatte sie sich auf ihr Zimmer verzogen.

Die SMS, die Heiko ihr am Donnerstagnachmittag geschickt hatte, hatte sie unbeantwortet gelassen. Er musste sich sofort ein neues Handy besorgt haben. Klar, sie hatte ja seines aus Versehen eingesteckt. Gott sei Dank, sonst hätte sie von dem verdammten Treuebruch gar nichts mitbekommen.

Seine Anrufe von gestern hatte sie ebenfalls nicht angenommen, ihn einfach weggedrückt.

„Warum hast du das getan, Heiko?", ging es ihr immer wieder durch den Kopf. Sie erinnerte sich an die giftige Bemerkung von Annalena: „... weil dein Prinz dann längst eine andere beglückt." Heikos Ex hatte recht behalten.

Die Tagung hatte sich zuletzt wie Brei gezogen. Als sich die Teilnehmer heute Morgen voneinander verabschiedeten und wieder ihren Heimatorten zustrebten, ließ sich Laila von Lorenz am Eichendorffring absetzen. „So ein Schwein", hatte sie im Auto immer wieder geschimpft. „Er hat mich nicht verdient!" Ihr Kommilitone war bei allem Verständnis fast erleichtert, die wütende Frau nicht mehr im Auto zu haben.

Nun saß Laila auf ihrem Bett, hatte den Rücken an die Wand gelehnt, die Beine hochgezogen und den Kopf auf ihre Knie gelegt. Sie wusste nicht, wie es weitergehen sollte.

„Warum?" Die Frage ließ sie nicht los. So sehr sie sich auch ihr Gehirn zermarterte, sie fand keine plausible Antwort. Aischa ... sie hatte noch nie etwas von einer Aischa gehört. Die Frau war in Heikos Kontakten ohne Adresse, aber mit dem Hinweis „Abu Dhabi" gespeichert. Was hatte Heiko in Abu Dhabi zu tun? Soweit sie wusste, war er noch nie in den Vereinigten Arabischen Emiraten gewesen.

Neue Hoffnung keimte in ihr auf. Der berühmte Strohhalm. Klagte sie ihn vielleicht ungerechterweise wegen einer uralten Geschichte an? Einem Verhältnis, das schon lange vor ihrer gemeinsamen Beziehung lag? Sie musste sich Sicherheit verschaffen, stand auf und holte Heikos Handy aus ihrer Reisetasche. Erneut öffnete sie die SMS. „Andaz Hotel in London", las sie. Sie erinnerte sich. Letzten September war Heiko in London gewesen. Wegen dieser Finanzgeschichte für ihre Brüder. Das waren ihre ersten gemeinsamen Tage als Paar ... Der Funken Hoffnung erlosch wieder, als hätte ihn ein Wasserstrahl aus einem C-Schlauch der Bayreuther Feuerwehr getroffen.

Laila gab es auf, sich auf weitere Illusionen zu stützen. Was wäre gewesen, wenn ...? Wenn, wenn – wäre, wäre. So sehr es sie auch schmerzte, es half nichts.

„Wirf dein Selbstmitleid ab", befahl ihr eine entschiedene innere Stimme. Ihre große Trauer schlug vollends in Wut um. Ihre Zukunft lag noch vor ihr, auch ohne Heiko! Was hätte er wohl gesagt, wenn er sie am Telefon erwischt hätte? Wenn sie ihn mit dem Betrug konfrontiert hätte? Hätte er sich rausgeredet? Einen Sack voller Entschuldigungen und neuer, süßer Versprechungen aufgemacht? Neue Lügen! Wäre sie ihm auf den Leim gegangen? Sicherlich nicht, dazu hatte er sie zu sehr verletzt, bis aufs Blut enttäuscht.

„Geh zur Hölle! Ein Wort noch und ich bringe dich um!“, schrie Laila statt Heiko nun ihre Schlafzimmerwand an.

Sie war im Nachhinein froh, dass sie seine Anrufe weggedrückt hatte.

Einige Wäschestücke und kleine andere persönliche Dinge, die noch in Heikos Wohnung waren, hatte sie klugerweise am Freitagnachmittag schon abgeholt. Die zusätzliche Tankfüllung hatte sie Lorenz gleich gezahlt, nachdem sie mit seinem Wagen zurück in Hof angekommen war. So erschüttert und aufgelöst wie sie am Freitag noch gewesen war, konnte sie wahrscheinlich froh sein, keinen Unfall gebaut zu haben. Aber das war es wert gewesen. Jetzt gab es für sie keinen Grund mehr, in die Friedrich-von-Schiller-Straße zurückzukehren.

Langsam begann sie, wieder klar zu denken. Es galt, Abstand zu gewinnen. Das Kapitel Heiko war abgeschlossen. Todsicher. Von Männern hatte sie im Moment wahrlich die Schnauze voll.

*

Nicht nur Lailas Abend steckte voller Wut und Enttäuschung. Auch Bill Owens hätte sich den Verlauf seiner Flucht anders vorgestellt. Den gebuchten Flug nach Tokio könnte er knicken.

Pünktlich um 15:00 Uhr hatte er sich wieder in Jiris Fälscherwerkstatt eingefunden und der kanadische Reisepass auf den Namen ‚John Richardson‘, den ihm Jiri in die Hand gedrückt hatte, schien ein gelungenes Meisterwerk zu sein.

Aber ab dem Zeitpunkt, da er dem Fälscher die verabredete zweite Hälfte der 2.700 Euro aushändigte, überschlugen sich die Ereignisse. Plötzlich stürmten fünf schwerbewaffnete Gangster in die winzige Fälscherwerkstatt und bedrohten ihn und Jiri mit gezückten Pistolen. Owens drückte sich an die nächste Wand, nahm die Hände hoch und hoffte inständig, dass sie nur das Geld und nicht seinen frisch angefertigten Pass stehlen würden.

Da hielt einer der Männer ihm ein tschechisches Dokument unter die Nase, das er nicht verstand, drehte ihn mit dem Gesicht zur Wand und legte dem ehemaligen Bankdirektor Handschellen an. Erst als Jiri das Wort „Polizei“ in den Mund nahm, wurde Owens mit einem Schlag das Ausmaß der Dinge klar.

Die Zivilbeamten waren nicht gerade zimperlich, packten ihn und dann ging es ab zu seiner Unterkunft, die gründlich durchsucht wurde.

„Ich bin ein kanadischer Tourist. Lassen Sie mich sofort frei, ich habe nichts verbrochen. Ich werde mich bei der kanadischen Botschaft über Sie beschweren!“

Alle von Owens verzweifelten Versuchen, sich mit einer angeblichen Verwechslung herauszureden, halfen nichts.

Ein Beamter steckte bis zu den Ellenbogen in seinen Koffern. Zwei weitere nahmen sich die Hemden und Owens Mantel im Schrank vor. Dann fanden sie seinen echten Reisepass, ausgestellt auf ‚Bill Owens‘. Noch vor Ort verglichen sie seine persönlichen Daten und sein Foto mit dem Fahndungsaufruf von Europol. Sie grinsten ihn an.

„*John Richardson*, you are arrested“, bemerkte einer höhnisch, als sie ihn abführten.

Gerti Wagner
7. März

Das Kommissariat für Vermögens- und Wirtschaftsdelikte residierte in der Friedrichstraße 14. Kommissarin Gerti Wagner war aber gerne in die Ludwig-Thoma-Straße herübergekommen. Sie und Behringer kannten sich schon seit Jahren. Als junge Kommissaranwärterin war sie selbst einmal Mitarbeiterin im K 1 gewesen. Dann hatte sie sich immer mehr auf Wirtschaftskriminalität spezialisiert und schließlich im K 3 den nächsten Karriereschritt vollzogen. Die sympathische, dunkelhaarige Frau mit dem akkurat gezogenen Mittelscheitel und dem stetig lächelnden Gesichtsausdruck war im Kollegenkreis beliebt. Im potenziellen Täterkreis aber hatte sie den Ruf einer unerbittlichen Gegnerin mit hoher Fachkompetenz und unnachgiebiger Hartnäckigkeit. Wem sie auf der Spur war, der hatte nichts zu lachen.

„Natürlich sagt mir die Maple Bank in Frankfurt etwas", erklärte sie ihrem früheren Vorgesetzten, mit dem sie in der Vergangenheit stets gut ausgekommen war und den sie immer noch sehr schätzte. „Sie ist der deutsche Ableger der kanadischen Maple Financial Group. Es ist nicht das erste Mal, dass sie für negative Schlagzeilen gesorgt hat. 2009 sind ihre Geschäftsräume von der Staatsanwaltschaft durchsucht worden. Erinnern Sie sich, als die Porsche SE ihr Mutterhaus, den VW-Konzern, übernehmen wollte? Die Firma Porsche war damals langjähriger Kunde der Maple Bank. Die wiederum hat dem Autobauer bei zahllosen Optionsgeschäften geholfen."

Kommissarin Wagner strich sich das Haar hinter die Ohren zurück. „Schon damals hat die BaFin vermutet, dass nicht alles mit rechten Dingen zugegangen ist. Der Vorwurf, der schließlich erhoben wurde, lautete darauf, dass die Bank im Auftrag von Porsche den Kurs der VW-Aktie manipuliert habe. Es folgte eine Schlammschlacht, in der sich Scharen von Anwälten eine goldene Nase verdient haben."

„Ha!", lachte Behringer humorlos.

„Im Oktober vor zwei Jahren schied dann der damalige Leiter der Frankfurter Niederlassung aus. Zehn Millionen, sagt man, soll er im Jahr verdient haben. Anscheinend war der Vorwurf der Aktienmanipulation nicht der einzige Schatten auf seiner weißen Weste, wie die aktuellen Anschuldigungen der illegalen Steuervorteilsnahme zeigen. Wie ich erfahren habe, soll die Bank dem deutschen Fiskus nach ersten Schätzungen einen Schaden in Höhe von rund 450 Millionen Euro zugefügt haben. Hauptsächlich aus der Abwicklung von nicht zulässigen Cum-Ex-Geschäften."

„Die sagen mir was."

„Ob sie tatsächlich strafbar sind, da streiten sich die Experten noch immer. Die Maple Bank hat deswegen ein Heer von Anwälten aufgefahren. Die Anwaltskanzlei Fields Bruckmann Deininger beispielsweise hat der Bank jahrelang durch entsprechende Gutachten den Rücken gestärkt. Das könnte für die Anwälte nun selbst zum Bumerang werden. Es ist jedenfalls eine Riesensache", schloss Wagner. „Die zu erwartenden Prozesse können sich nach meiner Einschätzung noch jahrelang hinziehen."

„Und wo genau kommt unser Bill Owens dabei ins Spiel, Gerti?"

„Das kann ich dir natürlich auch nicht im Detail sagen, BB. Jedenfalls wurden er und vier seiner Kollegen aus der Geschäftsführung in Untersuchungshaft genommen. Wenn er schon vor 2014, also vor seiner Ernennung zum Direktor der Bank, in leitender Position tätig war, dann vermute ich, dass er voll in diese zweifelhaften Geschäfte eingebunden war."

„Wie konnten die eigentlich so lange unbehelligt vor sich hin wirtschaften?", empörte sich Behringer mit steigendem Blutdruck.

„Wenn du mich fragst, trägt die BaFin bei der ganzen Geschichte eine gehörige Mitschuld. Die hätten schon vor Jahren konsequent gegen solche Cum-Ex-Geschäfte vorgehen müssen. Das genau ist ihre Aufgabe: die Bekämpfung von Terrorismusfinanzierung, Geldwäsche und das unerlaubte Betreiben von Bank-, Versicherungs- und Finanzdienstleistungsgeschäften."

Behringer schenkte sich und der Kollegin Kaffee nach. „Nochmal vielen Dank, dass du so schnell kommen konntest. Zucker?"

Dann begann er, von seiner Soko zu erzählen.

„Das heißt, dass dieser Owens nicht nur ein raffinierter Betrüger sein könnte, sondern auch als Mörder von diesem Heiko Springer infrage kommt?“, folgerte Gerti Wagner nach einer intensiven Viertelstunde.

„Wenn es stimmt, was er der Generalstaatsanwaltschaft in Frankfurt erzählt hat, war er zumindest an dem Tag, als der Mord geschah, in Bayreuth. Ich bestehe darauf, dass wir ihn dazu persönlich befragen können. Außerdem will ich direkt aus seinem Mund erfahren, welches Finanzgeschäft er mit dem Opfer eingegangen ist und wer da noch seine Finger mit im Spiel hatte. Wie schätzt du unsere Chancen bei der Staatsanwaltschaft in Frankfurt ein, mit Owens zu sprechen?“

„Die haben ihr Büro in der Zeil 42. Ich kenne da einen Oberstaatsanwalt. Nachdem es bei unserem Anliegen ja um Mord geht, denke ich schon, dass ein persönlicher Besuch bei Owens möglich sein sollte. Ich rufe meinen Bekannten einfach mal an, dann sehen wir weiter.“

„Würdest du mich und KKL begleiten, falls es klappt? Ich kenne mich in diesen Finanzdingen einfach zu wenig aus und auf die Schnelle kann ich mir kaum genug anlesen. Der Owens könnte mir das Blaue vom Himmel erzählen und ich würde kaum bemerken, ob er lügt oder die Wahrheit sagt.“

„Wenn mein Chef die Dienstfahrt genehmigt, gerne, BB.“

„Da mach dir mal keine Gedanken, Gerti, dafür sorge ich schon.“

*

Am Spätnachmittag rief Gerti Wagner den Hauptkommissar nochmal an: „Hör zu, BB, ich habe mit meinem Bekannten, dem Oberstaatsanwalt in Frankfurt, gesprochen. Wenn wir ihm versprechen, dass wir Owens nur wegen des Bayreuther Mordfalls und dessen Begleitumständen befragen, können wir jederzeit kommen. Owens sitzt in der Justizvollzugsanstalt I, in der Oberen

Kreuzäckerstraße 6. Die wollen einfach nicht, dass wir ihnen in ihre Ermittlungen pfuschen. Ich denke, das ist verständlich. Natürlich müssen wir vorher Bescheid geben."

„Top!", freute sich Behringer. „Dann fahren wir gleich morgen. Oder ist das zu früh?"

„Nein, im Grunde nicht."

„Gut, wir holen dich um 7:00 Uhr daheim ab, fahren zum Nürnberger Hauptbahnhof, lösen uns dort drei Tickets und ab geht die Post. Wenn das für dich in Ordnung ist?"

„Für mich schon", antwortete Gerti Wagner. „Und wer spricht mit meinem Vorgesetzten? Wegen der Reise?"

„Das mache ich, wie versprochen. Jetzt gleich. Ach übrigens, Gerti, weil du gerade dran bist: Ich hab dir doch gesagt, dass wir vom neuen Handy des Mordopfers ein Bewegungsprofil erstellen lassen?"

„Ja, und?"

„KKL hat es mir vor fünf Minuten auf den Schreibtisch gelegt. Nach dem Mord am 26. Februar führt es vom Tatort direkt in Springers Wohnung in der Friedrich-von-Schiller-Straße. Dort hat es sich bis heute aus dem Netz verabschiedet."

„Na, dann wisst ihr jetzt jedenfalls mit Sicherheit, dass wer auch immer Springer umgebracht hat, danach auch seine Wohnung durchsucht hat."

Owens Aussage

8. März

Als der Hauptkommissar, Klaus-Karl Lang und Gerti Wagner am Frankfurter Hauptbahnhof angekommen waren, nahmen sie sich ein Taxi und ließen sich die rund sieben Kilometer bis in die Obere Kreuzäckerstraße kutschieren. Es war Behringers und KKLs erster Besuch in dieser Justizvollzugsanstalt. Die schier unendlichen Sicherheitskontrollen, bis sie Bill Owens endlich gegenübersaßen, gingen ihnen auf den Zeiger.

Als der Untersuchungshäftling in den kahlen Besucherraum geführt wurde, hatten sie die acht quadratischen Tische mit den harten Stühlen für sich allein. Owens machte einen geknickten Eindruck, mit eingefallenen Schulterblättern ließ er sich in den Raum lotsen. Seine Blicke wanderten von den vergitterten Fenstern an die Decke und blieben dort hängen. Ob er die ihm zur Last gelegten Vergehen bereute oder sich nur selbst bemitleidete, konnte Behringer nicht erkennen. Ihm tat der Mann mit Sicherheit nicht leid. Wer bis vor Kurzem ein Jahresgehalt von rund zehn Millionen Euro bezogen hatte, hatte in den Augen des Hauptkommissars allein schon dadurch Schuld auf sich geladen. Gleich dreimal, wenn er sich dieses unvorstellbar hohe Einkommen mit betrügerischen Mitteln ergaunert hatte.

Owens setzte sich, ohne die Augen von der Decke zu nehmen. Behringer konzentrierte sich auf sein Gegenüber. Auch Gerti Wagner und Klaus-Karl Lang forschten im Gesicht des U-Häftlings, der ihnen scheinbar teilnahmslos gegenübersaß. Eine Minute verging. Alle warteten. Dann machte Owens eine ruckartige Kopfbewegung und fixierte den Justizvollzugsbeamten, der mit auf dem Rücken verschränkten Armen an der Wand stand und stur auf den Fußboden blickte. Man hätte meinen können, er würde schlafen. Dann wedelte er doch eine lästige Stubenfliege weg, die ihm vor dem Gesicht herumtanzte.

„Herr Owens“, unterbrach der Hauptkommissar die seltsam stumme Szene, „wir kennen uns nicht.“

Dann stellte er sich und seine Kollegen vor. „Sie werden sich sicherlich fragen, was wir von Ihnen wollen. Nun, ich mag nicht lange um den heißen Brei herumreden. Wir haben einen gemeinsamen Bekannten: Heiko Springer.“

Owens linkes Auge zuckte.

„Leider ist er tot“, fuhr Behringer fort.

Wieder zuckte das Auge.

„Ermordet!“

Nun zuckte auch der linke Mundwinkel. Der U-Häftling wirkte angespannt. Seine Blicke hingen an Behringers Lippen.

„Wir suchen seinen Mörder. Unsere Ermittlungen haben ergeben, dass Sie am Tag der Tat in Bayreuth waren. Erinnern Sie sich an die Nachricht, die Sie Herrn Springer am 20. Februar auf sein Handy geschickt haben?“ Behringer las von einem Zettel ab: *„Ich komme am 26. Februar, um die Mäuse abzuholen. Abgezählt. Erwarte mich gegen 11. Bill.“*

Owens ballte die Fäuste.

„Es war ein sehr regnerischer Tag und abends hing Herr Springer erstochen über dem Kofferraum seines Wagens“, fuhr Behringer im Plauderton fort. „Da kommen uns natürlich eine Menge Fragen, wie Sie sich denken können ...“

Plötzlich platzte es aus Owens heraus: „Jetzt wollen Sie mir auch noch einen Mord anhängen?“, fuhr er den Hauptkommissar erregt an. „Ich habe Herrn Springer an dem Tag gar nicht gesehen!“

„Wollen Sie damit behaupten, dass sie am 26. Februar gar nicht in Bayreuth waren?“, fragte Kommissar Lang.

Der Kanadier presste die Lippen aufeinander.

„Kommen Sie schon, Herr Owens“, versuchte es Behringer weiter in versöhnlichem Ton, „Sie können nur gewinnen, wenn Sie mit uns kooperieren. Also: Waren Sie am 26. Februar in Bayreuth oder nicht?“

„Das schon, aber ich bin zu spät angekommen, da war Herr Springer nicht mehr zu Hause.“

„Zu spät angekommen? Sie kamen über die Grenze bei Waidhaus, wenn ich recht informiert bin. Hatten Sie unterwegs eine Panne?“

„Könnte man so sagen. In der Nähe der Ausfahrt Pilsen stand ein tschechischer Lkw in Brand. Da ging nichts mehr vor und nichts mehr zurück.“

„So, so ... ein brennender Lkw?“ Behringer griff zu seinem Mobiltelefon. „Na, das lässt sich doch leicht überprüfen.“

Dann wählte er die Nummer des K 1 in Bayreuth. Es tickerte noch in der Leitung, als er von Owens unterbrochen wurde: „Stopp! Also, um ehrlich zu sein“, gestand er, „es war kein brennender Lkw.

Mir ist ein Pneu an diesem Scheißmietwagen geplatzt und ich musste den Reifen wechseln."

Behringer hatte lange genug den freundlich-verständnisvollen Gesprächspartner gemimt, jetzt platzte ihm der Kragen. „Brennender Lkw, geplatzter Reifen?! Ja, für wie blöd halten Sie uns denn, Herr Owens! Am Ende wollen Sie uns vielleicht auch noch weißmachen, dass Sie Herrn Springer gar keine SMS geschickt haben?"

Owens nahm die Hände abwehrend hoch. „Doch, das schon, aber trotzdem: Ich habe Heiko verfehlt."

„Oho! Jetzt sind wir vom distanzierten ‚Herr Springer' schon zum vertrauten ‚Heiko' übergegangen!", triumphierte Behringer. „Also, dass Sie Geld von ihm holen wollten, gestehen Sie zumindest ein?"

„Ja."

„Und dabei handelte es sich um …?"

Owens zögerte, besah sich die Gesichtsfarbe des kugeligen Hauptkommissars und beschloss, keinen weiteren Wutausbruch zu riskieren. „Ich habe Herrn Springer dabei geholfen, ein für ihn lukratives Cum-Cum-Geschäft abzuwickeln. Dafür wollte er sich erkenntlich zeigen."

Der Bayreuther Hauptkommissar sah seine Kollegen an.

„Worum ging es da? Kommen Sie, erzählen Sie uns mehr Einzelheiten darüber", griff nun Gerti Wagner ins Gespräch ein.

„Aber ich warne Sie, keine Lügen", schickte Behringer hinterher.

„Es ging um ein Transfergeschäft mit Siemens-Aktien, die einem ausländischen Aktionär gehörten."

„Und Sie, beziehungsweise Springer, wollten diesem ausländischen Aktionär helfen, die Kapitalertragssteuer einzusparen?" Kommissarin Wagner trieb Owens an die Wand.

„Hm …"

„Wer war der ausländische Anleger?", ließ sie nicht locker.

„Der Aktionär … nun, der … letztendlich steckt die Herrscherfamilie der Vereinigten Arabischen Emirate dahinter", gab Owens auf.

„Vertreten durch Aischa Bint Malika Al-Bagdadi“, warf die Kommissarin eiskalt den Fakt auf den Tisch.

Wenn Owens überrascht war, ließ er es sich nicht anmerken. „Ja.“

„Was wissen Sie über diese Frau?“

„Nun, sicherlich nicht alles, aber sie gehört zum Direktorium der First Gulf Bank und hat eine einflussreiche Position in der International Petroleum Investment Company inne. Aber fragen Sie mich nicht, wie diese Firmen miteinander verwoben sind. Da blicke ich auch nicht ganz durch.“

„Sie meinen wohl damit haben Sie sich wohlweislich noch nie im Detail befasst“, lächelte Gerti Wagner. „Unsere Dame soll ja einen sehr exzessiven Lebenswandel haben? Was wissen Sie darüber?“

„Insider sagen, sie soll scharf wie Peperoni sein.“

„Was heißt das?“

Nun musste sich Owens bei aller Ernsthaftigkeit seiner Situation sogar ein Grinsen verkneifen. „Nun, wie soll ich sagen, sie ist stets hinter attraktiven Männern her. Gerne jünger. Es heißt, wer ihr nicht gefügig ist, mit dem macht sie keine Geschäfte. Ich zähle leider nicht zu ihrem Favoritenkreis. Aber Heiko. Ich denke, dass der sich nicht zweimal hat bitten lassen.“

„Nähere Ausführung, bitte“, schnarrte Behringer.

„Ja, meine Güte, Aischa ist eine Frau ... mit Klasse. Die würde keiner von der Bettkante stoßen. Muss ich noch deutlicher werden? Erst nachdem Heiko seine neue Freundin hatte, sah er die Dinge aus etwas anderer Sicht. Das kann ich aber nicht mit Sicherheit sagen, das ist mehr mein Gefühl.“

„Kennen Sie Laila Kolb?“, wagte sich KKL noch einmal dazwischen.

„Nein, nicht persönlich, aber Heiko hat mir mal ein Foto von ihr auf seinem Handy gezeigt.“

„Kommen wir bitte auf das Cum-Cum-Geschäft zurück“, ergriff Gerti Wagner wieder das Wort. „Um welche Größenordnung ging es denn da?“

„Wenn ich die Zahlen noch richtig im Kopf habe, sprechen wir von einer Dividendenausschüttung von über zehn Millionen.“

„Euro?“

„Natürlich.“

„Von denen Herr Springer wie viel abbekam?“, stocherte die Kommissarin weiter im Gedächtnis Owens herum.

„Fünf Prozent“, entgegnete der. „Mein Anteil, der mir von Heiko direkt zugesagt worden ist, betrug jedenfalls nur 100.000.“

„Und die haben Sie sich am 26. Februar abgeholt?“ Behringer hatte es bei dem Wörtchen „nur“ vor der großen Summe die Nackenhaare aufgestellt.

„Abholen *wollen*“, korrigierte Owens den Hauptkommissar.

„Das sagen Sie. Was hatte denn der Springer mit dem Geld, das er sich mit Ihrer Hilfe ergaunert hatte, vor?“

„Ich kann nur so viel sagen.“ Owens lehnte sich über den Tisch. „Seinen Anteil an der Dividende wollte er ratzfatz auf sein Konto bei der UBS auf den Cayman Inseln transferiert haben. Aber mit einem Teil des Gelds wollte er den Brüdern seiner neuen Freundin helfen, einen kurzfristigen Cashflow-Engpass zu überwinden. Das kam mir schon seltsam vor, als er es das erste Mal erwähnte. Details kenne ich allerdings nicht.“

„Da sind Sie sich sicher?“

„Das hat er mir jedenfalls so erzählt.“

Behringer hatte nur noch eine Frage: „Hat Herr Springer auch seine frühere Freundin, ich meine Annalena Sturm, bei einem Ihrer letzten Treffen erwähnt?“

Owens überlegte. „Ja, aber nur weil ich nach ihr gefragt habe. Er hat kurz erwähnt, dass er nicht mehr mit ihr zusammen sei und dann gleich von seiner Laila geschwärmt. Mein Eindruck war, dass er einen endgültigen Schlussstrich gezogen hatte, auch wenn die beiden angeblich noch geschäftlich zusammenarbeiten wollten … eine schräge Idee, wenn Sie mich fragen.“

*

„Wisst ihr, was ich immer noch nicht verstehe“, meinte der Hauptkommissar, als sie wieder im ICE zurück nach Nürnberg saßen, kratzte sich dabei am Kopf und sah vor allem Gerti Wagner fragend an. „Wie kann so ein enormer Betrug überhaupt passieren? Ist denn der deutsche Fiskus so leichtgläubig, ernsthaft Steuern in Millionenhöhe zurückzuzahlen?"

„Ach, BB, die Situation ist noch viel schlimmer als du denkst. So ein Beispiel wie der Deal von Springer und Owens ist doch nur die Spitze des Eisbergs. Da gibt es noch viel raffiniertere Gauner. Wie viele Milliarden das Finanzamt schon verloren hat, ist gar nicht bekannt. Alles zu Lasten der ehrlichen Steuerzahler. Wenn ich dir sage, dass sogar betrügerische Geschäfte mit Phantom-Aktien gemacht werden, musst du dir noch mehr an den Kopf fassen."

„Moment", unterbrach Behringer sie, „was meinst du mit Phantom-Aktien? Aktien, die es gar nicht gibt?"

„So ist es."

„Wie soll das denn funktionieren?", wunderte sich KKL und biss in eines der belegten Brote, die sie sich für die Heimfahrt am Bahnhof besorgt hatten.

„Es gibt Banken, vor allem in den USA, die haben sich mit sogenannten *American Depositary Receipts* – das sind Zertifikate auf ausländische Aktien, für die es normalerweise auch ein Depot geben sollte – angeblich zu viel bezahlte Steuern erstatten lassen, die sie aber gar nicht abgeführt hatten."

„Diese Zertifikate, waren die gefälscht?", fragte Behringer.

„Du sagst es. Und zwar so raffiniert, dass man sie von echten nicht unterscheiden konnte."

KKL schluckte. „Und wie lange geht das schon?"

„Oh, seit vielen Jahren, aber jetzt erst fängt der deutsche Fiskus an, nach solchen Vorgängen zu fahnden. Der Schaden dürfte in die Milliarden gehen und ob die Finanzämter die zu Unrecht ergaunerten Steuererstattungen wieder in voller Höhe zurückbekommen, darf bezweifelt werden. Steuerbetrug verjährt nach zehn Jahren."

„Trotzdem", schüttelte der Hauptkommissar den Kopf, „wie ist das möglich? Da muss doch in unserem System etwas falsch sein?"

„Das ist es auch“, nickte Gerti. „Das liegt am deutschen Föderalismus. Zuständig sind die Bundesländer und von denen kocht jedes sein eigenes Süppchen. Keines will Verantwortung abgeben. Das ist das Problem. Wie soll das denn in einer zunehmend globalisierten Welt funktionieren, frage ich euch, wenn die Aufgaben an die vielen lokalen Finanzämter der einzelnen Bundesländer delegiert werden? Steuerbetrüger arbeiten still und heimlich und nutzen grenzenlose Offshore-Möglichkeiten. Wie sollen da bitteschön dezentralisierte deutsche Finanzämter mithalten können? Das ist wie frühestes Mittelalter. Als ob ein blechernes Ritterheer versucht, moderne Cyberkrieger in die Schranken zu weisen.“

Jetzt griff auch Gerti zu einem Brot, nahm einen großen Bissen und kaute energisch. „Wir Deutschen sind aber auch zu doof, um aus der Geschichte zu lernen. Schau dir den NSU-Prozess gegen die Zschäpe an. Zehn Morde haben Bönhardt und Mundlos in sieben Jahren begangen, 14 Banken ausgeraubt und drei Sprengstoffanschläge verübt. Warum ist man denen nicht schon früher auf die Spur gekommen? Weil jedes Bundesland seine eigene Verfassungsschutzorganisation hat. Heute wissen wir, dass die sich gegenseitig blockiert haben. Ich brauche da nur an die zweifelhaften Beziehungen ihrer V-Leute in der rechten Szene zu denken …“

Die Kommissarin sah Behringer an. „BB, kein Sandwich für dich? Hast du keinen Hunger?“

„Ehrlich gesagt, ich bin schockiert“, gab Behringer ernüchtert von sich. „Da vergeht einem der Hunger. Außerdem, schau mich doch an … Was für ein Scheißhaufen.“

„Chef!“, war Lang schockiert. „Sind Sie da nicht ein bisschen zu hart zu sich?“

„KKL, ich habe den Zustand der Welt gemeint …“

„Ja, Scheißhaufen könnte man dazu schon sagen“, meinte Gerti. „Und ich prophezeie dir, eine endgültige Aufklärung dieser ganzen Steuerfälle wird sich ebenso lange hinziehen wie der NSU-Prozess, wenn nicht noch länger.“

„Und die Beschuldigten werden ganze Heere von Staranwälten auffahren“, ergänzte Behringer kopfschüttelnd.

„Da kannst du einen drauf lassen, BB.“

Halbwahrheiten
9. März

Die Brüder Manfred, Günther und Karl Kolb waren in das Kriminalpolizeikommissariat vorgeladen worden. Sichtlich nervös saßen sie am frühen Morgen Hauptkommissar Behringer und seiner rechten Hand Klaus-Karl Lang gegenüber. Es sei nur eine Routinebefragung zum gewaltsamen Tod von Heiko Springer, hatte es geheißen. Aber die drei glaubten nicht an eine belanglose Unterhaltung.

Sie hatten allen Grund dazu: Annalena hatte sie vorgewarnt und ihnen den ganzen gestrigen Tag eingebläut, wie hinterfotzig dieser kleine, dicke Hauptkommissar sein konnte. Sie sollten sich bloß in Acht nehmen! Bevor sie sich auf den Weg in die KPI gemacht hatten, hatten sie auch mit Dieter ihren Text geübt und sich beraten.

„Egal, was ihr aussagt“, hatte der ihnen mit auf den Weg gegeben, „es muss durchgängig, logisch und übereinstimmend klingen. Das Schlimmste, was passieren kann, ist, wenn ihr euch in Widersprüche verwickelt.“ Dieter hatte den Advocatus Diaboli gespielt und sie mit Fragen überschüttet, die die Kripo, seiner Meinung nach, stellen könnte.

So vorbereitet und mental gestärkt waren sie pünktlich zur Befragung eingetrudelt. Auch darauf, dass man sie einzeln in die Mangel nehmen könnte, hatte Dieter sie vorbereitet. Die Brüder hatten sich darauf verständigt, dass, wenn man sie gemeinsam befragen sollte, Manfred die Rolle des Sprechers übernehmen würde. Und ausnahmsweise waren die Zwillinge sehr froh über die Eigenart ihres älteren Bruders, sich immer in den Vordergrund zu drängen.

„Wie geht es Ihrer Lebensgefährtin Annalena Sturm, Herr Kolb?“, eröffnete Behringer die Gesprächsrunde. „Sie scheint sich ja sehr schnell in den Tagesablauf eines Hotelbetriebs eingearbeitet zu haben.“

Mit dieser Frage hatten die drei nicht gerechnet, auch Dieter hatte sie nicht auf dem Schirm gehabt. Manfreds Antennen meldeten Alarm. Für seine Antwort nahm er sich Zeit. „Danke, sehr gut.“ Dann hüllte er sich wieder in Schweigen.

„Ich habe gehört, dass Sie zwischenzeitlich mit Ihren *Last-Minute-Wellness-Wochenenden* recht erfolgreich eine Marktlücke aufgetan haben?“

Aha! Dazu hatte Annalena ihn gebrieft. „Wir können nicht klagen“, gab Manfred zu und dachte dabei: „Klappe halten.“

„Ein sehr attraktives Programm, das Sie da Ihren Gästen bieten“, schmeichelte Behringer. „Allein schon der Begrüßungsabend von 21:00 bis 24:00 Uhr. Meine Frau und ich haben uns auch schon überlegt, ob wir Sie nicht mal besuchen.“

„Wir fangen freitags bereits um 20:00 Uhr an“, korrigierte Manfred den Hauptkommissar, „und die Events gehen dann über den Samstag und Sonntag weiter. Mein Bruder Karl bietet samstags geführte Wanderungen durch die Fränkische Schweiz oder das Fichtelgebirge an. Abends treffen wir uns bei schönem Wetter alle im Biergarten.“

„Und bei schlechtem Wetter?“, interessierte sich Behringer.

„Dann laden wir nach dem Abendessen alle ins Kaminzimmer ein, zu Lesungen regionaler Schriftsteller.“

„Der Begrüßungsabend läuft aber immer nach dem gleichen Schema ab?“, ließ Behringer nicht locker. „Sie heißen die Gäste bei einem Gläschen Sekt willkommen, informieren über das Menü des Abends und das weitere Programm und nach dem Essen stehen den Gästen alle Wellness-Einrichtungen Ihres Hauses frei zur Verfügung, einschließlich fernöstlicher Massageanwendungen?“

Was hatte dieser dicke Hauptkommissar denn nur mit ihrem Wellness-Event? „So ist es“, bestätigte Manfred kurz und wunderte sich.

Auch Günther und Karl sahen etwas verwirrt drein.

„Wann sollte man als Gast denn an so einem Abend idealerweise vor Ort sein? Sind die Leute immer pünktlich?"

„Leider nicht, manche sind zu früh dran, manche kommen zu spät, aber viertel nach acht ist *Deadline*, wie wir sagen. Dann geht es auf jeden Fall mit dem Galadinner los."

„Wie am 26. Februar?"

„Wie am …?" Manfred kam ins Stolpern. „Ich weiß nicht, worauf Sie hinauswollen. Das war unsere erste Veranstaltung dieser Art. Wir lernen natürlich von Event zu Event hinzu."

„Nur eine Routinefrage", meinte Behringer freundlich lächelnd. „Das erste Mal ist sicherlich nicht alles so im Zeitrahmen verlaufen, wie ursprünglich geplant. Das ist verständlich. Sagen Sie, ist es richtig, dass Sie Ihrer Schwester Laila dieses Jahr, wenn sie 28 wird, ein Erbe in Höhe von 250.000 Euro ausbezahlen müssen?"

„Ja, das stimmt, aber ich verstehe nicht, was das mit unseren Wellness-Wochenenden zu tun hat?" Mit der Frage nach Lailas Erbteil hatten die Kolb-Brüder gerechnet.

„Ein ganz schöner Batzen Geld", fuhr Behringer fort, „vor allem, wenn man sicherlich noch an den Renovierungs- und Modernisierungskosten des Hotels zu knabbern hat? Habe ich recht?"

„Das Geschäft läuft gut", wich Manfred aus und dachte wieder: „Klappe halten." Mit dem strengen Gesicht von Annalena vor Augen klappte dieser Vorsatz ganz hervorragend.

„Würden Sie beide das bestätigen?", wandte sich Behringer an Günther und Karl. „Keine Geldsorgen?"

Die Zwillingsbrüder nickten stumm.

„Da war es doch sicher von Vorteil, dass einem so ein gewiefter Finanzberater wie Herr Heiko Springer als Gast ins Haus geschneit ist, nicht wahr?"

„Ich verstehe nicht recht. Was wollen Sie damit sagen?"

„Nun, bei gut laufenden Geschäften ist doch immer ein wenig Geld übrig, mit dem man spekulieren und daraus noch mehr Geld machen kann, oder? Vor allem unter der Anleitung eines Profis?"

„Ja ... wenn Sie meinen ...“

„Und wenn es mal weniger gut laufen sollte, ist ein solcher Kontakt auch sehr nützlich. Ein Mann wie Heiko Springer könnte einem sicher aus jedem kleinen Finanztief heraushelfen.“

Manfred bekam einen trockenen Mund.

„Hat er Ihnen denn nicht etwa dabei geholfen, wie soll ich sagen, eine kurzfristige *Cashflow*-Lücke zu schließen?“

Die Augen des kleinen Dicken bohrten sich in die von Manfred. „Ach so, das ...“, tat der ab. „Ja, das stimmt, wir hatten mal anlässlich eines gemeinsamen Abendessens ganz allgemein kurz darüber gesprochen.“

Günther hüstelte.

„Und?“, bohrte der Hauptkommissar nach.

„Nichts und! Der Herr Springer kochte auch nur mit Wasser. Seine Vorschläge waren uns viel zu risikoreich. Er hat von Cum-Cum-Geschäften gesprochen, von denen wir noch nie etwas gehört hatten. Wir haben natürlich sofort unseren Finanzdirektor dazu befragt“, ratterte Manfred die eingeübte Antwort herab, „und der hat uns geraten, bloß die Finger davon zu lassen. Diese Art von Geschäft sei viel zu zwielichtig, hat er uns informiert. Ob sie überhaupt legal seien, sei ebenfalls dahingestellt.“

„Aha. Und trotzdem haben Sie sich mit Herrn Springer auf einen Deal geeinigt?“

„Nein! Wie kommen Sie denn auf diese Schnapsidee?“

„Haben Sie denn nicht mit ihm einen Vertrag geschlossen, der noch notariell beglaubigt werden sollte?“

Manfred nahm einen Schluck Wasser. Dieter müsste jetzt hier an ihrer Seite sitzen. Dieter war in solchen prekären Situationen nie um eine Antwort verlegen. Dieter konnte mit so etwas gut umgehen.

Der Hotelchef geriet ins Stottern. „Also, von ... von ... wie sagten Sie? Notarielle Beglaubigung? Also, nein, nein, mit Heiko haben wir gar keinen Vertrag ... also, wie gesagt, auf diese Cum-Cum-Geschäfte wollten wir uns nicht einlassen. Da, da ... müssen Sie einer Falschinformation unterliegen.“

Manfred sah seine beiden Brüder an. Die nickten synchron und setzen in Richtung Behringer verständnislose Blicke auf.

„Komisch aber auch", verfiel der in eine Art Selbstgespräch, „was für einen Quatsch hat mir dann gestern dieser Bill Owens erzählt? Sagt Ihnen der Name etwas?"

Die drei schüttelten ihre Köpfe.

„Der Herr Owens war früher Direktor der Maple Bank in Frankfurt. Leider wurde er kürzlich verhaftet und sitzt nun wegen des Verdachts der schweren Steuerhinterziehung in U-Haft. Bill Owens kann sich gut an den ermordeten Heiko Springer erinnern. Schließlich waren die beiden langjährige Geschäftspartner. Nun frage ich mich, wie dieser Owens mich derart belügen konnte ... Er behauptet felsenfest, dass Springer mit ihm ein Cum-Cum-Aktientransfergeschäft abgewickelt hat, hauptsächlich deswegen, um Ihre kurzfristige *Cashflow*-Lücke zu überbrücken."

Die Kolb-Brüder sahen sich an. Sie hatten keine Antworten mehr. Wäre doch nur Dieter dagewesen und hätte ihnen aus der Patsche geholfen.

„Wir kennen keinen Herrn Owens", unternahm Manfred einen letzten verzweifelten Versuch, „und eine Maple Bank sagt uns auch nichts. Mit solchen Sachen haben wir nichts zu tun."

„Ist notiert", verkündete der jüngere Kommissar neben dem bissigen Dicken und klappte seinen Block zu.

„Na, dann, meine Herren." Behringer stand auf. „Sie halten sich bitte alle weiterhin zu unserer Verfügung."

*

„Haben Sie heute schon die *Süddeutsche* gelesen?", wollte KKL von seinem Chef wissen, als sich die Kolb-Brüder wieder unzufrieden getrollt hatten.

„Sollte ich?", gab der zurück. „Was gibt es denn Interessantes?"

„Ein Whistleblower hat sich bei der Fußball-Leaks-Plattform gemeldet und behauptet steif und fest, dass das Königshaus der Vereinigten Arabischen Emirate unerlaubtes Sponsoring betreibt.

Er habe sogar Beweise, steht im Artikel. Es geht um Manchester City."

„Das wundert mich nicht", blieb Behringer cool. „Alles Betrüger. Führt uns das irgendwie zu dieser Aischa Dingsbums, die auch mit diesem Königshaus zu tun hat?"

„Der Whistleblower sagte aus, dass das Königshaus sich über unerlaubte Wertpapiertransfergeschäfte finanzielle Mittel besorgt und diese dann über diverse andere Organisationen, die unter dem Einfluss der Herrscherfamilie stehen, als Spenden an den Fußballclub weitergibt. Das verstößt gegen die Financial-Fair-Play-Regeln, die sich die UEFA gegeben hat."

„Wundert mich bei Ihrem schlauen Köpfchen nicht, dass Sie sofort an unsere Aischa gedacht haben, KKL", lobte Behringer.

„Genau", bestätigte Lang. „Die Frau, die am 25. Februar den Ermordeten treffen wollte, aber nicht eingelassen wurde. Was, wenn es nicht nur um schnöden Sex ging, wie wir bisher angenommen haben? Was, wenn sie Heiko Springer wegen ihres Deals treffen wollte, vielleicht um ihn einzuschüchtern, damit der die Klappe hält?"

„Und am nächsten Tag ist er tot", setzte Behringer KKLs Überlegungen fort.

„Könnte doch sein, dass die Dame da ihre Finger im Spiel hat", ereiferte sich Kommissar Lang. „Die Kollegin Meissner hat zwischenzeitlich den Taxler aufgetrieben, der sie am Abend des 25. durch Bayreuth gefahren hat. Der bestätigt nicht nur den lauten Ausraster der Frau vor Springers Wohnhaus, sondern erinnert sich auch noch, dass er sie danach patschnass ins Hotel *Richard Wagner* gefahren hat."

„Da schau an", meinte Behringer. „Zufall?"

„Davon gehen wir aus. Es war einfach das nächste Luxus-Hotel auf der Route. Jedenfalls hat sie am späten Nachmittag des 26. Februar ausgecheckt. Zur Tatzeit war sie mit hoher Sicherheit noch in Bayreuth. Und sie hatte eine enorme Wut auf Heiko Springer."

„Hm", grübelte der Hauptkommissar, „das sollten wir dringend im Auge behalten. Der Fall wird immer verrückter."

Heikos Testament
10. März

Der viergeschossige Bau des Bayreuther Justizpalastes lag an der Ecke Wittelsbacherring und Wilhelminenstraße. Barocke Elemente vermischten sich an der Fassade mit Merkmalen des Jugendstils. Das Land- und das Amtsgericht sowie die Staatsanwaltschaft hatten sich drinnen häuslich eingerichtet. Zum Neuen Schloss und dem Hofgarten war es nur ein Katzensprung.

Das Nachlassgericht residierte im Flügel zur Wilhelminenstraße hin und hatte für heute die Testamentseröffnung des kürzlich verschiedenen Neubürgers Heiko Springer anberaumt. Geladen waren Annalena Sturm und Laila Kolb, aber auch Kriminalhauptkommissar Benno Behringer. Eine Verordnung des Amtsgerichts, da der Erblasser einem Mord zum Opfer gefallen und die Tat noch nicht aufgeklärt war. Verantwortlich dafür, dass Heikos Testament ordnungsgemäß beim Amtsgericht hinterlegt worden war, war ein Notar namens Dr. Heinrich von Röllinghausen. Auch er war anwesend, da er von Heiko Springer zugleich als Testamentsvollstrecker beauftragt worden war. Man konnte von dem Mordopfer halten, was man wollte, ihn als Schlawiner und Gauner bezeichnen, aber man konnte ihm nicht nachsagen, kein ordnungsliebender Mann gewesen zu sein.

Richter Alfred Tietz hatte die Nachlasseröffnung für 10:00 Uhr angesetzt. So hatte es in dem Benachrichtigungsschreiben gestanden, von dem Annalena und Laila je eine Ausführung erhalten hatten. Die beiden Frauen begegneten sich zufälligerweise um viertel vor zehn am Haupteingang. Keine würdigte die andere auch nur eines Blickes. Aber Annalena schaffte es einmal wieder nicht, sich auch verbal zurückzuhalten.

„Na, du kleine Natter, jetzt hast du den Dreck“, spie sie Laila ins Gesicht, bevor sie majestätisch die Treppe zum ersten Flur hinaufstieg.

Lailas Nervenkostüm war seit Heikos Tot labil und angegriffen. Sie schaffte es nicht, die Tränen zurückzuhalten. Überhaupt war sie vom Schreiben des Amtsgerichts völlig überrascht worden. Nicht im Entferntesten hatte sie mit einem Erbe gerechnet. Schnell trat sie nochmal auf die Straße hinaus und steckte sich mit zitternden Händen eine Marlboro an.

Kaum, dass sie die Zigarette zu Ende geraucht hatte, kam Hauptkommissar Behringer um die Ecke geschlendert.

„Na, das ist ja eine Überraschung", begrüßte er sie. „Jetzt erben Sie auch noch."

„Ich weiß nicht recht", stammelte Laila, „mir wäre es lieber, wenn mir das erspart bleiben würde. Ich schwöre, ich wusste nichts davon, dass Heiko mich in sein Testament hat eintragen lassen. Ich wusste ja nicht einmal, dass er überhaupt ein Testament hat. Mit Anfang 30 ..."

„Ruhig Blut, junge Frau. Jetzt warten Sie doch erst einmal ab. Ausschlagen können Sie die Erbschaft immer noch. Hören Sie sich doch erst einmal an, was das Gericht zu verkünden hat. Wenn Sie allerdings das Erbe ausschlagen, hat vermutlich Frau Sturm gute Chancen, den Ihnen zustehenden Erbteil zu bekommen."

„Das gönne ich ihr auch wieder nicht", überlegte Laila laut.

„Übrigens, haben Sie Frau Sturm schon gesehen?"

„Wir sind uns gerade hier am Eingang begegnet." Eine einsame Träne suchte sich den Weg über Lailas rechte Wange.

„Na, na ... Es war wohl keine freudige Begrüßung?"

Laila nickte. „Sie hasst mich."

„Was haben Sie der Frau nur angetan?"

„Das wissen Sie doch: Nichts. Außer, dass Heiko sich wegen mir von ihr getrennt hat."

„Beziehungskisten!", kommentierte der Hauptkommissar. „Kommen Sie, lassen Sie uns nach oben gehen. Wir sollten uns nicht verspäten."

*

„Hiermit eröffne ich das Verfahren der Testamentseröffnung in Familiensachen Heiko Springer und in den Angelegenheiten der freiwilligen Gerichtsbarkeit gemäß Paragraph 348 FamFG und verlese den letzten Willen des Erblassers", begann Richter Tietz mit monotoner Stimme. Ihn brachten weder der Mordfall noch die emotionale Hochspannung zwischen den beiden Frauen auf den Stühlen ihm gegenüber aus der Ruhe.

„Das Gericht bestätigt die Anwesenheit aller Vermächtnisnehmer und hat deren Legitimität überprüft. Ebenso anwesend sind der Notar Herr Dr. Heinrich von Röllinghausen, der vom Erblasser rechtmäßig eingesetzte Testamentsvollstrecker, sowie Kriminalhauptkommissar Herr Benno Behringer, der vom Amtsgericht Bayreuth als Ohrenzeuge bestimmte Vertreter der Kriminalpolizeiinspektion Bayreuth. Bevor ich den letzten Willen des Erblassers verlese, weise ich hiermit die Vermächtnisnehmer darauf hin, dass sie innerhalb einer Frist von sechs Wochen das Erbe ausschlagen können. Geht innerhalb dieser Frist beim Nachlassgericht keine solche Erbausschlagung ein, gilt das Erbe als angenommen und die rechtmäßigen Erben tragen die Kosten für diese Testamentseröffnung. Die Erben haben dann die Möglichkeit, bei dem Gericht die Erbscheine zu beantragen. Das Gericht ist verpflichtet, allen Beteiligten den Inhalt des Testaments bekannt zu geben und ihnen eine vollständige Kopie des Gerichtsprotokolls sowie des Testaments zu übermitteln. Für alle danach anfälligen Fragen wenden Sie sich bitte an den Testamentsvollstrecker, Herrn Dr. Heinrich von Röllinghausen." Richter Tietz sah kurz hoch, blieb hängen, wandte seinen Blick mit etwas Mühe von Annalenas Busen ab und konzentrierte seine Aufmerksamkeit wieder auf die vor ihm liegende Papiere. „Ich verlese nun den letzten Willen des Verstorbenen ..."

Nachdem er geendet hatte, gab es lange Gesichter – teils der Enttäuschung, teils der Überraschung: Heiko Springer hatte Annalena seinen Mercedes zugesprochen. Alle anderen Vermögenspositionen erbte Laila Kolb, von der Wohnung in der Friedrich-von-Schiller-Straße bis zum Barvermögen bei der Union Bank of Switzerland auf den Cayman Inseln, das Richter Tietz mit rund neun Millionen US-Dollar bezifferte.

Annalena kochte vor Wut. Ihr war klar, dass sie nun Heikos späte Rache erreicht hatte. Die Testamentseröffnung war für sie eine reine Provokation. Laila war die große Gewinnerin und der Mercedes führte Annalena als Trostpreis die Diskrepanz nur noch deutlicher vor Augen. Scheiß auf den Mercedes.

Doch kampflos wollte sie nicht aufgeben. Schnaubend verließ sie den Gerichtssaal und redete sich wider besseres Wissen um die Rechtslage ein, dass sie eine Chance hatte, das Testament anzufechten.

Draußen auf dem Gang standen Laila, der Testamentsvollstrecker und dieser dicke Hauptkommissar zusammen und redeten.

„Du hast recht gehabt", musste sich Annalena von der kleinen blonden Hexe anhören, „das ist wirklich ein schöner Dreck!" Dabei grinste Laila sie im Vorübergehen strahlend an.

Behringer sah der Walküre hinterher. Am Ende des Ganges drehte sie sich abrupt um, rammte ihre hohen Hacken in den Boden und schrie zurück: „Trotzdem bist und bleibst du eine verdammte Natter! Ich würde mich nicht wundern, wenn du den Inhalt des Testaments gekannt hast und Heiko deswegen umgebracht hast."

Laila sog scharf die Luft ein.

„Einen schönen Tag, die Herren", ertönte es noch, dann stapfte Annalena die Treppen hinab.

Von Röllinghausen ließ die Anschuldigung unkommentiert. „Ich sehe, ehrlich gesagt, keine gewichtigen Hinderungsgründe, dass Sie das Ihnen zustehende Erbe nicht antreten könnten", urteilte der Notar gegenüber Laila.

„Selbst wenn der ermordete Heiko Springer, sagen wir mal, sein Vermögen auf nicht ganz legale Art und Weise angehäuft hat?", hakte Behringer nach.

„Selbst dann", bestätigte von Röllinghausen. „Sehen Sie, es gibt kein rechtskräftiges Urteil gegen den Verstorbenen, das ihm ein illegales Delikt zur Last legt. Ergo hat er zu keinem Zeitpunkt seine rechtmäßigen Ansprüche auf sein Bankguthaben verloren. *In dubio pro reo*, im Zweifel für den Angeklagten, sagt das deutsche

Recht dazu. Wie ich die Sache einschätze, lässt sich im Nachhinein auch gar nicht mehr exakt klären, wie er zu dem Vermögen von rund neun Millionen US-Dollar gekommen ist. Gehen Sie davon aus, dass die UBS dazu keinerlei Aufklärungsbeitrag leisten wird."

Laila knabberte noch heftig an Annalenas Worten. Sie bebte innerlich. „Wenn die Erbschaft einmal geregelt und von der Bank auch anerkannt ist", wollte sie wissen, „kann ich dann das Barvermögen überhaupt nach Deutschland transferieren? Beziehungsweise: Wie kann ich denn überhaupt darauf zugreifen? Gibt es da nicht irgendwelche Meldepflichten, die ich beachten muss?"

„Da machen Sie sich mal keine Sorgen, Frau Kolb. Natürlich fordert der Paragraph 11 des Außenwirtschaftsgesetzes in Verbindung mit dem Paragraphen 67 und folgenden, dass Auslandsüberweisungen ab einer Höhe von 12.500 Euro der Bundesbank gemeldet werden müssen. Das hat aber nichts mit steuerlichen Aspekten zu tun. Die Bundesbank gibt auch gar keine Daten an die Finanzämter weiter. Die Meldungen dienen lediglich dazu, die Zahlungsbilanz der Bundesrepublik Deutschland zu erstellen."

„Ach ja?" Laila klang immer noch verunsichert.

„In Ihrem Fall verhält sich das so: Sie werden ja voraussichtlich einen Kontenübertrag vornehmen wollen, dem kein Rechtsgeschäft zugrunde liegt. Solche Überweisungen sind nicht meldepflichtig. Wenn Sie wollen, kann ich Ihnen dabei gerne helfen. Jetzt rate ich Ihnen, zunächst die Ablehnungsfrist von sechs Wochen abzuwarten. Im Vorfeld würde ich für Sie den Erbschein schon mal vorbereiten und beim Nachlassgericht einreichen, wenn es an der Zeit ist." Von Röllinghausen kramte in seiner Tasche. „Außerdem hat mir Ihr verschiedener Partner für Sie ein weiteres Dokument überlassen, das ich Ihnen hiermit gerne aushändigen möchte. Es ist ein zinsloser Darlehensvertrag über drei Jahre, der zwischen Herrn Heiko Springer und Ihren Brüder Manfred, Günther und Karl Kolb geschlossen wurde und vorsieht, dass der Verstorbene – respektive nun Sie –, in drei Jahren die verliehene Summe von 250.000 Euro ausbezahlt bekommt."

Behringer spitzte die Ohren.

„Das muss ein Fehler sein", widersprach Laila irritiert. „Bei den 250.000 Euro handelt es sich um einen Erbanteil, den ich mit Erreichung des 28. Lebensjahres bereits dieses Jahr bekomme. Im Mai. Das hat mit Heiko gar nichts zu tun."

„Das mag sein, wie es will", meinte der Notar lapidar, „aber einen Betrag in genau dieser Höhe hat Heiko Springer Ihren Brüdern quasi zwischenfinanziert oder, sagen wir, zinslos vorgestreckt."

„Das müssen Sie mir bitte erklären."

„Aber gern, Frau Kolb. Sehen Sie, Ihre Brüder haben offensichtlich aufgrund ihrer Finanzlage Probleme, den Ihnen zustehenden Erbteil in Höhe von 250.000 Euro termingerecht auszubezahlen. Damit sie dazu in der Lage sind, hat Heiko Springer ihnen ein zinsloses Darlehen über die vorgenannte Höhe gewährt. Natürlich müssen Ihre Brüder diesen Kredit zurückzahlen, aber erst in spätestens drei Jahren. Als Erbin steht Ihnen nun diese Darlehensrückzahlung ebenfalls zu. Sollten Ihre Brüder auch in drei Jahren nicht dazu in der Lage sein – ich meine, das Darlehen zurückzuzahlen –, werden Sie in gleicher Höhe Anteilseignerin am Hotel Ihrer Brüder."

Laila sah etwas zweifelnd drein, aber Behringer schmunzelte. Er hatte verstanden, worauf das hinauslief.

„Kurzum", schloss von Röllinghausen, „Ihnen stehen zweimal Zahlungen in Höhe von jeweils 250.000 Euro zu, zum einen als Ihr Erbanteil am Hotel, zum zweiten als Rückzahlung des Darlehens."

Laila stand wie vom Donner gerührt. „Und das ist sicher?", fragte sie mit großen Augen.

„Selbstverständlich."

Behringer, der sich bis jetzt mit seiner Rolle als Ohrenzeuge des Gesprächs zwischen dem Notar und der jungen Frau begnügt hatte, nutzte die Gelegenheit: „Frau Kolb, wenn Sie und Herr Dr. Röllinghausen hier fertig sind, hätten Sie dann noch ein paar Minuten Zeit für mich? Ich möchte Ihnen gerne noch etwas nahelegen."

Besprechung
Später am Tag

Kaum dass Behringer wieder zurück in der KPI an der Ludwig-Thoma-Straße war, beauftragte er Sabine Meissner, eine Besprechung aller Soko-Mitglieder einzuberufen. „Sofort nach der Mittagspause. Kommen ist Pflicht!“, machte er deutlich.

Auch wenn sich die letzten Herren noch Krümel vom Hemd wischten, waren alle pünktlich und hochkonzentriert zur Stelle.

„Liebe Kollegen, liebe Kolleginnen“, begrüßte sie der Hauptkommissar, „es ist an der Zeit, uns mal wieder austauschen, damit wirklich jeder auf den gleichen Wissensstand kommt. Ich war heute Vormittag im Justizpalast und habe der Testamentseröffnung des ermordeten Heiko Springer beigewohnt. Ich kann euch sagen, meine Alarmsirenen haben gar nicht mehr aufgehört zu heulen. Die dringend Tatverdächtigen mit Mordmotiv vermehren sich wie die Karnickel.“ Dann berichtete Behringer in groben Zügen, was sich im Gerichtssaal abgespielt hatte.

„Seine letzte Freundin erbt mehr als neun Millionen US-Dollar?“, platzte KKL heraus. „Wenn das kein Grund ist ... Wissen wir denn, ob sie von dem Inhalt des Testaments wusste?“

„Genau das ist der springende Punkt“, ging Behringer auf Langs Frage ein. „Mir hat sie noch vor der Testamentseröffnung geschworen, dass sie sehr überrascht sei, dass Springer überhaupt ein Testament verfasst habe, und dass ihr das ganze Verfahren gründlich zuwider sei. Ich muss zugeben, ich hatte den Eindruck, dass sie mir da ihre ehrliche Meinung gesagt hat, dass sie von einem Testament wirklich nichts wissen wollte und schon gar nicht von dem ganzen Brimborium einer Testamentseröffnung. Aber – aufgepasst, Leute – als sie dann das Ergebnis kannte, hat sie sich recht flott beim anwesenden Testamentsvollstrecker erkundigt, wie sie an das ausländische Bankenguthaben herankommt. Das war es dann schon mit den Bedenken.“

„Der Dagobert Duck-Effekt“, warf Helmut Bauerreis ein, „je reicher, desto geiziger. Damit ist doch klar, auf wen wir unsere

Ermittlungen konzentrieren müssen, oder? Die Dame hat ja auch kein wirkliches Alibi."

„Langsam, langsam", warnte Behringer, „das haben andere auch nicht. Allen voran die Kolb-Brüder und diese unsympathische Annalena Sturm. Die hat vor Wut gekocht, als sie gehört hat, dass sie bis auf den Mercedes leer ausgeht. Es hätte nicht viel gefehlt und der guten Frau wären Rauchwölkchen aus den Nüstern entfleucht. Bevor sie abgerauscht ist, hat sie infolge ihrer Wut noch Laila Kolb offen des Mordes an ihrem Ex-Lover bezichtigt."

„Meine Worte", sah Bauerreis sich bestätigt.

„Kommen wir auf die Alibis der diversen anderen Verdächtigen zurück, bevor wir das Spekulieren anfangen", gab der Soko-Leiter die Richtung vor. „Zuerst die Kolb-Brüder und diese Annalena. Der sogenannte *Last-Minute-Wellnesswochenende-Event* vom 26. Februar, den die Dame bei ihrer letzten Vorladung als Alibi angeführt hat, hat sich als Rohrkrepierer erwiesen. Das hat die gestrige Vernehmung der drei Hoteleigner ergeben: Alle hätten die Möglichkeit gehabt, noch vor dem Beginn der Veranstaltung schnell zum Parkplatz der Eremitage zu fahren und Springer die tödlichen Stiche zu versetzen. Eventuell wäre sogar für eine schnelle Untersuchung seiner Wohnung noch Zeit gewesen. Ich bin mir todsicher, jeder von denen kannte Springers Gewohnheit, mittwochs und freitags im Park der Eremitage zu joggen."

„Aber warum sollten die Kolbs Interesse daran haben, den Liebhaber ihrer Schwester umzubringen?" Susanne Landrock zog die Augenbrauen hoch.

„Geld, Neid und Hass", führte Behringer aus. „Annalenas frühere Sympathie für ihren Geschäfts- und Lebenspartner ist in kürzester Zeit in puren Hass umgeschlagen. Diese Möglichkeit steckt auch in ruhigeren Charakteren drin, die ihre Emotionen nicht auf dem Silbertablett vor sich hertragen wie unsere Frau Sturm. Die hält auch mit ihrem Hass auf Laila Kolb nicht hinterm Berg, die nun vor einem gewaltigen Erbe steht. Aber ein stärkeres Motiv als Hass ist immer noch die Gier: Dass es einen zinslosen Darlehensvertrag zwischen dem Verstorbenen und den Kolb-Brüdern gibt, ist erst heute Vormittag bekannt geworden. Bei der Durchsuchung von Springers Wohnung haben wir jedenfalls nichts dazu gefunden. Ich mache drei Kreuze, dass ich heute mit Notar von Röllinghausen vor Ort war, sonst wüsste wahrscheinlich immer noch niemand davon – außer den Darlehensnehmern natürlich."

„Da frage ich mich schon", meinte KKL langsam, „wer davon profitiert hätte, wenn dieser Kreditvertrag verlustig gegangen wäre."

„Eindeutig die Kolb-Brüder", räumte Kriminalobermeisterin Landrock ein.

„Das sehe ich auch so", bestätigte ihr der Hauptkommissar. „Man klaut ein Dokument und die Welt ist wieder in Ordnung. Kein Darlehensvertrag, keine Rückzahlung. Einem geschenkten Gaul schaut man nicht ins Maul. Im Hotel ist auch ein Restaurant inkludiert –"

„Hervorragende Küche", kommentierte Kommissar Lang.

„Naja, das ist Ansichtssache." Behringer dachte kurz an den veganen Auflauf und erschauerte. „Auf was ich hinauswill: Da sind Messer keine Mangelware, auch zweischneidige, dünne. Sie haben veranlasst, dass das persönliche Messerset von Günther Kolb konfisziert und untersucht wird, Frau Meissner?"

„Habe ich", nickte die junge Kollegin.

„Und alle Messer, die sonst noch für die Stichwunden in Springers Rücken verantwortlich sein könnten?"

„Auch die."

Weidner hob den Kopf. „Mein Team hat sie schon auf dem Tisch. Aber noch keine Ergebnisse."

„Gut, bitte geben Sie mir sofort Bescheid, wenn Sie mehr wissen. Mein Plan ist es, die Kolb-Brüder ein wenig schwitzen zu lassen und sie dann gegebenenfalls noch einmal in die Mangel zu nehmen. Außerdem haben sie von einem Finanzdirektor im Hotel gesprochen. Es würde sich sicher lohnen, den Mann ein wenig zu durchleuchten."

„Wird gemacht, Chef", notierte KKL.

„Vergessen wir aber auch die entlassene Putzfrau Morarac nicht. Wir wissen nicht, ob sie von Herrn Springer nicht doch mit einer

Anzeige rechnen musste. Ihr toter ‚Chef' kann uns dazu ja keine Angabe mehr machen. Eine polizeiliche Anzeige wegen Diebstahls hätte den Verlust sämtlicher Dienstverhältnisse bedeutet und damit ihre Existenz bedroht. Auch sie war am 26. Februar in der Nähe des Tatorts, wenn ich an ihren Zweitjob in der Schlossgaststätte erinnern darf, und in der Küche des Restaurants hatte sie jederzeit Zugang zu Messern aller Art. Der Pächter hat den Kollegen Landrock und Bauerreis sogar bestätigt, dass immer wieder eines wegkommt. Wer bleibt noch übrig? Bill Owens und diese Aischa mit dem angeblichen Faible für jüngere, unterwürfige Liebhaber. Beide waren am 26. Februar in Bayreuth. Von der Bankerin wissen wir eigentlich immer noch viel zu wenig, außer dass sie den Ermordeten – mit dem sie definitiv irgendeine Art von Affäre am Laufen hatte, die dieser wohl beendet hat oder beenden wollte – mit dem Leben bedroht hat. Und dass sie in die Beschaffung illegaler Spendengelder für den englischen Fußballclub Manchester City verwickelt ist."

„Das ist doch nicht wenig", meinte Kommissar Bauerreis. „Das ist doch ein handfestes Motiv: Kränkung, verschmähte Liebe, Rache und dann noch ein Mitwisser, den man zum Schweigen bringt."

„Ja, aber was ist mit der Tatwaffe? Sie ist per Flieger angereist, nur mit Handgepäck, da bekommt sie kein Messer durch den Sicherheitscheck", gab Klaus-Karl Lang zu bedenken.

„Vor Ort gekauft?", spekulierte Susanne Landrock. „Der Owens wird ja auch nicht als erstes ein Messer in seinen Fluchtkoffer gepackt haben. Der hätte es sich auch erst besorgen müssen."

„Bill Owens", übernahm Behringer wieder den Staffelstab, „befand sich auf der Flucht und wollte von Springer seine Provision für ein nicht ganz einwandfreies Geschäft kassieren. Erfolglos, behauptet er, aber wer weiß das schon mit Sicherheit? Er könnte seine 100.000 theoretisch weiß Gott wo auf der Route zwischen Bayreuth und Prag versteckt haben. Auch wenn er, was die Frankfurter Kollegen uns verraten haben, das Flugticket nach Tokio schon gelöst hatte. Um wieder auf den Punkt zu kommen: Wir haben, einschließlich Laila Kolb, acht Tatverdächtige, alle haben ein Motiv, keiner ein brauchbares Alibi und keinem können wir wirklich etwas nachweisen, was vor Gericht Bestand hätte."

Stille.

Der Soko-Leiter fuhr sich mit der Hand übers Gesicht. „So eine Situation habe ich, ehrlich gesagt, bisher auch noch nicht erlebt. Was heißt das? Wir müssen uns noch detaillierter mit dem Fall beschäftigen. Das bewältigen wir nur, wenn wir innerhalb unseres Teams gezielte Aufgaben zuteilen. Folgender Vorschlag: KKL und ich nehmen uns nochmal die Kolb-Brüder und diese Annalena Sturm vor. Frau Landrock, Herr Bauerreis, Sie beide nehmen noch einmal den Weg in die Schlossgaststätte und interviewen dieses Mal bitte die Arbeitskollegen der Morarac. Vielleicht erinnert sich irgendjemand, von wann bis wann genau sie zum Kuchenkaufen unterwegs war, oder hat an dem Tag etwas Auffälliges in der Eremitage beobachtet. Ich spreche auch mit der Gerti Wagner, die soll sich nochmal die Aussagen von Owens vornehmen. Auf die Bankerin Aischa haben wir keinen direkten Zugriff. Bevor ich hier internationale Schützenhilfe anfordere, würde ich Sie, Frau Meissner, bitten, sich bei den Angestellten im Hotel *Richard Wagner* schlau zu machen: Was hat sie in der einen Nacht in Bayreuth so getrieben, wann genau hat sie ein- und ausgecheckt? Weiß jemand, was sie untertags gemacht hat? Los, Kollegen, los, los!"

Alle Angesprochenen kamen in Bewegung.

„Bleibt noch Laila Kolb übrig. Herr Stein, die Presse ruht ja derzeit ein wenig, könnten Sie das bitte übernehmen? Ein Auge auf der Frau behalten? Vielleicht können Sie auch diesen Parteifreund auftreiben, von dem sie sich am Tag der Tat den Wagen geliehen hat. Habe ich etwas vergessen? Nein? Dann auf, Leute."

Simon Weidner beeilte sich und hielt auf dem Flur mit dem Hauptkommissar Schritt. „Sie erinnern sich an den Korund, Herr Behringer?"

„In den Pfützen am Parkplatz?"

„Genau."

„Damit vertun Sie immer noch Zeit?"

„Ein Kollege hat nicht ganz mitbekommen, dass Sie die Spur nicht priorisiert haben …“

„Und?“

„Wir konnten zwischenzeitlich eindeutig nachweisen, dass es sich um das Mineral aus der Klasse der Oxide und Hydroxide handelt – Korund. Es stammt tatsächlich von einem Schmirgelpapier, wir kennen jetzt sogar die Marke: *Erita Super Cut*, fast in jedem Baumarkt erhältlich. Geeignet ist es zum Schmirgeln von weichem Material.“

„Und der Zusammenhang zum Fall?“, brummte Behringer, als er vor der Tür seines Büros stoppte.

„Einen Zusammenhang mit unserem Fall haben wir trotz verschiedenster Annahmen noch nicht hinbekommen.“

„Wenn Sie schon so weit sind: Bleiben Sie trotzdem dran“, riet Behringer.

Blamage
Nachmittag und Abend desselben Tages

Behringer hatte ordentlich Fahrt aufgenommen. Die Lösung des Falls dauerte ihm schon viel zu lange und nun hatten sie einen ganzen Sack voller potenzieller Mörder, aber immer noch keine Ansätze zweifelsfrei belastbarer Beweise.

Sabine Meissner hatte es übernommen, den Besuch von Behringer und Lang im „Richard Wagner“ anzukündigen. Punkt 17:00 Uhr betraten der Hauptkommissar und seine rechte Hand die Lobby. Ein wenig überrascht waren sie, als sie von einem Unbekannten begrüßt wurden.

„Guten Tag, die Herren“, kam er den beiden Polizisten freundlich entgegen. „Dieter Kowalski ist mein Name, Finanzdirektor des Hotels.“ Jovial spielte er auf übertriebene Herzlichkeit. „Die Herren der Hotelleitung befinden sich noch in einem Geschäftsmeeting mit einem Busunternehmer, müssten aber demnächst verfügbar sein. Wenn Sie mir bitte folgen wollen, ich bringe Sie zum Besprechungszimmer. Die Herren Kolb werden dann in Kürze zu Ihnen stoßen."

Ohne eine Antwort abzuwarten, drehte er sich um und schritt durch die Hotelhalle davon. Die beiden Beamten folgten ihm.

Wie meistens hatte sich Kowalski auch heute in ein *Casual Outfit* geworfen. Mit seiner knabenhaften Figur wirkte er von hinten wie ein 18-Jähriger. Behringer, der mit einer solchen Herrenbekleidung nichts am Hut hatte, musterte die hellblaue Röhrenjeans, die durch ein kariertes Hemd im Holzfällerstil getoppt wurde. Darüber wiederum hatte der Finanzdirektor ein eng tailliertes, schwarzes Jackett gezogen. Die Füße steckten in roten Sneakers, deren Elastomer-Sohlen mit dickem Profil bei jedem Schritt auf dem Marmorboden quietschende Geräusche von sich gaben.

„Das kommt durch die Reibschwingung", ging es Behringer durch den Kopf. Für ihn kamen solche Schuhe nicht infrage. „Das Richtige für Schweißfüße." Da blieb er doch lieber bei seinen Lederslippers.

Es dauerte noch gute zehn Minuten, bis Manfred, Günther und Karl Kolb zu ihnen stießen. Die drei strahlten Zufriedenheit und gute Laune aus.

„Sie sehen ja richtig entspannt aus", stellte Behringer fest, nachdem man sich begrüßt hatte. „Herr Kowalski, bleiben Sie doch auch bei uns", schickte er in Richtung des jungen Mannes hinterher.

„Dieter wollten wir eh gerne beim Gespräch dabeihaben. Aber ja, danke, Herr Behringer, wir haben allen Grund dazu, entspannt zu sein." Manfred Kolb strahlte. „Ein Busunternehmer aus dem Rheinland", erklärte er, „ein neuer Kunde, hat soeben einen Vertrag über 1.000 garantierte Übernachtungen, inklusive Halbpension, unterschrieben. Hauptsächlich Ausflügler, die wollen ins Fichtelgebirge und in die Fränkische Schweiz", setzte er hinzu, „aber auch Besuche der Sehenswürdigkeiten in Bayreuth."

„Na, das ist ja toll, Glückwunsch. Das trägt hoffentlich dazu bei, dass sich Ihre *Cashflow*-Probleme bald von alleine lösen. Wobei wir auch schon beim Thema wären: Warum haben Sie uns denn gestern angelogen, als ich Sie fragte, ob Heiko Springer Ihnen aus der finanziellen Klemme helfen konnte?"

„Angelogen?" Manfred Kolb war sichtlich aufgebracht. „Wir lügen nicht!", stellte er fest.

„Moment", bremste ihn der Hauptkommissar mit fester Stimme ein, „Sie haben verneint, mit Springer einen Vertrag geschlossen zu haben."

„Das ist richtig", bestätigte der Älteste der Kolb-Brüder und man sah ihm an, dass er sich an der nun kommenden Spitzfindigkeit sehr erfreute, „aber das war immer bezogen auf ein Cum-Cum-Geschäft, wie es uns Herr Springer vorgeschlagen hat. Das haben wir, wie wir Ihnen gestern schon erläutert haben, strikt abgelehnt. Unsere Bedenken kennen Sie."

„Und warum, zum Teufel nochmal, haben Sie uns nichts von dem zinslosen Darlehen erzählt, das Herr Springer Ihnen angeboten hat und dem Sie zugestimmt haben?"

„Entschuldigung, Herr Hauptkommissar", mischte sich nun Dieter Kowalski in das Gespräch ein, „haben Sie die Mitglieder der Hotelleitung denn überhaupt danach gefragt? So, wie mir Ihr gestriges Gespräch mit Manfred, Günther und Karl Kolb von eben diesen Herren geschildert worden ist, ging es nur um diese zweifelhaften Cum-Cum-Geschäfte, auf die wir uns – aber das sollten Sie in der Zwischenzeit registriert haben – nie eingelassen hätten. Woraus hätten die Herren der Hotelleitung denn entnehmen sollen, dass sich Ihre Frage auch auf Verträge allgemeiner Natur bezog?"

Behringer wollte zu einer Antwort ansetzen, wurde aber vom Finanzdirektor unterbrochen: „Es stimmt, wir hatten lange mit Herrn Springer über dieses zweifelhafte Modell der Cum-Cum-Geschäfte diskutiert. Aber erst nachdem er begriffen hatte, dass wir uns keinesfalls darauf einlassen würden, hat er einen anderen Vorschlag auf den Tisch gelegt. Und damit Sie uns nicht wieder nachsagen, wir hätten Sie getäuscht, will ich Ihnen ganz genau sagen, welchen: Es ist ein ganz normaler, zinsloser Kreditvertrag, den die Hotelleitung innerhalb von drei Jahren an Herrn Springer zurückzahlen sollte. Aber ich vermute, das wissen Sie längst –

auch, dass Herr Dr. von Röllinghausen sicherlich mit Argusaugen auf die pünktliche Rückzahlung achten wird." Dieter Kowalski lächelte. „Heiko war sehr großzügig, uns ein zinsloses Darlehen zu gewähren, damit wir Laila termingerecht ihren Erbanteil ausbezahlen können. Ab dem Tag ihres Geburtstags läuft die Frist von drei Jahren, in welcher die Herren Manfred, Günther und Karl Kolb die Darlehenssumme an Herrn Springer, pardon, nun an die Erbin, zurückzahlen werden. So einfach ist das. Umso mehr bedauern wir natürlich, dass Heiko nicht mehr unter uns ist. Er war ein großartiger Mensch, der uns allen sehr schnell ein treuer Freund geworden ist."

„So?", brachte Behringer ein, bevor die wohlgesetzte Rede weiter aus Kowalski heraussprudelte.

„Es tut uns sehr leid, dass in der gegenseitigen Kommunikation etwas schief gelaufen zu sein scheint, aber hätten Sie Ihre Fragen gestern präzise genug gestellt, hätten die Herren von der Hotelleitung dieses Missverständnis sofort aufklären können und wir alle hätten uns dieses unnötige Treffen hier sparen können."

Bumm, das saß.

„Woher Herr Springer wiederum das Geld für die Darlehenssumme hatte, können wir Ihnen natürlich nicht sagen. Das entzieht sich unseres Wissens, versteht sich fast von selbst. Aber wie die gestrige Testamentseröffnung ja wohl gezeigt hat, war die Beschaffung einer solchen Summe für ihn kein größeres Problem. Haben Sie sonst noch Fragen?", schloss der Finanzdirektor aalglatt. „Wir stehen Ihnen gerne jederzeit zur Verfügung."

*

Während Behringer und KKL sich im Hotel eine saftige Klatsche vom scharfzüngigen Kowalski einholen mussten, waren Helmut Bauerreis und Susanne Landrock erfolgreicher unterwegs. In der Schlossgaststätte hatten sie alle verfügbaren Angestellten zur Seite genommen und jeden noch so abwegigen Hinweis notiert, den diese zum 26. Februar geben konnten. Besonders hilfreich war bislang nichts gewesen. Dann lernten sie die stämmige Barbara Sieber kennen, die immer von Donnerstag bis Sonntag Dienst in der Küche hatte.

„Können Sie sich an den Tag erinnern?", fragte Kriminalobermeisterin Landrock. „Am Abend hatten Sie eine Hochzeitsgesellschaft im Haus und Frau Morarac wurde vom Chef angewiesen, auf die Schnelle noch eine Sahnecremetorte und einen gedeckten Apfelkuchen von der Konditorei *Funsch* zu holen?"

„Dees woar der Freidooch, an dems vo der Frieh bis an Abnd gschiffd had und an dem gans in der Näh der Mord bassierd is", stellte Frau Sieber punktgenau fest.

„Sie erinnern sich also?"

„Fraali. Und was wollns do wissen?"

„Uns interessiert, zu welcher Uhrzeit genau Frau Morarac sich in den Feierabend verabschiedet hat, nachdem sie wieder von der Konditorei zurück war."

„Warum zurügg woar?" Frau Sieber schien die Frage nicht zu verstehen. „Die is doch goar ned in die Schdadd gfoahrn, obwohl ihr der Scheff dees aufdroogn had. Miech hads gfrachd, ob iech dees übernehma könnd, weil iehr Dochder Fieber grichd had, und ob iech sie ned midnehma und an der Bushaldeschdell Eremidasch-Bargblads rauslassn däd."

„Am Eremitage-Parkplatz?!"

„Was machd mer ned alles, wenn mer a guds Herz had, gell?"

Vorläufige Festnahme

11. März

Als Ivana Morarac an diesem Morgen auf die Straße trat, stellten sich ihr Kommissar Bauerreis und seine Kollegin Landrock in den Weg. „Frau Morarac, wir müssen sie vorläufig festnehmen und zur Kriminalpolizeiinspektion bringen."

„Ist nicht möglich!", reagierte die junge Frau entrüstet. „Ich muss zur Arbeit."

„Ist wohl möglich", antwortete die Kriminalobermeisterin, „Sie müssen uns da einiges erklären."

*

„Was genau wollten Sie an der Bushaltestelle Eremitage-Parkplatz?", fragte Kommissar Bauerreis sie zum wiederholten Mal.

„Hab ich schon gesagt, mit dem Bus nach Hause fahren."

„Wir glauben, dass Sie dort Herrn Springer aufgelauert haben. Als seine Putzfrau wussten Sie, dass er jeden Freitag im Park zum Joggen ging, und Sie waren noch voller Wut, dass er Sie entlassen hatte. Den Wohnungsschlüssel hatte er Ihnen auch gleich wieder abgenommen. Deshalb haben Sie ihn niedergestochen und verbluten lassen. Dann haben Sie sich den Schlüssel wiedergeholt und sind zu seiner Wohnung gefahren, um dort nach Geld zu suchen. Ich sage Ihnen, was wir jetzt tun werden. Wir besorgen uns bei der Staatsanwaltschaft einen Durchsuchungsbeschluss und dann werden wir jeden Quadratzentimeter Ihrer Wohnung auf den Kopf stellen."

„Nein, nicht durchsuchen, meine Tochter bekommt Angst!", kreischte die Putzfrau. „Gut, ich gebe zu, ich war nicht nur auf dem Heimweg." Dann brach sie in Tränen aus.

Einige Minuten voll vorsichtigem guten Zureden von Landrock und Bauerreis später, fand Ivana Morarac ihre Stimme wieder. „Ich hab auf dem Parkplatz gewartet. Auf Herrn Springer. Das Wetter war so schlimm und es war schon dunkel, also hab ich mich hinter dem Haus hingestellt. Bisschen versteckt war das. Ich hab Herrn Springer bitten wollen, dass er die Kündigung zurücknimmt. Ich brauch doch das Geld. Dann sehe ich, wie er aus dem Park kommt und zu seinem Wagen geht. Dann fängt er an, laut zu schimpfen. Ich hab mich nicht zu ihm getraut. Dann nimmt er sein Handy und ruft irgendwo an. Dann geht er zum Kofferraum von seinem Mercedes und schließt auf." Die Putzfrau hatte die Augen geschlossen und sprach, als würde sie von einem inneren Blatt Papier ablesen. „Ich dachte, dass er sich wieder beruhigt hätte. Ich wollte gerade zu ihm gehen. Da kommt hinter einem anderen Auto eine andere Person vor. Ich hab riesige Angst, ich bewege mich nicht, ich bleib im Schatten vom Haus. Ich bin patschnass. Dann sticht der andere Mensch Herrn Springer in den Rücken. Zweimal."

„Und dann?", fragte Helmut Bauerreis etwas atemlos.

„Ich sehe, wie die Beifahrertür aufgemacht wird, dann kommt der Mörder zurück zum Kofferraum und durchsucht die Taschen von Herrn Springer. Dann fährt er davon."

„Und Sie?"

Ivana Morarac atmete tief durch. „Ich habe ein, zwei Minuten gewartet und bin davongerannt."

Die beiden Beamten konnten kaum glauben, was sie gerade gehört hatten. Es gab eine Tatzeugin. Aber die hatte die Polizei schon mehrfach belogen.

„Und beim Wegrennen haben Sie Ihre schwarze Haarspange verloren?", gab Bauerreis einen Schuss ins Blaue ab.

Ivana Morarac stutzte. Damit hatte sie nicht gerechnet. Man sah ihr an, dass die kleinen Rädchen in ihrem Hirn rotierten.

Dann, nach einer gefühlten Ewigkeit, antwortete sie: „Ist möglich. Vielleicht am Haus oder auf dem Weg. Sie haben sie gefunden? Eine kleine, schwarzes Haarspange?"

„Ja, eine kleine, schwarze Haarspange lag auf dem Beifahrersitz", konstatierte Susanne Landrock. „Frau Morarac, jetzt ist Schluss mit lustig", ging sie die Frau dann mit lauter, ernsthafter Stimme an. „Sie tischen uns hier eine Lüge nach der anderen auf. Nicht nur, dass Sie Herrn Springer womöglich selbst erstochen haben, wahrscheinlich haben Sie auch sein Portemonnaie und seine Wohnung um etliche Scheine erleichtert. So etwas nennt man Raubmord."

Der Putzfrau liefen schon wieder die Augen über. Sie schluchzte.

„Susanne, schaust du bitte mal, ob BB schon im Haus ist", bat Bauerreis seine Kollegin. „Wenn ja, dann schleif ihn sofort hierher. Ich denke, ab jetzt sollte er persönlich mit dabei sein."

Die beiden Beamten machten einige Schritte zur Tür.

„Glaubst du, sie war tatsächlich Zeugin?", flüsterte die Kriminalobermeisterin und wies mit dem Kinn auf das Häufchen Elend namens Ivana Morarac.

„Könnte sein. Zeugin oder Mörderin. Da gibt es Einzelheiten in ihren Schilderungen, die nur uns bekannt sind, die so nie in der Presse berichtet wurden. Und sag bitte BB auch gleich Bescheid, dass wir einen Durchsuchungsbeschluss für ihre Wohnung brauchen."

*

Auch Behringer war von der Nachricht, dass Frau Moraracplötzlich Zeugin des Mordes gewesen sein wollte, völlig überrascht. Noch mehr beschäftigte ihn allerdings die Tatsache, dass ihr die Haarspange gehörte, die die SpuSi im Wagen des Opfers gefunden hatte.

„Am besten ist, wir warten ab, bis die Wohnungsdurchsuchung vorüber ist und erste Ergebnisse vorliegen", sagte er sich.

Diese brachten tatsächlich ernsthafte neue Verdachtsmomente, die auf Ivana Morarac als Täterin hinwiesen. In der Besteckschublade ihrer Küche fanden die Beamten der SpuSi ein elegantes, schlankes Filetiermesse der Marke „Zwilling". Teuer, sicher gestohlen – meinte Behringer. Dann war da die Fülle von Mahnschreiben und Androhungen von Gerichtsverfahren verschiedener Anwälte. Die Frau lebte offenbar weit über ihren Einkommensverhältnissen, investierte Unsummen in die Spielzeug- und Kinderkleidungsausstattung ihrer Tochter sowie in den eigenen Schuhschrank und steckte in gewaltigen finanziellen Schwierigkeiten. Der Verlust ihres Putzjobs hatte für sie wirklich existenzbedrohende Auswirkungen gehabt. War das genug, um sie zur Mörderin werden zu lassen?

Auch Moraracs Augenzeugenbericht des Mords war in letzter Konsequenz eine einzige Enttäuschung. Der Hauptkommissar konnte von ihr nur noch in Erfahrung bringen, dass der oder die Mörderin sich recht geschmeidig bewegt hatte, bevor er oder sie mit einem dunklen Pkw das Weite suchte. Die schlechten Sichtverhältnisse wegen des starken Regens hatten alles andere verschluckt. So waren die Beamten der Kripo um eine Zeugin reicher, aber um kaum einen Deut schlauer. Es war zum Verzweifeln.

„Kein Wort davon an die Presse", ordnete Behringer an. Der Hauptkommissar war im Zwiespalt. Vieles, was Ivana Morarac ausgesagt hatte, erschien ihm nicht unbedingt glaubhaft. Man wurde einfach das Gefühl nicht los, dass sie immer nur genau so viel von der Wahrheit preisgab, wie nötig. Für die meisten seiner Soko-Mitglieder war mit ihr die Täterin gefunden. Aber traute er, der Soko-Leiter, ihr den Mord bei allen Lügen, Halbwahrheiten und kleinkriminellen Delikten wirklich zu?

Hoffentlich beherzigte Laila Kolb den Rat, den er ihr am Tag der Testamentseröffnung im Justizpalast noch mit auf den Weg gegeben hatte.

Behringers Alptraum

Am Morgen des 12. März

Benno Behringer war wie gerädert. Er hatte eine fürchterliche Nacht voller Alpträume hinter sich. An Schlaf war irgendwann kaum mehr zu denken gewesen. Immer wieder war er aufgewacht, immer wieder schweißgebadet hochgeschreckt und die fürchterlichen Szenen seiner Träume standen ihm lebendig vor Augen:

Laila Kolb trat als Kriemhild aus der Nibelungensage auf, weinte blutige Tränen und ihr Erbe aus Heikos Testament war der Schatz, dem alle nachjagten. Manfred, Günther und Karl Kolb hatten die Rollen von Kriemhilds Brüdern eingenommen, König Gunther, Giselher und Gernot. Alle drei wurden von der stattlichen Walküre Brunhilde herumkommandiert, die von keiner Geringeren als Annalena Sturm verkörpert wurde und den Kolbs mit einer Handtasche, aus der ein Ring aus Flammen schoss, immer wieder auf die Köpfe hieb. Dieter Kowalski schließlich, ein ferner Verwandter und treuer Gefolgsmann von König Gunther, hatte seine roten Sneaker an und spielte den Hagen von Tronje, Heikos Mörder. Behringer selbst schwebte als Götterchef Wotan über der Szenerie und jagte auch dem Schatz der Nibelungen nach, da er bei den beiden Riesinnen Aischa und Morarac den Bau der Burg Winnenthal in Auftrag gegeben hatte. Die warteten nun auf ihre Bezahlung. Aber eigentlich hatte er gar keine Zeit, sich um den Schatz zu kümmern, da er mit Gisela und Gerda in der Fränkischen Schweiz unterwegs war, um die Höhle des Drachen ausfindig zu machen. Da tauchte zu allem Überfluss auch noch KKL auf, der in die Haut von Bill Owens geschlüpft war, und ihm, Behringer, einen Cum-Cum-Aktientransfer vorschlug. Kurz bevor KKL von Gerti Wagner in Brustpanzer und Helm verhaftet wurde, hatte der Hauptkommissar zum ersten Mal in dieser Nacht fast senkrecht im Bett gesessen. Dann war er wieder eingeschlummert und die Katastrophe hatte ihre Fortsetzung genommen. Als kugelrunder Zwerg Alberich stand er nun an den Ufern des Rheins und beobachtete, wie Heiko und Laila als Siegfried und Kriemhilde in einem Zweierkanu durch die Stromschnellen des Flusses auf Burg Winnenthal zu paddelten und unverständliche Arien jodelten. Owens stand, mit einem Mal in der Verkleidung des Hagen von Tronje, auf einem wasserumtosten Felsen, der mitten aus dem Fluss ragte. Als das Kanu nahe daran vorüberfuhr, stieß er Siegfried eine Lanze in den Rücken. Die Rheintöchter Morarac, Aischa und Annalena, die Augenzeuginnen der Tat waren, tauchten aus den reißenden Fluten auf und übergaben Laila den Erbschein, der von Professor Stich höchstpersönlich ausgestellt worden war. Wieder war Behringer erwacht und hatte sich den Schweiß von der Stirn gewischt, nur um kurz darauf den fürchterlichen Traum weiterzuspinnen. Aischa, nun als Walküre Brunhilde, stand mit entblößter Brust mitten auf der Friedrich-von-Schiller-Straße, um Siegfried Springer aus dem Haus zu locken. Das Volk der Burgunder stand beidseits der Straße und klatschte frenetisch Beifall. Als der blonde Jüngling aus dem Haus trat und sich unter dem donnernden Johlen des Volkes schamlos auf die Halbnackte stürzte, trat Kriemhilde Kolb aus den Reihen und stieß dem Treulosen den Stilettoabsatz ihres Schuhs in den Rücken, dass das Blut nur so spritzte. Daraufhin löste sich eine weitere Frau aus der Menge und lief mit ihren flammend roten Haaren auf die Mörderin zu, ein kleines Mädchen an der Hand. „Das ist für deinen Mut“, sagte sie mit schwellender Brust und überreichte Kriemhilde den Schatz der Nibelungen. „Einen Moment!“, rief der Notar von Röllinghausen, der seinen dunklen Anzug gegen eine enge Röhrenjeans und rote Sneakers getauscht hatte. „Darüber müssen wir erst noch ein Testament erstellen!“ Bei jedem seiner Worte quietschten die roten Sneakers. *Quietsch, quietsch, quietsch ...*

*

„Wie schausdn du aus?“, begrüßte ihn seine Frau Gisela am Frühstückstisch. „Wie der Dod vo Forchheim“, stellte sie gleich darauf fest. „Hasd was Schlechds dramd?“

„Von dir“, erhielt sie zur Antwort, „lauter Drachen, Hexen und Dämonen.“

Die verbale Niederlage des Vortags im Hotel „Richard Wagner“ steckte Behringer noch immer tief in den Knochen. Selten war er so vorgeführt worden, und das im Beisein von KKL. Er hatte Kowalski, diesen aalglatten Hund, unterschätzt. Nun hatte er den Dreck. Zusammen mit den haarsträubenden Bildern seines Alptraums war er nun wirklich nicht in der Stimmung für die Frotzeleien seiner Frau.

„Und warum hasd du dann im Schlaf gschria, dass der Siegfried der Annalena ihrn BH runderreißn soll, hä?“, fragte die gerade. „Iech maan, do sollersd du dier fei ka falsche Hoffnunga mehr machen, gell! Was immer dier aa gfalln däd, gessn werd daham! Ham mer uns verstandn? Mei Schwesder had scho rechd ghabd, dass ned gheired had. Männer!“, stieß sie verächtlich aus. „Sammler und Jächer! Iech frooch mi bloß, was du gsammld hasd. Außer aner feddn Wambn. Wennsd su weidermachsd, wersd eines scheena Doochs scho no amol bladzn.“

Behringer war an diesem wunderbaren Morgen fertig wie ein Päckchen Resi. Er überlegte, ob er nicht gleich schnurstracks bei seinem Chef vorsprechen und um Verlängerung seines Dienstvertrags auf unbestimmte Zeit bitten sollte. Er wollte nicht gleich am Anfang seiner Pensionierung zum Mörder von Gisela werden.

Vertane Zeit
28. April

Die Tage und Wochen rannen dahin, ohne dass die Soko „Siegfried“ der Aufklärung des Verbrechens nähergekommen war. Ivana Morarac hatte fast zwei Wochen in Untersuchungshaft gesessen und war dann wegen nichtvorhandener Fluchtgefahr wieder auf freien Fuß gesetzt worden. Sie war hartnäckig bei ihrer letzten Version der Geschichte geblieben. Auf Behringers Liste hatte sich die Anzahl der Tatverdächtigen zu diesem Zeitpunkt auf neun erhöht: Er hatte den Finanzdirektor des Kolb'schen Hotels Dieter Kowalski genüsslich neu hinzugefügt. Auch wenn er ihm nicht viel mehr als eine Abneigung gegen den ermordeten Springer und einen unangenehmen Protektionismus vorwerfen konnte, sobald es um das „Richard Wagner“ ging – und einen zweifelhaften Kleidungsstil. Dass Kowalski der Halbbruder der drei Kolbs war, hatte Behringer gar nicht mal mehr erstaunt. Die KTU hatte mittlerweile an so vielen Messern – zweischneidig, dünn – absolut null Spuren von Springers Blut festgestellt, dass Behringer die Kollegen wohl genauso gut die Küchenausstattung völlig beliebiger Bayreuther Profiküchen und Privathaushalte hätte überprüfen lassen können. Günther Kolb war immer noch sauer, dass man ihm seine besten Werkzeuge so lange entführt hatte.

Keine Tatwaffe, aber viel zu viele Täter.

„Der Fall wird allmählich kalt“, stellte der Hauptkommissar unzufrieden fest.

*

Die sechswöchige Ablehnungsfrist von Heikos Testament war verstrichen. Annalena hatte Heikos Mercedes nicht als Erbe angenommen. Diese Schmach wollte sie sich nicht nachsagen lassen. Notar von Röllinghausen – eifrig, wie er war – hatte gleich am Tag nach der Testamentseröffnung die Beantragung des Erbscheins für Laila vorbereitet. Zwischenzeitlich hatte er den Antrag beim

Nachlassgericht abgegeben und auf eine schnelle Ausstellung gedrungen.

Den Erbschein in Händen korrespondierte er nun im Auftrag seiner Mandantin mit der UBS auf den Cayman Inseln und arrangierte den Geldtransfer nach Deutschland. In 33 Tagen würde Laila ihren 28. Geburtstag feiern.

Die junge Frau war vorige Woche von ihrer Studenten-WG in Heikos ehemalige Wohnung umgezogen und fühlte sich dort recht wohl. Nur manchmal, wenn die Erinnerungen wach wurden, fragte sie sich, ob das die richtige Entscheidung gewesen war. Die Wohnung war ihr gleichzeitig vertraut und seltsam fremd. Sie hatte zwar als erstes Heikos Doppelbett entsorgt und war mit ihrem eigenen eingezogen, schlief aber trotzdem schlecht. Nachts war es so schwer, den eigenen Gedankenkreiseln zu entkommen.

Als sie an diesem Abend kurz vor 21:00 Uhr von einer politischen Veranstaltung des Bündnis 90 / Die Grünen in die Friedrich-von-Schiller-Straße zurückgekehrt war und einen 2014er Müller-Thurgau trocken aus dem Weingut Saale-Unstrut in den Kühlschrank stellte, hatte Laila mit einem Mal ein ungutes Gefühl.

Sie sah sich um. Was war das? Es kribbelte in ihrem Kopf, als spürte sie intuitiv, dass etwas anders war. Als hätte sie aus dem Augenwinkel heraus etwas Wichtiges erkannt, es aber gleich wieder verloren. Sie konnte auf Anhieb nicht mehr feststellen, was es war. Das ärgerte sie. Fieberhaft versuchte sie, sich daran zu erinnern, in welchem Zustand sie die Wohnung verlassen hatte. Sie tigerte durchs Wohnzimmer, durch den Flur, zurück in die Küche. Es fehlte nichts. Ganz sicher. Im Gegenteil, sie hatte eher das Gefühl, dass etwas hinzugekommen war. Aber was? Eine Kleinigkeit.

Sie begab sich erneut auf die Suche. Es dauerte, bis sie in der Küche fündig wurde. Die Flasche Apfelschorle im Kühlschrank. Sie war sich ziemlich sicher, dass das Getränk fast aufgebraucht gewesen war. Beim Zurückstellen hatte sie doch noch gedacht, dass es sich kaum lohnte, den Kühlschrank dafür aufzumachen ... Nun war die Flasche gut zu einem Viertel gefüllt. Das kam ihr nicht ganz geheuer vor.

Laila überlegte, was sie tun sollte. Es war jemand in ihrer Wohnung gewesen, das war nun klar. Sie ging zur Eingangstür, begab sich auf alle Viere und untersuchte jeden Zentimeter des Wegs von dort bis zum Kühlschrank. Keine Schuhabdrücke, kein Dreck, vielleicht ein bisschen viel Staub, sie müsste einmal wieder putzen ... Halt. In der Küche fühlte sie etwas auf dem Fliesenboden. Ihre Fingerspitzen ertasteten winzige Körnchen, die da herumlagen. Brösel von Essensresten? Sie hatte seit ihrem Einzug nichts gekocht, sich nur schnell Kleinigkeiten beim Bäcker geholt. Die Körnchen fühlten sich seltsam an. Das waren keine Brotbrösel oder dergleichen. Konnte sie Behringer um diese Zeit noch anrufen oder sollte sie besser bis morgen warten? Was, wenn der ungebetene Besucher zurückkam? Sie hatte die Türschlösser nicht austauschen lassen, dafür war einfach noch keine Zeit gewesen, sie hatte so viel im Kopf gehabt. Laila dachte daran, dass Heikos Mörder auch seinen Schlüssel gestohlen und noch am Tatabend die Wohnung verwüstet hatte. Sie griff zum Telefon.

„Behringer – wer will was von mir, zu dieser nachtschlafenden Zeit?"

„Entschuldigen Sie, Herr Hauptkommissar", flüsterte Laila mit schlechtem Gewissen in den Hörer, „ich bin es, Laila Kolb. Irgendjemand war in Heikos ... in meiner Wohnung."

Behringer war mit einem Schlag hellwach. „Sind Sie alleine?"

„Ja."

„Bleiben Sie, wo Sie sind und sperren Sie Ihre Tür ab. Lassen Sie den Schlüssel von innen stecken. Wir kommen gleich. Und Frau Kolb, lassen Sie alles, wie es ist. Nichts berühren!"

*

„Haben Sie das Schloss austauschen lassen, als Sie die Wohnung bezogen haben?", war die erste Frage, die Behringer stellte, als er schwer schnaufend vor Laila Kolbs Tür stand.

„Nein. Die Zeit ..."

„Das machen Sie gleich morgen!", trug er ihr auf.

„Am Schloss wurde nicht manipuliert“, verkündete Helmut Bauerreis, der schon auf den Knien war und sich die Lage mit einer Taschenlampe genau besah.

„Wer hat alles einen Schlüssel zu dieser Wohnung?“, schoss Behringer nach.

„Naja, ich habe einen Notfallschlüssel bei Karl deponiert.“

„Im Hotel?“

„Nein, ich denke, dass er den bei sich zuhause aufbewahrt.“

Behringer quetschte sich zwischen den Leuten der SpuSi hindurch in den Flur. „Wie haben Sie den Eindringling bemerkt?“

„Die Flasche Apfelschorle in meinem Kühlschrank.“ Laila ging voraus in die Küche. „Ich bin mir ziemlich sicher, dass jetzt mehr drin ist als zu dem Zeitpunkt, als ich die Wohnung verlassen habe.“

„Wann war das?“

„So gegen 15:00 Uhr.“

„Haben Sie die Flasche angelangt?“

„Nein.“

„Mitnehmen!“, wies Behringer den Kollegen Bauerreis an. „Haben Sie etwas dagegen, wenn sich unsere Leute umsehen?“

„Nein, natürlich nicht. Ich bin ja froh, dass Sie so schnell gekommen sind. Da sind nämlich auch noch die seltsamen Brösel auf dem Boden. Da, man kann sie nicht wirklich sehen, besser fühlen. Die sind nicht von mir.“

„Macht euch an die Arbeit“, wies Behringer seine Mitarbeiter an. „Und Sie sollten heute Nacht besser im Hotel übernachten“, riet er Laila. „Vielleicht nicht unbedingt in dem Ihrer Brüder.“

Bauerreis hatte eine kleine Runde durch den Flur gedreht und lag inzwischen auf dem Küchenboden. „Schmirgel“, erklärte er, „von der Wohnungstür bis zum Kühlschrank. Aber auf den Fliesen merkt man ihn am deutlichsten.“

„Sofort eine Probe davon in die KTU. Der Kollege Weidner wird sich freuen. Es würde mich nicht wundern, wenn er uns morgen verkündet, dass es sich um Korund handelt.“ Behringer grinste zufrieden.

*

Nach mehr als einer Stunde machten sich die Mitarbeiter der KPI Bayreuth wieder auf den Nachhauseweg und polterten die Treppe hinunter. Als sie im ersten Stock angekommen waren, öffnete sich leise eine Wohnungstür und Anna Schmidt streckte ihren Kopf zwischen Rahmen und Türblatt heraus.

„Sie?", rief sie erstaunt aus. „Iech wolld nur amol schaua, was fier a Herdn Wildsäu um dera Uhrzeid do die Debbn runderrumbld und so an Lärm verursachd. Was suchn denn Sie um dera Zeid da obn bei der Fraa Kolb?"

„Liebe Frau Schmidt", blieb Behringer stehen, „wir haben nur nach dem Rechten gesehen, nachdem Frau Kolb uns angerufen und gemeldet hat, dass jemand in ihrer Wohnung war."

„In der Wohnung vo der Fraa Kolb sogn Sie, da woar aner? Dees kann doch bloß des Grischberla in seim mordsdrum Audo gwesn sei. Der Schdrich in der Landschafd, der Schbargl, der den halbn Dooch vorm Haus gschdandn woar."

„Haben Sie etwas beobachtet?", wurde Behringer hellhörig. „Darf ich vielleicht kurz zu Ihnen reinkommen?"

„Dees däd Ihna su gfalln, gell? Iech hab scho mei Nachdhemmerd oo, bin kwasi naggerd. Do müssns scho a weng wardn, bis iech miech widder ozugn hab."

Dann knallte die Tür zu.

„Geht ihr schon nach Hause", raunte Behringer seinen Mitarbeitern zu, die höflich gewartet hatten. „Ich höre mir noch an, ob Frau Schmidt was Interessantes zu berichten hat."

„Viel Vergnügen", grinste Kommissar Bauerreis zurück, „dann bis morgen. Schön sauber bleiben."

Kurz bevor die Haustür unten zufiel, hörte Behringer noch ein dumpfes „Mafia!" und unterdrücktes Kichern.

„Sie sen ja dadsächli no doo", wunderte sich die Schmidts Anna, als sie nach einer Viertelstunde ihre Wohnungstür wieder öffnete. „Kummers rei. Mögns an Ligör? An Egges Edlkirsch vielleichd?"

„Danke, Frau Schmidt", lehnte der Hauptkommissar ab und folgte ihr ins Wohnzimmer, „mich würde viel mehr interessieren, was sie beobachtet haben."

„Dees habbi doch scho gsachd. Den halbn Dooch woar auf der andern Schdrassnseidn so a Schbageddidarzan in seim Audo ghoggd und had zu unsern Haus rieberglodzd. Nachmiddags umera dreia rum had die junge Fraa Kolb des Haus verlassn. Kaum dass weg woar, is der Schdrich in der Landschafd ausgschdiegn und auf unsere Hausdier zugloffn. *Edz bin i gschbannd, was du machsd,* hab iech mir dengd, *iech mach der ned auf, aa wennsd glinglsd.* Abber was machd der Fregger? Ziehchd aus seiner Husndaschn an Schlissl raus, schdeckdn ins Schloss nei und schberrd die Hausdier auf. *Den schausder genau o, Anna,* hab iech mir gsagt und bin naus ins Drebbnhaus gschdürmd. Kummd er mier doch scho endgegn. Und so schnell! Iech hab gar ned so schnell schaua kenna, wie der die Drebbn nauf woar."

„Haben Sie den Mann also nicht erkannt? Wie war er denn gekleidet?"

„Also, was iech glei gsehng hab, woarn dem seine rode Schdoffschuh."

„Sneakers?", warf der Hauptkommissar ein.

„Iech waß doch ned, was Sniegers sen. Schdoffschuh hald, die beim erschdn Regndrobfn badscherdnass wern. Su a neimodischs Zeich hald, dees was friehers ned gebn had."

„Würden Sie den Mann wiedererkennen?"

„Des kann iech ned sagen, es woar ja net grod hell draußn im Dreppnhaus, Licht hat der nämlich kaans gmacht – abber die Schuh, die hab iech mir einprägt."

„Und sein Auto? Haben Sie erkannt, was das für eine Marke war?"

„A su a großer Jabaner. Iech glab a Isuzu odder wie die haßn."

„Haben Sie auch das Nummernschild erkennen können?"

„Eds herns abber auf!", entrüstete sich die Rentnerin. „Die Kisdn woar genau gegnieber auf der andern Schdraßnseidn gschdandn. Maana Sie, iech kann um die Eggn schaua?"

„Sie haben aber nicht zufällig gesehen, wie der Mann die Wohnung von der Frau Kolb wieder verlassen hat?", stellte Behringer seine letzte Frage.

„Ja, was maana Sie! Dass iech den ganzn Tooch nix anneres zum dua hab, als wie spioniern? Iech muss a amol zum Eikaafn."

„Danke, Frau Schmidt, Sie haben mir sehr geholfen. Jetzt will ich Sie aber tatsächlich nicht länger aufhalten. Haben Sie schon meine Karte? Bitte rufen Sie mich sofort an, wenn Sie den Mann nochmal hier sehen sollten."

Behringer hatte es eilig. Ihm war ein furchtbarer Verdacht gekommen. Als Anna Schmidt ihre Wohnungstür wieder hinter sich geschlossen hatte, hetzte er wie ein geölter Blitz nochmal die Treppe hoch und drückte Laila Kolbs Klingelknopf. „Ich bin's, Frau Kolb, lassen Sie mich bitte rein", rief er gegen das Türblatt.

„Was ist denn los?", hörte er ihre Stimme von drinnen. Dann öffnete sie die Tür.

„Haben Sie schon fertig gepackt?"

„Meinten Sie das wirklich ernst? Mit der Hotelübernachtung?"

„Das war mein voller Ernst. Ich denke, Sie sind möglicherweise in großer Gefahr."

„Na gut, dann rufe ich jetzt bei meinen Brüdern an."

„Auf keinen Fall. Ich fahre Sie ins Hotel *Residenzschloss* und dort bleiben Sie, bis ich Sie morgen wieder abhole. Irgendwann vormittags. Sagen Sie, ich will ja den Teufel nicht an die Wand malen, aber haben Sie eigentlich auch ein Testament gemacht?"

Laila Kolb war sichtlich irritiert. „Na hören Sie mal, ich werde nächsten Monat gerade mal 28 und fühle mich fit und gesund ..."

Der Hauptkommissar überging ihre Antwort. „Das heißt, im Falle Ihres Ablebens – nur theoretisch gesprochen – wären Ihre Brüder die Nutznießer und würden Ihr Vermögen erben?"

„Ich denke schon, aber darüber habe ich mir bis jetzt keine Sorgen gemacht."

„Eine andere Frage: Wer von Ihren Brüdern fährt einen schwarzen Isuzu-SUV?"

„Auf das Hotel ist so ein Wagen zugelassen", wusste Laila und holte eine kleine Reisetasche. „Nicht das neueste Modell. Oft wird er benutzt, um Hotelgäste vom Nürnberger Flughafen abzuholen oder dorthin zu bringen."

Behringer lief ihr hinterher und sah ihr beim Packen zu. „Ich verstehe. Und wahrscheinlich fahren ihn die verschiedensten Personen?"

„So ist es. Von der Aushilfe bis zu Manfred."

„Wir haben den ganzen Messerbestand in der Küche genau überprüft ...", murmelte Behringer mehr zu sich selbst.

„Was meinen Sie?"

„... und gefunden haben wir auch keines, das sonst wo entsorgt worden wäre. Dabei ist sogar die Hundestaffel durch die ganze Eremitage ..."

„Herr Hauptkommissar?"

„Messer!", fokussierte sich Behringer wieder auf Laila. „Wo könnten im Hotel Ihrer Brüder noch Messer aufbewahrt werden, abgesehen von der Küche?"

„Also ... in der Küche gibt es jede Menge Schneidwerkzeuge für alle möglichen Anwendungen, vom Käse- bis zum speziellen Austernmesser ..."

„Ja! Und sonst?"

„Da müssten Sie schon meinen Bruder Günther fragen, ob er noch irgendwo geheime Vorräte hat. Er ist der Experte. Ich weiß beispielsweise, dass er und Karl, wenn sie zum Fischen fahren, auch so ein Spezialmesser verwenden."

Behringer hüpfte vor Erregung förmlich vor Laila auf und ab. „Ha!", rief er. „Und wofür brauchen sie das beim Fischen?"

„Sie haben an der Schottersmühle in der Fränkischen Schweiz ein Fischgewässer. Die Fliegenfischerei ist ihr Hobby, aber sie versorgen auch die Hotelküche mit frischen Bach- und Regenbogenforellen aus der Region. Und die nehmen sie vor Ort aus, dafür gibt es eigene Werkzeuge. Messer. Ein paar Mal war ich dabei, aber ich habe den Anblick nicht ertragen, wie sie die Fische getötet und ausgenommen haben. Das könnte ich nicht."

„Frau Kolb, das ist wichtig: Wo bewahren die beiden ihr Fischmesser normalerweise auf?"

„Na, in ihrer Angelkiste, zusammen mit der sonstigen Ausrüstung. Köder und so."

„Und die Kiste steht?"

„Puh. Bei Günther oder Karl zuhause? Ich hab sie aber auch oft im Hotel gesehen, da bringen die beiden ihren Fang ja immer hin und dann bleibt die Ausrüstung manchmal liegen."

„Und dann hat jeder Zugriff auf diese Angelkiste?"

Laila schmunzelte. „Man fasst die Kiste nur an, wenn man es sich mit Günther und Karl verscherzen will. Aber ja, abgeschlossen oder so etwas ist sie nicht."

„Letzte Frage: Welcher ihrer Brüder besitzt rote Sneakers?"

„Also ... ich weiß, das ist jetzt nicht die direkte Antwort auf Ihre Frage, aber sie kleiden sich inzwischen alle sehr jugendlich und modisch. *Casual* nennt man das wohl. Dazu hat sie sicher der Dieter, unser Finanzdirektor, inspiriert. Ich finde, die Zwillinge können sich das auch leisten, zumindest was ihre Figur anbelangt. Bei Manfred sieht das schon etwas lächerlich aus. Er ist mehr der konservative Typ. Aber Sneaker besitzen sie alle. Mit den Farben bin ich überfragt."

„Okay, Frau Kolb, wie weit sind Sie, haben Sie fertiggepackt? Können wir fahren?"

Gammahydroxybuttersäure
29. April

Wieder hatte Behringer eine unruhige Nacht hinter sich. Eine halbe Stunde früher als sonst saß er bereits am Frühstückstisch.

„Was isn heid scho widder mid dier los?", wunderte sich Gisela. „Hasd widder vo der Annalena dramd und ihr glei den BH rundergrissn?"

„Ach, jetzt hör doch mit dem Quatsch auf!", brummte ihr Mann unfreundlich.

„Auweia, schlechd glaund semmer aa no. Na dees werd ja was gebn, wennsd amol bensionierd bisd. Do frei i mi heid scho drauf!"

Als der Hauptkommissar im Büro ankam, wartete Simon Weidner schon auf ihn. „K.-o.-Tropfen", begrüßte er seinen Chef.

„Kommen Sie mit in mein Büro!“, forderte Behringer ihn auf.

„Und jetzt der Reihe nach“, gab er grünes Licht, nachdem er in aller Eile auch KKL zu dem Gespräch gerufen hatte.

„Also, um es kurz zu machen“, fing Weidner an, „die Flasche mit der Apfelschorle, die Sie und die Kollegen gestern Abend sichergestellt haben – sie enthält eine absolut tödliche Dosis an Gammahydroxybuttersäure, kurz GHB genannt, vermischt mit halb- und vollsynthetischen Opiaten, letztere mit morphinartigen Eigenschaften. Hätte Frau Kolb die Schorle leer getrunken, wäre sie jetzt nicht mehr am Leben.“

„Absolut tödlich, sagen Sie?“, vergewisserte sich Behringer.

„Ja, die Mischung mit den Opiaten macht das aus. Diese Kombination hemmt die Herztätigkeit und das Atemzentrum. Zudem ist GHB nur rund sechs Stunden im Blut nachweisbar. Nur ein Haartest hätte wahrscheinlich ergeben, dass Frau Kolb vergiftet wurde, und ob der gemacht worden wäre, sei mal dahingestellt.“

„Und die Schmirgelkörnchen, die Bauerreis gestern Abend auf dem Küchenboden von Frau Kolb gefunden hat?“, wollte Kommissar Lang wissen.

„Eindeutig Korund“, bestätigte Weidner, „genau wie auf dem Parkplatz an der Eremitage.“

„Ha!“, freute sich Behringer kurz und wurde gleich wieder ernst. „Danke, Herr Weidner. Allmählich vervollständigt sich das Puzzle“, orakelte er. „Ich habe da so eine Ahnung, wie der Mord an Heiko Springer abgelaufen sein könnte und wer jetzt Laila Kolb vergiften wollte. KKL, wir fahren sofort ins Hotel *Residenzschloss!*“

*

Laila war schockiert, als sie sich Behringers Ahnung angehört hatte. „Ich kann das nicht glauben, Herr Hauptkommissar. Warum?“

„Geld, viel Geld. Sie sind eine reiche Frau, wenn es Herrn von Röllinghausen demnächst gelingt, das Geld, das Ihnen Ihr Ex-

Freund hinterlassen hat, von den Cayman Inseln nach Deutschland zu transferieren. Selbst wenn es eine Untersuchung geben sollte, wie Herr Springer so einen Reichtum anhäufen konnte, und sich herausstellt, dass nicht alles ganz legal zugegangen ist, wird noch genügend für Sie übrigbleiben. Das erzeugt Neid."

Behringer nickte Laila Kolb zu. „Um ehrlich zu sein, mir wäre es am liebsten, wenn Sie für einige Zeit ganz aus der Stadt verschwinden würden. Die Person, die Heiko Springer ermordet hat, wollte auch Sie aus dem Weg räumen. Noch weiß sie nicht, ob Sie jetzt schon tot in Ihrer Wohnung liegen oder ob sie die Schorle erst in ein paar Tagen trinken. Ich gehe davon aus, dass der oder die Mörderin wiederkommen wird, um nachzusehen und sich Gewissheit zu verschaffen. Wann das der Fall sein wird – keine Ahnung. Heute, morgen oder erst in einer Woche? Hängt von den Nerven und der Geduld dieser Person ab. Frau Kolb, ich möchte nicht, dass Sie ihr per Zufall in der Stadt begegnen. Bayreuth ist nicht groß. Was das bedeuten würde, können Sie sich an drei Fingern abzählen: Sie müssten mit einem erneuten Anschlag auf Ihr Leben rechnen, einen, den Sie und wir vielleicht nicht rechtzeitig erkennen, und das dürfen wir nicht riskieren. Fahren Sie eine Woche weg und gehen Sie nicht an Ihr Telefon. Am besten, Sie lassen Ihr Handy gleich bei uns. Wir geben Ihnen ein neues mit einer Prepaid-Nummer, damit wir Sie telefonisch erreichen und Entwarnung geben können, wenn die Gefahr vorüber ist."

Laila sah erschüttert aus und sehr müde. „Und wann soll ich aus Bayreuth verschwinden?"

„Am besten jetzt gleich."

„Aber wie stellen Sie sich das vor? Ich brauche etwas zum Anziehen und sonstige persönliche Dinge aus meiner Wohnung."

„Kein Problem, wir schicken eine Kollegin in Zivil. Die kann unerkannt ihre Wohnung betreten und Ihnen alles einpacken, was Sie brauchen. Und wir überlegen uns in der Zwischenzeit, wo wir Sie unterbringen. Wie wäre es mit Nürnberg oder Würzburg? Auch Bamberg hat eine wunderbare Altstadt. Wir schauen gleich, wohin der nächste Zug geht."

„Und Sie glauben, dass Sie denjenigen bald fassen, der mich vergiften wollte", vergewisserte sich die junge Frau. „indem sie vor meiner Wohnung auf der Lauer liegen?"

„Wie gesagt, wer auch immer einen Anschlag auf Ihr Leben unternommen hat, muss sich vergewissern, ob der Tötungsversuch erfolgreich war oder nicht. Ich gebe zu, dass er sich theoretisch auch zurücklehnen und darauf warten könnte, in der Presse von einem grausigen Leichenfund zu lesen, aber diese Geduld würden nicht einmal die abgebrühtesten Profis aufbringen. Denke ich."

„Wir können ziemlich sicher davon ausgehen, dass der oder die Täterin zunächst versuchen wird, Sie unter Vortäuschung irgendeines Grundes telefonisch zu erreichen", erklärte KKL.

„Echte Gewissheit gibt es aber – auch wenn Sie nicht erreichbar sind – nur persönlich vor Ort", ergänzte Behringer. „Der Fund Ihrer Leiche. In Ihrer Wohnung. Und ganz recht, dort werden wir auf der Lauer liegen."

Konspiratives Gespräch

Irgendwann am selben Tag

„Die Mischung ist in der Flasche. Vielleicht ist sie zwischenzeitlich schon tot."

„Hat dich jemand gesehen?"

„Als ich die Treppe hochging, kam gerade eine Alte aus ihrer Wohnung geschossen."

„Würde sie dich wiedererkennen?"

„Keine Ahnung. Sah jedenfalls schon sehr senil aus."

„Trotzdem. Wir dürfen uns keinen Fehler erlauben."

„Wann sollen wir überprüfen, ob es gewirkt hat?"

„Gib dem Ganzen noch einen Tag, vielleicht zwei. Doch bevor wir nachsehen, rufen wir sie an. Dann werden wir ja sehen, ob sie an ihr Telefon geht."

„Am meisten treibt mich der Gedanke um, dass der Mord bemerkt wird. Ich meine, Laila ist noch nicht mal 28. Da ist es doch unwahrscheinlich, dass so ein junger Mensch ganz überraschend an einer Herzattacke stirbt."

„Ich sage nur: genetische Disposition. Es sind schon 20-Jährige einem Schlaganfall erlegen. Natürlich müssen wir die Flasche so schnell wie möglich verschwinden lassen, auf jeden Fall bevor die Polizei die Wohnung betritt. Aber dazu müssen wir diejenigen sein, die die Leiche finden ... oder den Fund irgendwie organisieren. Wir können keinen Nachbarn brauchen, der plötzlich einen komischen Geruch bemerkt. Früher oder später müssen wir einfach nachsehen."

„Hmm."

„Mach dir keine Sorgen, das GHB ist nur maximal sechs Stunden im Blut nachweisbar."

„Trotzdem, da gibt es keine Herzkrankheiten in Lailas Stammbaum."

„Ruhig Blut jetzt. Glaub mir, dass ein junger Mensch überraschend an einer Herzattacke stirbt, kommt gar nicht so selten vor. Dafür verantwortlich sind tödliche Ionenkanal-Erkrankungen wie Long-QT-Syndrome oder das Brugada-Syndrom. Ich hab das nachgelesen."

„Na, dein Wort in Gottes Ohr."

„Ich bin da sehr zuversichtlich. Aber erst müssen wir, wie gesagt, sicherstellen, dass sie auch wirklich hinüber ist."

„Was, wenn sie doch ein Testament gemacht hat, so wie Heiko?"

„Warum sollte sie?"

Das Messer
30. April

Behringer hatte Laila Kolb tags zuvor persönlich in den Zug nach Würzburg gesetzt.

Heute war er zur Staatsanwaltschaft in den Justizpalast gedüst. Es wurde ein längeres Gespräch. Sie hatten drei Tage bekommen, offiziell losgehen sollte die Aktion am 1. Mai.

KKL und Helmut Bauerreis hatten sich bereit erklärt, in Lailas Wohnung in der Friedrich-von-Schiller-Straße auf den Täter zu warten. Unterstützt werden sollten sie durch ein wechselndes Observations-Kommando unten auf der Straße. Den beiden Kommissaren war bewusst, dass sich ihr Aufenthalt mehrere Tage hinziehen konnte. Sie würden so unauffällig wie möglich agieren müssen, das hieß: keine lauten Geräusche, kein Licht, kein Fernsehen und bloß weg von den Fenstern! Als sie am späten Abend zu ihrem Einsatzort aufbrachen, um dort im Schutz der Nacht einzuziehen, machten sie unterwegs in einem Supermarkt halt und deckten sich mit Lebensmitteln und Getränken ein. KKL bestand vorsichtshalber darauf, dass sich ihr Vorrat zu einem Großteil aus einem Haufen unverderblicher Ware zusammensetzte, die man leicht direkt aus der Dose löffeln konnte.

*

„Warum mussd du heid so spääd no ärwern?“ Gisela hatte schon wieder vergessen, was ihr Benno vorhin bei Kaffee und Kuchen erzählt hatte. Sie hörte auch jetzt bei der zweiten Erklärung nur mit einem halben Ohr hin, weil sie völlig auf ihre Lieblingsserie im Fernsehen konzentriert war, ein Vorabendkrimi. Gisela liebte Frau Hauptkommissarin Vera Lanz, die mit ihren Kollegen nicht immer gerade zimperlich umsprang und von einem permanenten Misstrauen geprägt war, so wie sie. Außerdem knabberte die Serienheldin gerne Nüsse, so wie sie. Überhaupt erkannte Gisela an Vera Lunz so manchen Charakterzug, der auch auf sie zutraf.

„Weil du dir immer so einen Krampf anschaust“, reagierte ihr Mann gereizt, „die *Chefin*, die *Lindenstraße*, das *Traumschiff* ... und mir nicht zuhörst. Ich hab bei der Staatsanwaltschaft einen Durchsuchungsbeschluss durchgesetzt und das gestattet keinen Aufschub.“

„Abber so spät?“

„Manchmal muss man jedes Überraschungsmoment nutzen, das man kriegen kann, auch die Uhrzeit.“

„Die Vera Lanz had grad aa an Merder ieberfiehrd, die brauchd dazu ned so lang wie du. Dees is hald a Bolizisdin, do kannsd der a Scheibn abschneidn. Die fagglд ned so lang rum wie du."

Behringer war froh, als er das Haus verlassen hatte. Es wurde daheim immer schlimmer.

Als er in der KPI ankam, wartete Simon Weidner schon auf ihn.

„Wollen wir nun den Herren vom *Richard Wagner* unsere Aufwartung machen?", strahlte er seinen Chef an.

„Wollen wir! Hoffentlich werden wir fündig."

*

Es dauerte eine Weile, bis sich die Herren der Hotelleitung am Empfang einfanden. Der einzige, der fehlte, war Manfred Kolb. Der, so hieß es, sei im Raum Berchtesgaden unterwegs und kümmere sich um neue Geschäftskunden.

„Das macht nichts", meinte Behringer und wedelte mit dem Durchsuchungsbeschluss, der das gesamte Hotelareal inklusive eines schwarzen Isuzu-SUVs abdeckte. Dann drückte er das von der Staatsanwaltschaft unterschriebene Blatt Papier Karl Kolb in die Hand. „Wenn Sie bitte die Wagenschlüssel holen wollen?", forderte er die Runde auf. „Den Japaner arbeiten wir am besten schnell am Anfang ab."

„Was soll das jetzt schon wieder?", erboste sich Dieter Kowalski. „Haben Sie nichts anderes zu tun, als uns ständig Knüppel zwischen die Beine zu werfen? Ihre permanenten Belästigungen sind nicht mehr tragbar."

„Wir wollen nur einen Blick in den Wagen werfen", kommentierte Behringer „und in jeden Raum des Hotels, der uns interessant erscheint, wobei wir uns Ihre Kooperation erhoffen. Wenn Sie sich über uns beschweren wollen, dann tun Sie das. Das steht Ihnen selbstverständlich frei."

„Hildegund", wandte sich Karl Kolb ruhig an die Dame an der Rezeption, „überlässt du uns bitte die Wagenschlüssel für den Isuzu? Danke. Wenn Sie mir bitte folgen wollen?"

Karl führte die Beamten hinaus, flankiert von seinem Zwillingsbruder, der in seiner verspritzten Kochmontur etwas fehl am Platz wirkte, und einem immer noch verärgerten Kowalski.

Der Hauptkommissar betrachtete die drei von hinten. Alle waren sie jugendlich schlank, trugen schicke, legere Freizeitkleidung, bunte Hemden und T-Shirts, auch unter Günthers Kochjacke kam die schwarze Jeans hervor. Dazu drei Paar Sneakers in rot, gelb und grau, die über den Marmorboden der Lobby quietschten. Behringer hörte genau hin. Nicht alle Sneakers quietschten. Nur die roten und gelben. Die grauen Stoffschuhe erzeugten keinerlei Geräusch. Sie mussten eine andere Sohle haben.

Es ging auf die Rückseite des Hotels, eine Ecke, die wohl kaum ein Gast je zu sehen bekam. Neben den Mülltonnen war eine kleine Fläche gekiest, offenbar der Privatparkplatz der Hoteleigner. Einer von Günthers Küchenhelfern machte gerade eine Zigarettenpause, verdrückte sich aber schnell, als er die kleine Gruppe nahen sah.

Als sie vor dem Isuzu standen, forderte Behringer Karl Kolb auf: „Die Schlüssel, bitte."

„Wenn Sie meinen und es Sie glücklich macht", meinte der Hotelmanager.

„Das werden wir sehen." Behringer gab die Schlüssel sofort an Weidner weiter.

Der hatte sich auf dem Weg zum Wagen Latexhandschuhe übergezogen und öffnete nun mit einem Druck auf die Fernsteuerung die Fahrzeugschlösser. Es gab einen Piep-Ton und die Positionslichter des Wagens leuchteten kurz auf.

Der Mann von der KTU öffnete die Beifahrertür, lehnte sich in das Wageninnere und öffnete das Handschuhfach. Behringer spickte über die Schulter des Kollegen und versuchte, gleichzeitig die beiden Kolbs und Kowalski im Blick zu behalten. Die Fahrzeugpapiere, eine Bedienungsanleitung, eine Parkscheibe, eine Packung feuchte Wischtücher. Ansonsten nichts.

Wandelte sich der griesgrämige Gesichtsausdruck des Finanzdirektors da gerade in Schadenfreude um? Behringer war sich nicht sicher.

Weidner setzte seine gründliche Untersuchung des Isuzu fort, obwohl sein Chef längst schon mehr oder weniger unauffällig nach hinten auf die Ladefläche des Wagens schielte. Er sah unter jeden Sitz, tastete jede Spalte ab und fuhr sogar die Decke des Innenraums mit prüfenden Fingern entlang. Dann umrundete er das Fahrzeug, Behringer dicht auf seinen Fersen.

Die Ladefläche war fast bis auf den letzten Zentimeter belegt. Weidner hob ein paar Schlafsäcke und ein zusammengefaltetes Fünf-Mann-Zelt hoch.

„Wir bieten seit letztem Sommer auch kleine Camping-Ausflüge in die fränkische Natur an“, erklärte Karl Kolb.

„Die Saison geht grade los“, ergänzte sein Zwilling Günther, „auch wenn mich keine zehn Pferde dazu bringen, in einem Zelt zu übernachten.“

„Und was ist das?“, fragte Behringer.

„Kühlboxen, das sieht man doch“, meinte Günther.

„Für?“

„Wie?“

„Zu welchem Zweck fahren sie Kühlboxen auf Ihrer Ladefläche spazieren?“, wurde Behringer deutlich.

„Na, für unsere Fische. Wir waren letztens wieder draußen an unserem Fischwasser. Angeln, Fliegenfischen. Was glauben Sie denn, wie wir die frischen Forellen zurück in meine Hotelküche bekommen?“ Günther war genervt von diesem kleinen, dicken Polizisten. Wollte er ihnen jetzt etwa aus ihrem Hobby einen Strick drehen?

„Und die kleine dunkelgrüne Kiste daneben?“, ließ der Hauptkommissar nicht locker.

„Mein lieber Herr Behringer“, mischte sich Dieter Kowalski ein, „Sie haben doch gerade gehört, dass die Herren Kolb hin und wieder zum Fliegenfischen rausfahren. Dafür benötigt man Köder und die müssen auch in einem Behältnis transportiert werden.“

„Herr Weidner? Aufmachen.“

Nach wenigen Sekunden zog der KTUler ein Messer aus der Kiste: „Wüsthof Classic“ mit einer schlanken, 18 Zentimeter langen

Edelstahlklinge, die in einer schwarzen Lederscheide steckte. Behringer hielt ihm einen Beweissicherungsbeutel entgegen und Weidner ließ das Fisch- und Filetiermesser hineinfallen.

„He, was wird das?“, begehrte Günther Kolb auf. „Das brauchen wir zum Ausnehmen der Fische!“

Der Hauptkommissar ignorierte ihn. „Das war’s schon, meine Herren. Vielen Dank für Ihre Unterstützung. Und nun schauen wir uns noch in Ihrer Küche um.“

Konspiratives Telefonat

Fast Mitternacht, am selben Tag

„Die Scheißbullen haben das Messer gefunden.“

„Wo?“

„Na, wo schon. In der Angelkiste, wo es hingehört.“

„Ist es *clean*?“

„Auf jeden Fall. Ich hab es in die Spülmaschine gegeben. Da ist kein Restblut, kein Fingerabdruck mehr drauf. Naja, mittlerweile wahrscheinlich wieder Fischblut und Anglerfinger.“

„Trotzdem wird es Diskussionen geben, Idiot.“

„Es hätte aber viel früher unangenehme Fragen gegeben, wenn es plötzlich verschwunden gewesen wäre.“

„Glaubst du.“

„Ist ja gut ... Hast du es schon telefonisch bei ihr probiert?“

„Nein.“

„Wann machst du das?“

„Weiß ich noch nicht. Vielleicht morgen.“

„Hast du wegen meiner Angelegenheit schon mit den Brüdern gesprochen?“

„Die Gelegenheit war noch nicht passend.“

„Aber du stehst zu deinem Wort?“

„Da mach dir mal keine Sorgen, deine 500.000 kriegst du schon, du Gierschlund, aber erst müssen wir die Sache zu Ende bringen.“

„Ich und gierig? Wenn man die ganzen neun Millionen bedenkt?“

„Ansichtssache."
„Um nochmal auf das Messer zurückzukommen ..."
„Hm?"
„Die Bullen werden mich mit Sicherheit weiter befragen ..."
„Na und?"
„Mein Alibi ... Kann ich mit deiner Unterstützung rechnen?"
„Mal sehen, ich denke schon."

Verräterischer Anruf
1. Mai

Helmut Bauerreis war ein begnadeter Koch. „Heute ist Feiertag, Tag der Arbeit und Sonntag gleichzeitig. Gründe genug, dass wir es uns gutgehen lassen sollten, bevor wir hier die nächsten drei Tage in der Wohnung verschmoren. Deshalb gibt es heute einen Festtagsbraten vom Feinsten."

„Aber wenn einer unsere Kocherei riecht?", wandte Klaus-Karl Lang ein. „Stell dir vor, der Täter kommt gerade das Treppenhaus hoch und dann zieht ihm aus genau dieser Wohnung dicker Bratenduft entgegen ..."

„Also erstens ist von allen drei Tagen, die wir hier verbringen werden, der erste der unwahrscheinlichste, was einen Mörder-Besuch angeht. Ich an dem seiner Stelle –"

„Oder an ihrer Stelle."

„Ja, ja, KKL. Also, ich würde auf jeden Fall a bisserl länger abwarten, um auf Nummer sicher zu gehen."

„Trotzdem, Helmut."

„Und zweitens haben wir jetzt 9:38 Uhr vormittags. So ein Giftmörder, der versucht, mit einer heimlich präparierten Apfelsaftschorle zu töten, der spaziert hier doch nicht zur Mittagsstunde rein. Der sucht die Heimlichkeit der dunklen Nacht."

„Das hast du schön poetisch gesagt, Helmut. Aber jemand, der so perfide denkt, nutzt vielleicht extra den helllichten Tag. Gerade *weil* man ihn oder sie in der Nacht erwartet."

„KKL, ein wunderbarer Festtagsbraten!“

Kommissar Lang wand sich. „Aber wir haben so viele andere gute Sachen eingekauft. Schau nur, die Ravioli.“

Helmut Bauerreis warf einen verächtlichen Blick auf die entsprechenden Dosen. „Also, ‚gut‘ würde ich die ja nicht gerade nennen. Ich geh jetzt in die Küche. Wenn du dir so große Sorgen machst, kannst du ja unten im Hausflur Schmiere stehen.“

KKL gab auf. „Ein Festtagsbraten. Und das kannst du?“

„Klar. Alles Handwerkszeug, was wir dazu brauchen, gibt die Küche her. Einen Bräter und einen Backofen.“

„Und wie kommen wir an den Braten?“, zweifelte Kommissar Lang. „Mal ganz davon abgesehen, dass wir die Wohnung nicht verlassen dürfen: Heute ist Feiertag, die Geschäfte sind geschlossen.“

„Wozu waren wir einkaufen? Alles ist da. Schau in den Kühlschrank, dann lachen dir 600 Gramm Krustenbraten entgegen, allerdings in rohem Zustand.“

KKL war platt.

„Ja, mein Lieber, während du deine Dosen in den Einkaufswagen gestapelt hast, war ich gestern an der Fleischtheke fleißig. Hast du das gar nicht mitbekommen, Herr Demnächst-Hauptkommissar?“

„Du denkst aber auch an alles“, seufzte KKL. „Kann ich mithelfen?“, bot er sich dann an.

„Klar, schnapp dir ein Holzbrett aus der Schublade, ein scharfes Messer aus dem Besteckkasten und nimm das Suppengrün aus der Gemüseschale im Kühlschrank. Gelbe Rüben schälen und klein würfeln, Porree putzen und in feine Ringe schneiden. Wenn du damit fertig bist, häutest du die Zwiebel und zerkleinerst sie in grobe Stücke. Anschließend entfernst du vom Sellerie das Äußere und zerteilst ihn ebenfalls in grobe Stücke. Ich kümmer mich in der Zwischenzeit um das Fleisch.“

„Was gibt es als Beilage zum Braten?“, wollte Lang wissen.

„Was wohl isst der Franke zum Schweinebraten?“

„Klöße?“

„Und einen Blattsalat mit Essig-Öl-Dressing.“

„Wie hast du das gestern bloß alles ...", begann KKL, winkte aber ab, als er das breite Grinsen von Bauerreis sah. „Ach, ist schon gut."

Eine Viertelstunde später schob Helmut Bauerreis den Bräter, dessen Inhalt er mit Wasser angegossen hatte, in den Backofen.

„Nur auf 170 Grad", belehrte er seinen Kollegen Lang, „drei Stunden lang, damit das Fleisch schonend durchgegart wird. Die letzte halbe Stunde erhöhen wir die Temperatur auf 200 Grad, nehmen das Gemüse raus und geben nur das Fleisch zurück in den Ofen. Die Schwarte soll doch knusprig werden, dass es kracht."

„Wenn BB dass riechen könnte", meinte Kommissar Lang eine Dreiviertelstunde später, als sich aus der Küche ein appetitlicher Geruch durch die Wohnung zog.

„Besser nicht", grinste Bauerreis, „was bliebe dann noch für uns übrig?"

„Nichts."

„Wollen wir das?"

„Auf keinen Fall."

Es war bereits kurz vor halb zwei, als Bauerreis zu Tisch bat. Knusprige Fleischstücke lagen nebeneinandergeschichtet auf einer flachen Porzellanplatte. Eine sämige Rahmsoße, mit Crème fraîche versetzt, ließ den beiden das Wasser im Munde zusammenlaufen. Fünf rohe Klöße, gerade erst dem leise sprudelnden Wasser entnommen, dampften verführerisch auf einem runden Teller. Auch eine mächtige Schüssel voll mit knackigem Blattsalat fehlte nicht. Zur Feier des Tages hatte KKL einen Würzburger Stein Riesling geöffnet, den er im Kühlschrank entdeckt hatte.

„Mensch, geht es uns gut", schwärmte er und hatte seine Bedenken offenbar vollends über Bord geworfen. „Einen guten Appetit, Helmut."

„Dir auch, lass es dir schmecken. Wenn wir fertig sind, machen wir die Küche sauber."

Die beiden Kollegen saßen glücklich schweigend am Esstisch und genossen in vollen Zügen ihr Mittagsmahl, als vom Wohnzimmer her ein lautes Vibrieren die Idylle störte.

Kommissar Lang sprang auf und sauste hinüber.

Es war Lailas Handy, das angeschlagen hatte. Er ließ es weiter vibrieren. „Annalena, die Schlange“ stand auf dem Display. Die Ratten kamen aus ihren Löchern gekrochen.

Professor Stichs Aussage
2. Mai

Behringer war an diesem Montagmorgen schon früh in Bayreuth aufgebrochen. Neben ihm auf dem Beifahrersitz, in einen Plastikbeutel verpackt, lag die mutmaßliche Tatwaffe. Natürlich hatten sie keinerlei verwertbare Spuren gefunden. Darauf hatte der Hauptkommissar auch gar nicht gehofft. Doch bevor er sich auf den letzten Metern in etwas verrannte, wollte er sichergehen, dass das Messer überhaupt als Mordwerkzeug infrage kam. Mehr als ein Indiz konnte es ohne entsprechende Spuren nicht sein, aber ein wichtiges. Behringer war auf dem Weg zu Professor Franziskus Stich.

Gestern Abend hatte er ihn noch am Telefon erwischt. „Wenn es dir möglich wäre, Benno, dann sei bitte nicht später als 9:00 Uhr bei mir. Auf mich warten morgen zwei Leichen. Vermutlich Ritualmord. Scheußliche Sache.“

Behringer rechnete für die ziemlich genau 100 Kilometer mit eineinhalb Stunden Fahrtzeit. Die A 9 war am Montagmorgen immer stark befahren. Berufsverkehr. Heimwärts konnte er sich mehr Zeit lassen. Mal sehen, vielleicht über die B 470 durch die Fränkische Schweiz. Auf diesem Weg lagen genug historische Mühlen, die heute als Gasthäuser eine ordentliche Brotzeit anboten.

In Erlangen steuerte der Hauptkommissar den Großparkplatz direkt hinter dem Bahnhof an. Von dort waren es zu Fuß nur knappe 20 Minuten bis zum Institut für Rechtsmedizin in der Universitätsstraße. Punkt 9:00 Uhr klopfte er an Stichs Bürotür und trat ein.

„Der Herr Behringer“, begrüßte ihn die große Oberweite mit dem Pagenschnitt jovial, „die Pünktlichkeit in Person. Kommen Sie rein, der Professor erwartet Sie schon. Ein Tässchen Kaffee?“

„Da sage ich nicht nein.“

„Na, freilich. Gehen Sie ruhig rein. Ihren Kaffee bringe ich gleich. Wie immer mit einem Stück Würfelzucker, aber ohne Milch?“

„Sie sind eine Perle“, schmeichelte Behringer Stichs Sekretärin.

Es gab ein großes Hallo, nachdem der Bayreuther Hauptkommissar eingetreten war. Allzu oft kam er auch nicht nach Erlangen. Zumindest nicht dienstlich, aber auch privat fehlte oft die Zeit zur Pflege des freundschaftlichen Verhältnisses. Stich und Behringer kannten sich schon seit ihren beruflichen Anfängen.

„Das ist also die vermeintliche Tatwaffe“, rief der Rechtsmediziner, als die Begrüßungsfloskeln und die gegenseitigen harmlosen Sticheleien ausgetauscht worden waren, und stierte interessiert auf den Plastikbeutel, den Behringer auf seinen Schreibtisch gelegt hatte. „Na, dann wollen wir doch mal sehen. Darf ich?“

„Deswegen bin ich ja gekommen, nimm ruhig.“

Mit spitzen Fingern hob Stich das Messer aus dem Beweissicherungsbeutel und unterzog es einer gründlichen visuellen Untersuchung. Dann nahm er ein Lineal zur Hand und nahm verschiedene Maße des Objekts. Zu guter Letzt zog er gar noch einen Messschieber aus einer Schreibtischschublade und vermaß die Klingenbreite ganz exakt. Die Werte, die er sich auf einem Blatt Papier notierte, verglich er sodann mit diversen Angaben seines Obduktionsberichts.

„Ich kann natürlich nicht bestätigen, dass der Mord an Herrn Springer – so hieß er doch, oder? – genau mit diesem Messer begangen wurde, aber diese Klinge und der Stichkanal am Opfer passen zu 100 Prozent zusammen. Das ist so klar wie Kloßbrühe.“

Behringer atmete auf. Aber eigentlich hatte er keine andere Aussage erwartet. Nun fehlte nur noch eine eindeutige Beweisführung. Für ihn kamen mittlerweile nur mehr drei männliche Täter infrage. Dass gestern Annalena Sturm auf Laila Kolbs Handy angerufen hatte, wie KKL ihm sofort weitergegeben hatte, war doch eine kleine Überraschung gewesen, hatte aber gleichzeitig neue Überlegungen ausgelöst. Es passte ins Bild.

Behringer spürte, dass der Fall kurz vor seiner Aufklärung stand. Morgen würde er sich die Zwillingsbrüder Kolb vornehmen. Sie schienen ihm das schwächste Glied in der Kette der Verdächtigen zu sein.

Er sah auf die Uhr. War er wirklich schon mehr als eine Stunde bei Stich im Büro? Sein Magen rumorte. Er hatte heute Morgen nur eine Tasse Kaffee zu sich genommen. Gisela hatte noch geschlafen, als er sich aus dem Haus geschlichen hatte. Das hatte ihn ganz und gar nicht gestört, er hatte so früh am Morgen gar nicht unbedingt mit ihr sprechen wollen. Es fiel ihm leicht, seine endgültige Entscheidung für den Rückweg über die gemächlichere Bundesstraße zu treffen.

Behringer verabschiedete sich herzlich von Stich und überließ den Rechtsmediziner seinen Ritualmorden. Eigentlich hatte er sowieso längst daran gedacht, durch die Fränkische Schweiz zurückzufahren und in Pottenstein Halt zu machen. Der Gedanke an die Riesenroulade in der Brauereigaststätte „Mager" ließ ihn einfach nicht mehr los – mit zwei Klößen und viel Extra-Soße. Er musste sich nur noch zwischen Blaukraut und Wirsing entscheiden, aber dazu hatte er noch 50 Kilometer Zeit.

Günther und Karl
3. Mai

Behringer und Weidner tauchten wieder einmal unangemeldet im Hotel „Richard Wagner" auf. Sie hatten Glück: Alle Verdächtigen, die sie auf ihrem Radarschirm hatten, waren im Haus. Die Rezeptionistin gab ihnen bereitwillig Auskunft. Auch Manfred Kolb war wieder von seinem Trip ins Berchtesgadener Land zurückgekehrt.

„Wenn Sie uns bei Herrn Günther Kolb anmelden würden, jetzt sofort", instruierte der Hauptkommissar die Empfangsdame. Es klang mehr wie ein Befehl als eine Bitte. „Wir brauchen für das Gespräch kein eigenes Zimmer. Eine ruhige Sitzecke hier unten in der Lobby genügt uns. Schicken Sie doch den Herrn am besten her. Wir suchen uns schon mal einen Platz drüben an der Glasfassade."

Es dauerte keine drei Minuten, dann kam Günther Kolb aus Richtung des Restaurants herbeigeeilt. Heute trug er von Kopf bis Fuß Berufskleidung. Sein Oberkörper steckte in einer schwarzen Chef-Kochjacke aus luftiger Baumwolle mit einem speziellen Netzrückenteil und Unterarmbelüftung. Dazu trug er eine passende Hose und weiße Pantoffeln mit abriebfester Sohle. Seine hohe, schwarze Kochmütze hatte er sich unter den linken Oberarm geklemmt.

„Sie schon wieder?", begrüßte er die Beamten nicht gerade freundlich.

„So etwas sieht man heute selten", entgegnete Behringer und deutete auf die Mütze. „Sie bleiben der Tradition treu?"

Der Koch setzte sich und entspannte sich sichtlich. „Ein Symbol meines schönen Berufs, ich trage solche Kochmützen noch gerne."

„Was haben Sie sich denn gedacht, Herr Kolb, als wir am Samstag das Messer in Ihrem Wagen gefunden haben, mit dem Heiko Springer ermordet wurde?"

Peng, das saß.

„Was sagen Sie da? Heiko soll mit unserem Fischmesser – das Messer, das wir beim Angeln benutzen – ermordet worden sein?"

„Haben Sie etwas mit den Ohren oder soll ich den Satz von Hauptkommissar Behringer für Sie wiederholen?", schaltete sich Weidner ungewohnt herb ein. Er hatte sichtlich Spaß daran, den verhinderten KKL als rechte Hand des Chefs zu vertreten.

„Ist schon gut, ich hab Sie schon verstanden. Aber können Sie das beweisen?", empörte sich der Koch. „Solche Messer finden Sie in Bayreuth in jeder Restaurantküche und nicht nur dort. Sie haben doch auch schon alle meine Messer geprüft und nichts gefunden! Wieso soll jetzt plötzlich unser Angelmesser die Tatwaffe sein?"

„Wir stellen hier die Fragen", reagierte Weidner scharf.

Behringer beugte sich näher zu Günther Kolb. „Wen genau schließt Ihr *unser* eigentlich ein?“

Für einen Moment sah der Koch verwirrt drein. „Na, das Messer benutzen Karl und ich gemeinsam, um die Forellen, die wir aus der Wiesent angeln, auszunehmen.“

„Das vereinfacht die Sache enorm“, merkte Weidner an, „dann sind entweder Sie oder Ihr Bruder Karl der Mörder von Heiko Springer – wobei wir schon beim Alibi wären. Ich kann mich nicht erinnern, dass Sie mir schon verraten hätten, wo Sie am 26. Februar zwischen 18:00 und 20:00 Uhr waren? Das war der Freitag, an dem Ihr Bruder Manfred und seine Partnerin Annalena Sturm das erste *Last-Minute-Wellnesswochenende* veranstaltet haben.“

„Sagen Sie“, wandte sich Günther Kolb an den Hauptkommissar, „ist Ihr Kollege überhaupt auf dem neuesten Stand, was Ihre Ermittlungen angeht? Muss ich hier ernsthaft erklären, dass ich an dem Abend vollauf mit den Vorbereitungen des Gala-Dinners für die Gäste des Wellness-Events beschäftigt war? Ich bin hier der Chefkoch. Fragen Sie doch meine Angestellten in der Küche, wenn Sie mir nicht glauben.“

Behringer wackelte mit seinem Zeigefinger. „Auch ein Chefkoch macht mal Pause. Vor 21:00 Uhr ging es mit dem Dinner nie und nimmer los und vom Parkplatz an der Eremitage zum Hotel ist es ein Katzensprung, vor allem mit dem Auto. Oder war es doch Ihr Bruder Karl, der an dem Abend zum Angelmesser gegriffen hat – mit tödlichem Ausgang?“

Günther Kolb war keinesfalls damit einverstanden, dass er und sein Zwillingsbruder als Tatverdächtige abgestempelt werden sollten. „Jetzt machen Sie sich doch nicht lächerlich. Ich habe Ihnen doch gerade gesagt, dass es in Bayreuth vielleicht hunderte solcher Messer gibt. Und wenn Sie sich so sehr für unser Wellness-Event interessieren: Wollen Sie damit andeuten, dass Sie einen unserer damaligen Gäste als Mörder verdächtigen?“

„Jetzt überlegen Sie doch mal, was Sie da sagen“, meinte Weidner. „Wir finden die mögliche Tatwaffe in Ihrem Isuzu und einer Ihrer Gäste soll der Mörder sein? Wie passt denn das zusammen?“

„Das heißt, Sie verdächtigen ernsthaft mich?"
„Oder Ihren Bruder", warf Behringer ein.
„Ich kann Ihnen nur noch einmal sagen: Ich war es nicht und mein Bruder genauso wenig", wehrte sich Günther. „Ich bin in unserem Hotel der Verantwortliche für den Gastronomiebetrieb. Ohne mich läuft in der Küche gar nichts. Und egal, was Sie von Pausen und so weiter erzählen – was glauben Sie, seit welcher Uhrzeit ich an diesem Freitag bereits in der Küche stand? Keine Chance."
„Ich bleibe dabei, Chef", wandte sich Weidner an den Hauptkommissar, „das macht die Suche nach dem Mörder für uns nur einfacher. Dann kann es ja nur Karl Kolb gewesen sein."
„Können Sie uns Ihren Bruder mal herschicken?", forderte Behringer mit kaltem Lächeln. „Sie können dann gehen. Halten Sie sich aber bitte weiterhin zu unserer Verfügung."

*

Fünf Minuten später stürmten Manfred und Karl Kolb mit Dieter Kowalski auf die beiden Kommissare in der Lobby zu.
„Was soll das? Das ist eine bodenlose Frechheit, die Sie da veranstalten", warf der Finanzdirektor ihnen vor. Seine Stimme überschlug sich.
Die ersten Hotelgäste reckten die Hälse.
„Leiser, Dieter", ermahnte Manfred Kolb seinen Halbbruder.
„Ich kann mich nicht erinnern, dass wir Sie alle drei zu einem Gespräch gebeten haben", reagierte Behringer ruhig und schlug einen sachlichen Ton an. „Wir wollten nur mit Herrn Karl Kolb sprechen."
„Das ist unser Hotel, Sie –", traute sich Manfred Kolb zu intervenieren.
„Wir können das Gespräch auch sofort in unserem Büro fortsetzen", schlug der Hauptkommissar vor, „wenn es Ihnen allen lieber ist, dass Ihr Bruder von ein paar Kollegen der Streife offiziell abgeholt wird. Ein wenig auffällig wäre das natürlich schon. Nicht gut

für den Ruf des Hauses. Also, was ist jetzt, Herr Kolb?", sprach Behringer den Zwilling des Chefkochs an.

Der wand sich wie ein Aal, auch wenn seine enge schwarze Cordhose ihn in der Bewegung nicht gerade unterstützte. Karl Kolb hatte ein weinrotes Polohemd dazu kombiniert, seine Füße steckten in brandneuen beigen Sneakers und auch deren Sohlen quietschten, während er sein Gewicht von einem Bein auf das andere verlagerte. Schließlich nickte er.

Als sich sein Bruder Manfred und Kowalski widerwillig getrollt und an der Rezeption aufgestellt hatten, nahm er den Polizisten gegenüber Platz.

„Ihre Sohlen quietschen ganz schön auf dem Marmor", sprach ihn Behringer an, um einen belanglosen Einstieg in die Unterhaltung zu finden.

Karl sah auf seine Füße. „Ja, ich weiß. Das ist immer so, wenn die Schuhe neu sind. Langsam geht mir das auch auf den Sack. Ich hab mir schon überlegt, ob ich da nicht Abhilfe schaffen soll, wie das unser Finanzdirektor immer tut."

„Stimmt, dessen Sneakers quietschen nicht. Das ist mir schon letzthin aufgefallen", interessierte sich der Hauptkommissar. „Liegt das an unterschiedlichen Sohlen?"

„Nein, das liegt daran, dass Dieter die Gummiprofile seiner neuen Schuhe generell aufraut", wusste Karl Kolb.

„Aha, und wie macht er das?"

„Ganz einfach, mit Schmirgelpapier."

Behringer hörte, wie Weidner neben ihm die Luft einsog. Der Hauptkommissar behielt sein freundliches Pokerface. „So, so, mit Schmirgelpapier. Darauf muss man erst einmal kommen. Muss ich mir merken."

„Ein alter Trick", fügte Karl Kolb noch an.

„Na, dann. Zur Sache ..."

„Also, ich habe ein einwandfreies Alibi für den 26. Februar", begann der Hotelmanager, einen Wortschwall herunterzurattern. „Ich war um die gefragte Uhrzeit gar nicht mehr in Bayreuth. Um 19:00 Uhr stand ich in der Ankunftshalle des Nürnberger Flughafens und wartete auf das Ehepaar Helga und Dietmar Grimm aus Düsseldorf. Stammgäste, die jedes Jahr nach Franken kommen und von Bayreuth aus Tagesausflüge nach Nürnberg, Rothenburg, ins Fichtelgebirge und in die Fränkische Schweiz unternehmen. Passionierte Wanderer, die lieber außerhalb der üblichen Ferienzeiten unterwegs sind. Nette Leute." Karl Kolb machte eine Pause, um Luft zu holen.

„Und nach Nürnberg sind Sie mit dem Isuzu gefahren?"

„Nein, mit meinem privaten Tiguan. Der Japaner war an diesem Freitagnachmittag bereits reserviert – wer zuerst kommt, mahlt zuerst."

„Für wen?", hakte Behringer nach.

„Das weiß ich nicht", erhielt er als Antwort.

„Und von den Grimms haben Sie sicherlich auch die Privatadresse mit Telefonnummer?", fragte Weidner.

„Aber gewiss, die können Sie gerne anrufen."

„Ihr Bruder Günther hat Ihnen sicherlich gesagt, dass das Messer, das wir letzten Samstag in Ihrer Angelkiste gefunden haben, als Tatwerkzeug infrage kommt."

„Ja, Heiko wurde erstochen", sagte Karl Kolb düster, „aber wir waren es nicht. Unser Fischmesser hat damit nichts zu tun."

„Sie und Ihr Bruder haben das Messer benutzt, um damit Forellen auszunehmen ..."

„... Und Dieter, wenn er mit dabei war", ergänzte der Hotelmanager etwas zu übereifrig.

„Wenn er dabei war", wiederholte Behringer. „War Herr Kowalski denn oft dabei?"

„Na ja, wir fahren recht häufig am Wochenende an die Schottersmühle zum Angeln. Aber wenn wir es mal unter der Woche schaffen, ist Dieter schon hin und wieder mit von der Partie. Da ist während des Tages im Hotel nicht so viel los."

„Hin und wieder?", wollte der Hauptkommissar ganz genau wissen.

„Ja ... oder auch öfter. Es macht uns allen recht viel Spaß, ein wenig in der Natur ausspannen zu können."

„Und das Messer liegt immer in Ihrem Angelkasten?“

„Ja, wir brauchen es ja nur zum Forellenangeln. So vergessen wir es nie. Natürlich kommt es zwischendurch schon mal in die Spülmaschine.“

Weidner rückte auf seinem Sitz vor. „Wo bewahren Sie Ihr Angel-Equipment eigentlich auf? Das kann doch nicht immer im Laderaum des Wagens liegen.“

„Nein, nein. Das kommt meistens in den Abstellraum bei der Küche.“

„Und wer hat alles Zugang zu diesem Abstellraum?“

„Jeder der Hotelangestellten, wieso sollten wir einen Abstellraum abschließen“, wunderte sich Karl Kolb.

„Auch Annalena Sturm?“

„Natürlich, seit sie mit unserem Bruder Manfred liiert ist, verbringt sie fast jeden Tag im Hotel.“

„Gut. Danke, Herr Kolb. Wo finden wir jetzt eigentlich Ihren Finanzdirektor, den Herrn Kowalski? An der Rezeption steht er nicht mehr.“

Karl drehte sich um und spähte durch die Lobby. „Ich weiß es nicht, aber wahrscheinlich hat er sich in sein Büro zurückgezogen. Dritte Etage ganz links, gleich neben dem Business Center.“

„Das war es von unserer Seite“, verabschiedete sich Behringer. „Dann begeben wir uns mal in das dritte Stockwerk. Und ich möchte Sie dringend bitten, Herrn Kowalski jetzt nicht anzurufen.“

*

Behringer und Weidner hatten kein Problem, das Büro von Dieter Kowalski auf Anhieb zu finden. „Finanzdirektion“ stand in großen, geschwungenen Lettern auf der Tür.

Behringer klopfte an und betätigte gleichzeitig die Klinke. „Dürfen wir eintreten?“, fragte er höflichkeitshalber, während er schon den ersten Fuß auf den teuren Teppich setzte.

Kowalski stand gerade am Fenster und sah auf den Hotelgarten hinab. In den letzten Tagen war es Frühling geworden. Überall in den Beeten blühten die Krokusse und Osterglocken. Im Biergarten saßen die ersten Hotelgäste und genossen die wärmenden Strahlen der Sonne.

„Und wenn ich verneine?"

„Die Antwort kennen Sie doch", erwiderte Behringer. Er und Kommissar Weidner schlossen die Tür hinter sich.

„Mir ist aufgefallen, dass Ihre Sneakers auf dem Marmorboden der Hotelhalle gar nicht quietschen", begann Behringer.

Mit jeder hundsgemeinen Frage hätte der Finanzdirektor gerechnet, aber nicht mit dieser.

„Ein altes Hausrezept, musste ich eben von Herrn Karl Kolb lernen", blieb der Hauptkommissar beim Thema.

„Ja, Schmirgelpapier, ordinäres Schmirgelpapier", erklärte Kowalski nicht ohne Stolz.

„Muss ich mir auch zulegen", meinte Behringer anerkennend, „meine Frau hat auch ein Paar dieser Quietscher."

Der Finanzdirektor griff in ein offenes Regal hinter sich und zog einen Bogen Schmirgelpapier heraus, nicht größer als eine DIN A 5-Seite. „Können Sie behalten, schenke ich Ihnen", gab er sich großzügig. „Aber Sie sind bestimmt nicht deswegen zu mir gekommen?"

„Ach, vielleicht doch", bemerkte Behringer süffisant.

„Wollen Sie mich, nachdem Sie mit den Zwillingen durch sind, auch noch einmal fragen, ob ich für den 26. Februar ein Alibi habe?"

„Das haben Sie sicherlich."

„Natürlich habe ich eins. Ich war zur fraglichen Zeit, da Herr Springer ermordet wurde – zwischen 18:00 und 20:00 Uhr, nicht? – hier im Büro."

„Sie haben gearbeitet", riet der kleine, dicke Hauptkommissar, „und Sie haben keine Zeugen?"

„Doch, eine Person kann meine Anwesenheit bestätigen."

„Manfred Kolb?"

„Nein, seine Lebenspartnerin, Frau Annalena Sturm. Sie interessiert sich schon seit geraumer Zeit für die Buchhaltungsarbeiten, da sie seinerzeit selbst darüber nachgedacht hat, ins Rechnungswesen einzusteigen. Sie und Manfred haben sich überlegt, die einfachen, größtenteils an einen Steuerberater outgesourcten Arbeiten wie Eingangsrechnungsprüfung oder Einnahmen-Ausgaben-Rechnung selbst zu bewerkstelligen."

„Da haben Sie ihr quasi Nachhilfeunterricht gegeben?"

„Richtig, von 18:00 Uhr bis kurz vor der Eröffnung des *Last-Minute-Wellnesswochenendes*."

„Na, da scheinen Sie ja ein wasserdichtes Alibi zu haben. Interessant ist nur, dass Frau Sturm bisher noch kein Wort darüber verloren hat."

„Das wird sie noch, das wird sie", frohlockte Kowalski. „Vielleicht haben Sie ihr einfach bisher nicht die richtigen Fragen gestellt?"

„Vielleicht. Und nichts für ungut, Herr Kowalski. Vielen Dank nochmal für das Schmirgelpapier. Das ist für mich sehr aufschlussreich. Auf Wiedersehen."

„Besser nicht."

Selbstüberschätzung

Später am Tag

Kowalski lächelte selbstzufrieden vor sich hin. Dann griff er zum Telefon und wählte Annalenas Nummer.

„Sie sind weg."

„Und?"

„Stümper, absolute Stümper."

„Erzähl."

Kowalski grinste, als er an das kurze Gespräch mit dieser lebenden Kugel und seinem stummen Adjutanten dachte. „Der wesentliche Gesprächsinhalt war Schmirgelpapier", berichtete er.

„Schmirgelpapier?"

„Genau. Erzähle ich dir später. Als ich den beiden Bullen mein … unser wasserdichtes Alibi erläutert habe, waren sie von den Socken.

Der Hauptkommissar hat sofort klein beigegeben. Natürlich werden sie deswegen noch auf dich zurückkommen."

„Und du hast ihnen Wort für Wort erzählt, was wir abgesprochen haben?"

„So ist es."

„Kamen sie nochmal auf das Messer zu sprechen?"

„Das haben sie bei mir gar nicht erst probiert."

„Das ist seltsam."

„Finde ich nicht. Das Messer kann noch so verdächtig erscheinen – solange sie darauf keine Spuren nachweisen können, ist es für eine Beweiserhebung wertlos. In Deutschland gilt immer noch das Prinzip der Unschuldsvermutung. Es gibt doch hunderte solcher Messer. Und was war besser, als sie es dort finden zu lassen, wo es seit Jahren hingehört?"

„Dein Wort in Gottes Ohr."

„Wie steht es um, na du weißt schon wen?"

„Heute geht schon den dritten Tag niemand mehr ans Telefon."

„Sicher, dass sie dich nicht nur abblockt, wenn sie deinen Namen auf dem Display sieht?"

„Ich bitte dich. Ich habe mittlerweile mit Manfreds Handy, von vier verschiedenen Apparaten im Hotel aus und mit dem Telefon eines Restaurants, wo wir gestern essen waren, angerufen. Nichts."

„Ein gutes Zeichen. Dann ist sie hinüber. Nachschauen?"

„Hmm, wäre langsam sicher gut. Ich kann aber heute Abend nicht. Bin mit Manfred zu einer Benefiz-Veranstaltung eingeladen."

„Dann mach ich das."

„Aber sei vorsichtig und vergiss nicht, die Apfelschorle mitzunehmen. Handschuhe nicht vergessen."

„Bin doch kein Anfänger."

Überraschung
Feierabend

Behringers Mobiltelefon meldete sich. Es war 17:30 Uhr und der Hauptkommissar wollte gerade in den verdienten Feierabend entschwinden. Ein wenig wurmte es ihn, dass er außer den vielen Anrufen auf Laila Kolbs Handy noch nichts von KKL und Bauerreis in der Friedrich-von-Schiller-Straße gehört hatte. Heute war der letzte Tag, für den er die Mittel zur Observation der Wohnung bekommen hatte. Wenn sich nichts tat, musste er morgen wieder vor den Herren im Justizpalast buckeln.

Dafür war er mit den Gesprächsergebnissen des heutigen Tages äußerst zufrieden. Weidner und seine Leute in der KTU untersuchten gerade den Bogen Schmirgelpapier, den Kowalski ihm überlassen hatte.

Seufzend griff Behringer nach seinem Telefon.

„Iech bins, die Schmidts Anna", kroch eine flüsternde Stimme in seine rechte Ohrmuschel, „der Schbageddidarzan steht scho widder seid aner halbn Schdund gegnieber vo unserm Haus. Die junge Fraa Kolb habi scho seidn ledzdn Donnersdooch nemmer gsehgn. Die had der beschdimmd scho umbrachd."

Behringer fluchte tonlos. Wie konnte das sein, dass diese Rentnerin schon wieder schneller war als seine eigenen Leute? Er ahnte, welche Gefahr bestand, wenn die alte Dame mit ihrer blumigen Fantasie von sich aus tätig wurde und ihnen im letzten Moment alles vermasselte.

Wie ein Pastor sprach er am Telefon auf sie ein und bat sie, nichts, aber auch gar nichts zu unternehmen. „Nein, Sie gehen auch nicht in das Treppenhaus hinaus, wenn der Spaghettitarzan auf die Haustüre zuläuft", wies er sie streng an. „Sonst muss ich Sie verhaften, wegen Widerstands gegen die Staatsgewalt. Am besten ist es, Sie sperren Ihre Wohnungstür ab und bleiben weg von allen Fenstern." Behringer überlegte und sah die Aussichtslosigkeit dieses Befehls. „Streichen Sie das. Noch besser ist es, Sie verlassen das Haus, genau, und machen einen Spaziergang."

Von „Widerstand gegen die Staatsgewalt“ hatte Anna Schmidt schon mal etwas gehört. Das wirkte. Sofort tauchten in ihrem Kopf Szenen aus Fernsehberichten auf, in denen renitente Demonstranten von Polizeikräften davongetragen wurden. Anna wollte nicht, dass die Polizei sie – vor aller Nachbarn Augen! – aus ihrer Wohnung schleppte und davontrug.

Als Behringer mit Frau Schmidt fertig war, rief er KKL an.

„Wir sehen ihn“, bestätigte der, „er sitzt in seinem Wagen und beobachtet den Hauseingang. Wir werden ihn auf jeden Fall gebührend empfangen.“

„Und checkt nochmal, ob in der Wohnung auch nichts auf eure Anwesenheit hindeutet. Nicht dass Kowalski in der Diele über eure Schuhe stolpert.“

*

Dieter war unschlüssig. Noch hatte er sich nicht entschieden, wann der beste Moment war, um Lailas Wohnung zu betreten. Sollte er die Dunkelheit abwarten? Reichte die Dämmerung? Es würde noch Stunden dauern, bis es völlig finster war. Sollte er zwischendurch zum Abendessen gehen, vielleicht in den netten kleinen Asiaten am Eck, und später wiederkommen? In Lailas Wohnung tat sich nichts. Da meinte er, mittlerweile sicher sein zu können. Die Alte, die ihn beim letzten Mal im Treppenhaus überrascht hatte, hatte vor zehn Minuten das Haus verlassen und war mit ihrem Rollator davongewackelt. Vielleicht *die* günstige Gelegenheit?

Erneut wanderte sein Blick hoch zur Wohnung im dritten Stock. Wo hatte es Laila wohl erwischt, als sie zusammengebrochen war? Leiden hatte sie sicher nicht müssen. Das hätte er nicht gewollt. Es war schon so jammerschade um die junge, hübsche Frau. Andererseits, sie hatte sich zu einer regelrechten Landplage, einer Schmarotzerin entwickelt. Er konnte Annalena verstehen, die einen schier unwahrscheinlichen Hass gegen Laila in sich trug. Dieter spürte die Schlüssel in seiner Jackentasche, einer für die Haus-, der andere für die Wohnungstür.

Kurzentschlossen öffnete er den Wagenschlag, sprang auf die Straße und schob sich seine Sonnenbrille auf die Nase. Annalena war so vage geblieben, was die Frage anging, wer denn nun den Entdecker der Leiche spielen sollte. Dieter hatte wenig Lust, sich auch noch dazu endlos von der Polizei befragen zu lassen. Natürlich konnten sie ihren Körper nicht wochenlang da oben liegen lassen. Irgendjemand musste ihn zeitnah finden. Vielleicht konnten sie Manfred in den nächsten Tagen unter einem Vorwand vorbeischicken? Wenn Annalena es nicht entscheiden wollte, würde er das Ganze in die Wege leiten.

Er hatte die Straße überquert und steckte den Schlüssel in das Schloss der Haustür. Butterweich schwang sie auf. Dann trat er in das kühle Treppenhaus. Mit weit ausholenden Schritten, drei, vier Stufen auf einmal nehmend, sprintete er nach oben. Leicht außer Atem stand er kurz darauf vor Lailas Wohnungstür.

Er legte das rechte Ohr an das Türblatt. Kein Mucks von innen. Mit letzter Entschlossenheit steckte er den Schlüssel vorsichtig in das Schloss und drehte ihn im Uhrzeigersinn.

Geräuschlos öffnete sich die Tür. Abgestandene Luft schlug ihm entgegen. Uh, es roch fast so, als würde Heiko hier immer noch seine getragenen Socken hinter die Couch werfen.

Der kleine Flur lag im Halbschatten. Schnell war er in der Küche und öffnete die Kühlschranktür.

Die Flasche mit der Apfelschorle war weg.

Er sah sich um. Da. Sie stand leer in einem Flaschenträger aus Plastik zwischen lauter Mineralwasser und Spezi. Schnell griff er sich das Behältnis. Nun musste er sich nur noch von Lailas Ableben überzeugen. Wo zuerst nachsehen? Schlaf- oder Wohnzimmer?

„Bleiben Sie schön ruhig stehen, wo Sie gerade sind, und strecken Sie beide Hände vor."

Die Stimme war eiskalt und klang bedrohlich. Kowalski war der Schreck in alle Glieder gefahren und er begann zu zittern. Nur kurz überlegte er: sich wehren und versuchen, zu entkommen?

„Wagen Sie gar nicht erst, daran zu denken", hörte er eine zweite Stimme hinter sich. „Herr Dieter Kowalski, Sie sind festgenommen.

Ihnen wird vorgeworfen, Heiko Springer am 26. Februar ermordet zu haben. Weiterhin bezichtigen wir Sie des Mordversuchs an Laila Kolb. Alles, was Sie von nun an von sich geben, kann vor Gericht gegen Sie verwendet werden."

KKL griff zum Telefon. „Wir haben ihn", gab er Behringer durch. „Grünes Licht für die Verhaftung von Annalena Sturm."

„Wir stehen schon vor dem Großen Haus der Stadthalle", erwiderte sein Chef. „Es wäre gerade etwas ungeschickt, mitten in der AIDS-Hilfe-Gala einen allzu großen Wirbel zu veranstalten. Wir behalten die Dame also im Auge. Sie entkommt uns nicht. Gute Arbeit, KKL. Grüße auch an Herrn Bauerreis und bis morgen. Ich rufe Frau Kolb an und gebe gleich Bescheid, dass sie sich wieder auf den Rückweg nach Bayreuth begeben kann."

Warum?
4. Mai

„Warum haben Sie Heiko Springer umgebracht und wie viel hat Ihnen Frau Sturm geboten, damit Sie auch noch die verhasste Konkurrentin um die Ecke bringen?"

Einmal gefasst, sprudelte die Wahrheit nur so aus Dieter Kowalski heraus. Nur dass ihn noch nicht einmal die Verhaftung Demut gelehrt hatte, das machte Behringer ein wenig sprachlos.

„Den Springer konnte ich von Anfang an nicht leiden. Er war ein Betrüger und lebte auf viel zu großem Fuß. Er hätte meine Halbbrüder ruiniert. Meine Familie! Er war auf dem besten Weg, sich Anteile des Hotels unter den Nagel zu reißen. Manfred, Günther und Karl waren ihm zu keinem Zeitpunkt gewachsen. Da blieb mir gar nichts anderes übrig, als einzuschreiten und sie zu beschützen."

„Beschützen durch einen Mord?"

„Ich habe ihnen und ihrer Mutter Ute mein Leben zu verdanken. Wenn Ute Kolb mich nicht aus dem städtischen Heim geholt hätte, hätte ich mich mit Sicherheit irgendwann umgebracht. Ich musste auf meine Halbbrüder aufpassen. Das war ich ihnen schuldig. Schuldig!"

„Bei dem Mordversuch an Laila waren Ihre Überlegungen aber nicht mehr so edelmütig?"

„Ich bitte Sie! Wer hätte denn ahnen können, dass sie einmal eine so gewaltige Summe erben würde, ohne auch nur daran zu denken, Ihrer Familie etwas abzugeben, geschweige denn, ihren Brüdern zumindest ihren Erbteil zu erlassen. Nein, sie wollte sogar doppelt kassieren, Erbteil und Darlehen. Wahrscheinlich alles unredlich verdientes Geld", setzte er verächtlich hinzu.

„Sie haben ihrer Halbschwester den Reichtum nicht gegönnt? Wollten auch etwas davon abbekommen?"

„Ich wollte das Geld nicht für mich, sondern für die Familie. Die Familie, von der Laila sich abgewandt hatte. Und ein kleiner persönlicher Bonus für meine Mühen ... Ich bin wahrlich nicht betucht aufgewachsen, das wissen Sie. Mein leiblicher Vater hat mich als Säugling verstoßen. Ist es da verwunderlich, wenn man in einer solchen Situation nicht auch ein Krümel vom großen Kuchen haben möchte? 500.000 Euro wären wahrlich nicht zu viel gewesen."

„Und wer war der Kopf hinter dem Ganzen, Sie oder Frau Sturm?"

„Springers Tod geht ausschließlich auf mein Konto", gab Dieter Kowalski fast mit Stolz zu, „aber das habe ich Ihnen schon erklärt. Dass Frau Sturm in den Nachwehen seines ... glücklichen Verscheidens auch zu den Verlierern gehörte, habe ich schnell gemerkt und so gab eines das andere."

„Da haben Sie sich zusammengetan."

„Könnte man so sagen. Ich habe Annalena schon lange zuvor als verbündete Streiterin gegen Springers Gewalt über meine Familie angesehen, aber nach der Testamentseröffnung, als sie nur diesen Scheißmercedes abbekommen sollte, haben wir ... aktiver zusammengefunden."

Kowalskis ungebrochenes Selbstvertrauen und seine Aggressivität gingen Behringer zunehmend auf den Senkel. Wusste der Mann nicht, was ihn erwartete?

„Wie sind Sie eigentlich auf mich gekommen, was hat Sie auf meine Spur geführt?“, wollte er jetzt wissen. „Ich meine, auf die Spur von mir als Mörder von Springer.“

Behringer beschloss, seinem Gegenüber die Offenheit mit gleicher Münze zu vergelten – unangebrachte Arroganz hin oder her. „Wir waren uns lange unsicher, haben gerätselt und hatten keine Beweise in Händen, aber viel zu viele Verdächtige. Ihr Hang zu diesen quietschenden Stoffschuhen hat sie verraten. Und Ihre Angewohnheit, die Sohlen neuer Sneakers mit Schmirgelpapier aufzurauen.“

Zum ersten Mal bekam Kowalskis glatte Fassade aus Stolz feine Risse. „Das verstehe ich nicht.“

„Korund, Herr Kowalski. Die Körnung des Schmirgelpapiers hat Sie verraten. Beim Aufrauen Ihrer Sohlen haben sich viele winzige Körnchen im Gummiprofil der Schuhe verfangen, sind dort hängengeblieben. Beim Gehen haben sie sich nach und nach wieder gelöst. Sie müssen es mit dieser Angewohnheit wirklich übertrieben haben, bevor Sie aufgebrochen sind, um Springer umzubringen. Sogar der heftige Regen an diesem Freitag konnte nicht alle Überreste des Korunds wegspülen. Die Körnung hat sich in den Pfützen um Heiko Springers Fahrzeug regelrecht gesammelt. Und als Sie die Apfelschorle in Laila Kolbs Kühlschrank mit der tödlichen Dosis an K.-o.-Tropfen versetzt haben, haben Sie den Korund in größeren Mengen auf dem Fliesenboden der Küche hinterlassen. Die Kollegen konnten den Abrieb aber von der Haustür bis zum Kühlschrank und zurück nachweisen. Ein perfektes Bewegungsprofil!“ Behringer legte seine verschränkten Hände zufrieden auf seinem Bauch ab. „Ab diesem Zeitpunkt wussten wir, dass das Industriemineral etwas mit dem Mord zu tun haben muss. Dann hat uns Karl Kolb nichtsahnend Ihren Trick verraten, quietschende Sneakers zum Schweigen zu bringen, und die Sache war klar.“

„Und ich Idiot habe Ihnen noch einen ganzen Bogen überlassen.“

„Das war sehr freundlich von Ihnen. Allerdings habe ich mir im Nachhinein schon die Frage gestellt, wer bei einem solchen Sch... extremen Regenwetter wie am 26. Februar Stoffschuhe trägt.“

„Sneakers kann man auch mit einem geeigneten Imprägnierspray oder mit Kerzenwachs behandeln, damit sie wasserdicht werden“, klärte Kowalski den Hauptkommissar auf.

„Darauf bin ich dann auch gekommen, als ich mich etwas im Internet getummelt habe“, meinte Behringer sichtlich stolz.

Kurz schwiegen sich Mörder und Kommissar an.

„Und Laila, was ist mit Laila?“, wollte Dieter Kowalski dann wissen. „Warum hat sie nicht aus der Flasche getrunken?“

„Laila Kolb geht es gut. Sie haben sie unterschätzt. Auch sie ist eine sehr aufmerksame Beobachterin. Die Gammahydroxybuttersäure, die Sie der Apfelschorle beigemengt haben, war einfach zu viel. Eine zu große letale Dosis. Aber subtiles Vergiften, das war wohl nicht Ihre Stärke. Laila hat bemerkt, dass sich jemand an der Flasche zu schaffen gemacht hatte. Vielleicht“, schmunzelte Behringer, „habe ich aber auch einen kleinen Anteil daran, dass Sie nicht erfolgreich waren, Herr Kowalski. Am Tag der Testamentseröffnung, als klar war, dass Laila bald ein Millionenerbe antreten würde, habe ich sie noch im Justizpalast auf die Seite genommen und ihr versucht zu verdeutlichen, dass sie als reiche Frau in Gefahr schweben könnte. Wissen Sie, ich habe mir von Anfang an gedacht, dass uns das Geld zu Heiko Springers Mörder führen würde. Und der lief ja noch frei herum. Erst hat sie meine Warnung für mehr als lächerlich gehalten. Also wurde ich noch ein wenig eindringlicher und offensichtlich hat das Früchte getragen. Pech für Sie.“

„Pech für mich“, stimmte Kowalski zu.

„Und nicht zuletzt sind Sie auch der alten Frau, die Ihnen Ende April im Treppenhaus der Friedrich-von-Schiller-Straße begegnet ist, aufgefallen. Ebenfalls eine sehr aufmerksame Beobachterin. Als *Schbageddidarzan* hat sie Sie betitelt. Gar nicht so abwegig, würde ich sagen.“

*

Im Nebenraum saß Annalena Sturm Kommissar Klaus-Karl Lang gegenüber. Im Gegensatz zu Dieter Kowalski war ihr selbstsicheres, schnippisches Auftreten zusammengebrochen wie ein Kartenhaus im Wind. Sie wusste, dass sie verloren hatte. Jetzt hieß es, zurückzurudern und Kooperationsbereitschaft zu zeigen. Mehr als Anstiftung zu einem misslungenen Mordversuch konnte man ihr nicht vorwerfen, wenn überhaupt.

„Ich dachte, Sie hätten sich wieder gefangen, nachdem Herr Springer sie verlassen hatte", versuchte Kommissar Lang, die Situation zu verstehen.

„Manfred ist ein netter Kerl", begann sie, „zu nett, zu höflich, zu zuvorkommend. Kein wirklicher Vergleich zu Heiko. Wenn Sie verstehen, was ich meine. Das habe ich schnell gemerkt. Auf Dauer hätte ich diesen Lebensstil nicht ausgehalten."

„Wie meinen Sie das? Welchen Lebensstil?"

„Ich hatte Manfreds Situation völlig falsch eingeschätzt. Wer denkt denn auch, dass ein Hotelmanager und -gesellschafter jeden Pfennig dreimal umdrehen muss? Die drei Kolb-Brüder sind hoffnungslos überschuldet. Sie haben sich mit der Hotelmodernisierung finanziell übernommen. Die Erlöse, die das Hotel abwirft, gehen eins zu eins in den Schuldendienst der Bank. Da bleibt nicht viel Raum für ein angenehmes Leben. Kein Vergleich, wenn ich daran denke, wie oft Heiko und ich früher unterwegs waren, welche Urlaube wir gemacht haben, Tauchen im Roten Meer, Rafting auf dem Colorado, zum Kilimandscharo Aufsteigen ... Und plötzlich kommt diese kleine Büchse mit ihrer Hühnerbrust daher und begeistert Heiko für eine Kanutour durch die Fränkische Schweiz."

Kurz blitzte die alte Aggression in Annalenas Augen auf, dann hatte sie sich wieder im Griff.

„Ich habe gedacht, ich höre nicht recht. Als ich dann Heikos beschissenen Mercedes erben sollte und diese Schlampe den ganzen Rest, sind bei mir alle Sicherungen durchgebrannt. Da kam dieser Trottel von Kowalski mit seiner Vorstellung einer Heile-Welt-Familie und seiner treudoofen Dankbarkeit seinen Halbbrüdern gegenüber gerade recht. Er hat mich ernsthaft gefragt, was ich davon halten würde, wenn er dafür sorge, dass Manfred, Günther und Karl die neun Millionen erben würden. Anstatt Laila. Ich habe mir gedacht, dass Dieter jetzt völlig der Realität entrückt sei, und fand die Frage im ersten Moment recht lustig. Dann habe ich verstanden, dass Kowalski das durchaus ernst meinte."

„Sie haben ihn bestätigt?"

„Ich habe ihm geantwortet, ich würde mich dafür einsetzen, dass er auch etwas von den Millionen abbekommen sollte, wenn er dieses Kunststück wirklich hinbekäme. *Wie viel?,* wollte er wissen. Als ich ihn gefragt habe, ob 500.000 genug seien, hat er gestrahlt. Kurz danach hat er mir gestanden, dass er meinen Ex auf dem Gewissen hatte."

„Haben Sie mit Ihrem neuen Partner Manfred Kolb darüber gesprochen?", wollte Lang wissen.

„Um Himmels willen, natürlich nicht. Glauben Sie, ich hätte Kowalskis Fantastereien ernst genommen?"

„Aber Sie haben doch gerade gesagt, dass Sie verstanden hätten, dass er es ernst meinte ..."

„Du meine Güte, ich habe es vielleicht verstanden, aber doch selbst nie ernst genommen. Die 500.000 Euro, die ich Kowalski genannt habe, waren auf die Schnelle frei erfunden. Manfred und seine Brüder hatten davon nicht die leiseste Ahnung."

Kommissar Lang staunte über die Fähigkeit der Frau, sich ihre eigene Wahrheit zurechtzulegen. „Tat es Ihnen denn gar nicht weh ums Herz, dass Ihr früherer Partner umgebracht worden war? Und dann verbünden Sie sich, wie Sie behaupten zum Schein, ausgerechnet auch noch mit seinem Mörder?"

„Ach, wissen Sie, für mich war schnell klar, dass ich Heiko endgültig verloren hatte. Da gab es kein Zurück mehr. Er war ja so was von verliebt und meine Wut auf ihn wuchs von Tag zu Tag. Dann auch noch die Schmach des Erbes, da war es bei mir mit sentimentalen Gefühlen absolut aus und vorbei. Im Nachhinein war ich Kowalski fast dankbar, dass er Heiko final aus meinem Leben entfernt hatte, denn wenn es nicht Laila gewesen wäre, dann wäre es eines Tages eben eine Tina, eine Bianca oder eine Britta gewesen."

*

Am Nachmittag hatten Behringer und Lang noch einen recht überraschenden Termin. Dr. Tatjana Baumann, Emotionspsychologin aus Bamberg, saß den beiden Kripobeamten gegenüber.

KKL hatte ihren Namen auf einer Visitenkarte entdeckt, die sich an prominenter Stelle in Dieter Kowalskis Unterlagen befand. Außerdem hatte der Mann ihren Namen regelmäßig in einem Tischkalender vermerkt. „T. BAUMANN, Bamberg", stand dort nahezu wöchentlich in feinen, großen Druckbuchstaben. Die Psychologin hatte sich nach einem kurzen Telefonat mit Behringer sofort ins Auto nach Bayreuth gesetzt.

Dr. Baumann war eine große, schlank gewachsene Frau Anfang 40 mit einem auffallend braun getönten Teint, der auf regelmäßige Sonnenbankbesuche schließen ließ. Ihre glatte, schulterlange schwarze Mähne umfloss ein ovales Gesicht mit sympathischen Lachfältchen in den Augen- und Mundwinkeln.

„Vielen Dank, Frau Dr. Baumann, dass Sie unserer Einladung so schnell folgen konnten", eröffnete Behringer die Gesprächsrunde. „Wie Sie wissen, geht es um Ihren Patienten Dieter Kowalski."

Dann erzählte der Hauptkommissar in einer zehnminütigen Zusammenfassung vom soeben gelösten Fall.

„Ich hoffe, dass Sie uns – und letztlich auch Herrn Kowalski – dabei helfen können, besser zu verstehen, wie es zu der Tat kommen konnte."

„Sicherlich. Aber ich muss vorausschicken: Sie wissen schon, dass ...", hub die Psychologin an, als sie von Behringer unterbrochen wurde.

„... Sie der ärztlichen Schweigepflicht unterliegen", vollendete er ihren Satz. „Natürlich wissen wir das, doch als wir Herrn Kowalski nach seiner Verbindung zu Ihnen befragt haben, hat er sofort um Kontaktaufnahme zu Ihnen gebeten und uns hier schriftlich bestätigt, dass er Sie von der Schweigepflicht entbindet." Mit diesen Worten legte er ein handschriftlich beschriebenes Blatt Papier auf den Tisch.

Dr. Baumann griff danach und prüfte den sachlichen Wortlaut des Dokuments. „Und es wurde kein Druck, welcher Art auch immer, auf Herrn Kowalski ausgeübt, dieses Formblatt zu unterschreiben?", vergewisserte sie sich.

„Ich bitte Sie!", reagierte Behringer leicht angesäuert.

„Nun denn. Dieter Kowalski ist seit etwas über zwei Jahren mein Patient. Seine Vorgeschichte kennen Sie, nehme ich an?"

„Die hat er uns erzählt", bestätigte der Hauptkommissar. „Unvorstellbar, dass leibliche Eltern ihr eigenes Kind verstoßen. Warum wurde er damals nicht adoptiert?"

„Soweit ich weiß, ergab sich lange einfach keine Gelegenheit dazu und sobald er dem Kleinkindalter entwachsen war, galt er als sehr schwieriges Kind. Sei es, wie es sei – seine Entwicklung im Bayreuther Kinder- und Jugendheim führte jedenfalls dazu, dass Herr Kowalski nie so etwas ein Selbstwertgefühl entwickeln konnte, wie es von den meisten Menschen als natürlich empfunden wird. Er war, wie soll ich sagen, leer. Hatte keine Beziehung zu seinem eigenen Ich. Besser wurde es erst, als ihn Ute Kolb, die Exfrau seines leiblichen Vaters, aus dem Heim holte und ihm ein kindgerechtes Großwerden ermöglicht hat." Dr. Baumann gestikulierte vage. „Aber auch im neuen, kümmernden Umfeld merkte er sehr bald, dass er in einer gewissen Art und Weise immer der Außenseiter bleiben würde. Hochinteressant ist, dass er dennoch zu keiner Zeit Groll gegenüber seiner Ziehmutter oder seinen Halbgeschwistern empfunden hat. Sehen Sie, seine Zeit im Heim hat Herr Kowalski mir gegenüber oft mit ‚Neid' umschrieben – auf alles, was die Welt draußen den ‚normalen' Kindern zur Verfügung gestellt hat. Krankhafter Neid, würde ich sagen. Den richtete er aber danach nie gegen seine neue Familie. Sie waren die einzigen, die sich seiner angenommen hatten."

Behringer dachte an die Vernehmung des Mannes heute Morgen. *Familie.*

„Und je älter er wurde, desto tiefer wurde seine Dankbarkeit und Loyalität seiner Familie gegenüber. Kippte fast schon in Schuld um, ich meine, in eine Schuldigkeit seinen Wohltätern gegenüber. Ich habe mit Herrn Kowalski hart daran gearbeitet, ihm Grenzziehung beizubringen. Abgrenzung des eigenen Selbst, dieses Selbst klar erkennen und fühlen – ohne das Knüpfen von Beziehungsfäden mit anderen, mit der Familie aus den Auge zu verlieren."

Behringer nickte und sah kurz zu KKL, der einen glasigen Blick hatte. Vielleicht wurde es dem Kollegen gerade zu verkopft. „Und waren Sie erfolgreich?"

„Mal mehr, mal weniger. Zuletzt hatte ich den Eindruck, dass Herr Kowalski sich bewusst gegen unsere Übungen sträubte, das totale Verschmelzen mit seinen Bezugspersonen anstrebte. Familie war alles für ihn. Da kam ein Schutzinstinkt in ihm hoch, der kaum zu fassen war – trotz seines vergleichsweise jungen Alters. Das Gefühl, der Familie etwas zurückgeben zu müssen, ihr etwas zu schulden, wurde im Lauf der Zeit auch immer drängender. Dann war da plötzlich wieder der krankhafte Neid, der sich gegen jeden richtete, der besser gestellt war als seine Bezugspersonen." Dr. Baumann nahm einen Schluck Wasser. „Ich denke, weiter muss ich die Hintergründe nicht ausführen. Fakt ist, Herr Kowalski leidet an einigen Dingen, die seine Psyche nicht zur Ruhe kommen lassen. Allein der Gipfel des Eisbergs – und das ist schlimm genug – ist eine tiefe Depression."

„Wie wird ein Depressiver zum Mörder?", unterbrach Kommissar Lang die Psychologin.

„Ich kann Ihnen jetzt noch viel von Neidbewältigung, krankhaftem Ehrgeiz, fehlgeleiteter Liebe und anderem erzählen. Aber die Wahrheit ist: Die Frage kann ich Ihnen trotzdem nicht beantworten. Das ist von Mensch zu Mensch komplett verschieden."

„Glauben Sie, dass man bei Dieter Kowalski von einer Krankheit sprechen kann?", schob Behringer noch nachdenklich hinterher.

„Selbstverständlich ist eine Depression eine ernstzunehmende psychische Krankheit." Dr. Baumann wusste, was sich eigentlich hinter der Frage verbarg. „Um aber die Schuldfähig von Herrn Kowalski endgültig beurteilen zu können, sind detaillierte Untersuchungen notwendig, deren Ergebnisse dann in ein Gutachten einfließen müssen. Ich möchte mich da auf die Schnelle mit keiner endgültigen Aussage aus dem Fenster lehnen."

Behringer
5. Mai

Der Fall war gelöst. Länger als zwei Monate hatte sich die Aufklärung hingezogen. Hauptkommissar Benno Behringer saß im Bus und betrachtete die vorüberfliegende fränkische Landschaft. Gisela und ihre Schwester Gerda saßen in der Reihe vor ihm und schnatterten wie die Gänse. Rund um sie herum saßen etwa 50 fromme, katholische Wallfahrer.

Behringer hatte seine Beteiligung an dieser unsäglichen Pilgergeschichte nicht verhindern können. Zu sehr hatte ihn in den letzten Tagen die Lösung des Falls beschäftigt und seine Frau hatte mit ihrer Schwester die Gelegenheit genutzt, ihm in einem Moment der totalen Ablenkung die Zusage abzuringen. Eine Wallfahrt nach Vierzehnheiligen. Um Himmels willen. Mittlerweile nahm er es als gottgewollt hin. Vielleicht war es tatsächlich eine Fügung des Schicksals, dass er ausgerechnet einen Tag vor Christi Himmelfahrt die Schuldigen verhaftet hatte.

Nach dem Mittagessen in einer fränkischen Gaststätte in Staffelstein sollte der Zug der Gläubigen hinaufführen zur berühmten Basilika mit ihren 75 Meter hohen Türmen und dem weitum bekannten Gnadenaltar. Kein Geringerer als Balthasar Neumann hatte das Gotteshaus geplant. Zwischen 1743 und 1772 erbaut zog die heilige Stätte des Spätbarocks jedes Jahr eine halbe Million Besucher an. Behringer grauste, wenn er an die Menschenmassen dachte. Noch dauerte es, bis sie in Staffelstein sein würden. Der Bus hatte erst vor Kurzem die A 70 verlassen und fuhr nun über enge Straßen durch Kleinziegenfeld, wo „Claudius, der Radfahrer" mit einer Frankenfahne in der Hand von einem Felssporn herabgrüßte und kräftig in die Pedale trat.

Behringer hing seinen Gedanken nach. Natürlich drehte sich sein Hirn immer noch um den gerade abgeschlossenen Fall.

Was brauchte es einen genialen Komponisten wie Richard Wagner oder einen berühmten Regisseur wie Frank Castorf – die besten Geschichten inszenierte immer noch das Leben selbst.

Der Hauptkommissar war erstaunt, wie nahe der Mord an dem jungen Finanzberater dem Heldenepos um den Ring des Nibelungen kam. Es bedurfte keiner Kapitalismus-Niedergangsgeschichte mit Mao, Lenin und Marx, wie sie Castorf letztes Jahr auf die Bühne gebracht hatte. Geld allein versinnbildlichte heutzutage die Macht, wie einst das Rheingold in der Nibelungensage.

Dazu Heiko Springer als der heldenhafte Siegfried, Laila als seine heißbegehrte Kriemhild mit ihren drei Brüdern Gunther, Gernot und Giselher, die im wahren Leben Manfred, Günther und Karl hießen. Behringer konnte selbst dem Bankdirektor Owens eine Rolle zuordnen. Ähnelte er nicht dem gierigen Riesen Fafner, der sich in den Drachen verwandelt und den Springer, ob bewusst oder zufällig, endgültig zur Strecke gebracht hatte?

Selbst Dieter Kowalski, dem Behringer die Rolle des Hagen von Tronje zusprach, war mit den Brüdern Manfred, Günther und Karl verwandt. Sein leiblicher Vater, der ihn verstoßen hatte, hatte vom Hörensagen deutliche Ähnlichkeit mit dem lieblosen Zwerg Alberich.

Und erst Annalena Sturm, die, aller Eigenständigkeit zum Trotz, zuerst von Heiko Springer beansprucht und dann an Manfred Kolb abgegeben worden war, ähnelte nicht nur im Aussehen der kriegerischen Walküre Brünhild. Aischa Bint Malika Al-Bagdadi schließlich konnte sich Behringer gut als eine der Rheintöchter vorstellen, die den Schatz der Nibelungen bewachte, wie auch sie über das Vermögen der First Gulf Bank herrschte.

Nur der Putzfrau Morarac konnte er keine eindeutige Rolle zuordnen. Das Waldvögelchen, das in Castorfs Inszenierung mit Siegfried geflirtet hatte und beinahe von den Krokodilen aufgefressen worden wäre – das würde vielleicht zu ihr passen.

Der Rhein? Nein, den brauchte man auch nicht. Die Wiesent tat es hervorragend, auf der Siegfried und seine Kriemhild noch letztes Jahr im Zweierkanu verliebt über die Stromschnellen gefahren waren.

Nachwort
Die Maple Bank

Natürlich ist die Geschichte dieses Buches der Fantasie des Autors entsprungen. Mit einer Ausnahme: Die Maple Bank gab es tatsächlich und noch heute spukt ihr Name ab und zu in den Schlagzeilen der großen Tageszeitungen herum, wie am 19. Februar 2019 in der „Süddeutschen Zeitung“: „Das System der Maple Bank gilt als besonders perfide“, hieß es dort, und dass sie den Fiskus um mehr als 300 Millionen Euro betrogen haben soll. Nun steht fest, dass das Geschäftsmodell der Bank hauptsächlich aus Cum-Ex-Geschäften bestand.

Als die Steuerbehörden 383 Millionen an Schaden zurückforderten, musste die Maple Bank Anfang 2016 Insolvenz anmelden. Zwischenzeitlich haben frühere Angestellte der Bank ausgesagt und zugegeben, die Staatskasse bewusst geplündert zu haben. Dabei haben sie milliardenschwere Aktienpakete so schnell hin und her verschoben, dass die Finanzbehörden nicht mehr durchblickten. Das Geschäftsmodell lief darauf hinaus, sich eine einmal gezahlte Kapitalertragssteuer mehrfach erstatten zu lassen.

Der Fall ist spektakulär, da zum einen eine so kleine Bank durch den missbräuchlichen Handel von Aktien einen so hohen Schaden verursacht hat und zusätzlich ein bekannter Name immer schwerer belastet wird: Freshfield Bruckhaus Deringer, eine der größten Anwaltskanzleien der Welt.

Im Fokus der Ermittlung steht die ehemalige Führungsriege der Maple Bank, der die Strafverfolger Steuerhinterziehung und Geldwäsche vorwerfen. Zwischenzeitlich richtet sich das Verfahren aber auch gegen zwei Anwälte der Kanzlei Freshfields, die mutmaßlich in Kenntnis der Gesamtstruktur mit der Beratung der Cum-Ex-Geschäfte betraut gewesen sind. Zweimal innerhalb von 13 Monaten wurden die Räume der Kanzlei durchsucht, zuletzt am 14. November 2018 – hatten deren Anwälte doch die Rechtmäßigkeit von Cum-Ex-Modellen durch Gutachten bescheinigt. „Unsere Beratung entsprach immer der jeweils geltenden Rechtslage“, argumentiert die Kanzlei. Ob und wann der Fall in einem Strafprozess auf den Tisch kommen könnte, steht in den Sternen. Wenn Top-Anwälte zu den Beschuldigten gehören, ziehen sich solche Verfahren erfahrungsgemäß. Von den gut 383 Millionen Euro Schaden hat die Maple Bank mittlerweile 69 Millionen an den Fiskus zurückgezahlt. Ob aus der Insolvenzmasse noch etwas zu holen sei, ist unbekannt. 314 Millionen Euro – plus Zinsen über mehr als zehn Jahre – werden es wohl kaum mehr sein.

Doch nicht nur die Maple Bank gehört zu den schwarzen Schafen. Am 24. März 2019 berichtete wiederum die „Süddeutsche Zeitung“ unter der Schlagzeile „Im größten Steuerskandal der Bundesgeschichte fehlen Fahnder“. Allein in Nordrhein-Westfalen, vermeldete das Blatt, seien mehrere 100 Verdachtsfälle auf Cum-Ex-Geschäfte anhängig, und machte seinen Lesern wenig Hoffnung, dass die erlittenen Steuerschäden in Milliardenhöhe vollständig aufgearbeitet werden könnten. Zu wenige erfahrene Ermittler stünden hierfür zur Verfügung. Viele Fälle könnten deshalb verjähren. Die Staatsanwaltschaft in Köln bereite zwar mehrere Dutzend Klagen vor, mit denen drei zusätzliche Richter wohl über Jahre beschäftigt sein dürften, aber nach Meinung der Experten seien die bekannt gewordenen Cum-Ex-Fälle zu komplex, um zügig voranzukommen.

Fast könnte man glauben, dass das Sprichwort „Pecunia non olet – Geld stinkt nicht“ doch seine Daseinsberechtigung hat. Wie muss sich da der kleine Mann fühlen, der sich Jahr um Jahr wegen Kleinigkeiten mit seinem Finanzamt auseinandersetzen muss?

*

Am 3. April 2019 hat die Staatsanwaltschaft Köln zwei britischen Aktienhändlern die erste Anklage wegen Steuerhinterziehung in besonders schweren Fällen zugestellt. Erstmals wird nun vor Gericht geklärt werden, ob Cum-Ex-Geschäfte Straftaten sind oder ob doch nur eine Gesetzeslücke genutzt wird. Vom Ausgang des Musterprozesses, der vor dem Landgericht Bonn geführt wird,

wird es abhängen, ob zu allen bekannten 499 Verdachtsfälle ermittelt werden kann. Zwischenzeitlich gibt es einen Kronzeugen, einen Wirtschaftsanwalt, der sich im innersten Cum-Ex-Zirkel getummelt hat und mit den Ermittlern zusammenarbeitet. „Alle wussten, was sie taten", meint er.